“两路”精神

一不怕苦、二不怕死，

顽强拼搏、甘当路石，

军民一家、民族团结。

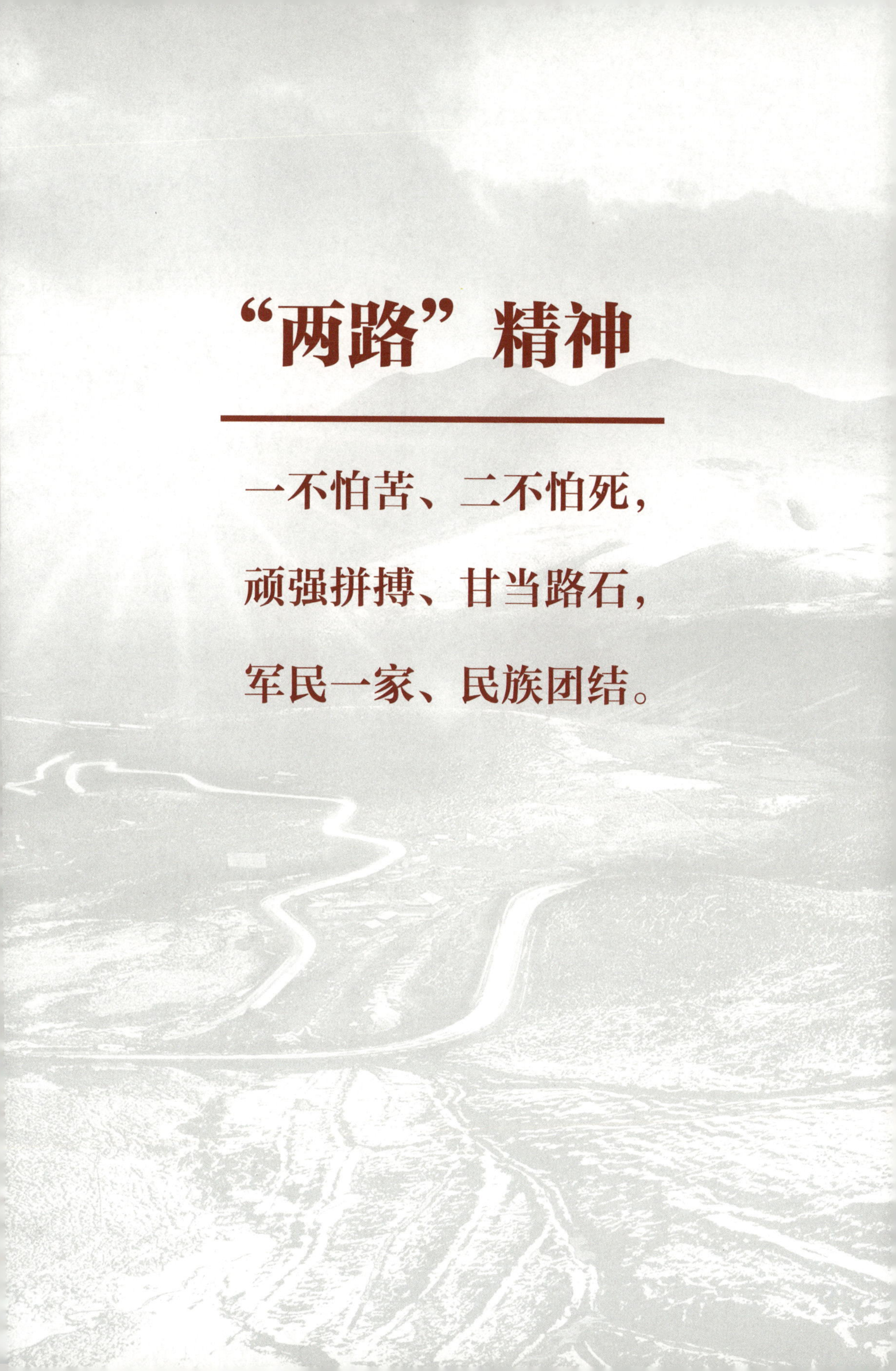

精神的种子，从一棵树、一片森林到一个世界。

国家出版基金项目
NATIONAL PUBLICATION FOUNDATION

路魂

达真 作品

天地出版社 | TIANDI PRESS

目录

Contents

上篇　塑魂之路

第二章 传魂

第三章 祭魂

中篇 巨变之路

第一章 甘当路石

第二章 交通巨变

第三章 交通兴则百业兴

下篇 振兴之路

后记：我为什么写川藏公路

上篇　塑魂之路

【题记】女娲补天、精卫填海、夸父逐日、大禹治水、后羿射日、愚公移山……这些看似缥缈的神话传说，却体现着古老的中国几千年未曾中断的精神传递。这些以大悲悯、大无畏写就的神话，构成了中华民族母体里的坚韧、精进、顽强、不屈。这种精神魂魄流淌在中国人的基因里、骨血里，在两千四百多公里的川藏公路上，淬炼、升华为“两路”精神。

20世纪中叶，十万筑路大军，以每公里留下一位英烈，凝结成“让高山低头，叫河水让路”的钢铁誓言，深深根植在中华民族的魂魄里。时隔七十年，我们更加钦佩新中国第一代领导人决策的英明：越艰难的时候，越要“用战略换增长”。

决策体现了用战略换增长不可估量的三个价值：一是西藏和平解放，完成了大陆的统一；二是中印边境自卫反击战，赢得了祖国西南大门的长久和平；三是青藏高原的亚洲水塔，滋养了近三十亿人……这就是战略换增长的宏韬伟略。

引子

虎年初冬的一天，阳光把四川盆地煨成巨大的暖棚，祥和、温暖、安逸。

摄影家胡廷辉带着川藏公路的摄影画册《雪域天路》，驱车直奔四川交通职业技术学院川藏公路博物馆。把装帧精美的画册《川藏公路70年交通变迁》放在全国唯一以川藏公路为主题的博物馆里，是对自己四十五年摄影作品的最高褒奖。

川藏公路博物馆自筹建到落成，一直参与其中的刘霞接待了胡廷辉。一番寒暄后，刘霞陪同胡廷辉朝博物馆走去。

进入浓缩着波澜壮阔岁月的展厅，展墙上一幅1949年2月的照片吸引了胡廷辉的目光。毛泽东在西柏坡会见苏联特使米高扬，双方交换了解决西藏问题宜早不宜迟的意见，声明西藏是中国的一部分。

西藏自古以来就是中国领土不可分割的一部分，这本是不争的事实。然而近代以来，西方帝国主义势力却一直妄图将西藏割裂出去，破坏中国的主权和领土完整。

1949年9月3日，《人民日报》刊发新华社社论《决不容许外国侵略者吞并中国的领土——西藏》指出，“西藏是中国的领土，绝不容许任何外国侵略；西藏人民是中国人民的一个不可分离的组成部分，绝不容许任何外国分割。”7日，《人民日报》刊文《中国人民一定要解放西藏》。10月1日，中华人民共和国成立当天，中央政府收到十世班禅来电：“速发义师，解放西藏，驱逐帝国主义势力。”

同年，毛泽东访问苏联途经满洲里时，给中共中央并西南局写了一封信：印、美都在打西藏的主意，解放西藏的问题要下决心了，“进军西藏宜早不宜迟，否则夜长梦多”。

次年1月2日，毛泽东又从莫斯科致电中共中央、彭德怀、邓小平、刘伯承、贺龙，电报中说：“争取由打箭炉分两路推进至西康、西藏的接境地区，修好汽车路或大车路，准备五月中旬开始入藏。”不久后他再次致电中共中央：“应当争取于今年五月中旬开始向西藏进军。”他指出，要“将其改造为人民民主的西藏”。

于是，中国人民解放军进军西藏的大幕由此拉开。

第一章 立魂

一、宣示主权，十万火急！

1950年3月，川南正值油菜花开的季节。以大佛闻名的乐山，嫩黄色的花给岷江、大渡河、青衣江三江交汇地，涂抹了一层绚烂的色彩。

遗憾的是，即将进藏的十八军指战员，却无暇欣赏这番春日的美景。

18日上午，“三江”带着的春潮，给正在乐山举行进军西藏誓师大会的十八军，注入了饱满的激情。庄严的誓师大会上，年仅三十八岁的张国华军长宣誓：“坚决把五星红旗插上喜马拉雅山……”浓浓的江西口音环绕会场，坚定而振奋，连远处的千年大佛仿佛也投以赞叹的笑容。

十八军在乐山举行进军西藏誓师大会

这一刻，邓小平政委摁灭烟头，带头鼓掌。一阵雷鸣般的掌声过后，他示意大家安静，用一生都不改的广安口音传达毛主席的指示：“一面进军，一面修路。”

军队打仗有进军有撤退，但修路和进军并举，打破了常规。小平政委高声强调：“政治重于军事，补给重于战斗”，“必须解决补给之公路”。

这浓郁的川音是那么果断和坚决。与会将士无不感到邓政委的声之切，意之深。

张国华军长对邓政委的叮嘱早已了然于心。中华人民共和国刚刚成立，西藏与内地沟通不畅，势单力薄，而西方国家又心怀鬼胎。为确保国家的领土完整，解放军必须以最快的速度进驻西藏。他知道，此次进藏的使命就是一个字：急！除了急还是急，而且是刻不容缓的急，必须无条件地贯彻党中央、毛主席的指示。他更清楚，没有畅通的公路，西藏与内地的联系，就会失去保障，那么，与祖国内地远隔千山万水的边疆何以巩固？一个“急”字绕缠于心。

誓师大会之前，军党委根据上级的命令对进藏部队做了分工。张国华军长、谭冠三政委率领前方部队进军西藏，军参谋长陈明义负责补给运输和修建公路、机场的重任。军令如山，分路执行。

经过十一天的准备，张国华率队前行，他握住陈明义的手说：“川藏公路的修建，是党中央和平解放西藏布局的一部分。你的担子不轻，之前西南军政委员会主席刘伯承明确对我讲，要保证和平解放西藏，关键问题是交通运输，从某种意义来说，修路、运输比打仗还重要。保卫好边防，搞好交通运输建设具有战略意义，因此，在进军的同时，要用很大的力量去筑路。这光荣而艰巨的任务，交给你了。”

“请军长放心，保证完成任务。”陈明义承诺的同时庄严地行了一个军礼，军长回礼，两人的目光交会在一起。两位身经百战的战士，二十多年的硝烟铸就他们坚定的意志，他们的目光中充满了信任。张国华望着车窗外的陈明义，笑着说：“拉萨见。”

“拉萨见。”陈明义会意地笑了，目送军长一行在车轮扬起的烟尘中远去。

经历过二万五千里长征、十四年抗战、三年解放战争的人民解放军，知道什么叫兵贵神速。一个月后，十八军进藏先遣部队到达甘孜，但又出现新的危机，部队携带的粮食全部吃完，后援跟不上，出现断粮的严峻情况，部队坚决执行中央“进军西藏，不吃地方”的指示，不向当地摊派征购，只有靠挖野菜、捕麻雀、捉地老鼠充饥，就这样坚持了一个多月。10月，解放昌都的战役打响，部队再次遭受粮荒，干部战士一天只能喝四两代食粉，先遣队的艰难可想而知。

一路随十八军在雨里、在雪中、在饥饿中进藏的部队作家高平，亲历了十八军进军和修路的拼命场景，用文字书写出可歌可泣的事迹。他在《亲历川藏线》中写道：

随着川藏公路的延伸，我的脚步也从马尼干戈一路丈量到拉萨，一共在川藏公路往返了十九次，可以说在川藏公路的每一寸路基上都有我的足迹。十九次的往返，我跟随、陪伴陈明义率领的筑路大军，亲历了抢通公路的“急”，多次在筑路施工现场，目睹陈明义将军针对英美唆使西藏反动上层的阴招和破坏，高声对指战员们讲：“公路不通，前方的部队等于被流放。我们就站不稳脚跟。”

这情真意切的话，反映出陈明义作为修路总指挥的急切心情。

在十八军进军西藏之前，高层决策者们就预见到会出现补给问题，因而作出了明确的指示：采取积极的措施，尽快修通川藏公路。进驻拉萨的先遣队，日日夜夜在祈盼公路通行。

重庆和成都，成了指挥的中心和忙碌的后方。贺龙老总办公室的灯光经常通宵达旦，烟斗燃起的烟雾熏走了睡眠，熏跑了蚊子，熏黄了作战地图。电台的嘀嗒声往返于北纬30° 的崇山峻岭之间，只要路不修通，军队的补给问题就像达摩克利斯之剑悬在头顶。

西藏是祖国大陆上最后一块没有解放的土地，要解放西藏，必须打开西藏的大门——昌都。战役的成败影响全国的大局，党中央十分关注昌都战役的进展。1950年8月，张国华向中央军委报告战役实施条件，第一件事就是交通条件，如果雅安到甘孜的公路在8月底前全线通车，那么在泸定以西就可集中三百辆汽车，提供粮食和作战物资。

毛泽东在六天内三次发电询问。8月18日，毛泽东在给西南局的电报中问：甘孜到昌都一段很长道路是否能随军队攻进速度修筑通车；昌都能否修建机场及是否适于空投……

遵照毛泽东"一面进军，一面修路"的指示，除先遣部队外，十八军绝大多数兵力都用在修路上，加上技术人员、四川民工和运输队伍，修筑川藏公路的人员超过十万人，足见川藏公路的重要性牵动着中央最高决策层的心。

1951年5月23日，中央人民政府的全权代表和西藏地方政府的全权代表在北京签订《中央人民政府和西藏地方政府关于和平解放西藏办法的协议》（简称"《十七条协议》"），西藏和平解放。

就在签署《十七条协议》的同时，十八军后方支援部队已经把公路从雅安的金鸡关修到了雀儿山脚下的马尼干戈。五天后动工修雀儿山公路，年底将四百五十公里的路修到昌都。一切都在艰难地推进，意志力是考验一支军队的先决条件。

陈明义的搭档，西南军政委员会交通部副部长穰明德回顾公路在战争中的重要作用时说，在战争中，公路是炸不烂的运输线。

时年三十四岁的陈明义十三岁投身革命，十四岁参加红军，早已筑就了坚定的信念，他要和政委穰明德一道，率领筑路大军填补中国和世界公路交通史上的空白。

但填补“空白”的人，手中也是空白的，没有设计图纸，没有工程机械，没有技术人员……面对“一片空白”，他们迈开双脚，挥动铁锹，一步一个脚印地去完成党中央给予的使命。

在一座藏式楼房的二楼，陈明义接受了作家高平和苏策的采访。

谈话间，陈明义来回踱步，不疾不徐地讲修筑川藏公路的特点：“第一是急，不是一般的急，而是双料的急。因为虽然和平解放了西藏，但敌人在多方面限制我们，企图把我们赶出去。为了站稳脚跟，必须尽快把公路修通，只有尽快修通公路，才能摆脱在甘孜、昌都、拉萨的一次次致命的粮荒。汽车运输当然没有飞机空运快，因此‘救饿如救火’，这个急，激发了我要求部队修甘孜机场的迫切感。第二是公路很长，工程浩大。第三是地形的艰险程度大，海拔高，气候特殊，空气稀薄，我们是在世界屋脊上修筑公路。第四是我们这支战斗队执行修路任务，没有经验，缺乏相关的科学知识，是个新的问题，这就要求我们在新的任务面前学习。第五是青藏高原地广人稀，荒凉之至，有辽阔的草原和无边的森林，因此运输困难，一边修路，一边自己背运，汽车部队虽然已经发挥了高度的积极性和创造性，但仍有限度。第六是修路全靠一锤一锤地打，一棵树一棵树地挖，不是机械筑路，也不是半机械筑路，而是只有屈指可数的机械。”他停止踱步，说：“这是我归纳的六条。”接着，他又补充了重要的一句，“而且它又是在少数民族地区啊！”

高平回忆，陈明义谈问题时，从来不拿任何提纲，不翻任何材料，他的记忆力极强，心里总有一本非常清楚的“账”。

高平目睹过陈明义理性的“急”，也领略过他骂人的急。

甘孜机场通航以后，常有飞机起降。高平清楚地记得一天上午，大家正在甘孜礼堂里听陈明义作生产动员报告，一架飞机低低地掠过礼堂的上空，发出令人厌烦之声，那震耳欲聋的马达声使许多人捂起了耳朵，脸上现出难耐的表情。

陈明义顿时就发火了，大声批评道：“你们嫌吵了，我看啊，在拉萨的同志们很愿意听，但现在还听不到。他们听说要试航，就望着天空盼。有时候有人开玩笑说飞机来了，跑出去一看，原来是老鹰。同志们，在康藏要听到飞机马达响并不容易啊。”

一番话使在场的人想起了前方挨饿的战友，心情都沉重起来，会场里顿时鸦雀无声。

《十七条协议》签署后，进藏先遣支队于当年9月9日到达拉萨，体现出情急中的兵贵神速。然而，拉萨距离内地遥远，既不通车，又不通航，部队再一次陷入补给供应极端困难的境地。

而在一个阴暗角落里，西方势力支持下的反动农奴主鲁康娃乐了，宽大藏袍下的一只腿得意地抖动着，脸上露出诡异的笑容，眼睛直盯着穹顶，仿佛透过穹顶看见天神正降灾于解放军。

他吸了一指甲盖鼻烟，对着一帮喽啰幸灾乐祸地说：“哈哈，在昌都我们打了败仗，现在他们饿肚子比打败仗更难受。解放军不走，饿也要把他们饿走！”鲁康娃的判断透出狡诈和阴险，他试图倚仗路途的险阻，倚仗地域的辽阔，利用自然环境的险恶赶走解放军。

二、坚决把五星红旗插上喜马拉雅

在鲁康娃等人祈求神灵降灾于解放军的同时，十八军进军西藏的步伐掷地有声：“背负着民族的希望，脚踏着祖国的大地……”七十年后，所有的虚幻早已烟消云散，真实的历史留存在川藏公路博物馆。

“如果博物馆的开篇，不以十八军进藏拉开大幕，就不足以彰显解放西藏的战略睿智和大国统一的坚定决心；如果大幕拉开，不以张国华军长率队出场，就不足以表明老一辈领导人对他的信任和寄望，就不足以体现中国军人，在世界屋脊上那种‘一不怕苦、二不怕死’，‘让高山低头，叫河水让路’的精神魂魄。”

刘霞清楚地记得参观博物馆的一位军史专家的一番感叹：“我听过金一南教授谈张军长的一句话：共产党员的党性不是挂在墙上的。把川藏公路博物馆定在交职院（四川交通职业技术学院），正是基于院校是教学基地，更是思政课的最佳场所，目的就是让一代代交通人在学校这个摇篮，把‘两路’精神植入骨髓。”

“的确，张国华军长能彪炳中华人民共和国史册，不是凭他卓越的战绩，凭借的是共产党员的组织性、纪律性、原则性、战斗性。这简短的总结字字千金。”

刘霞送走参观者，心想回到办公室就查找金教授讲座的录音，抽时间把它转化为文字。这样一来，博物馆就又增加了重磅内容，揭秘了一支优秀军队的制胜密码、精神密码。

周四没有教学任务，她在办公室煮了白茶，往翻滚的茶汤里加了些老陈皮，馥郁的甜香弥漫在容纳十五人的大办公区。

她着手工作，金一南教授声情并茂的讲述感染着她。她看着电脑上的文字想："这样一来，馆里的藏品已经从文物逐渐活态化了，'路魂'的精神品质让思政课变得声情并茂。"

她反复听着这时长十七分钟的录音，金教授的演讲很精彩，但如果要以讲解员的语气，再增加一点富有文学性的代入感，岂不锦上添花？

不久前她收集到《解放军报》刊登的一篇张仕文的文章，标题是"1950年邓小平等决定派张国华率十八军进军西藏"。她想，如果将两者汇集成一篇讲稿，以讲解员的口吻，把历史、文化、文学结合起来告知观众，岂不是一个富有创意的点子？于是她花了整整两个休息日，整理出了这段思政讲解的备选课件。

课件本着"大事不虚，小事不拘"的原则（即尊重历史事实，在事实的基础上完成课件的生动性）来讲述，预期效果跃然纸上：

1950年1月，毛泽东在苏联访问，做了两个指示，第一，海南岛发起进攻时间推迟；第二，立即进军西藏。因为斯大林向毛泽东建议：你们西藏的问题夜长梦多，赶紧派部队去，否则将来生变。毛泽东接受了斯大林的建议，指挥西北彭德怀和西南刘伯承从两个方向进藏，以西北进藏为主，西南进藏为辅。为什么西北为主？西北主要战事已经结束，西南胡宗南集团还没完全消灭，还在打仗，所以西南进藏为辅。

彭德怀收到电报之后，给毛泽东回电报，表示西北主要战事已经结束，但是（西北）地广人稀，又是少数民族聚居区，部队一散很难收拢。第二，从青海格尔木出发的青藏线，进西藏的公路年久失修，修公路得两年，很难很快进藏。毛泽东看了彭德怀的电报后做了调整，改成西北进藏为辅，西南进藏为主，而且刘、邓负责经营西藏，也就是刘、邓不但负责进藏，还负责经营西藏。

刘、邓一看，本来是辅助方向，变成主要方向了，还变成经营西藏，压力巨大。派哪个部队去？……刘伯承讲，要挑我们二野主力进藏。

入夜，嘉陵江畔，喧嚣了一天的重庆逐渐安静下来。

刘伯承司令员推开窗户，外面已是万家灯火，明明暗暗的灯光把山城点缀得绚丽多彩。刘伯承无心欣赏眼前的美景，他双手抱于胸前，渐渐陷入沉思；邓小平政委解开军装的纽扣，在刘伯承背后不停地抽着烟。他们正在思考进军西藏的合适人选。

“司令员，进军西藏你看谁去最合适？”邓小平征询刘伯承的意见。

“让张国华去，你看咋样？”刘伯承扶了一下眼镜，反过来征求邓小平的意见。

“好啊！我也觉得他最合适。一是有年龄优势，二是作战经验丰富！”邓小平兴奋地拍了一下桌子，站起来说道。

翻开张国华的履历，那是一幅充满战斗荣光的人生画卷：十五岁参加红军，三十二岁当上豫皖苏军区司令员，三十七岁时中国人民解放军统一整编后担任第二野战军十八军军长。成都战役刚结束，张国华被任命为川南行署主任。

1947年7月，刘邓大军挺进大别山，实行战略大反攻。此时，豫皖苏军分区在司令员张国华的指挥下，按照晋冀鲁豫军区的部署，十日内连克七城。接着他又参与指挥了周口攻坚战、淮阳攻坚战；随后兵出平汉路，斩断敌人中原运输的大动脉，有力地配合了刘邓大军的战略行动。

1948年冬，在淮海战役中，张国华率部进行宿怀阻击战，五天急行军，激战七昼夜，和兄弟部队一道阻止了李延年三个军的多次猛攻，对围歼黄维兵团的胜利起到了重要作用。

在此期间，军区部队共进行了大小战斗三百三十次，歼敌九万三千人。经过战火的磨砺，张国华也成为英勇善战、文武双全的有名战将。进军西藏，在西南军区的军长中，他无疑是最合适的人选。

刘、邓升起了点将台，那么，此时的大将张国华在哪里呢？

在川西平原的大道上，一辆吉普车风驰电掣地行进着，车轮过处卷起阵阵尘烟。张国华坐在吉普车里，心情愉快地哼着安徽小调。此时，他正风尘仆仆地赶往新的目的地——川南行署。

突然间，一辆美式吉普车飞速而至，一名参谋拼命招着手，大声示意张国华的车停下。见此情景，张国华赶快命令司机停车。机要参谋一边从车上跳下，一边扬着手里的纸片："报告首长，重庆特急电报！"

张国华接过电报匆匆看了一眼，立即对驾驶员说："掉头，全速赶到重庆！"

在重庆曾家岩，刘、邓两位首长接见了张国华。

小平同志见了张国华第一句话："今天谈话凭党性。"他把毛主席的电报递给张国华。待他看完，刘伯承拍了拍张国华的肩膀，郑重地说：“我们决定把这个任务交给你，怎么样？”

张国华双脚一碰，立正答道：“一切听从党安排。坚决完成任务！”

就这样，历史的重担落在了张国华肩上，他率领十八军，接受了艰辛的西征任务。从重庆返回部队，张国华立马投入进藏的各项准备工作中。

共产党员的党性不是挂在墙上的，从与刘、邓猝不及防的交流，看见了张国华的党性：毫无怨言，坚决完成任务。虽然军长的弯转过来了，可部队没转过来，还有畏难情绪。当时组织安排十八军接管相对富庶的川南，张国华担任川南行署主任，政委谭冠三担任自贡市委书记，突然间从去天府之国，改为去条件极为艰苦的西藏，部队一时转不过弯来。

当时的状况是，部队许多团职干部都没结婚，到川南正好结婚娶妻生子，建立家庭——胜利了，都想过点好日子。突然转到西藏去，部队转不过弯来，有战士甚至开小差，严重时一个班只剩班长、副班长。五十二师一五四团一位副政委，写信提出身体不好，不能进藏。张国华看了信气得手直发抖，为什么手直发抖？这人原本是他最看好的青年知识分子干部，很有前途，有知识有文化，是他作为骨干培养的，可到关键时刻掉链子。

张国华抖着手大声说：“把人看错了。”谭冠三政委说：“那小子不去，绑也给他绑去，我骑第一匹马，把那小子绑第二匹马，绑去。”

谭冠三这么一句话提醒了张国华，张国华说不行，“我们不能绑他”。张国华讲，“进藏是毛主席交给我们的光荣任务，我们绝对不能让开小差者给玷污了”。张国华由此规定，凡是十八军开小差者一律不许进藏。

在十八军全军动员大会上，张国华讲：“你把西藏看成不毛之地，可英帝国主义从不嫌弃它荒凉，百余年来拼命往那里钻，现在美帝国主义又积极插足，难道我们对自己的国土反倒不如帝国主义热心？如果西藏真被帝国主义分割出去，我们西南边防后退到金沙江，恐怕我们在四川也坐不安稳。”

当时仅三十八岁的张国华军长，对问题的认识完全超出了常人的境界，比很多高级知识分子都深刻，这就是党培养出来的年轻干部的战略视野。张国华原是一个江西放牛娃，有着浓重的家乡情结、地域观念，最初也不愿到远离家乡的地方去打仗，可在共产党领导的军队里，他的思想和视野发生了质变。从他的身上可以看见这支队伍对人的精神鼓舞。

在十八军动员大会上，小平同志亲自坐镇，对张国华的讲话带头鼓掌，并给十八军将士题词：接受与完成党所给予的最艰苦的任务，是每个共产党员、每个革命军人无上的光荣。

1950年春，张国华率领十八军进藏。这是中国历史上第一次有中央政府派成建制的部队进藏，而张国华本人也作了很大的牺牲。

动员大会张国华讲话之前，讲台上有一个小女孩蹦来蹦去，又唱歌又跳舞，又跟大家敬礼，可爱的举动让紧张的气氛略略轻松了一些。

她是张国华军长四岁的女儿。张国华是带着家属进藏的。常年行军打仗让他少有闲暇照顾妻女，而进藏意味着又不知何时才能回来，所以他把妻女带在了身边。然而不幸的是，四岁的女儿患上了感冒，感冒引发了肺水肿，活蹦乱跳的小女孩倒在了路上，再也没有醒来。

多年后有一天，张国华的另一个女儿，长篇报告文学《雪域长歌》的作者张小康同金一南不期而遇，她告诉金一南，“我大姐四岁就去世了”，她说“母亲后来一辈子不提大姐。我们大家都以为母亲早把大姐给忘记了”。可到了2005年，张小康的母亲去世前，在深度昏迷中，口中一直默念着“小难，小难”——小难是大女儿的名字，困难的难。直到此刻，张小康才明白，母亲一辈子都没忘记小难，天天都记得，就是不说而已。

十八军进藏，尼赫鲁政府提出抗议，当时中国驻印度大使馆政务参赞申健回答尼赫鲁：西藏是中国不可分割的一部分，进藏是人民解放军的权力。周恩来把申健的回答上报毛泽东，毛泽东作批示：周并外交部，申健答得很正确，态度还应强硬一点。应说中国军队是必须到达西藏一切应到的地方，无论西藏政府愿意谈判与否以及谈判结果如何，任何外国对此无置喙的余地。领袖为什么强硬？因为尼赫鲁没道理。领袖为什么能强硬？就在于他有一批赴汤蹈火的勇士，像张国华这样的人。

毛泽东创建的这支队伍，对党忠诚，能打胜仗，接到任何任务坚决完成，不惜抛头颅，洒热血。所以今天讲军旗为什么这样红，这批人是我们丰厚的资本。

张国华1972年去世，大军区正军职，年仅五十八岁。

周恩来在北京迎接张国华骨灰。周恩来一生给两个人迎过骨灰。第一个是大将陈赓。周恩来与陈赓有着深厚的革命友谊，陈赓是黄埔军校一期学员，当时周恩来担任黄埔军校政治部主任，之后在上海做地下工作，周恩来直接领导陈赓，到了中央苏区又直接指挥陈赓，周恩来跟陈赓个人关系、工作关系都非常紧密，所以陈赓在上海去世，骨灰运回北京时，周恩来在机场迎接。

第二个便是张国华。周恩来与张国华在工作上无直接的交集，但周恩来特别喜欢张国华，张国华去世的电报发到北京，周恩来连续讲了几个字：可惜了！可惜了！

刘霞看完这份课件，用时九分钟，喝一口还没有来得及品尝的白茶，后仰身子紧贴着办公椅的靠背，让自己放松放松，心想，先放一放，看能否增减。

这份课件是对中国共产党之所以能成为一个伟大政党的另一种讲述。如果把主题词浓缩，即为：党性、理想信念、初心为民。张国华军长的党性、格局、胸怀就来自党指挥枪的精神指针；就是“两路”精神竖立的“路魂”原浆。

时至今日，这种精神已经像格桑花一样开满青藏高原。十八军抢通二郎山公路时，提出了“吃大苦、耐大劳、流大汗”的口号；半年后，十八军在修筑雀儿山公路时，喊出“不怕苦、不怕死”的精神口号；时隔十二年，十八军在中印边境自卫反击战时又喊出“一不怕苦、二不怕死”的精神口号。

毛主席听后，高度赞扬，说：“提得好！”

2014年8月6日，习近平总书记对“两路”建成通车六十周年作出重要批示：六十年来，在建设和养护公路的过程中，形成和发扬了“一不怕苦、二不怕死，顽强拼搏、甘当路石，军民一家、民族团结”的“两路”精神。

三、全新的西藏需要公路

“一面进军，一面修路”的指示回响在进藏之路上：张国华军长带领的十八军先遣部队是扛着红旗在前进；陈明义司令员带领的后方筑路部队则是扛着公路在前进。

十八军先遣部队开拔西藏不到四十天，5月初的川西雨季已经来临。西南军区支援司令部六个工兵团和十八军的两个团，指战员手拿铁锹、铁铲、铁锤，浩浩荡荡开进二郎山筑路工地，向被称为世界“地质灾害博物馆”的第一险关二郎山发起总攻。

此时，支援司令部驻地移至天全。天刚亮，陈明义司令员就带着参谋和警卫员，从天全骑马直奔二郎山。

从天全到二郎山脚，有一段公路，是民国时期刘文辉主政西康时修的。说是公路，倒不如说是公路的影子，沿途几乎没有一段完整的公路，仅能看见当年修筑公路时搭建的几个残存的破烂工棚。

陈明义骑在马上，看着眼前的山川景物，青绿葱茏的草木上，冒烟似的覆盖着一层层薄雾，天然一幅浓淡相间的水墨山水，但他无心欣赏眼前的诗情画意，他惦记的是前方部队的军需——公路进度一旦跟不上运输，前方就会告急，中央的战略意图就会搁浅，因此，陈明义的心里只有一件事，就是如何在当前困难的条件下加快筑路的进度。

他在脑海里逐一比对近期汇集的资料和线路，马蹄声穿透薄雾传向远方，顺着天全河一路西行，广阔的河滩逐渐变窄，路也越走越窄，眼前的山势却越来越陡峭。逐渐变缓的清脆马蹄声提醒他，修筑川藏公路，必须征服眼前的二郎山。

二郎山地处川藏交通咽喉，海拔三千四百三十七米，虽然山下已过春暖花开季，但二郎山上依旧冰封雪裹。军用地图标注，二郎山上下山各九十里，山势陡峭，地质复杂。石岩地段大多是变质岩和花岗岩，坚硬难攻，土石地段水土严重流失，经常有山崩发生，很容易塌方。再加上气候恶劣，山顶终年飞雪、山腰细雨迷蒙，二郎山成为修建川藏公路的一道难关。

更难的是，没有经验可以借鉴。千百年来“世界屋脊”没有一条公路，近代地理学家白眉初所著的《西藏始末纪要》称：“乱石纵横，人马路绝，艰险万状，不可名态。”这四句话摆明说，要在这里修公路，难如登天！

茶马古道

陈明义握紧缰绳，遥想当年文成公主沿茶马古道进藏整整走了三年，而眼下要以最快的速度修筑能通汽车的公路，谈何容易！可偏偏历史的重担、时代的使命就落在他的肩上，要他率领十万筑路大军，硬是在平均海拔四千米的世界屋脊，修建一条“海拔最高、路程最长、道路最险、工程量最大、修建速度最快”的进藏公路。

修通就是奇迹，修不通就是败绩。

来到山脚，在向导的带领下，陈明义一行徒步沿着弯曲的羊肠小道向山上进发。

走到山腰，天下起细雨，举目望去，二郎山上满山古树荒草，到处是巨石、烂泥。

约莫走了三小时快到山顶时，陈明义看见一块石牌坊上刻着“登峰造极”四个大字。这四个踌躇满志的大字，在他眼中却有着另一种含义，让他的心情复杂起来。雨越下越大，山路也越走越陡，脚下的稀泥越来越滑。陈明义打趣地说：“像当年过草地。”这句放松心情的话语里透着一种坚毅。汗水湿透的一行人朝山顶走去。

穿过牌坊，眼前一道巨石峭壁拦住去路，工兵团的战士们正腰系保险绳，抡着八磅大铁锤打炮眼。一名战士手上缠满纱布，挥动铁锤，虎口被铁锤和钢钎的撞击震裂，纱布上洇出许多鲜血。

陈明义走上前去握住他的手，问道：“你叫什么名字？”

“报告首长，我叫朱清国。”

陈明义捧着旧伤未愈新伤流血的手，心疼地说：“你休息吧，等养好了伤再干。”

朱清国看着首长，将钢钎抱在胳肢窝里，看看伤口，摇摇头，笑笑说：“首长，我们连队历来是轻伤不下火线，重伤不住医院。”

陈明义感动地拍着战士的肩膀，说：“好样的，朱清国同志。为你们加油。”说罢与他挥手告别。看着渐渐远去的首长，有老兵凑过来打趣地说：“你真幸运，他就是陈司令员。”

“真的呀？怎么不早说！我还以为是一位态度和蔼的大哥。”朱清国激动地望着远去的首长。

临近中午开饭，陈明义来到一个连队的露天伙房，看到工兵团的饭菜是一锅稀饭，一盆野菜；再看另一个团的伙食，也是一锅稀饭，一盆野菜。他随即叫人找来两个团的领导，询问是怎么回事。

团领导报告说：“主副食要到一百三十多里外的天全去背运，遇到下雨天，二郎山东坡全是烂泥，行走十分艰难，运不上来，供应不上，等不来就只好吃稀饭野菜。”

听到这里，陈明义发火了，大声呵斥，“这是在找理由！这么大的劳动强度，这么恶劣的气候，怎么能让战士们饿着肚子施工？”他瞪眼看着团领导，当即发话，“你们给我听着，在二郎山修路部队的主副食，雇当地民工背运，给工钱。一六二团的雇工费由十八军报销；工兵团的雇工费，由西南军区支援司令部报销。明白了吗？”

“明白。”两位团长齐声回答。

“大声点。”

“明白！”

“那就这么办。你们再让战士们喝稀饭吃野菜，我就打你们的板子！”

“是！”两位团长的回答坚定有力。目送着首长离开后，两人的心里充满喜悦，目光会意地碰在一起，战士的伙食要得到改善了。

前一星期，五十三师师长张忠上二郎山检查部队工作，也遇到同样的情况。

午饭时，餐桌上摆了一碗腊肉炒竹笋，一碗野菌炖粉条，一碗炒野芹菜，一碗炒野韭菜。师长品尝后高兴地说：“生活不错嘛，每天都能吃上这样的饭菜吗？”

作陪的三营长宋继年，苦笑着回答：“哪能呢？不瞒您说，我们已经断粮、断油一个多月了。今天饭桌上这些腊肉、粉条和炒菜用的油，全都是到十几里路远的道班去借的。师长您大老远地来看望我们，怎么说，也不能让您和我们一样喝清稀饭、吃清水菜啊。”

师长听后大动感情，红着眼睛，长叹一声说：“唉，山下的人只知道你们缺吃的，可不知道你们缺得这么严重。大家放心，我回去一定尽快把吃的弄上来，要是弄不上来，我也不配再当这个师长！”

下山途中，陈明义路经一六二团三连连部，把头伸进帐篷，看见帐篷进光线的地方蹲着一个人，正聚精会神地在小本子上写着字，哼唱着，全然没有顾及司令员就在旁边。陈明义问尹连长：“这个人是干什么的？”

尹连长回答：“他是西南军区战斗文工团的作曲家，名叫时乐濛，说他要给我们打通二郎山写支曲子。”

“好啊，”陈明义乐了，“这对修路官兵是极大的精神鼓舞。”他兴冲冲走进帐篷，握着时乐濛的手，说：“你是有名的文化人，上二郎山给部队写歌，欢迎你。任务急，请抓紧。”

“谢谢首长，我一定抓紧，一定抓紧。”时乐濛很受鼓舞，他早就听说陈明义很喜欢文艺，尊重文艺工作者，也很懂文艺的作用。眼下，这传闻得到了证实。

这位年仅三十四岁却有着二十年军龄的年轻人，出生在河南商城，红军长征时期，任西路军总部作战参谋，三过雪山草地，奋战河西走廊，转战祁连山，九死一生的岁月里，在同马步芳的骑兵作战时，子弹打光就用石头反击，子弹打穿过他的手心。

此刻，就是这个带有疤痕的手心，给时乐濛传递了力量、温暖、尊重和信任，时乐濛抬头望着积雪的二郎山主峰，大喊一声："二呀么二郎山，高呀么高万丈……"再重复这句话，他暗自兴奋，对自己说："有感觉了。"

不久，洛水作词、时乐濛作曲的《歌唱二郎山》问世，鼓舞着沿途筑路的官兵、民工和群众。

二呀么二郎山，高呀么高万丈
古树哪荒草遍山野
巨石满山岗
羊肠小道哪难行走
康藏交通被他挡那个被他挡
二呀么二郎山，哪怕你高万丈
解放军，铁打的汉
下决心，坚如钢
要把那公路修到西藏
…………
二呀么二郎山，满山那红旗飘
公路通了车
运大军，守边疆
开放那富源，人民哪享安康
…………

从此，这首歌咏二郎山修路精神的歌，唱响青藏大地，唱红全中国，鼓舞了一代又一代的中国人。

6月，十八军五十四师一二六团奉命开往二郎山，在沿着天全河边公路行进时，遇见站在土堆上向他们挥手的军首长陈明义。

团长金荣功小跑着来到首长面前敬礼，说："报告首长，一二六团的修路方案是，将按团直机关加三营、一营、二营顺序分开，从滥池子到山顶实行分段包干，各包修十公里路段。"

"很好，加快你们团的工程进度。多一分进度，前方的胜利就多一份保证。"

"坚决完成任务。"

一二六团在滥池子分配抢修任务后，各分队立刻冒雨奔向各自工段。

与此同时，为保障过往筑路大军和运输车队，汽车第二十团班长王忠和带领五名战士，背着铁锅，带着干粮，在滥池子搭起了窝棚，用三个石头支起了一口铁锅，为过往车队烧水煮饭。一把菜刀、一把砍刀、一口铁锅、一副挑桶是当时滥池子兵站的全部家当，这就是川藏线上建起的第一个兵站。

川藏公路贯通后，沿途设置了很多兵站，有设在雅安的成昌兵站、新沟（滥池子）兵站、泸定兵站、康定兵站、雅江兵站、135兵站、理塘兵站、巴塘兵站、芒康兵站等，这些兵站为运输部队提供了食宿的便利。

三营营长宋继年带着部队来到山上，经过实地考察，认为打通二郎山有四难：清除稀泥难，战胜塌方难，爆破岩石难，衣食住行难。

正值雨季，湿润的二郎山东坡，三营所担负的工段，都有几里或十几里长的没膝深或半人深的淤泥。汽车一旦开进淤泥，车轮便打滑空转，搅得泥浆飞溅，尽管发动机开足马力，但无论怎么吼叫，也难以摆脱泥坑。

每遇这种情况，修路部队就赶紧冲上去垫树枝、石头，甚至棉衣、棉被，把陷进烂泥中的汽车推出去。每次推一辆汽车，一二十位干部战士都变成泥人，宋营长也不例外。

九十里的施工现场，部队每天从早到晚，不停地用铁撮箕把泥浆装上小推车运走。将士们几乎每天都和泥浆打交道，都在没膝深或半人深的泥浆中奔忙。一天忙下来，除了两只眼睛，满脸满身都是泥浆。战友们调侃，人人都穿上了“泥子服”。为了清除这些泥浆，全团就花了一个多月时间。

清除完泥浆，公路上露出绵延不断的大坑小坑，一旦积雨，就会变成一个一个大小水凼，汽车一旦栽进大水坑里就熄火。

面对眼前出现的新情况，宋营长要求大家并亲自带头到处捡石头、砸碎石、挑泥沙，填平大坑，夯实路基，铺平路面，疏通路边排水沟，直到看着汽车通过。

清理工作不算最难，遇到塌方大家头都大了，交通瞬间瘫痪。二郎山很多路段是在砂石结构的岩壁上开掘出来的，一遇雨水浸泡或冲刷，极容易塌方。一旦塌方就是好几里长。关键在清理塌方时，没有机械，全是靠锄头、竹筐、藤筐、钢钎、扁担、绳子这些工具，把泥土和石头弄走。碰上一人高的大石头还好解决，众人齐心协力把它推下悬崖去就行。碰上需要运走的泥石就很麻烦，得用人力一挑一挑地担走，一块一块地背走。干部战士就得不分昼夜，及时排除障碍。就是在一个环境如此恶劣的地方，将士们居然搞起劳动竞赛，一个没有物质奖励的竞赛——每次战胜塌方，连队都要评出若干竞赛能手。

古老神话“愚公移山”不服输的精神，勇于战胜困难的精神，生生不息地传递在这个伟大民族世世代代的基因里、血液里。

宋继年营长清楚地记得，有一个叫秦景跃的战士，每次背泥石都要背二百多斤重，小伙子身躯高大，光着上身活跃在工地上。自打陈明义司令视察整个工地后，部队有了饱饭吃，将士们干劲一下子猛增好几倍，几百斤重的大石头，也能用绳子从公路上拖出去，工地上一下子冒出许多像秦景跃一样的“大力士”。

工期在缩短，路段在推进，就在宋营长写工程进展报告的当天，几辆汽车被堵在塌方区内进退不得，十分危险，负责抢险的连队一连干了三昼夜，一百多人肩膀全被扁担磨破了皮，皮肉溃烂，痛得不敢穿衣服。连长心疼大家，大声宣布：今天上午一律不穿上衣。

连长带着一百多人赤裸上身上阵，营长看见后大声训斥说：“全都给我站住！搞什么名堂？赤身露体的，像什么队伍？”

连长听见训斥，赶紧跑过去报告，说：“报告营长，下面都穿着裤子哩！”

营长气得咬牙切齿：“下面要是都没穿裤子，我先把你枪毙了！”

连长不敢再说话，委屈地转身跟在营长屁股后面。

营长气呼呼地大步流星走到队伍前，铁青着脸，正要训话，猛然看见战士们皮肉溃烂的肩膀，一下子愣住了，心疼的眼神流露出来，愣神片刻，含泪一笑，挥手说：“走吧，就说是我批准的。”

不知是谁轻轻拍了两下光溜溜的肚子，发出啪啪的响声，刚才还鸦雀无声的队伍里突然爆发出一阵大笑，人民军队的革命乐观主义精神，随二郎山的云气洋溢在九十里的工地上。

陈明义收到的工程进度报告表明，二郎山的老路上有很多地方是在岩壁上炸开口子穿过去的，极窄，许多地方只能勉强缓慢通过一辆汽车。

如果这事发生在今天，就是小事一桩，运几车炸药就能解决问题。可那年月哪有那么多炸药，按计划定量使用炸药的制度非常严格，而且修建川藏公路所使用的炸药，大部分都在成都，是从国民党军队的炮弹中取出来的，金贵得很。没有炸药，很多地方的岩石只能靠人力砸开。一五八团、一六二团战士刚学打炮眼时，不少人砸伤手脚。

往返工地的陈明义清楚，部队上二郎山的人数越多，供应越紧张，生活越困难。除赤竹坪、团牛坪等几个地方可以搭少数木棚房外，绝大多数将士都只能在山上就地搭帐篷住。说是帐篷，完全不是美式的军用帐篷，没有那么结实，没有那么规范，更没有那么豪华。那时的帐篷，实际上就是几块用树枝撑起的雨布。

帐篷里，地上根本没有什么草垫或干草，铺上些树枝就是床，官兵们把这种床调侃为“钢丝床”，不少人的“钢丝床”下面都在浸水、流水。

修路部队一人只有一套衣服，白天劳动被汗水、雨水浸湿，只能晚上回住地烧火烤。烤衣服，几乎成了修路官兵每天晚上必不可少的事。有的人衣服太湿了，到吹熄灯号时还烤不干，就只好等大家睡下后，自己再坐在火堆前慢慢烤。这时候坐在火堆前烤衣服，特别容易打瞌睡，一打瞌睡就有险情。

最让陈明义心痛的是，一位战士叫孙天才，深夜烤衣服，一不留神，一闭眼睛一弯腰，就栽进了火堆里。还好，火不大，只把他半边脸烧伤了。第二天，他照样去上工，兄弟连队有一位老乡发现后，惊讶地问他：“哎，老兄，几天不见，你怎么就吃胖了啊？”他绷着半边脸苦笑说：“唉，昨晚上做梦娶媳妇，急不可耐扑上去想亲一口，没想到，媳妇通红着脸，一下子变成了一只凶猛的老虎，把老子的脸舔了一下，这脸就变成烤煳的馍馍了。”

极端艰苦的环境，何等的幽默！谁说中国军人只有英雄主义？这段对话不输苏联电影里的浪漫。

这些事传到陈明义的耳朵里，他既心酸又心疼。他还知道，一个叫吴二娃的小战士，深夜烤裤子，一打瞌睡，就把屁股上烧了一个大洞。他发现后一下子就急哭了，把大家都吵醒了。排长赶紧跑过去安慰小战士，说：“别哭，别哭，你尽管放心地睡觉，明天早上我保证给你把裤子补好。”小吴心想，你哪有什么办法啊，大家都是一人一身衣服，旧衣服早都拆用光了，你还用什么布料给我缝补啊？但一想排长从来都是一言九鼎的人，也就放心地睡了。

第二天一大早，排长就叫小吴把烂裤子拿来，翻出自己的裤子口袋，剪下一块布，三下五除二，很快就把破裤子缝好了。

小吴感动得不得了，说：“排长，剪了你的补我的，你的烂了怎么办？”排长说：“我还有一个裤子口袋。”小战士仍不放心地说：“要是那个口袋补完了又破了呢？”排长说：“那就剪你的补我的。”小战士开心地笑了，再不说话。那时候的军人就这么乐观。

时间定格在1950年8月25日，二郎山终于抢通，六百公里老路全线通车，西进的各种物资源源不断运往前方。

陈明义站在二郎山山顶，望着卷起阵阵烟尘的车队，心里生出一阵阵欣慰。

带着初战告捷的消息，9月，陈明义在重庆受到刘伯承亲切接见。

陈明义向重庆地区的最高首长汇报抢修公路、运输物资和后勤保障的情况。

二郎山老路

刘伯承笑呵呵地握着陈明义的手，注视着他说：“嗯，瘦了，当年过雪山、草地时，你在我身边当作战参谋，而今，已经成长为率领部队的高级指挥员了。”刘伯承分外高兴，分外亲切，他亲自泡了一杯龙井茶，说：“西湖龙井，你尝尝。”一股清香扑鼻而来。

陈明义捧起茶杯，将茶水一饮而尽。这一举动引来首长的大笑。

“报告首长：咱们十八军和参加筑路的工兵部队，不怕山高缺氧，不怕风雪严寒，发扬我军艰苦奋斗精神和革命乐观主义、革命英雄主义气概，打通了二郎山，架起了泸定钢索大桥。”

“好哇！”刘伯承点点头，欣慰地说，“要保证和平解放西藏，关键问题是修路运输。你这个军参谋长，搞后勤，搞修路这一摊子，搞得很不错！这就叫作‘解放西藏，补给重于战斗’。”

陈明义把刘司令员的话仔细地记在小本子上，心想，话虽短，却很精辟，很有针对性。留在后方的人员中，不少人认为上前方作战才光荣，不愿在后方做运输、修路的苦差事，一定要把刘司令员的指示传达给后方部队的指战员，动员大家像打仗一样，集中全力，修筑川藏公路，完成支援前方的重任。

在曾家岩西南局的办公室，邓小平政委接见了陈明义。自接受进军西藏的任务以来，这是陈明义第二次见到邓政委。

他兴奋地向邓政委汇报，十八军部队和西南军区支援司令部工兵部队已经把公路修过了二郎山，直达甘孜。部队在折多山以西人称“象鼻山”的地段修路时，遇到了巨大的挑战。象鼻山山体泥土黏滑，遇到雨天，汽车轮胎在上面打滑，无法前进，施工难度极大。但部队发扬艰苦奋斗精神，顽强拼搏，征服了“象鼻路”。

他特别讲到西南军区支援司令部政委胥光义和副司令员谭善和，指挥抢修公路和筹措物资组织运输抓得紧，对昌都战役起到了很好的保障作用。

邓政委听了，高兴地挥着手说：“好得很嘛！你们修路部队很辛苦，英勇顽强，战胜了大渡河，打通了二郎山，要好好地表扬战士们。”

陈明义还汇报了进藏部队执行民族政策的情况，说：“进藏部队一律住帐篷，不住寺庙；宁愿饿着肚子，也不打鱼吃，因为藏族人民认为鱼是禁忌食物。我们也获得了当地人民的支持，例如上层人士降央伯姆和夏克刀登动用上万头牦牛支前。”

邓小平听到这里，用食指抖掉香烟的白灰，加重语气说：“做得好，进军西藏，就是要靠政策走路，靠政策吃饭。”

邓小平提出的“进军西藏，靠政策走路，靠政策吃饭”成为当时西藏民族工作的指导原则。陈明义一到部队立即传达了党中央、毛主席和刘伯承、邓小平的指示，大大激发了广大干部战士的斗志和劳动热情，经过众将士的日夜奋战，又把公路修到了甘孜以西九十公里的马尼干戈，从此，公路旁边的玉龙拉措湖，又多了一个名字——新路海。

时至全域旅游的今天，这个湖已经成为热门旅游打卡点，它距川藏公路仅五百米。

顾不上掸去满身尘土，陈明义带领全体筑路将士，又迎着漫天飞舞的雪花开上海拔五千零五十米的雀儿山垭口……

陈明义率领十万筑路大军，在空气稀薄的青藏高原，一干就是整整四年。经过艰苦卓绝的奋战，建成了西藏历史上第一条公路——川藏公路。从此，西藏和内地紧紧联系在了一起，公路架起了拉萨和北京之间的“金桥”，陈明义被西藏人民亲切地誉为“金桥司令”。

四、战胜“铁山”雀儿山

“登上雀儿山，伸手能摸天；一步三喘气，风雪迷漫漫；深沟峻岭多，断岩峭壁连；要想过得去，真是难！难！难！”世代放牛娃流传的这首歌谣，真实地再现了雀儿山的艰险。

最先进场的是担任作业组和青年团小组长的筑路战士李学文。登上雀儿山，他立即遭遇了一个下马威——在地冻天寒的环境中，不停地跺着脚，双手捂住嘴巴用力地哈气，四个字：要命的冷。

历经过辽沈、淮海、平津三大战役所向披靡的解放军，突然被这从未遇到的严酷自然所震慑。筑路部队清楚自己的使命，如果半年时间不抢通雀儿山，第二年公路就通不到昌都，后年通车拉萨的计划会变成泡影，这是十八军担负不起的责任。

1951年5月28日雀儿山开工之日，李学文所在部队接受了修筑马尼干戈到昌都段的艰巨任务。这段路全长四百五十公里，全线平均海拔三四千米，要修通挡在公路上的雀儿山、甲皮拉、达玛拉等七八座大山才能到达昌都，而雀儿山在藏语里称为“铁山”，是群山中最难啃的硬骨头。

李学文扛着十字镐，十步一喘地来到指定位置，眼前地势高峻，公路通过的最高点是五千零四十七米，时而雨，时而雪，时而冰雹，山脚下赶牛的藏胞说：“就是在六七月间，也经常落大雪。”

李学文搓着冻得乌青的手背，抱定“吃大苦，出大力，不怕困难”的决心。

雀儿山老虎嘴路段

刚上山，李学文就和战友们在终年积雪的山上搭帐篷，一个“冷”字贯穿昼夜，一碗饭吃不到一半已冻成冰块；在帐篷里睡一晚，早上醒来头发冻结在地上，抬头一扯痛得嗷嗷叫；起了床脚又伸不进毛皮鞋，仔细看是鞋子冻得硬邦邦变了形；帐篷经常被大雪压塌，被狂风卷跑。

尽管已经进入初夏，可满山遍野白茫茫一片，很多战友得了雪盲，有的腿肿头痛，手上、脸上也裂了一道道血口子。每当汗水浸在一道道口子上，带盐的刺激那才叫疼。

李学文自感平日里身体还行，此时也不例外，浑身浮肿，患了雪盲，脸上肿得把眼睛都挤成两条缝，眼皮红肿无法睁开。他不肯休息，就用火柴棍将眼皮撑起，很多战友如法效仿。这让指导员痛在心里，命令他：“李学文同志，你下山休养去吧！”

“不，施工已铺开，少一个人就少一份力量，我要战斗到胜利。”他坚定地回答。

眼下遇到填塌方需要石块，但满山遍野都是一米厚的积雪，到哪里找石头呢？“走，跟我来！”李学文带领几位同志，爬上五百米高的山顶去找石头，连夜把塌方路段填起来。

面对如此艰难的施工环境，没有一个战友被困难吓倒，反而有人乐观地说：“我们是住在五千米的地方，睡的是三十度斜坡，零下三十度的气温，沸点七十度的开水，可我们的劳动热情却是鼎沸的一百度。”工地上流行着一首歌：“山顶架帐篷，睡在云雾中，树枝铺在雪地上，好像睡的钢丝床。”人民军队的浪漫与豪气，荡漾在白茫茫的雀儿山之巅。

上级命令要在新年以前通车到雀儿山以西，在大雪封山前把冬季的粮食运到前方。李学文望望天空，气温低到零下二三十摄氏度，大风像刀子一样满山上刮着，山上的积雪足有两米多厚。在冰雪里，脚一伸进去，就冻得不能动弹，手握的钢钎像冰棍，松开手就被粘掉一层皮，刀割般地疼痛；战友阿威抡铁锤时虎口震得裂开口子，十指不能合拢，冒出的鲜血顿时变成暗红冰凌，顾不得疼痛继续坚持；打炮眼的战士杨海银一口气打了一千二百锤，成为全军的“千锤英雄”。

有一段洼地挡在前面，“前面部队等着我们修通雀儿山，把粮食运上去。一旦雪封山就无法施工。”李学文说着率先跳进冰水里，战友们也都跳下去。接着全班、全排、全连同志，都在冰水里奋战，直到用土石把水洼填满。此刻，他浸泡在水里的小腿麻木得失去了知觉。

感天地泣鬼神的场面再次出现，李学文带头唱起“解放军，决心大，雀儿山再硬也不怕，铁山也要劈两半，公路一定修通它”，这首歌一传十、十传百地传开，歌声响彻天际。

12月10日中午，正当筑路大军激战雀儿山之际，噩耗传来，小炮班副班长张福林英勇牺牲，消息传遍筑路大军。

就在部队准备集合吃饭时，张福林率领着小炮班正在忙着装炸药爆破，他一面检查每个炮眼是否够深，一面连接着导火索和雷管。

突然，一块两立方米的石头砸在张福林身上，因为整个腰部被巨石压住，伤势严重，他立刻昏了过去。醒来的时候，他没有呻吟，没有流泪，对指导员说："我心里明白，我是不能活啦。我还有四万五千块钱（旧币），作为我最后的一次党费。另外，请你告诉上级党组织，说我再不能为人民服务啦！"他说话的声音很低哑，脸上露着痛苦的表情，看见周围的同志们都在为他流泪痛惜，他振作起精神说，"你们不要看我啦，赶快上工去吧。以后接受我的教训，注意人员安全。"

临别的话感动了周围的战友，战友们围着他止不住哭出声来，就这样张福林永远地离开了战友，用自己的鲜血，在雀儿山上写下了壮烈的诗章。

他身边的战友回顾，在牺牲的前几天他还生了病，连长发现后让他休息半天，他却笑着说，志愿军轻伤都不下火线，我不过是慢性的老毛病。

张福林所在的连队党支部赓即召开支部大会，全体党员沉痛哀悼张福林，紧接着全军掀起了学习张福林精神的热潮，把雀儿山公路的任务提前完成。

为了纪念这位英雄，战友们在他牺牲的地方给他立碑，刻上"永垂不朽"四个大字。

女诗人杨星火是首批进藏的女战士，得知张福林牺牲的消息，她用文字缅怀英雄：

我第一次登上终年积雪的雀儿山，也是有生以来，第一次看到“六月雪”！大朵大朵的雪花，落在山峰上，落在公路上。大朵大朵的雪花，像朵朵白花，缀满了张福林烈士陵墓。我们含泪站在墓前，听筑路部队师政委洪流同志讲张福林的英雄故事……

这是一位年轻的炮班长。进军西藏前夕，他到川西的一个小镇赶场，既没为自己买一斤粮，也没为自己买一包烟，而是买了很大一包菜种，进军西藏的千里征途中，他走到哪里，把菜种撒到哪里。撒下一片翠绿，长出一片希望。

在打通雀儿山的艰苦战斗中，这位炮班长变成了开山炮手。有一天，他正在工地上检查炮口，突然被飞石砸伤，血流不止！卫生员给他打救急针，他摇着头说：“不用了，把这支药省给其他同……志……”

在他生命垂危时，指导员问他有什么嘱咐。他艰难地伸出手，从怀里掏出了最后一次党费，还有一包金灿灿的菜种……听到这里，我再也忍不住，泪水顺着眼角直往下掉，甚至哭出声来。洪政委走到我面前，拍着我的肩说：“流泪，只能寄托哀思；一个文艺战士，更应为英雄歌唱！”我抬起头来，抹去泪水，把政委的话刻在心里。对，应该为英雄歌唱！从这天起，我唱起歌来，似乎更有感情了。

每当我唱歌曲《打通雀儿山》的时候，就仿佛看见了雪峰上张福林的英姿！我仿佛看见他伸出一双手，把他未撒完的菜种交给我，把建设西藏的美好愿望交给我，把保卫祖国边疆的神圣职责交给我！我怎能不为他歌唱？这一年，我们一直和筑路战士在一起生活，一起劳动。部队把路修到哪里，我们文工团员就把歌舞送到哪里。

战士抡锤打钎

英雄的无私无我点燃了筑路部队的热情，一个向英雄学习的高潮在筑路沿线铺开。

一个大雪纷飞的早晨，陈明义司令员带着五十四师师长张忠和工程技术人员，踏着深过脚踝的积雪，从山顶西行。没走多远，迎面矗立着的一道石岩断壁挡住去路。大家称它为“石门”，修路无法绕开，必须打通它。陈明义嘱咐，把打炮眼的任务交给工兵八团团长张启泰，务必年前打开“石门”。因为这个任务，陈明义得知八团出了个“千锤英雄”杨海银，他在雀儿山上创下一个半小时抡锤打钎一千二百次的记录，炮眼深度达一点七米。岩壁爆破成功后，张忠向陈明义汇报说：“部队正轮流作业，日夜施工。晚上没有电灯，我们就用棉花蘸上油绑在钢钎上点燃照明，不分昼夜地抢进度，几千立方米的‘石门’终于打开。”

在雪线上施工，最难对付的是冻土带。李学文曾有意识地朝地上吐一口唾沫，刚落地就结成冰花。雀儿山有长达二十多公里的冻土带，厚度在一米以上，坚硬如石头，无论是铁锹还是十字镐，挖下去只能留下一道白印，硬碰硬震得双手虎口欲裂、掌心发麻。面对冻土，所有筑路工具全不起作用，甚至接二连三地放上几炮也炸不出多大的坑。

战士们开“诸葛亮会”，决定用火攻。最突出的问题是烧化二十多公里的冻土需要大量木柴，可眼前大雪覆盖，砍柴和捡柴都很困难。战士们便坚持到几十里外的山脚下砍柴，把树木砍下后捆好再背回工地。

雀儿山上天气多变，大家背着柴火在暴雪里、在狂风里、在冰雹下艰难地向山上攀登，军衣被挂破，棉花外露像一朵朵绽开的雪莲。汗水从里到外湿了个透，冷风像千万支利箭不断钻进肉体。就这样战士们在长长的千年冻土带上，点燃柴火，融化了冻土，施工进度明显加快。终于在1951年12月26日，部队提前五十多天把公路修到了独木岭。

听着汽车轰鸣的马达声，看着运粮汽车源源不断翻越雀儿山，李学文乐坏了。为了保护公路路基，他们连承担了在雪线上扫雪的任务。

这段时间，他清早吃罢早饭就上山，一直工作到天黑才下山。山上大风呛得人喘不过气来，积雪被风一刮，就塌一两米厚。一天一个人只能扫十方雪，严寒冻得手握不住扫帚，长满冻疮的手背流出乳黄色的脓液。可一想到前方需要粮食，粮食运不上去部队就要挨饿，一股强烈的责任心促使他坚持工作下去，仿佛在狂暴的风雪中，张福林就站在前方，为他们加油助威。刮风也罢，下雪也罢，眼前只有一个任务，把雪扫光，把冰铲光。

每天都有汽车从他的面前顺利通过，把粮食物资及时运到大山西面的兵站。

扫雪的任务持续了六十多天，每天李学文作业组从山上回来，鞋子全湿透，第二天清早鞋帮子都冻得硬邦邦的，穿不进去。李学文趁同志们睡下以后，把全班的湿鞋子捡在一起，放在火上烤干，把大家淋湿的衣服也给烤干了才休息。他想，这样一来班里的战友再也不用穿冰湿的鞋子上工了。战友醒来穿上烤干的衣裤和鞋子，都夸他，他却说："我算什么，张福林才是我们学习的榜样。"

张福林牺牲后，他所在的班被命名为"张福林班"，交通部还授予他们一面旗帜。这面旗帜，成了对张福林班每一个战友的一种鼓舞。

行军中，他们把这面旗打在最前面；施工时，他们把这面旗插在最耀眼的地方；回到帐篷里，他们又把这面旗帜挂在帐篷的正中央。战友们看着这面旗帜就很温暖，就像张福林班长仍然同他们在一起。

1952年7月末，张福林班接受了修筑达玛拉山公路的任务。

一天夜里，在达玛拉山上劳累一天的筑路战士早已熟睡。突然，一阵狂风过后落起倾盆大雨，雨水顺着帐篷缝流下来，帐篷一角有人喊道："旗！旗！"帐篷里住的正是张福林班的战士们，班长李春义说话间已经把旗子卷起来揣到怀里了。

到达达玛拉山正值"八一"建军节。趁休息时间，他们班围着红旗开了一个班务会，讨论"怎样保持张福林班的荣誉"。一致意见是："作为张福林班的一员，我们备感光荣。张福林班长从来没有怕过困难，我们也要像他那样，坚决完成行军任务。""不光是我们班不掉队，还要帮助别的班不掉队，张福林班长就是这样的。"行军越到后来越困难，就在这时，张福林班带头在全连中展开了体力帮助，帮助身体弱的同志背粮食，扛行李，他们一到宿营地，放下行李，又去接病号，还跑到五六里外的山上替炊事班砍柴火。张福林班帮助连队生病的病号，帮助体弱的同志，胜利完成了行军的任务。

人到了达玛拉山工地，工具还没有运上来，张福林班的战士们随身只带了一根钢钎、一把铁锹、一个十字镐。早一天开工，公路就早通一天，不能等工具，可也不能空着手做工。张福林班的战士们决定先用木杠撬石头，他们和全连同志都到树林中去砍木杠，第二天，全连都用木杠开始了施工。

海拔近五千米的达玛拉山气候严寒，大地冻得像石头，挖不动，一爆炸又成泥块，比开坚石还难，效率很低。张福林班为对付冻土，想出了一个办法：每天傍晚快下工时，以一个点为中心向外伸展，在土上挖成“Y”形沟，第二天，沟与沟之间的土冻裂，就不需要挖了，只将冻裂的土挑开就行。利用这种方法，效率提高了两倍，全团采用了这个挖土法，提前五十天完成了达玛拉山的筑路任务。

张福林班在不同的作业实践中，发明了七种排土、爆破方法，并采用了八种先进经验，使工效普遍提高百分之二百零五，为国家节约三千二百九十万元（旧币）。师和团曾召开以他们班为主的三次经验座谈会，传播他们的经验。

这面旗帜随着川藏公路的前进，不断增添着新的光辉。

在张福林班的红旗下，他生前同班的战士们，大部分已是排级干部。后来“张福林班”在川藏公路建设和西藏平息叛乱、中印边境自卫反击战中先后有三十六名战士献出了年轻的生命，全班曾二十九次荣立集体功，使张福林英雄业绩得到发扬光大。

榜样的力量在传递中带动了一批一批的上进者，有数据表明，在全军掀起的学习英雄的竞赛中，三年多来筑路部队立功个人一万余人，立功单位二百四十多个。

李学文所属部队经过一个多月的休整后，便翻过雀儿山到达独木岭，着手第二期施工任务。

爱干净的李学文用洗脸盆端着脏衣服去河边清洗，手刚伸进河水里就哆嗦着抽回，高山雪水浸得骨头直发疼，他下意识地将双手罩在嘴上直哈热气，咬着牙洗完衣服。

独木岭经常落大雪，驻扎在河边的部队烧起野火，暖暖冻麻木的身躯继续干活。班长胡长友冻得嘴巴、鼻子都破了，可是他咬咬牙又干起来。

连长和指导员经常叮嘱他们，烧水让大家烫脚，还带来了冻疮油给大家擦上。每天晚上下工连长都让人烧胡辣汤，战士们喝得眼冒火星，通身暖和，直呼："管用。"

一天天，一天天，公路修到矮拉山，战友们施工回来，都要上山拾柴火捡牛粪，用来做饭取暖。因为吃不上蔬菜，战友们就挖些野菜回来补充维生素。

秋末，高原开始落雨，帐篷里经常雨水滴答，大家把雨衣披在棉被上睡觉，第二天照常上工。矮拉山是坚硬岩石结构，十字镐挖不下去，整个部队在这时开展了"找经验，找窍门"运动。

李学文作业组发现山体石缝多，搞爆破效果不明显，他们就沿着岩石的裂缝用十字镐和撬棍来撬，这样每人每天能由两方开到五方，提高了效率。这种方法在全连推广后，节约了三十公斤炸药。

打通达玛拉山、甲皮拉山是打通玉（隆）昌（都）段的关键。他们连终于在1952年11月完成了玉隆到昌都段的修筑任务。看见汽车开到昌都，那阵阵被汽车轮胎扬起的灰尘，在特定时空内显得弥足珍贵，扬尘的气势平添了胜利的喜悦。挥臂告别离去的车队后，李学文发现手背的冻疮有所好转，从疼变成痒。

一年多的施工，李学文作业小组经常研究技术，集思广益，充分发挥积极性、创造性，全年创造了较成熟的十条经验，找到作业窍门五十多条。在爆破中创造了三角爆破法、集团爆破法，爆破的威力大、力量集中，减少了石头的阻力。在三角爆破中，只用了三公斤炸药，放了七炮，就炸了七十二方坚石。

铺路时应用苏联技术，创造了边抖边铺的作业法，在全连推广后，每人每天铺路工效提高了两三倍。还有陡坡作业法、塌方作业法、稀泥作业法等，因地制宜，使工效提高了三倍至七倍。

在工休时，李学文带着团小组读报纸，回顾张福林的英雄事迹，学习讨论。看了苏联电影《山野的春天》后，同志们都兴奋地说："山野的春天就是将来西藏的春天，只要我们努力建设，幸福就一定会来到。"党支部、团支部还利用影片《上饶集中营》里的感人故事，以及国际主义战士、模范团员罗盛教的英雄事迹，鼓舞战友们的顽强意志和革命英雄主义气概，从精神上有力地推动了施工进度的完成。

常言道，栽什么树苗结什么果，撒什么种子开什么花。有因就有果，英雄张福林这粒精神种子，结出了李学文们的奉献硕果。年终评功，李学文所在的团小组和作业小组，分别获得"模范团小组"和"模范作业小组"的称号。团小组包括李学文在内的五个同志都立了功，李学文两次立一等功。

部队把路修到昌都后，就从横断山地区进入真正意义上的高原，施工难度极大缓解，生活质量逐渐得到改善。

李学文在晚饭后，趁天还未黑，就抓紧给家里写信：

爸爸妈妈及二弟：

很想念你们……部队在公路沿线上，修建了一排排营房，用草皮和松枝做成围墙，在平坝上修建了操场、篮球场、排球场，制作了木马、单双杠，挖了跳高跳远的沙坑。每个连的俱乐部里，都有内地运来的苏联画报、解放军画报、杂志、报纸，还有军棋、象棋、扑克、胡琴、口琴、乒乓球、羽毛球等各种文娱器具。在今年的整休中，我们每个同志的身体都更加健壮，体重都有增加，有的增加八九斤。在向拉萨前进的公路线上，满山架设了绿色帐篷。现在，我们用铁镐在又高又陡的米拉山上开辟了工地。这座大山已经风化了，经常有巨石滚到山下来。为了避免发生事故，我们用绳子拴在腰上工作，并在山顶上设置了游动哨，监视塌方……时间过得真快，我和战友们，就这样跟冰雪、峭壁和顽石搏斗了近两年。在川藏公路上，每一块石头、每一方土，仿佛都经我们抚摸过、敲打过、安排过。战友们都爱这条公路，爱康藏高原，都有决心“背”着这条公路前进，争取在1954年把公路修到拉萨。到那时候，大家可以从拉萨直接坐上汽车到内地来。这样就可以把祖国内地和边疆更加紧密地联系起来；就可以把内地的各种物资运到康藏高原，建设美丽可爱的新西藏……

正是有张福林这样屹立在雀儿山的精神魂魄，十万筑路大军一往无前，英勇奋战，连续打通了海拔四千八百多米的六座雪山，跨过了十条湍急的河流，提前四十天完成了上级下达的通车昌都的任务。

收悉昌都通车的喜讯，西南军政委员会主席刘伯承、政委邓小平，西南军区司令员贺龙，向陈明义及其率领的筑路大军致电嘉奖。

1952年秋天，正是高原雪莲花开的时节，陈明义到重庆，向西南军区司令员贺龙汇报修建川藏公路的情况，在重庆曾家岩西南局的办公室里，当汇报修路部队艰苦而又充满革命乐观主义的生活时，贺老总感慨地说：“这和我们长征时一样啊！”当陈明义谈到战士们把树枝搭在雪地上当床铺，并风趣地称作“钢丝床”时，贺老总哈哈大笑起来。

谈到战士们白天在雨里雪里修路，晚上睡在方块雨布搭的帐篷里，漏雨飘雪，衣被湿透难以入眠时，贺老总皱起眉头，对秘书说：“记下，叫军区后勤给筑路部队特制帆布帐篷，配发雨衣！”

“由于运输困难，有时主副食供应不上，战士们挖地老鼠、吃野菜充饥，不少同志由于营养不良，患了夜盲症等疾病。”陈明义补充说。

“明义，公路已修到昌都，修路部队能吃上蔬菜了吗？”

陈明义摇了摇头：“青藏高原地势高寒，部队常年吃不上蔬菜，只有逢年过节，飞机给我们空投一些萝卜、土豆和白菜。由于缺乏维生素C，战士们的手指甲盖不同程度凹陷。”

贺司令员站了起来，他不安地踱来踱去，思索着什么。稍停，他严肃地对陈明义说：“立刻派人到上海购买维生素C，必须每人每天吃四片，少了不行！”

1952年12月1日，《人民日报》发表了毛主席和朱总司令给川藏公路筑路大军的题词，分别为：“为了帮助各兄弟民族，不怕困难，努力筑路！”“军民一致战胜天险，克服困难打通康藏交通，为完成巩固国防繁荣经济的光荣任务而奋斗！”

题词被制作成锦旗，由中共中央办公厅、中央军委办公厅派专人送到川藏公路修建司令部司令员陈明义的手中。

喜上加喜的是，收到锦旗的前五天，经过汉藏军民的团结奋战，在世

毛主席为筑路战士题词的锦旗

界屋脊上修建的第一个机场——甘孜机场胜利竣工。

李学文从收音机里获得通航的消息。通航那天，晴空万里，飞机轰鸣着从天边飞来，第一架飞机降落在甘孜机场，飞机的螺旋桨搅动的巨大旋风，把人们衣服刮得噼啪作响，跟喜庆鞭炮一样。

甘孜是经川入藏的交通咽喉，当年红军长征路过此地时，朱德总司令和格达活佛结下深厚的友谊，曾在这里创建了中华苏维埃中央博巴自治政府。

看着从简易的起降跑道上腾空而起的飞机，陈明义的心里更有了定准，整日悬吊于胸的大石落下了——终于解决了如何把成千上万吨物资从层层山河阻隔的千里之外运进西藏的大难题。

站在这顶运筹帷幄的帐篷门口，陈明义和穰明德仰头看着飞机腾飞降落，不约而同地会意一笑。这一笑，证明甘孜机场的通航，再次向帝国主义宣告一个事实：撼山易，撼解放军难。

距机场九十一公里的马尼干戈前面，英雄张福林的坟茔上，铺上了一层浅浅的雪花，它在告慰英灵，你们的付出终会以胜利来回报。

五、中国公路测绘的先锋

著名公路交通史学者、高级工程师邓天书对川藏公路有一份独有的情感和爱。他是原四川路桥有限责任公司工程分公司的党委书记，曾经带领路桥公司在四川公路界披荆斩棘，完成了众多国道、省道、县道公路的建设。他认为，川藏公路是一个国家、一个时代的不朽杰作。除解放军、筑路工人的巨大付出外，公路的设计专家和工程技术人员同样功不可没。

最让邓天书敬佩和难忘的是有“人民工程师”之称的余炯先生。他认为，尽管自己成绩显著，但只是在术的层面，而余炯的价值则体现在道的层面——再难的环境，余炯都能找到修筑公路的最佳方案。

1907年出生在四川省威远县的余炯，二十七岁毕业于武汉大学工学院土木系，中华人民共和国成立之前，曾经先后担任江苏省、四川省公路局工程师、总段长，是中国公路界资历丰富的“老公路”。

1951年元旦，余炯接到重庆公路总段转来西南交通部的电话，通知派他担任昌都至拉萨公路踏勘队队长。电话还告知，总段没有任何关于西藏的现成地勘资料。

“这是无中生有啊，怎么能这样？”余炯听着通知，默默对自己说。

这一年他四十四岁，正值年富力强的事业上升期。他手捧着搪瓷茶缸走到地图前，看着北纬30°上的四川、西康、西藏，从成都至拉萨，没有任何的公路标注。

看着地图，说自己欣然接受任务有点违心，但要在世界屋脊上修一条公路，是挑战更是诱惑，因为能在层峦叠嶂的横断山地区和西藏高原修公路，史无前例。

3月中旬，余炯带着挑战和疑惑，与工程师赵厚孝、技术员刘黎光、会计易光庭、实习生曾庆高、工人金相贵六人组队，赶赴新津十八军后方司令部。

在那里，陈明义司令员接见了由他带领的第一踏勘队。

陈司令员开门见山说："记住，你们是在世界屋脊上修公路的第一踏勘队，开拓者。没有地质、勘探资料，修筑川藏公路的资料，要由你们来提供。我国公路交通史上的这个空白，要由你们来填补。我知道，这个任务十分艰苦，但又十分光荣！这里只给你们提供一份普通的西藏地图，可供参考。"同时嘱咐，"踏勘队没有电台，要到沿途兵站去发报，与司令部保持联系，顺便解决队员们的生活补给。"

听了陈司令员的指示，六人都很激动，但又有些忐忑。来不及回成都准备冬季的服装，便与新调来的工程师叶祖镕会合，七个人就背着糌粑、帐篷，带着罗盘、计步器等最简易的工具准备出发。

十八军派出杨士举担任踏勘队指导员，加上藏族向导、翻译洛降泽等，一行十一人踏上了征程。

看着身边的十位同事，余炯大有"路漫漫其修远兮，吾将上下而求索"的悲壮。

出发前杨士举召集大家开了短会，说："我给踏勘队做一下业务分工，由余炯负责选线及桥涵调查，工程师赵厚孝负责土石方数据调查，叶祖镕负责地形图测绘，技术员刘黎光负责测距离和高程，实习生曾庆高负责读角和经济调查。"

"明白了。"众人回答。

他接着说："为了保证踏勘的质量和节省开支，决定全队人员除因重病及特殊情况外，一律步行踏勘，不骑马。"

余炯补充说："踏勘队必须去寻找最合理的捷径，因而不可能沿着村寨、大路而行，要进入到无人区，选择最优线路，但青藏高原的无人区是一个完全未知的区域。大家必须清楚，我们会面临死亡和寒冷的考验。"

5月初的高原，踏勘队踩着积雪，沿着山沟往雀儿山山顶进发，每走五十米左右，余炯便能听到心脏怦怦敲击着胸膛的声音，他大口喘着粗气，累得说不出话来。指导员要他上马骑行，被他拒绝。

他说道："再试试。"跟着大家一步一步喘着粗气向前走，每走十来步就得停下喘喘气，终于登上垭口，身体沉重得犹如脚上灌了铅，伴随着阵阵眩晕，远处莽莽群山在眼前盘旋、翻滚，有一种想呕吐又吐不出来的难受，他心里告诫自己说，翻越雀儿山，仅仅是迈出艰难工作的第一步。

翻越雀儿山后，余炯觉得身体逐步地适应了高原的气候。抵达昌都后，进行了短暂休整。6月5日又从昌都出发，到达卡马多住了十天。

为了寻找有无去丁青的河道以便选择沿河线路，余炯带着三人骑马沿河勘察，雇请了一位藏胞做向导，行了[illegible]十公里，来到河边一个小山包上。只见头顶上天空晴朗，风和日暖，同时看见山包下有一片村庄，询问向导才知道村庄里驻有一个藏兵连。

这让余炯大吃一惊，和平解放西藏《十七条协议》刚签订不久，这里的藏兵不一定了解，眼下我们徒手空拳，又无战斗经验，如果发生冲突，该怎么办呢？作为踏勘队长，他必须对队员们的一切负责。事情很突然，而且对方已经发现了他们。回头跑吗？不但有损进藏工作人员的尊严，距离又很近，反而可能遭到藏军的追击。

他临危不惧，急中生智，心想，只有依靠我人民解放军进军西藏的军威，以大无畏的勇敢精神去面对，才是上策。他当即决定：全体人员振奋精神，骑马直奔藏兵营房。所有人骑上马跟在他后面，从容地向藏兵驻地走去。

看见他们从容而来，藏兵连长满脸堆笑地亲自到营房门口迎接，在翻译的帮助下，双方互致问候后，余炯说："我们都是中国人，要讲和平，讲平等，讲团结，共同建设新西藏。"

藏兵连长听后连连点头，临别时，连长又亲自送他们上路，一场虚惊终于化险为夷。

一路西进，踏勘队除指导员外谁都不是职业军人，踏勘队基本上没有战斗经验，但他们有两支英式步枪和一支汤姆式步枪，用于自卫。他们这些工程师为了事业都学会了射击、守夜、站岗。

这一路走来，队员们都深有体会，高原的踏勘生活与游牧生活基本无二，既艰苦又充满着童话般的情调。他们多数时间睡帐篷，有时也能遇到民房借住，为了不扰民，他们睡在屋檐下，甚至和牛羊睡在一起。一路与草原、森林、河流伴行，今天耳边是奔腾的流水声，明天是山林中野兽的咆哮声。他们吃酥油、糌粑，吃各种野菜，砍柴草，挑水做饭。

在紧张的行进途中，他们相互学习、相互讨论，也相互开玩笑，为了尽可能使生活充满乐趣。树荫下，他们以唱歌、吹口琴来排遣路途中的疲劳。

入夜，在酥油灯的照明下，大家围聚在一起，绘地形、算土石方、算高度，把一天辛劳的珍贵收获记录下来。

工程师赵厚孝曾回忆，他们走过从没有人走过的地方，越是没人走过的雪山或悬崖绝壁，他们爬的次数越多。他们在积雪上睡觉，在野兽啸叫的原始森林里度过许多夜晚，在风雪弥漫的大草原上，围着篝火绘地形图，在野山羊出没的崖洞里避过风雨。帆布衣服穿不到两个月，几次磨破，缝了又缝，但谈起艰苦和困难来，踏勘队员们却说："这是我们的光荣。"

1952年1月下旬，在高原最为寒冷的季节，他们沿雅鲁藏布江到达拉萨，并决定取道龙堆。他们意外地从手边一份参考地图上发现，国民党根据西方国家的资料绘制的地图上，这个区域好几十公里都绘了虚线，这无疑表明，无孔不入的外国侵略者没有到过这个地区。

由此，余炯大胆推断："这是很难通过的险路。为了保证踏勘的质量，我们一定要把这个秘密揭开。"这是一个雄心勃勃的计划，在道途中踏勘队问询了当地宗本（县长）："到龙美、龙堆的路不好走？"宗本诚恳地摇摇头说："连牲口都进不去。"

宗本的话并没有吓到他们，余炯多次和指导员来到峡谷沟口，看着奔腾咆哮的河水，两人有时各自思忖，有时四目相对，互问是否进入。

"老杨，要找到最佳路径，必须一试。"余炯看着指导员说。

"在这种情况下，谁都没有把握，但我必须考虑大家的安全。"指导员有顾虑。

"时间不等人，试试吧。"余炯催促说。

"也只能如此了。事不宜迟，行动吧。"

放眼望去，龙美、龙堆处在两堵石墙式的峡谷里，雅鲁藏布江流到此处正好被峡谷一挤，只有十几米宽，水流汹涌，那情境很像巫山巫峡。进峡口要穿过一段密不透风的荆棘丛，队员们的手和脸，被荆棘刺得到处是伤口。顾不得疼痛，大家沿着石屑攀上悬崖小路，路到了岩上就中断了。

幸好岩石上有用横木架起的桥，上面搁着六七寸厚的木板做桥板。人走在上面，要用手扶着过岩石，不然很容易发生危险。走过石岩时，出左右脚都有一定的讲究，出错了就换不过脚。

好不容易走到龙美、龙堆，一打听，这里的藏民几乎与外界隔绝，两地人口合起来也不过二十人。出龙美半里，前面又是一堵高约三十米、长约六十米的石崖，七八十度的倾斜状，石壁上没有桥。拦腰处留下了参差不齐的脚窝，这就是唯一的路。翻译洛降泽走在前面，后面余炯、叶祖镕等一个一个地依次跟进。

快要走出这段险路时，余炯脚下忽然一滑，前脚几乎滑出脚窝，要将重心换到后脚根本办不到。石壁下面就是汹涌澎湃的江水，除无法攀岩的石壁外，三面都悬空，就在这要出人命的紧急关头，幸亏已经过去的洛降泽不顾性命地侧伏在地下，伸出他的左臂，紧紧地贴在石壁下，用手勾住一个山窝作为依托。这样的姿势，稍有不慎，就会坠入江中。看着他的姿势，余炯会意，踏着他的手臂作为支撑，才得以脱险。

看着洛降泽咬紧牙关时却透出温和的表情，大家感动了，对他的无私行为投去尊重与感恩的目光。过了这段绝路，指导员感叹道：“现在，我才深切体会到什么叫寸步难行。”

踏勘队通过藏北大草原时，曾走过七天水草地。那时候他们不是一步一步走，而是从这个草墩上跳到另一个草墩上。有时天亮上路，到天黑只能跳着完成六七公里路。由于体力消耗过大，大家都感到非常虚弱。

技术员刘黎光对这段舍生忘死的体验感触很深，他回忆，为了勘察一条合理、理想的路线，大家冒着生命危险通过人迹罕至的悬崖绝壁，蹚过冰冷的激流湍涧。冬季在零下三十多摄氏度的山顶上，冰雪漫天、寒风刺骨；夏季在多雨的通麦、林芝原始森林，踩着腐烂的树叶，提防着老虎、棕熊、雪豹的突然袭击，忍受着蚂蟥、蚊虫的叮咬，坚持踏勘，稍有不慎，就有冻僵在山顶或滑坡坠落深渊的危险。踏勘队员有时靠在石崖下，或躺在没膝的雪地里度过漫长的寒夜；有时白天累得疲惫不堪，晚上还得站岗放哨。

刘黎光倒出的“苦水”是对生命的礼赞，也是踏勘队员对事业的痴心。

6月底，踏勘队员从中路阿兰多东面的恩拉根出发，翻过日扎拉山，插到南路进行勘探。几乎没有路，大家有时钻一天的树林却还没有到山脚，晚上睡在石洞子里。第二天拂晓前又开始翻山，走到了正午才到山脚。抬头一看，山体拔地而起一千米高，但看不见山上的洞口在哪里——被大雪和云雾封闭了。

这山全是风化的岩石，一片片可以剥落下来。雪季之后，有的地方开始下塌。

冰雪震裂和山石倾塌的声音在山谷轰鸣，让这渺无人迹的雪山更显悲凉。大家哪管得了这些，扶着棍子，分头拨开积雪，寻路时先用手把石头摇一摇，看它是不是坚实。有时山石从高处向头顶飞滚过来，大家就把头往积雪里一插，让背上承受一击。人走在雪里，像走在泥潭里一样，拔起这只脚，那只脚又陷下去。

在过膝的雪地里走路很费体力，他们到下午三时才找到垭口，爬上垭口，刚喜出望外，又发现山顶很像城墙。宽的地方，大约四五米，窄的地方还不到一米，下山根本无路，不觉相顾失色。大家分头东寻西找，终于发现有一条冰雪掩埋的山沟直通山下。

意外发现引来一阵欢呼，像找到了救星。大家像做滑雪游戏一样，一个一个地顺着这道沟滑下去。沟的下面是积雪堆积的斜坡，可以继续滑下去。

黄昏时分，大家几乎是仰躺着滑到了山脚，把日扎拉山抛在身后。由于过于紧张，大家早已精疲力尽，顾不了那么多，找一处干燥的空地倒头就睡。

就这样一路艰辛一路前行，途中的艰难险阻一个接一个地被战胜。

来到大北路，通过海拔五千米的熊黑主卡大草原时，风雪冰雹轮番侵袭过来，让人喘不过气来，必须斜着身子，肩膀逆着风才能走。

看起来一望无际的大草原，正是拉萨河的发源地。平地上隆起无数的草墩子，墩子下是水坑。气候恶劣，路又坑洼不平，每天只能走一二十里路，走了一周左右才通过草原中路。好在南路有河流溪沟的地方还有桥，到了北路遇到有水的地方，就只有涉水通过。由沙丁中南下，在本嘎到雪嘎中的路上，连续五天在水里走路，腿脚冻僵几乎失去知觉，只是很机械地迈步。尽管如此，大家每次都走到河边，依然勇敢坚定地踩着水前进。

终于在9月25日，踏勘队带着他们用生命写就的报告回到昌都。

陈明义司令员和穰明德政委及时安排与踏勘队员见面。拿着余炯呈递的踏勘报告，看着眼前一群衣衫破烂、满头长发、胡须满腮、面黄肌瘦的队员，司令员和政委忍不住流下了滚滚热泪，大声对他们说："同志们，辛苦了，欢迎你们回来！你们是世界屋脊第一条公路的开路先锋！"

指导员杨士举行过军礼，大声说："报告司令员、政委，我们踏勘队一路都在争分夺秒，帝国主义处心积虑地侵略我们，我们必须用最快的建设速度和他们竞赛。"

穰明德政委竖起拇指，说："讲得好！"

算起来，踏勘整整一年零四个月，在这一年多的时间里，除了两次过拉萨停留不到三个月，几乎天天在路上，他们走过了大北路、小北路、中路和南路的西段。

幸好有踏勘队队员的回忆录，才让外界得知他们在十六个月的时间里经历了什么。

作家杨星火在《高路入云端——陈明义将军传》里写道："每天黄昏

时分，陈明义司令员和穰明德政委都要爬到屋顶上去盼望（踏勘队）。望着那弯弯曲曲的通向西方的小路，望着那小路尽头的云山，望着那云雾深处忽隐忽现的雪峰。”

几天后，第一踏勘队的地形图和踏勘调查报告都绘写完成。他们将地形图用图钉钉在墙上拼接，用专业术语来说，就是“基本闭合”。大家心里感到无限欣慰，觉得一切付出都是值得的。

一路前行，踏勘队翻越六十二座山峰，步行翻越雪山五十一座，越过了六百多条大小河流，勘测出三千二百多公里的路线，历时一年零四个月，来来回回走了六千七百多公里。如此壮举，是测绘的壮举，人的壮举，中国军人在世界屋脊书写的壮举。

1952年8月，川藏公路修建司令部依据各踏勘队的报告，在昌都召开了第一次修建会议，讨论昌都至拉萨的公路走向。

余炯参会，会上工程技术人员提出了两条从昌都通向拉萨的线路：一条是北路，昌都至丁青、索县、旁多等地到拉萨，沿线多为牧区、大部分地区比较平坦，工程量比南路小，但地势高寒，海拔一般在四千米以上，个别垭口高达五千米以上，冬季封山严重，严重缺乏燃料和木材等建筑材料；另一条是南路，从昌都经邦达、波密、林芝、太昭等地到拉萨，沿线海拔较低，气候较好，还有波密、色霁拉等森林地带。问题是沿线地形地质较为复杂，沿路有怒江等激流、原始森林，还有雪山、冰川、泥石流等险阻，石方量大，工程十分艰巨。

走南路还是北路，工程技术人员比对着优劣。司令部为慎重起见，决定由司令员陈明义、政委穰明德带着工程技术人员，到重庆向中共中央西南局和西南军区请示。

余炯和踏勘队的战友们，天天盼星星盼月亮，迫切想知道走线的最后定板。

陈明义和穰明德到达重庆，第三天上午接到通知：西南军区司令员贺龙同志要亲自听取汇报。

下午两点多钟，陈明义和穰明德来到了贺老总住地。

贺老总聚精会神地看地图，边听边询问，贺老总说：这是在世界屋脊上修筑的第一条横贯东西的公路，它不仅对支援进驻到拉萨、亚东的边防部队，对巩固国防有着重大意义，而且对建设新西藏也将产生深远的影响。

经过深思熟虑，贺老总挥动红笔，指点着地图果断地说："公路走南线。为什么呢，理由是，第一，南线气候温和，海拔低。在西藏高原，这是黄金都买不到的优点；第二，南线经过森林、草原、湖泊、高山，物产丰富，不仅我们修路时有木材、石料等建筑材料，还有青稞、牛羊、水果、燃料等，方便生活。更为重要的是，将来开发西藏，进行社会主义建设，这里有着丰富的资源和极大的经济价值，有着广阔的前途。公路走南线，更符合西藏人民的长远利益，这就是我们考虑一切问题的出发点。"

贺老总吧嗒着烟斗，拍着陈明义的肩膀，说："当然，怒江天险、冰川、泥石流，都会给我们找麻烦，甚至带来意想不到的困难艰险，但是，怒江也好，冰川也好，泥沙塌方也好，它们能挡得住中国人民解放军么？毛主席指示我们，为了帮助各兄弟民族，要不怕困难，努力筑路，要战胜一切困难，让高山低头，叫急流、冰川、流沙统统让路。至于北路，将来仍然要修，因为祖国的西藏高原，将来要修很多条公路，要修成四通八达的公路网咧。"

贺老总的远见卓识和英雄气概，深深地感染着陈明义和穰明德，穰明德把地图一卷，斩钉截铁地说："贺老总，等着我们通车拉萨的捷报吧！"

贺老总点起一支香烟，微笑着转过头来，轻声问道："什么时候通拉萨？"

陈明义坚定地回答："贺老总放心，1954年年底公路通不到拉萨，我提头来见你。"

贺老总哈哈大笑，说："好！我等着1954年年底通车拉萨，为你们庆功。"

1953年元旦，毛泽东批示：同意此项意见，公路走南线。

余炯得知毛主席的最后批示，心里说不出地高兴，那夜他失眠了，掐指一算他刚满四十六岁，庆幸和战友们在新中国的公路测量史上，留下了浓墨重彩的一笔。

六、怒江上的勇士

如果说长津湖战役是朝鲜战场上志愿军与侵略者展开的生死对决，那么怒江架桥就是十八军同天险怒江的一场生死对决。

1953年7月，十八军一六二团参谋长朱庆华，带领先遣队一路急行，从同宜翻越业拉山，顺着玉曲河谷来到怒江东岸，停下脚步，抹去额头的汗珠，看见此时怒江东岸的公路已经修通，汽车拉着修路物资停在江边。这意味着架通桥梁迫在眉睫，争分夺秒在西岸的岩壁上立足施工是重中之重。

陈明义司令员给筑路部队的命令是："今年要完成四百公里，这是明年通车拉萨的保证。关键是要战胜几个艰巨的工程，如怒江、然乌沟、牛踏沟。上级领导的要求，早修完早休息，晚修完晚休息，不修完不休息。"

穰明德政委的帐篷就搭建在江边，他亲自驻扎江边督战，帐篷里的油灯经常亮到黎明。

穰明德政委带着一行人站在江岸，他用手拍拍朱庆华的肩头，说："先遣队的重中之重是设法渡过怒江，选择桥位，架起便桥，为后续施工部队打开前进的道路。"

"明白。"朱庆华挑选了八名水性好、能划船的战士，携带橡皮船，搭载二十多名身强力壮、有施工经验的战士，带着铅丝等器材，到对岸找到固定铆桩的位置架便桥。

穰明德部长亲自在江边坐镇指挥，指定在工程技术上由张天翔负责。爱动脑筋的张天翔接到这一任务，心情既激动又忐忑。

天一亮张天翔就来到江边，他拿到的资料表明，这里海拔是二千七百米，岸边陡峭的山峰直插云霄，头顶几乎是一线天，江水的最深处达二十九米，最大流速可达到十二立方米每秒。浪涛撞击河中的巨石和左右岩石，在峡谷中发出巨大的轰响，引起灌满天地的回声，如果站在岸边讲话，不扯着嗓门贴近耳朵大声喊，根本听不清楚。

张天翔清楚，在这里凭空架起一座便桥，关键是要拉过去一根过河索，这第一根过河索将决定“渡江战斗”的成败，只要有了第一根过河索，一切就好办了。

“渡江战斗”在朱庆华的指挥下展开。

身经百战的营长张保德把渡江任务交给李文炎，临行前大声叮嘱：“我们一定要强渡过去，拉起一条铁索来。虽然藏民说这时间的怒江是绝对不能渡过的，但我们一定要渡过去。现在全师的眼睛都在看着我们。大家有没有信心？”

“有。”李文炎和战士们齐声回答。

此刻，江上的雾还没有完全消散，李文炎和同行者已把唯一的旧橡皮船打满了气。船的气门上没有塞子，他们就用木棒缠上布把它堵上，把船放在水上，用一只桨绑在船尾当舵，把准备拖过江去的两根电线绑在船后的皮扣上，一个人把舵，四个人分两排坐好，齐声喊着“一二！一二！”摇着桨朝惊涛骇浪里冲去。

全营官兵屏息凝神注视着橡皮船在巨浪中摇摆，时而被巨浪抛起，时而又跌落到水凹里，逐渐放长的电线在船后左右摇摆、晃动不停。尽管他们用力地划，但总冲不到江心。原来电线垂到江底以后挂在了石头上，船不动了，于是只得在下游慢慢地靠向岸边。

第二次的强渡也遭遇了同样的失败。

有人想出办法：用空船带四股电线漂过江去，江对岸的下方有一个小回水湾，船到那里会停住的，然后再呼喊对岸的藏民把电线拉上岸，只要电线能拖过去，就可以接着把铅丝拉过去，再把钢绳拉过去，就可以做成溜索，使人员滑过去。

主意很好，但不料船还没有走到江心，电线又挂在河底的一块石头上。一个巨浪打来，船翻了个身，电线断了，船被激流冲走。到了对岸的小回水湾的时候，它摇摆了几下，就跨过那回水湾，一眨眼随着激流转过山脚从视线里消失了。

所有人愣住了，怎么办？

李文炎心慌意乱，说："这只船是我们全营的命呀！"他望着对岸，看着打着漩的水纹，想下游一定也会有回水湾，截不住船也会叫船走慢的。他急忙向营长报告："让我去追船，一定努力把它追回来！"

营长拍了一下他的肩膀说："现在只有这一个办法了，好同志，我马上派人去接应你。"

李文炎急忙脱掉外衣，在炎热的峡谷里沿着江飞跑起来。

跑了一阵，迎面一个小山挡住了路，他顾不上找路，就冲向山上去。好容易爬到山顶，一看江水在山谷里弯弯曲曲流向远方，船没有一点踪影。他不顾一切地冲向江边的第二座山头。这座山布满荆棘，并且非常陡，但是他双手抓着荆棘一刻不停地向山上爬，手脚都被划出血，衬衣被汗湿透，他像拉风箱一样地喘粗气，等爬上山头一看，船像是沉到江底去了，仍然没有一点踪迹。

失望中李文炎感到双腿发软，太累了。但突然想起营长说的，绝不向困难低头。李文炎暗下决心，一定要把船追回来！他又鼓起勇气沿着江边飞跑。

不知道跑了多远，碰到了一个小村庄。巨大的土岩挡住了路，一时找不到下到江边的去路。他找到一个藏族老乡，做了一阵手势，老乡把他领到了江边。

还没有走到江边，李文炎老远就看到橡皮船在山脚下大回水湾里盘旋着。他高兴得跳了起来，急忙跑过去。但到跟前一看，还离岸有两三丈远。

怎么办？李文炎二话没说就要脱了鞋子走下水去。藏民一把拉住他，对他说了许多话，他一句也听不懂。从手势看来，是告诉他：这里水太险，不能下去。藏民老乡跑回家拿来了一根捆柴用的绳子，上面绑了一块石头，想丢到船上，把船拉过来。但这个办法失败了，绳子甩到水里，在离船一丈多远的地方落了下去。

李文炎脱下衬衣，迎着船回漩来的方向下水。谁知脚一下水就触不到底，一个浪把他打到水里去。他拼命向上翻，刚把头探出水面，又被浪打下去。他想：只要能抓住船就好了，就努力挣扎着游动，估计到了和船碰头的地方，抬头一看，船已经溜过自己两三米，浮向下游去了。他着急了，不顾一切向激流游去，巨浪推着他，追了十来米，终于把船抓住了。他顾不得一切，一手抓着船向岸边游去。游了没有多远，有一条绳子从岸上甩到他的眼前，原来是支援他的崔锡明赶到了，他急忙抓住了绳子。这时候，他才感到全身力量真是完全用尽了。太阳落了山，江水冷到刺骨。

第四次渡江采取岸上船上一起放线的办法，但一到中流，船速如箭发，过河线放不赢，险些把船拉翻。无奈之下只好把过河线扔了，好在船冲过了河，取得了“渡江战斗”的第一个胜利。

过江的六位战士早已精疲力尽，又未带食物、帐篷和绳索，要他们划回来已不可能，望着滔滔怒江干着急。召开会议研究，也是一筹莫展，毫无办法。

此时，众人把目光转向张天翔，希望这位工程师能找到办法。他急得来回踱步，冥思苦想，最后静下心来蹲在江边的土堆上，心想能不能靠水的冲力把过河索冲过去？

他看着江中的水纹，发现下游江面上隐约有一条凸起来的斜线，从东岸延伸到下游的江心。过了江心后，斜线指向回水湾中的一个大漩涡。大漩涡和西岸之间不过二三十米的距离，而且水流相对平缓。从凸起来的水纹分析，原来平直的河底到这里发生了断裂，河床在这里下游抬升，上游下沉，形成了一个阻水的坡坎。断裂方向是由东北向西南走向的，大体上与怒江的流向相反。断裂在漩涡处展宽，河床变复杂，形成了回水和漩涡。这样，水流在这里必然有一个由东北向西南的斜向冲力，而且力量很猛，完全可能把漂浮物冲到漩涡处。如果用漂浮物把过河索送到漩涡处就好办了。

想到这里，张天翔心中一亮，一个完整的方案终于形成。他把方案告诉朱庆华，朱庆华连连点头，说：“方案可行，连夜准备，明早实施。”

第二天天还没亮，李文炎和战友们又开始准备渡江。他们在距旧渡口上方三四里路的地方选择了新渡口，改变了前两次渡口放电线的办法，决定岸上和船上两头放线，把船上放线这一工作交给了老练的崔锡明来负责。

一切就绪后，解缆开渡进行。此时，船在岸边轻轻摇摆了几下，在四根桨整齐的划动下，一下冲进激流。到了江中心，船顺着激流横走起来，飞一样地漂在水上。岸上所有人的目光随着这黑色的小船一起一落。船上的人全身被江水湿透，但众人目光齐聚，朝着一个方向齐声喊着“一二！一二！”拼命划桨，好不容易船慢慢划出中流。

这时，坡岸上的电线放完了，崔锡明手上的电线也放完了。电线扯住了船，巨浪更加疯狂，一个连一个打上船来。船耐不住这两个力量的牵扯，一歪一歪颠簸得厉害。崔锡明急了，手上的电线一乱，不知怎么挂住了黄新潘的桨，一扯，桨落到水里被冲走。正在这时，船尾的电线也被浪打断，船像断了线的风筝在激流中打起转来，有人慌了……

崔锡明大声喊着：“别慌！坐稳，少一只桨不要紧，朝对岸冲！”

李文炎举起了一只手，也嚷着：“大家听我喊一二，一齐用力划过江去，没有桨的用手划。来呀！一、二！”

“一、二！”大家喊着，“一、二！”

“一、二！”

船终于穿出激流靠近岸边。当他们六个人浑身湿淋淋地爬上西岸时，看见东岸所有的人都举着手向他们欢呼，他们也举着桨，欢呼起来。

下午五点多钟，他们用两根长木棍扎成木筏，绑着一根十二号细铅丝从对岸顺水漂过来。但漂到江心却不能越过激流靠岸，李文炎赶快把大家分成两班，由崔锡明领着两个同志扯着橡皮船后的半截电线，由李文炎带两个同志上船去打捞木筏。电线放着，船向江心走着，终于和木筏相连。

看到木筏上绑着细铅丝，有人喜极而泣。为了把它扯过江来，大家费了不少心血。更意外的是，木筏上还绑着一个布包，打开一看，原来是十八个馒头。

虽然过江耗尽了能量，肚子早已咕噜噜地叫，但却没有人伸手拿馍吃。大家知道伙房没有面粉，一定是首长特意送来的，一想起这极大的关心，大家舍不得吃，尽管馒头外层已经被江水泡烂，每个人只吃了两个，留了一个。

天黑了，江风更加刺骨，他们上船时只穿了裤衩、背心，连鞋也没有，带过来的三床被子都被打湿了。于是他们弄了些草点燃，在河滩上围着篝火坐了一夜。

第二天清早，李文炎和战友们拖着铅丝向上游走了三里，到了起渡的对岸。大家用力拉完十二号铅丝，拉完八号铅丝，迅速把铅丝绑在一块大石头上，很快衣服从铅丝上滑过来，接着午饭又滑过来，东岸怕橡皮船漏气，又滑过来一个风箱。从此，东西两岸连接起来，怒江再也不能阻断两岸英雄们的联系。

战士们溜索过河

这一晚，劳累过度的李文炎等人睡得很香，不管夜风怎样吹，都没有把他们冻醒，一觉睡到天明。但他们一睁眼，就发现江水变样了，变得有些不认识了。它连夜暴涨了两米，把他们放在江边的小风箱也卷走了，江水离他们睡觉的地方只有一米远，好在橡皮船拴得牢固，骄傲地漂在水面上。

太阳在一线天当顶的时候，从铅丝上滑过来一个麻包，打开是个电话机。崔锡明急忙把线搭在铅丝上，把地线插好。六个头都挤到电话机跟前来。

李文炎叫着："快摇铃，请连长讲话！"

一摇铃，原来对面也在摇铃。大家静了下来，听崔锡明问着："喂，喂，你是谁？"

从听筒里传来一个有点生疏的声音："同志们辛苦了！"

"谁呀？"崔锡明轻声问着李文炎。正在这时，对方又说话了："我是甘炎林，我来给你们贺功！"

崔锡明拿着听筒跳了起来，大叫着："是师长！是师长！"

他向对岸挥着手喊着："啊！师长！师长！"

大家抬头一看，对岸一个穿着蓝衬衫的人挥着帽子，果然是师长。大家挥手喊着："师长！师长！"

电话铃又响了响，大家都挤到听筒边用心听着师长的命令："好同志们，你们给我们师打开了前进的道路，你们给我们全体筑路大军打开了前进的道路！我代表大家感谢你们！感谢你们渡江的组织者李文炎同志，我相信，藏族人民也会感谢你们的。"

李文炎听着，眼里噙满了泪水。

师长继续说："我命令你们：继续努力，拉过钢绳去，架起铁索桥来，让部队渡过江去施工，让公路向拉萨前进！”

“请首长放心，坚决完成任务！”那一刻，李文炎觉得自己的声音盖过了洪亮的江水声。

李文炎和战友们没有食言，渡江任务胜利完成。李文炎获得了“渡江英雄”的称号，张天翔当选全国群英会代表、劳动模范……如今，他们早已化为一颗颗精神的种子，深埋在川藏公路沿线。

战胜怒江天险

七、纪念碑上的哈达

种子一旦生根，就会长成一棵树，一片森林，一个世界，引来飞虫和走兽，引来鸟语和花香。杨志龙在川藏线上闻到了这片森林里的花香。

千禧年头一年，时任武警交通二支队副支队长杨志龙受命来到左贡。杨志龙知道，横断山系是印度洋板块和亚欧板块猛烈碰撞扭曲的区域，两山夹一江或两江夹一山纵贯南北，地质结构严重破碎的同时突兀的山川呈现出绝世的野性之美。

接受任务后杨志龙了解到，川藏线途经昌都境内的左贡，有一段八十公里，是公路灾害程度名列亚洲第一、世界第三的重灾公路。这一段路几乎集中了高原公路雪灾、水毁、塌方、滑坡、流沙干塌方等所有病害的特征，被专家称为“高原公路病害博物馆”。他们的任务就是负责这段公路整治施工，啃下这块硬骨头。

负责技术的杨志龙在会上的提议得到采纳，与会人员一致认为当务之急是组织技术骨干，对整个八十公里的路况进行一次彻底的大排查，随后进行会诊。

会议室里，支队长看着眼前的公路图指出：上级部门这次同意我们的方案，对病害严重的路段进行一次大清理，然后确定重点治理急、难、险路段。

技术骨干会上，支队长通报，大排查期间专门挑选的几十名身强力壮的官兵，对沿线各地排除悬崖飞石做出了卓有成效的实绩。他回顾了勇士们腰系保险绳，像猿猴似的爬到悬崖绝壁上去撬、打松动的岩石，苦战九天，清理一百二十多立方米飞石的战绩。随后，根据当前收集的情况基本确立了下一步的工作重点和难点。

之后二支队派出大队人马，治理沿川藏线南下的玉曲河。

左贡境内由北向南流进怒江的玉曲河，是一条年年暴发山洪的湍急山溪。一到雨季山洪暴发时，它所汇集的洪流，总会给川藏公路带来很大的危害。因此治理这条河流，是二支队整治这一八十公里路段的重中之重。

听着玉曲河湍急的涛声，杨志龙带着人马走遍了玉曲河沿岸，了解到过去多次整治这条河流时，沿河修建过护路的挡墙，结果是每次修好后用不了多久，基石就被凶猛的洪水冲垮，有的地方瞬间裂口塌方。如果仍然用过去的老办法修建，毋庸置疑又是同样结果。

为了找到修筑挡墙的好方法，杨志龙一行带着干粮和帐篷，连续五天沿着河边反复察看水势和地形，抱定决心，这次再苦再累也要尽力找到根治的最佳方案。

一天下午，被阳光照着的河水有些刺眼，他觑着眼睛隐约看见，河里漂着一条化纤口袋，挂在水里的一根树棍上荡来荡去，不管河水怎么冲刷，就是掉不下来，他灵机一动，心想，如果护路的挡墙用口袋似的铅丝笼子装石头作基础，充分利用铅丝的连体拉力稳固挡墙基脚，那不就经得起洪水的冲刷了么?

他心里暗自喜悦，当场把这一想法告知大家，俗话说，“三个臭皮匠赛过诸葛亮”，大家在他的启发下，你一句我一句地讨论开来，最后汇总形成了初步草案。

杨志龙将这一想法提交技术部门审定，很快得到了支队的赞同。

说干就干，其实在杨志龙的工作经验中，工程上的事说起来很复杂，很深奥，很神秘，实际上操作起来，就这么一个铅丝笼子，即解决了工程中的一个大难题。

实施的同时，他们又在挡墙的上面，增设部分导流渠，在挡墙的下面用铅丝笼填石分层围堰筑堤，缓解洪水对挡墙底部的冲击。举一反三，触类旁通。用“抛掷铅丝笼分层围堰法”治理其他的水毁、滑坡、塌方工程，同样行之有效。

第二年的洪水季，他们的新设计经受住了检验。“抛掷铅丝笼分层围堰法”得到了县政府的肯定。从此，激流边的挡墙便固若金汤。

左贡境内八十公里病害公路整治完工后，西藏自治区昌都地委和行署在左贡县城中心，为武警交通第二支队立了一块“交通武警情系公路，优质工程惠泽人民”的纪念碑。

左贡县县长握住杨志龙的手，充满感激地说：“辛苦了，左贡人民感谢你们。”

杨志龙将县长挂在脖子上的哈达取下，一边说“谢谢”一边把哈达挂在纪念碑上，说：“我们军民一道把兄弟情深、民族团结系在左贡，让左贡一天比一天更好。”

县长深情地回顾说，曾在左贡排险施工的交通第四支队，也给左贡人民留下了深刻的记忆。那是在前两年的一月份，冰天雪地的左贡出了大事。左贡电站泄水闸冻结，河水漫过大坝，又冻成冰，骤然抬高库区水位近两米，玉曲河沿河二百多米公路路基被淹，满载春节物资的过往车辆，一下子被堵塞在左贡县城两端。

交通第四支队奉命抢险，时任政委汪海驱车前往现场勘察，驾驶丰田越野车冲过一段冰雪路，涉水前进。

汽车在冰水中强行穿越，溅起的碎冰块把两个车灯打得粉碎，浸在水中的马达发出巨响，冰水扑上引擎盖和挡风玻璃，骤然反弹出几米高的冰花。好不容易冒险冲上岸，可四个浸水后的车门竟然被冻住了，怎么也打不开，最后敲打了半天，大家才钻出汽车。

为了保障沿线几个县城节日期间的物资供应，四支队立即从成都调推土机至左贡抢险，指令驻扎左贡的三中队负责牵引车辆涉水通过。

推土机手李明成主动请战，负责驾驶推土机，在水中拖车。他接受任务后，连续坚持几天早出晚归，脸冻肿了，手冻裂了，仍然不下火线。1月10日晚上八点过，他拖完最后一辆过路车返回营房时，由于推土机液压装置在水中浸泡时间过长，导致方向失灵，推土机翻下了三十多米深的悬崖。李明成当场牺牲。

从那以后，在李成明牺牲的悬崖边，藏族同胞年年都会挂上许多经幡和哈达。

八、朝夕相处的战友，258米的钢桥

左贡段的抢险让战士们付出了生命的代价，但是在五百零六公里之外的通麦段，战士们面临着更艰巨的挑战。

川藏公路通麦段有多难？当年筑路大军司令员陈明义亲自撰文提及了这一段。

> 1954年夏天，正当我十万筑路大军以不畏艰难险阻，一往无前的英雄气概开山劈岭向前进的时候，严峻的困难又来考验部队。
>
> 当时部队进入波密森林峡谷地区，时值雨季，洪水猛涨，线路上最大的“固”冰川突然暴发，泥石流铺天盖地涌来，冲毁了刚修好的路基十多公里，被迫改线三十多公里，也冲毁了正在修建的几座大桥！面对大自然给我们造成的意想不到的灾情和险情，我们果断地研究决定，在“固”冰川上空架设一条溜索桥，以解决物资补给和部队往返工地的燃眉之急。第二工程局立即行动，指挥桥梁工程队顶风冒雨，迎着困难上，很快在泥石流险区上空架起了一条高达数十米、长约二三百米的溜索桥。穰政委亲自率领测量小组冒雨改线，提高线位，不仅改善了路线的设计，而且初步摸索了一些对付冰川、泥石流的经验，加快了工程进度。
>
> 在这困难的时候，筑路部队发扬了政治工作的战斗性和群众性的威力，战士们喊出了气壮山河的行动口号：“让高山低头，

叫河水让路！”为了鼓励筑路干部和战士们，主要领导及机关干部带着干粮深入筑路部队，开展“工程民主技术革新”活动，使这一活动掀起了高潮。在工程技术人员的指导下，战士们的聪明才智得到了充分发挥，创造出许多新的作业方法，如“山字形挖土法”“双燕式排土法”“梅花爆破法”“集团爆破法”等，提高了工效几倍、十几倍甚至几十倍！由于革命英雄主义和技术革新的结合，我们终于战胜了高山、洪水，公路加速向西延伸！

陈明义司令员这段总结的精华是“让高山低头，叫河水让路”的塑魂精髓，赓续了中华民族“精卫填海”的不屈不挠，极大地彰显了人民解放军的意志和决心。

时隔六十二年，2016年4月13日这天，穿越世界级滑坡群地段的川藏公路通麦段整治改建工程正式完工，实现通车。

班长汪林太熟悉这里的一切变化，他知道该路段地质条件复杂，施工安全风险极高、难度极大。同时也目睹了工程技术人员团结拼搏、勠力创新，运用一系列新技术新工艺，克服了隧道涌水、危岩破碎等施工难题，成功驯服了“通麦天险”，使川藏公路通麦段的通行时间由两小时缩短为二十多分钟，反映了当今交通建设的强大实力。

真可谓是：江水急吼帕隆，一桥飞渡天堑。

屹立于帕隆藏布江上的通麦大桥全长二百五十八米，早在2000年易贡大塌方摧毁原桥之后，这座连接川藏公路大动脉的钢架桥便应运而生，是川藏线上跨径最长的一座钢架桥。这座桥坐落于风景秀丽的帕隆藏布大峡谷，也因此吸引了世界各地的游客驱车前来，驻足观光。

之后，武警交通二支队九中队肩负起守桥任务，十四名官兵驻守在这里，进行检测维修并指挥过往车辆有序通行。

姚晨是来自四川江油的一名义务兵，监测安全隐患是他和战友们每日的工作。他们每天要对大桥的吊杆、锚索、销子、面板等逐个检查，短短的二百五十八米，走一趟往往需要两个多小时。这两个小时反映出官兵的一丝不苟，不心存任何侥幸。这些流程所形成的传递，是上一届老兵通过姚晨又传递给下一届新兵的。

班长汪林在这里已有六年时间，对于一位有六年经验的老兵，驻守在桥头，最怕的还是夜间出现突发情况。本来战友们执勤一天就很累，夜里出现情况，往往需要全员出动，一忙就是几小时，经常是大家伙儿准备睡觉时，发现天已经亮了。

记得四年前10月的一天，中士郝枭深夜两点下岗时，发现距东侧桥头约一百米处，连接钢架的三颗销子出现松动。汪林马上吹响集合哨，组织人员携带探照灯、铁锤、扳手等工具前往事发地点进行处置。

十四位战友在班长的言传身教下都明白，必须随时做好战斗准备，因为大桥上的每一个小部件出现问题，都有可能导致事故发生，掐断川藏国道的咽喉。

比巡桥更难的事，就是保障通行安全。大桥的西侧就是闻名川藏线的十四公里临江悬崖便道，塌方、泥石流、路基垮塌等灾害多发。日志记录着一段往事。2011年6月13日八时许，受连续降雨影响，大桥以西三公里处发生山体岩石垮塌，三十多米路基被完全覆盖，六十多台车辆受阻，二百余人被困。下午六时许，一位开往林芝方向的货车司机忍不住了：“赶紧放我过，再不放我，我就强行冲卡！只要你们放我过去，发生任何事情都不需要你们负责！”

上士张润豪一边劝他少安毋躁，一边给他讲述这些年来在便道上发生的车辆事故。最终，这名司机被血淋淋的惨痛教训说服了，安静地熄了发动机，静候通车。

执勤中，坚持原则，做到一丝不苟，也是保障通行安全的关键。

2013年11月，一名司机装载二十一吨货，为了得到守桥官兵的通融，拿了一沓钞票塞进汪林的口袋。汪林不为所动，让他必须找车卸货，绝对不能超过二十吨。

十多年来，天天与桥相伴，官兵已经把桥当成了朝夕相处的“战友”。这种特殊的感情，也许只有守桥的人才能体会。

“我们的青春、汗水、辛劳全都付出在这二百五十八米长的钢架桥上，就是不希望它出现任何问题。哪天眼看着它受伤却束手无策，那才是心里最难受的。”下士王杨边说。

爱岗敬业的守桥兵，可亲可爱的守桥兵，正直无私的守桥兵，他们在祖国的西部边陲，守卫着一方平安，他们在帕隆藏布江边书写着平凡中的伟大。

九、战士的血融化然乌的雪

沿着帕隆藏布江逆流而上，可以到达一个由于山体滑坡或泥石流堵塞河道而形成的堰塞湖——位于八宿境内的然乌一带。

武警交通第四支队六中队队长李仕林看了看日历，1998的3月30日。这段时间出现极端天气，八宿境内的然乌一直下雪，积雪覆盖了山川。

他有所顾虑地看看天空鹅毛般纷飞的雪片，心想："继续下，会出大事的。"他预感某种恐怖的场景会突如其来——这不是谈虎色变，而是出于多年经验的直觉。

果然，灾难发生了。当天上午，李仕林正带领十多名战士在公路上铲除积雪。远处传来汽车的马达声，一位刚从他们身边东进不久的地方司机折返回来，神色慌张地说："兵哥，不好了，上清卡前面大雪崩，公路上的雪像山一样挡在路上。"

李仕林听后知道灾情严重，赶紧跳上一辆机械车，说："走，快速赶往受灾点。"

赶到受灾点目睹现状，他惊呆了，几百米长、十几米高的雪崩积雪压在公路上。

"情况严重，"李仕林回头对身边的战士说，"你赶紧返回中队，除留一名炊事员在家做饭以外，中队所有的人员和推土机、翻斗车全带过来。"

"是，中队长。"战士跑步离开。

不多时，抢险车辆和人员到齐，李仕林做出分工后，战友们进入抢险战斗。

整个抢险工作有序展开，此时，现场的气温已降到零下二十多摄氏度，官兵在四千多米的缺氧地段挖掘冰雪，都产生了严重的高山反应，头痛欲裂。

一个新战士气喘吁吁来到李仕林面前，有气无力地说："中队长，给我几颗止痛片吧，我实在受不了了！"

李仕林眼眶里滚动着泪花，抱着战士说："我给你一把止痛片也解决不了问题！要说吃药，大家都该吃药了，可吃那东西只能暂时控制疼痛，不能解决根本问题。这样，你休息一会儿吧，扛过去了就会好受些。"

中队长的做法看似有点过分，为什么不给战士服止痛片？如果服了止痛片能马上控制高原反应，减轻头痛的痛苦，那为什么不给那战士几颗？

可是，长期在高原上干活儿的人，是不能依赖止痛片镇痛的，依赖容易上瘾，上瘾了就麻烦大了。如果一开始就能扛住不服药，时间一久就会没问题。所以，李仕林才不给这个新兵止痛药，这是老兵的经验。

在崇山峻岭的横断山区施工，跟在平地公路上推雪开道，差别很大，平地上不会有多大的危险，但在悬崖绝壁边狭窄的公路上推铲冰雪，一不留神，就会付出生命的代价。

推土机手吴先河在悬崖绝壁上推铲冰雪和塌方石头时，把一块大石头推到悬崖边，推土机却怎么也刹不住车，差一点就随着大石头一起滚下悬崖去。众人惊呆了，一时又束手无策。千钧一发之际，推土机旁的一个战士灵机一动，大声吼道："稳住，别慌！"同时快速脱下自己的皮大衣，不顾被轮子轧伤的危险，把大衣塞在推土机轮子下，推土机在离悬崖边五十厘米的地方停住，众人齐声叫好，悬在嗓子眼的心回到肚里。

经过两天多激战，官兵们终于打通了这段公路。大汗淋漓的官兵目送着过往的车辆，每一辆车经过他们时，都长时间鸣笛，向官兵们致敬。官兵们高兴地挥手为他们送行，整个山谷间，鸣笛声回响，经久不息。

让人揪心的是，刚休息不到一天，八十四道班一段又发生了大雪崩，坍塌下来的冰雪堵塞了河道，河水迅速上涨，淹没了一百多米长的一段公路。如不尽快挡住河水，泡在一米多深河水里的一百五十多米长的公路路基极有可能塌方。

为了及时堵住泛滥的河水，中队长李仕林马上派人从兵站借来二百条麻袋，装成沙包阻挡河水。沙包装好，但必须下到一米多深的水中去安放，为了防止雪水冻坏战士，李仕林下令在岸边生了一堆熊熊大火，随后带头跳进水中，下去的同时说："不怕死的跟上！"

大家看见中队长率先跳进了雪水里，都纷纷跳进刺骨的河水中。

官兵们泡在雪水中砌沙包，舀积水，刺骨的寒冷迫使他们几分钟上岸烤一次火，就这样轮换着奋战五个多小时，保住了这一段路基。

官兵们还没有坐下好好喘一口气，更大的雪崩又发生了。

支队时任副支队长马律功、参谋长蒲仕光和政治处主任王文雄，亲临雪崩现场指挥，五中队、七中队也迅速进入灾区参战。

在冰水里浸泡时间太长，李仕林患上了重感冒，咳嗽不止，咽喉肿痛，嗓子嘶哑得说不出话，仍然在工地打着手势指挥，一面排除雪崩障碍，一面炸岩石开山抢修便道。

可老天还在作妖，连续刮风下雪，许多官兵的脸、手、脚都冻裂了，露出红红的血口。

雪崩的现场许多地方的山体极不稳定，随时会坍塌一些泥沙和石头下来，伤人毁车，防不胜防。

边抢通边垮塌，巨大的雪崩带着一块大石头从几百米高的山崖上冲下来，从几个抢险的战士身边擦身而过，飞落在公路上，把公路正中砸了一个三米深的大坑。

几个战士当场吓哭了，跑到李仕林面前说：“中队长，不敢干了，太吓人了！”李仕林一把搂住战士动情地说：“不干不行啊，咱们的职责就是要冒这份险，怎么能退缩呢？来，靠近我身边干，要死我和你们死在一起！”几个战士听了李仕林的话，很受感动，擦干眼泪，打起精神，又赶紧埋头干了起来。

在那些紧张的日子里，李仕林心疼大家，因为大伙每天都要拼命干十六七个小时，每天早晨看见大家睡得香甜的样子，都不忍心把大家叫起来，可是一想到沿途被堵塞的车辆和群众也在经受煎熬，又不得不吹响起床的口哨。

有战士就打趣说：“中队长的闹钟怎么老不出故障呢？哪怕坏一次也好啊。”

这次大雪崩，一直延续了十来天，六中队的官兵们在上级机关首长的直接指挥和兄弟中队的有力配合下，经过十来天的苦战，终于圆满地完成了这次大雪崩抢险任务。

六中队这次抢险行动在部队内外引起了强烈反响。昌都地区的一位司机说，武警交通部队是川藏线上司机的保护神！

武警西藏总队总队长当时就被堵塞在这里，他目睹了六中队的整个抢险过程。公路通行后，为了表达对战士的赞赏，他拿出一条香烟送给中队长李仕林，说：“分给大家抽。”

李仕林笑笑说：“首长，我可不敢接，违反纪律的。”

总队长说：“你官大还是我官大？”

车行然乌湖

李仕林会心地笑了，说："这还用说，其实首长的意思是代表堵着的所有人，向战士们致谢。"

总队长说："算你机灵，我命令你接收，马上分给大家。"

李仕林接过烟点燃时，远处传来鸣笛声，西藏昌都地委秘书长一行，专程冒着大雪驱车四百多公里，赶到然乌慰问官兵。西藏自治区交通厅发了慰问电，成都军区后勤部送来了感谢信。

十、海通沟，人与山的较量

昌都境内的川藏线因地势险峻而灾害频发，仿佛埋藏着一枚枚暗“雷”，随时都会爆炸。而从左贡、通麦、然乌到海通沟，保通的武警官兵，无一不是排“雷”的高手。他们用责任和生命，在这里写下了光荣史。

昌都芒康县境内紧临金沙江边的海通沟，是一条山体结构松软、风化严重、河床下沉、山崖陡峭、塌方频繁的灾害严重的峡谷。

2001年4月25日，海通沟口发生了历史上罕见的山体大崩塌。

灾情发生时，几千万方土石，突然从海拔三千五百多米高的黄土山顶上拉出一道巨大的深沟，直冲谷底小河。霎时间，谷中黄烟腾空，蘑菇云起，响声如雷，西曲河上顿时凌空飞出一道“拦河大坝”，猛然堵塞河道。

远远地，放牛娃登珠看着突如其来的山崩地陷，瞪大的眼睛忘了眨，伸出的舌头半天缩不回去。他被眼前发生的一切惊呆了。

无处可流的河水一夜之间便淹没了原来的公路，西曲河口很快形成了一个天然的湖泊。

灾情发生后，时任武警交通第四支队政委汪海，奉命急率部队机关抢险指挥组，星夜兼程，火速从六百里之外的施工点赶到受灾现场。

随即，第四支队紧急出动，赶到海通沟口时，山崩跌落下来的泥石堆集而成的拦河大坝，底部宽达二百多米，堆集高度达八百多米，顶上还有一道近二百米高的断崖，重叠在山体上，慢慢往下移动，坠落的沙石不断跌入湖泊中，溅起巨大的水花……现场到处埋藏着险恶的杀机。

海通沟口山体大滑坡，灾情惊动了国务院，派来了专家组，西藏自治区一位副主席亲临现场坐镇指挥。主管业务部门要求抢险部队用四十天时间，在山崖底部筑一道平均高度四十米、长五百米的堤坝做路基，重修公路。

汪海政委站在受灾现场，与抢险组成员讨论，大家认为：要在谷底修建这样一道堤坝，需要回填大量的土石方，不仅成本很高，而且劳动强度很大，难以完成任务。

为了及时解决这一难题，部队党委立刻召开紧急会议，商讨良策，发动群众献计献策。技术干部田晓林首先提出："扎木笼子修筑堤坝，我认为是目前最好的方案。"

他的建议得到了党委采纳。抢险方案确定之后，需要大量原木搭建木笼子，但是海通沟附近却缺少木料，为了迅速给抢险工地调集木料，芒康县领导深入基层，挨家挨户进行动员，群众很快把自己积存多年、准备用来盖房子用的木料，全都送到了海通沟抢险工地上。

海通沟抢险工程铺开后，新问题出现了，被堵塞的湖泊下游急需补充人力。汪海亲自点兵，从一中队挑选了二十名身强力壮的老战士，组成了突击队，准备到下游攻坚。突击队组成后，汪海带领二十名队员乘冲锋舟由上而下，向大塌方区拦河大坝进发。

此时，拦河坝上方的山崩口上，残存的断崖还在不停地往下坠落岩石。汪海一行人刚到拦河坝边，对讲机里就传来了后面观察哨的紧急呼叫："突击队注意，山上滚岩石了，赶快后退！"

汪海马上命令冲锋舟掉转船头后退，船还没有靠到岸边，从山上滚到河里的岩石，就在他们背后不远处溅起一团十几米高的水柱。随后，山坡上又滚了好一阵乱石。大约过了二十分钟，塌方才停住了。

汪海一看塌方停了，赶紧叫舵手抓住间隙，开足马力冲过去。

冲锋舟靠岸后，汪海赶紧带领突击队员从山崩堆集的拦河坝上跑到对面去。

拦河坝上，全是山崩时滚下来的尖利碎石，大家拼命地往前跑，好几个人脚扭伤了、腿划破了，鲜血直流，也不敢停下，一直跑到对面安全的地方，才扑通一声倒在地上休息喘气。

“同志们，这就是武警交通部队工作的特殊性，明知山有虎，偏向虎山行！”他高喊着。

他当即决定，要打通公路，前提是必须炸开拦河坝放水，要炸拦河坝放水，必须在山崩形成的拦河坝上修一条让机械设备进场的便道，挖掘爆破坑，运送炸药。

可是，这时候山崩的大裂口上，还残留着一道断崖，不停地往下飞落岩石，严重影响下面施工部队的安全，如果不清除断崖上那些松动的岩石，在下面施工非常危险。因此，施工之前，必须先派人上去清理断崖上那些松动的岩石。

时任副支队长陈光永接受了任务，带领一支排险突击队，一大早开始向大山崩塌的裂口爬去。他们背着钢钎、铁锤、帐篷、粮食、蔬菜等排险工具和生活物资，爬了五个多小时，才爬到山顶。

上山后，他们一部分人架帐篷、生火做饭，一部分人察看地形，制定排险方案。吃过午餐，陈光永安排五名士兵在光秃秃的山顶上打了十根钢钎，并让他们守着，然后在钢钎上系上保险绳，带着九个突击队员，系上保险绳，就爬到悬崖下方山崩后的山体滑坡面处理险情。岩石结构非常松散，用钢钎轻轻一拨，一大堆岩石就会冒起一股黄烟，“轰隆轰隆”地从几百米高的山崖上滚下去，冲向拦河堤坝或河里，发出一阵接一阵惊人的呼啸声。排险顺利进行。

当夜，他们就在山顶上的帐篷里裹着大衣过夜，一夜相安无事。

第二天，他们接着像头天一样干，在山崖上撬了一上午的岩石，也没有出什么事。大家心里都很高兴，心想，照这样干下去，用不了几天，就可以完成任务了。

没想到，午后山上忽然黑云翻滚，狂风大作，暴雨倾盆。陈光永赶紧收队回住地，不料回去一看，帐篷早被大风卷走了。此时，在这海拔三千五百米高的大山上，再也找不着什么藏身的地方了，十几个人只好顶风冒雨，手拉手围成一圈，死死按住没被狂风吹走的生活物资，抵抗到风停的傍晚。

天黑前，雨停了，风住了，大家赶紧分头去寻找被风刮走的帐篷。幸运的是他们在七八百米外的一片灌木丛中找回了帐篷。

突击队上山处理悬崖松动的岩石告一段落后，支队领导们发现，松动的岩石是没法消除完的，炸拦河坝的时间不能再往后拖了，于是决定组织部队冒险作业，尽快抢修好机械作业通道，迅速炸开拦河坝。

决定做出后，副参谋长张成海、一中队长周学技主动请战，带领突击队进场抢修机械进场通道。这是一场面对死亡的挑战，他们只能趁死神打瞌睡的间隙进行作业。

他们发现几百米高的断崖上的松动岩石早上相对稳定，两次塌方之间，至少有二十分钟至半小时的间隙，一旦中午岩石被烈日曝晒，塌方次数明显增加。由此他们决定集中力量在上午作业。

他们在山体大滑坡对面的山腰上和拦河坝两端设立观察哨，严密监视断崖塌方的动静，紧紧盯住塌方的起点，一有动静，立即向拦河坝上的作业部队发出警报。

塌方的岩石从断崖上滚落到拦河坝上，需要二十秒钟的时间，拦河坝上的作业部队，听到警报声后，就利用这二十秒钟和飞石赛跑，迅速跑到安全地段躲避。躲避时，看见山上飞落下来的岩石砸在地上，直冒青烟，前后左右地乱弹跳，没有谁不害怕的。但是，除了这个办法，他们当时再也找不到第二个好办法，就这样躲避塌方、飞石，每天跑十几次，一连跑了七天，终于在乱石堆中开出了一条机械进场通道。

拦河大坝被炸掉后，如何尽快修建好木笼子公路，是恢复公路交通的关键。

支队党委发动官兵献计献策，集中群众智慧，在山体大滑坡对面山崖上，开辟了一条便道，既节约了时间，又保证了安全。全支队只用了七天时间，就搭建了三座三千立方米、总长达一百八十多米的木笼子，节约资金三十一万元，提前二十二天完成了海通沟抢险任务。

参加这次抢险大会战的武警交通第二支队，也经历了一场严峻的考验。

进入抢险现场后，抢险指挥部要求二支队三十天内打通公路堵塞通道。当时，要打通这一段通道，需要完成一万三千多方路基填方，炸开三万二千多方石方，新修公路五百六十多米。

时任二支队副政委刘保君，担任二支队抢险突击队长。为了按时完成这项艰巨任务，刘保君立即对人员和机械进行合理调配，亲自紧紧盯在一线跟班作业，具体指导人员和机械轮班作业施工，每天在工地上工作十六七个小时以上。

6月的海通沟，中午气温高达四十多摄氏度，沟内像着火似的冒着热气，官兵们无论喝多少水进去，放下杯子，汗水立刻就冒了出来。不少机械操作手热得难以忍受，就把湿毛巾缠在头上工作。

刘保君带领官兵头顶烈日暴晒，面部被强烈的紫外线灼伤，汗水和泥灰沾在脸上裂开的血口里，疼痛难忍，但仍然始终坚持战斗在工地上。连续奋战几个昼夜后，他的痛风病复发，两腿膝盖红肿疼痛得难以支撑身体，他就砍一根树枝做拐棍，在工地上指挥。工地总指挥知道后，命令他休息半天，到卫生队输液。卫生员刚给他输上药液不久，他听说工地上出现了问题，拔了针头就上工地去了。

二支队的官兵在这样艰苦的条件下，提前十二天完成了总指挥部下达的任务。汪海和刘保君站在抢通的路上，肩并肩地目送过往的车辆，对车辆上鸣笛致敬的武警官兵报以会心的微笑。

十一、百名老红军的第二次长征

拉萨，西藏军区军史馆里，陈列着一只精巧的口琴，虽然历经半个世纪，口琴依然光亮夺目，在展厅中特别引人瞩目——口琴拥有者是十八军的一位女战士。

口琴和女兵加在一起，让人们联想到战火与温情、硝烟与浪漫。而当年军史馆的策划、收集、参与者，西藏军区政治部的冉启培至今都认为，口琴和女兵的故事是讲述军史馆故事最温情的一个切入点。

留着标准寸头、不苟言笑的冉大校，说话的语气颇有老西藏的风范。他曾深度参与西藏军区军史馆的策划、文物收集等工作。这位重庆籍的土家族老兵，毕业于解放军长沙工程兵学院，又曾在解放军艺术学院学习，历任部队车队文书，工兵连排长、副连长，西藏军区政治部宣传处文艺创作室专业创作员。

他曾著有纪实文学《喜马拉雅的回声》、长篇小说《高原红》、散文集《心灵西藏》、报告文学《雪太阳》等，获得许多奖项，被称为“思维缜密的西藏战略通才”。

他谈及，这只口琴给十八军铁骨铮铮的故事注入了最柔情的浪漫。

除了这只口琴，军史馆还陈列着十八军一千一百多名女兵入藏时的记述。在缺氧、路险等恶劣条件下，她们和男同志一样背着铺盖卷，在雪山沼泽间艰难前进，在工地上挥锹铲土、打炮眼、运沙土。

时间回到1950年8月底，部队进入川西高原。为减轻负重，要求战士轻装前进，即使是文工团的女兵，也被要求丢下所有的表演道具。

年轻的文工团团员周玉芳，怎么也不舍得扔下自己心爱的口琴，冒着被批评的风险，四顾没人便悄悄地塞进背包。到达甘孜城后，周玉芳被分配到由三十个女兵组成的康藏工作队，接到的任务是驱赶牦牛，给部队驮送物资，成为临时放牛娃。

有一次出发前，女兵们在给牦牛背上上垛子时，为了不让牦牛乱动，女兵曾朝符去牵牛头，出乎意料的是，牛突然一抬头，她被牛角挑在半空中，情况非常危险，同伴看着惊呆了。幸运的是，牛角尖挑起的是她腰上的皮带，如果是直接戳入身体，无疑就像被刀捅一般，后果不堪设想。

虽然最终有惊无险，曾朝符被放了下来，可这要命场面出现后，很多女兵都不敢靠近牦牛了。出发的时间快到了，牦牛队的垛子还没有上好，怎么办？田涛队长急得直跺脚，心急如焚，她快速到牛群里转了一圈，发现只有分给周玉芳的牦牛上好了垛子。

她突然醒悟，原来周玉芳喜欢吹口琴，她周围的牦牛听到口琴声立马会变得很温驯。

田涛大受启发，说：“玉芳，拿出你的口琴吹几首。”

“是。”周玉芳掏出口琴，兴奋地吹起来，奇特的效果出现了，牛群全部转过头，听着悦耳的音乐，眼神变得温和如水。

女兵们在琴声中动手装垛子，果然，这一办法非常奏效，装运工作顺利完成，田涛队长急得火烧眉毛的表情没了，她笑眯眯地看着周玉芳，说：“我批准，任何时候，想吹就吹。”

经过六十六天长途跋涉，行程一千五百多公里，女兵们在琴声中抵达昌都。

这支驾驭牦牛的口琴，就这样跟随主人周玉芳来到拉萨，直到六年后光荣“退休”，被拉萨市文化局收存，1985年由西藏军区军史馆收藏。

周玉芳和口琴的故事，在冉启培所征集的故事中，既有趣也浪漫，更显得悲壮而生动。谁说中国军人不浪漫？只不过这种浪漫基于东方文明的内敛，中国的女性，内心火热，表面却冷静而从容。

在军史馆文物和故事的收集过程中，对于历史和文学素养深厚的冉大校而言，十八军中一百多名进藏老红军，更是军史馆的压舱石。他曾在《解放军报》发表《百名红军将士进藏记》这篇文章，用文字留下了他们的光荣史，留下了他们的精神引领。

20世纪50年代初，一百多名老红军及地方工作人员进藏，完成了和平解放西藏、巩固国防、平叛和改革任务，使经历了一千多年封建农奴制的旧西藏走上社会主义道路。他们传承了中国共产党和人民军队的优良作风，以实际行动光大了“特别能吃苦、特别能战斗、特别能忍耐、特别能团结、特别能奉献”的老西藏精神。

冉启培深刻地意识到，这是一笔丰厚的精神财富，无论如何也得加以保护和完善。

这些红军干部中，既有来自中国工农红军第一、第二、第四方面军的，又有来自陕北红军、山西“牺盟会”决死队的，还有来自第二次国内革命战争时期参加工作或入党，后来享受红军待遇的人。他们绝大多数是军队和地方的各级领导干部，包括军（省）、师（地）、团（县）、营（区）干部和连排干部，也有个别红军战士。

他们主要是在军队从事政治、军事、后勤保障工作，也有参加地方党政、财政经济、文化宣传、安全保卫工作的，都有十五年以上的斗争经历，许多人参加过二万五千里长征。他们是红色火种，更是共产党人精神的象征。

由于西藏特殊的地理、历史、社会等因素，新中国成立前，西藏是唯一没有中国共产党组织的地区。1950年1月10日，毛主席在决定解放西藏之初就提出：人民解放军进军西藏，经营西藏，首先要“成立一个党的领导机关”，“负责筹划一切”。十几天之后，中共中央和毛主席根据西南局邓小平的提议，批准组成了以十八军军长张国华为书记的中国共产党西藏工作委员会。

这个委员会的成员主要是进藏部队十八军的军领导干部，他们都是红军时期入伍的。书记张国华、副书记谭冠三，委员是昌炳桂、陈明义、李觉、刘振国、王其梅和参加了红四方面军、经历过二万五千里长征的藏族红军干部天宝，还有后来合并到西藏工委的西北西藏工委的主要领导范明和成员慕生忠、白云峰、牙含章。

从此，西藏有了党的组织，有了中国共产党的领导。

在进军西藏的红军干部队伍中，堪称红军干部代表的是张经武。他1930年参加中国共产党，次年到中央苏区从事军事工作，长征时担任中央军委纵队参谋长，掩护党中央、毛主席到达陕北。西藏和平解放后，张经武作为中央人民政府的代表，进入西藏督促《十七条协议》的贯彻实施，体现了中央和党的第一代领导集体对西藏各民族的殷切关怀。还有一些红军将士鲜为人知，他们是吴忠、陈子植、李明、高宗义、肖猛、高建兴、成泽民、崔家顺、薛和、乔加钦、扶廷修、赖荣光、刘文章、陈新芳、黄顺举等。

1950年秋冬，西藏工委和各分工委在西藏各地初步开展工作。

在党的领导下，进藏部队每到一处都争取并团结西藏地方上层人士、寺庙活佛，到任何一个地方都不忘为藏族群众看病治病、做好事，广大藏族群众普遍认为，“共产党就是解放军，解放军就是共产党”，共产党和解放军是真正为西藏人民服务，让人民当家做主的。这些措施和行动为后来西藏的建设发展、民族团结起到了重要作用。

本着“一面进军，一面建设”的原则，进藏部队在极其艰难的条件下开始从内地向西藏修筑公路，这是西藏现代化建设的开端。1951年春，十八军在甘孜组建了后方司令部，军、师、团干部中军首长有陈明义、何雨农、白健，师领导有金绍山、邢天仁、洪流、张忠、干炎林、惠毅然、田宝瑚。参加筑路的团领导有孟永福、梁廷佐、刘万全、苑庆祥、金荣功、郑俊杰、郝海林、赵希忠、张大明、高锦云、芮波、刘琪、郭映绪等老前辈，他们都是红军干部。这支队伍在陈明义的带领下，进藏后参加了当雄机场、中尼公路、拉萨纳金水电站的修建和藏北地区硼砂矿的开采。负责修建青藏公路的红军干部有慕生忠、任启明、王宝山、蒙启贵、杨笑萍、杨林、邱先忠、周华彪等。

十八军后方司令部组成后，迅速派人进行调查核实，大体弄清了进军西藏的红军将士情况。在较为精准的统计里，甘孜有五十八人、炉霍一百零七人、道孚三十八人、新龙十二人、邓柯二人。所有进藏部队红军将士中年龄最大的名叫张金山，当时已六十二岁。连同所有进军西藏的红军干部，他们为西藏历史上的第一条公路、第一座机场、第一座电站、第一座桥梁、第一所学校、第一个农场等二百多个“第一”的诞生，以及巩固西南边防和西藏的建设发展做出了重要贡献。

平日里爱喝普洱生茶的冉启培发现，自己在收集这些资料的过程中，进藏老红军的故事与日俱增，而放在茶架上的普洱茶逐日减少。

他还收集到当年红军路经阿坝等少数民族地区时，因粮食短缺，各级都为及时解决给养而殚精竭虑，作为总司令的朱德还曾亲自组织部队挖野菜、购买牛羊的故事。

在进军西藏初期，朱总司令于1950年2月初，写信给西南军区负责人：“进兵西藏，粮食难以接济”，可以“购买本地牛羊肉为主食品，购酥油及青稞麦为副食品”；“在肉食上不习惯，可用野菜拌肉煮汤，吃少量青稞，一月内可习惯”。朱总司令特别强调：“购牛运粮，随军前进，粮完可吃牛肉，红军北上有此经验。”

参加昌都战役的五十二师，购买了九千多头牦牛驮运粮食，随军前进。牦牛行走速度很慢，边走边啃草，部队到达昌都之后一个多星期才跟上来。部队吃完牦牛驮运的粮食后再杀牛吃肉，大体解决了部队给养问题。

看到这些记叙，冉大校紧皱的眉头解开了，就因为红军长征时的经历，为十八军进藏提供了生活战斗的宝贵经验。

他逐渐理清了这支军队的精神脉络，进藏的十八军等部队曾经历过抗日战争、解放战争的锤炼，有的连队本身就是红军连队，具有百折不挠、一往无前的光荣传统，但对进入边远的西藏高原仍有一些顾虑：山高路远，气候恶劣，长途跋涉不易；后方供应困难，可能遇到的问题包括粮食等物资供应不上；语言不通，与当地生活方式迥异等。

军长张国华在领受进藏任务后，首次在军党代会上动员：“我们是共产党领导的工农子弟兵，不少干部是经过万里长征的，前进的道路上没有我们克服不了的困难。”

军政委谭冠三在党代会上表示：“万里长征都过来了，西藏再艰苦，也不过跟长征差不多。别看我年纪比你们大一点，我坚决要求进藏。”

时任支援司令部政委的胥光义，在西南军区支援工作会议上发言时讲道：“进军西藏可能比红军长征时过草地还要苦。红军过草地只有四十五天时间，这次就不是四十五天可以完成的，而是一进去就得建设西藏，要服务西藏人民一万年。”确实，进军西藏，前方粮食不足，后方供应不上，天降雨雪冰雹，对进藏部队官兵都是严峻的考验。

率北路进军先遣部队的五十二师师长吴忠一到甘孜就颇有感触：“从雅安到甘孜这一个月的行军虽然艰苦，但我很兴奋。这不仅因为我们执行的是一项光荣任务，还因为我是重回旧地。十四年前，我作为红四方面军的一员，曾沿着这次进军路线到过甘孜，住了三四个月之久。”

先遣部队到甘孜不久就面临严重缺粮困境，曾以挖野菜、捕鼠雀充饥，并较长时间吃酥油、糌粑，开始很多人不习惯，有人闻到酥油味就反胃。吴忠在干部会上动员说：“糌粑体积小，分量轻，最适合长途行军和作战需要；酥油是从牛奶中提炼出的精华，营养成分高，可以保证我们的健康。”他号召党员干部要带头吃酥油、糌粑，使部队生活高原化。开饭时，他在碗里盛着糌粑，倒进酥油，用手捏成小团，塞进嘴里，吃得很香。大家也都这样吃着，逐渐习惯下来。他在进藏动员大会上总结时曾说：“把我们今天的艰苦同红军长征的艰苦比一比，同八路军抗战和大别山时比一比，就不会觉得那么艰苦那么可怕了！”

冉启培还了解到，进西藏对身体要求很高，体弱有病的都留下来，但也有坚决要求进藏的。

原十八军宣传部长乐于泓，早在进军西南前夕就已确定留在南京市总工会工作，他坚决要求进藏，路经西南时检查身体，发现他的一侧肺已经萎缩，不符合进藏的体质要求。乐于泓与医生争辩不下，经张国华与有关部门商量才得以放行，并在西藏坚持工作整整三年。

十八岁在红二十五军任指导员的金绍山，抗日战争时期已经是豫皖苏军区独立旅旅长，进藏时是五十三师师长。他在内地院校学习结业时，组织上考虑其身体不好，准备调他到气候好的昆明地区工作，征求意见时，金绍山毫不犹豫地表示：“回西藏！”担任了西藏军区副政委兼政治部主任的他，年仅四十二岁就为西藏的建设发展献出了宝贵生命，成为进藏干部中英年早逝的第一位将军。

进军西藏之初，毛主席曾指出“建军西藏，三年一换”。军长张国华在誓师大会上动情地说：“此去西藏，我是去给西藏人民当长工的。”政委谭冠三更是说出“男儿壮志当报国，二次长征不畏难，高原有幸埋忠骨，何须马革裹尸还”的铮铮誓言。谭冠三去世后，其骨灰埋葬在拉萨八一农场内，兑现了自己的诺言。进军途中，进藏部队全体指战员响亮地喊出“吃大苦，耐大劳；让高山低头，叫河水让路”的口号。到达拉萨后，广大官兵咬破手指写血书给毛主席，决心“长期建藏，边疆为家”。

西藏军区原副政委王其梅之子王昌为，回顾他的父母时讲道：“1952年12月，父亲又奉命兼任西藏军区后方部队第二政委，同后方部队司令员兼政委陈明义共同领导修筑昌都至拉萨段公路，领导昌都地区人民解放委员会组织支援运输。

“时值隆冬，父亲挑起筑路重担重返昌都。当时组织考虑到他的健康状况，要他取道国外。他为了不给国家增加外汇开支，在康藏高原冒着零下四十多摄氏度的严寒，跋山涉水。随行的有我母亲王先梅和出生八个月的儿子建西。母亲在拉萨生弟弟时难产大出血，刚刚恢复又随父亲上路。弟弟包在被子里捆在战士的身上，战士身上还捆着三个暖瓶，到昌都后只剩一个了。由于路途不平，暖瓶木塞不严，溢出的水和棉衣冻在一起结成冰块。给弟弟喂奶和水时，打开包被发现弟弟憋得满脸通红只剩一口气。终于历时四十五天回到昌都后方司令部。”

王其梅配合陈明义、穰明德的筑路工作，经常深入到海拔三四千米高的工地与广大指战员、技工、民工战斗在一起。在海拔五千多米的雀儿山，地面封冻，需要从几十里外砍伐木柴烘烧冻土后再施工，需要在数十米甚至数百米高的悬崖绝壁上悬空作业，需要在数百处地方与高原的山洪冰川搏斗抢险，需要在冰雪泥浆中劳动。他们住的是潮湿的帐篷，补给不足时只能喝稀饭，但仍坚持施工。他从施工前线回家后曾对妻子说：“看见战士那么苦还坚持苦干，我就想掉眼泪，我们当领导的必须解决施工中的各种困难，为他们施工提供较好的条件。”在王其梅和后方司令部同志们的组织和领导下，经过广大指战员、技工、民工的忘我劳动，祖国西南边疆的大动脉川藏公路，1954年12月胜利通车。

1954 年 12 月 25 日，川藏、青藏公路同日通车拉萨

收集到如此丰厚的新中国的“精神原浆”，冉大校越梳理越来劲，在这些伟大的故事里，照见川藏公路的底色，老西藏精神的底色。共产党领导的人民军队，是一支拖不垮、打不烂的“红流”，像高山的雪莲，傲霜挺雪。

十二、开上世界屋脊的铁骑

关于川藏公路的著作和故事还有很多。在川藏公路博物馆里，刘霞和同事们一直在收集，网络信息的发达给他们带来了便利。一个名叫“雪域老兵吧”的公众号持续推送相关的信息，刘霞和同事们已经关注了三年。

“雪域老兵吧”为一支有着光荣历史的部队专门开辟了专栏，专栏题目为“汽车十六团口述历史”。

刘霞一直在收集与川藏公路相关的口述史，日积月累的实物和文字在逐渐增加。前不久，她接到当年十八军筑路部队政委穰明德后人的电话，说要把穰明德政委进藏时穿的一件皮大衣捐赠给川藏公路博物馆，他的儿子说：“那是父亲在指挥修建怒江钢桥时穿过的军大衣。”

现在，这件皮大衣珍藏在博物馆的玻璃柜中。这件大衣曾跟随筑路司令部政委，坐镇江边指挥架桥，见证了那段艰难而光荣的岁月。

为了给博物馆增添珍贵的镇馆之宝，博物馆的工作目标是，尽量寻找至今未进入博物馆的珍贵实物和文字。刘霞依照对汽车十六团的资料判断，对于川藏公路运输，该团有贯穿性的历史故事。理由在于，这个汽车团能受到毛泽东、周恩来、刘少奇、朱德等中央领导的接见，足见它的卓越非凡，但要深度追溯这段卓越非凡的过往，她也一直在寻访曾经的参与者。

功夫不负有心人，一个偶然的机会，她获知2022年是原汽车十六团成立七十周年。该团团长李林邀约了几位老战友聚会，刘霞和同事也如约来到聚会的地点。

在老兵们的茶叙间，一位叫张晓东的老兵不凡的谈吐，引起了刘霞和同事的极大兴趣，她快速在百度上搜到关于张晓东的信息：法治日报社驻四川记者站原站长，曾在汽车十六团十二连二排四班当汽车兵。

得知刘霞她们是川藏公路博物馆的，张晓东低头沉思起来，那眼神似乎在搜寻和回顾往事。他把点燃的香烟夹在指间没有吸，但也没有说话，仿佛亲手酿制的老酒在等待最好的开坛时机。片刻之后，他才开口道："说起汽车十六团，嘿嘿，我就会联想到西藏高原随处可见的牦牛。"

真没想到张晓东的开场白，是以最具高原代表性的牦牛引出。如果没有在高原生活过，没有对高原生活的热爱，是很难联想到牦牛的。他说道："在十六团没有进藏前，牦牛一直是青藏高原最重要的运输工具。著名的川藏茶马古道，从康定到拉萨，牦牛成为运输货物的主力军。如果说川藏茶马古道是连接汉藏的纽带，那么川藏公路就是延续这条纽带最为亮丽的华章。"

张晓东话锋一转，"不言而喻，牦牛是青藏高原须臾不可或缺的宝贝，它对雪域大地的奉献，囊括了高原各族人民生活的衣、食、住、行。千年来，它顶风冒雪、埋头苦干、无怨无悔、无私奉献于居住在这片广袤大地上的人民，它对这片土地的忠诚、担当、厚爱、贡献的品格，是值得人们学习的，而汽车十六团更是我心中的高原'铁牦牛'。"

这位在汽车十六团服役五年的老战士，不急不缓地梳理着汽车十六团的前世今生。从他的言谈中，刘霞确认博物馆找到了需要的"干货"。

"我们团，从四川到西藏，有着极不平凡、令人难忘的战斗岁月，更令人思绪万千的是，汽车十六团将我带到拉萨，在部队的大熔炉中锻炼成长，我的青春，永远留在了拉萨西郊的这片土地上。为了感恩，我受十六团退伍战友群体的委托，写下了这篇《西藏高原“铁牦牛”》作为十六团的生日礼物，献给我至今还魂牵梦绕的汽车十六团。十六团，扎西德勒！”说罢，他高举茶杯以示庆贺。

张晓东是讲故事的高手，俗话说“大树有根、流水有源”，十六团的前身是二野运输司令部所辖的“辎汽一团”，历史可以追溯到抗日战争后期的冀鲁豫军区，在军区的前身是八路军一一五师三四四旅，该旅由红军十五军团改编。也就是说，十六团从组建时起就带着红色的基因。

“冀鲁豫军区汽车大队”是靠缴获日伪的十余辆木炭车起家的。随着解放战争的进程，合编为“中原军区汽车大队”。解放战争中，这支部队曾因战斗转移和遇到道路泥泞，先后两次忍痛“被迫炸毁”十九台汽车。大队部分人员拿起武器组成“英山五连”。解放战争的第二年10月，“中原军区汽车大队”奉命在郑州郊区接收敌方百余辆车，11月正式成立“中原军区辎汽一团”。参加淮海战役时，他们把一车车粮食和弹药运送到战场，为战役胜利贡献了力量。

淮海战役结束后，辎汽一团带着六十余名骨干和两辆卡车，奉命赶到刚解放的南京，接收民国公路总局各种车辆七十余台，招收学员一百余人，又恢复组建到拥有五个连、一个团直机关的规模。

稍早前，十六团的前身部队，曾到简阳石桥接收原国民党部队的驾驶员四百五十人，加上在南京、武汉等地招收的一百多名驾驶和技术人员，全团形成了六百余人的技术队伍。

不久，响应“进军大西南”的号召，全团跟随二野大军驱车南下，投入解放大西南的滚滚洪流中。

汽车十六团是人民解放军创建最早的汽车部队，也是第二野战军最早的汽车建制团，在“千里跃进大别山”“淮海战役”“渡江战役”中表现出色，成为这支部队“特别能忍耐”“特别能奉献”的代表。

十六团由重庆开进四川新津，为进藏做准备。往后一年的时间里，周总理批准将从苏联进口的二百辆“吉斯型151”卡车和二百辆“嘎斯51”卡车拨付给十六团，加上原有的车辆，十六团的汽车达到六百余台，运力大增，是当时西南军区规模最大、装备最好、实力最强的汽车部队。

遵照毛主席“一面进军，一面修路”和“背着公路前进”的指示，十六团配属十八军筑路进藏。从此，这支滚滚铁流，在千难万险中一直战斗在修建川藏公路的最前沿。

张晓东的挎包里有一本发黄的本子，这个本子是十六团的历史家底。

1950年7月公路通至康定，但在途经泸定时遇到了大麻烦，大渡河上还没有公路桥，汽车被阻隔在河东岸，部队的给养和筑路物资，就只能靠牦牛和骡马运输到西岸，根本无法满足筑路大军的需要。

老团长挽起袖子、解开衣领，抽着烟在河边来回踱步，看着湍急的河水一筹莫展。

此时，十六团五连二班处在渡河的位置，战士陈瑞盘获知情况后，带着二班做了一个大胆的设想，在东岸将车辆分解成十二个大件，再用牛皮筏装运漂流过河上岸，如果此举获得成功，各连就陆续推广。

“万不得已，只好如此。”团长同意了上报的方案。分解的汽车大件“巧渡”大渡河后，各连在修理连指导下，重新组装成整车。站在东西两岸的首长和战士们挥手互致成功。

“拆车渡河”的计划在有序地进行着，东西河岸的空地上，拆解的汽车部件有序地散放在地。由于大渡河水流速湍急，吊车的配件因牛皮筏倾覆，掉入大渡河中。吊车在搬运中是“大力士”，如果吊车出问题，会极大地影响工作进度，甚至让工作陷入瘫痪。

东岸所有人目睹了这惊心动魄的一幕。团直修理连陈瑞盘二话没说跳入湍急刺骨的河水中。

“这小子，有种。”团领导大加赞赏。

当时正值腊月天气，大渡河水流速每秒七八米，别说跳到河里捞车，就是穿上全副冬装，在河边站站也会冻得发抖。陈瑞盘几次下水都被浪打开，没拴住车子。

陈瑞盘又开着大吊车到了河边，他看着这翻滚奔腾的江水，知道任务很艰巨。他毫不犹豫地把奖章、纪念章、照片和一部分津贴包在一起，交给党员周复生，说：“今天下水捞车，万一我上不来，就把这些交给党，转寄给毛主席，也算我最后见了毛主席。”说罢，他就迎着刺骨寒风，钻入冰水里，由于用力太猛，头竟被夹在车子的水箱和保险杠之间的缝里，挣扎很久，喝了几口水，才冒出水面。几次反复尝试，他终于和战友们一起用大吊车把车子的零件全都打捞了上来。

汽车过江后重新组装了起来，发挥了骡马和牦牛不及的巨大力量，源源不断把物资送到第一线。上级批准给陈瑞盘记大功一次。陈瑞盘荣立大功的英雄事迹在军区广为流传，从此，汽车十六团在进藏部队中也有了赫赫英名。

英雄陈瑞盘原先是工人，新中国成立前一个月他在汉口参加了部队。进军西南时，他开大吊车，一路上建立了不少功绩。到西南后，被评为一等功，出席了西南军区及全国的英雄、模范代表会，后来他加入了中国共产党，当了班长。

第二年夏季，川藏公路道孚段洪水暴涨，从山上冲下来一棵大树，堵住了道孚桥洞，河水越来越高，眼看木桥要被冲垮。这根大树有五六千斤重，莫说河水汹涌，就是在地上，人力也无法搬动它。在这种情况下，上级命令陈瑞盘从康定开大吊车去道孚。陈瑞盘二话没说连夜开车到现场及时抢险，吊开堵住桥洞的大树，保证了运输通畅。

大渡河畔成建制的“拆车渡江”行动，在我军汽车部队历史上尚属首创。五连二班带头“拆车乘筏，横渡金沙江”和团里其他连队巧借“藤条溜索，横渡通麦河”的壮举，光荣地列进了军史。

获知自己提升为排长的消息时，陈瑞盘正把洗干净的一双胶鞋晒在吊车的引擎盖上，旁边的洗盘里浸泡着油腻的转动部件，准备清洗。他就是个闲不下来的人。战友们经常看到他开着大吊车急匆匆地往返在公路沿线，只要有需要救援的车辆，他就会不分白天黑夜地去救援。甚至在夜里，在海拔五千多米的雀儿山顶，他和助手曾冒着呛人的风雪，把一部翻到沟里的汽车吊上来，连夜拖回修理连。

他不光做事积极性高，而且非常爱思考，爱琢磨，总要把事情做到最好。他不仅严格要求自己，也严格要求全排，于是他们排在修理连成了表率，每次评功总是保持“必胜排”的荣誉。

他热爱钻研，勇于攻坚，刻苦摸索汽修的技术……这些早被连长看在眼里，连长同指导员商量后，连里推荐他到四川干部学校学文化。入学后，他个人努力学习，门门功课都是四五分，立了一等功；他领导的学习小组，也先后两次立了三等功，成为模范小组。

春天学成归来，陈瑞盘回到高原担任了连队副指导员。

而他所在的五连二班也于1964年被国防部授予“西藏高原钢铁运输班”的光荣称号。西藏军区专门为此召开了表彰授旗大会。

1951年十八军后方司令部组建以后，当时还称为“辎汽一团”的汽车十六团划归后方司令部管辖。

十六团部由新津前移至康定，主要执行从泸定到甘孜的运输任务。

同时，西南军区又设立十八军川藏公路修建指挥部，十八军大部投入修建甘孜机场和修建川藏公路工作中。同年4月，后方司令部共投入一点七万余军地施工及技术人员修建甘孜机场，汽车十六团五个连近三百辆汽车，不分昼夜地抢运数十万立方米砂石。经过七八个月的艰苦奋战，机场竣工通航。

5月，十八军投入三万余人，会同川藏公路工程处技工九千余人，修筑甘孜至昌都的公路。十六团除去负责甘孜机场修建运输任务的五个连队外，其余连队全部投入甘昌路施工，在道路极差的情况下，单车日行程三百公里，每日工作达十六个小时，仅一个月就完成二百多万吨公里的运

车队翻越雀儿山

输任务。

10月，为统一番号，“辎汽一团”在康定改称汽车十六团，从此这个称谓一直沿用下来。

为了川藏公路尽快通车，进藏后方部队同川藏公路第二施工局技术大队一万六千余人，开始由昌都向拉萨方向施工；由进藏前方部队和川藏公路第一施工局技工大队，以及一万六千余名民工，由拉萨向昌都方向施工。

1954年11月27日，东西两路筑路大军在西藏工布江达县巴河桥胜利会师，川藏公路终于全线贯通。十六团五连五辆车开进拉萨城，完成了试通任务。

从此，拉萨城迎来了近代西藏交通新纪元，藏语里增添了一个新词汇“木扎”（汽车）。

第二章　传魂

一、英雄张福林的家人们

2022年夏初，成都温江，四川省交通职业技术学院。

空气中弥漫着栀子花的香味，街道边成排的鸡冠刺桐红得像火，紫色的巴西蓝花楹高贵温雅，凉风习习，隐隐飘来火锅的香味和麻将的碰撞声……这一切让张福立将军感到很惬意。张将军自言自语：“成都的确是个来了就不想离开的地方。”

张将军是当年十八军进藏抢通雀儿山公路时牺牲的烈士张福林的亲弟弟，退休后居住在重庆市。这次到四川省交通职业技术学院是来参加纪念“两路”精神研讨会的。

七十九岁的老将军精神矍铄，说话中气十足，腰板挺直，看上去最多七十。

研讨会的气氛热烈，参会者争相发言。张将军发现撰写张福林烈士的书籍和文章很多，但大家对他们整个家族的革命史知之甚少。比如张福立将军是什么时候参军的；母亲被敌人杀害后他们一家人的经历；儿孙们怎样看待他在西藏三十五年的军旅生涯；哥哥为祖国献出年轻的生命，而他对哥哥的精神又是如何继承和发扬的等等。于是，张将军找到了谈话的切入点。

谈起承传，谈起一部关于家庭的红色史，老将军娓娓道来。

前不久《光明日报》的记者告诉他，说他们在采访中，找到了他的母亲薛桂芳的原始记录，她是河南省第一批入党的女共产党员。

由此推断，母亲薛桂芳是1940年入党的。老将军根据父亲的回忆，说母亲参加过江村镇保卫战等一系列的战斗，当时黄河被炸开决堤，大水淹没了河南的许多地方，江村镇保卫战就是大水未来前的一场战斗。当时，薛桂芳是河南省扶沟县城关北街妇联主任，1947年3月16日，在执行地下党组织交办的一项秘密任务时，她被国民党抓捕杀害，年仅三十五岁。

母亲被害后，人头就挂在县城的城门示众。当时他只有一岁半，父亲为了躲避国民党的追杀，带着哥哥张福林和他踏上了东躲西藏、讨口要饭的流浪之路。

张福立的哥哥比他大十几岁，能帮父亲做一些事情。父亲为了保全三人的性命，决定将张福立过继给熟人家，于是他在别人家里待了三年多。

为继承母亲遗志，张福林于1948年夏参加解放军，先后参加了淮海战役、太原战役等。张福立三岁半的时候，新中国成立，他父亲又把他从过继的人家接回家。

在哥哥牺牲前，家里收到一个非常喜庆的消息——哥哥寄来一张和一位女军人的合影——在那个年头，男女双人合照就意味着恋爱，意味着即将成为一家人。

当时，父亲拿着哥哥的信，高兴得手微微发抖，旁边的亲戚摸摸张福立的头说："娃，你哥给你找嫂子了。"父亲却说："莫乱说，八字还没有一撇呢。"话虽这样说，但父亲的笑容却让张福立一直记在脑海里。这张照片开启了他和父亲对哥哥带着爱人回家的遐想。

可事与愿违，哥哥牺牲的消息犹如晴天霹雳，击碎了全家的美好愿望。那段时间，父亲的嘴紧闭着，仿佛要吞下所有的痛苦。在夜深人静的一个晚上，父亲抖掉烟斗里的烟灰，对张福立说："娃，想来想去，你妈和你哥哥都年纪轻轻就走了，他们母子俩是跟着共产党走的，我一点也不后悔。他们决心那么大，不惜献出生命，一家两代忠烈啊！娃，记住，你还小，好好念书，长大后，继承妈妈和哥哥的遗志，继续跟着共产党干革命。”

哥哥牺牲时张福立刚满六岁，父亲的这番话他听得似懂非懂，但一直记在脑海里。他隐约从别人的赞许和敬佩的眼光中，感觉到了英雄后代的自豪。

在以后的日子里，他一直在学校努力地学习，就想为烈士之家争口气。一天，航校来学校招飞，张福立的身体和成绩都合格，他就这样光荣地成为一名飞行学员。

张福立来到位于四川夹江的航空学校，开始了飞行梦。

在校期间，西南军区获知他在航校学习，专门派了一位大校来航校，动员他去西藏参军。航校知道他是烈士的弟弟，也想留他继续学习，因为培养一位飞行员，国家是要付出很大代价的，但他更被西南军区的诚意所感动，双方决定尊重他本人的选择。

和父亲商量后，张福立离开了航校，决定踏着哥哥的足迹，上高原再建新功。

就这样他打起背包，在1964年10月参军来到西藏。当时他就有一个清晰的思路和设定，必须克服掉骄躁自满的情绪，不要以为自己是英雄的弟弟就和别人不一样，反而更要严格要求自己。这一干就是三十五年，张福立也成为一名守卫边疆、促进民族团结的老军人。

说起模范带头作用，张福立将军最真切的体会是，母亲和哥哥的榜样力量一直鼓励着全家人，不能掉链子才是最好的缅怀和传帮带。

张将军的全家有十九人入党，有八人立过一等功、二等功和（或）三等功。他儿子叫张铁顶，铁的含义就是，作为一个男人，意志要像钢铁一样坚硬，顶的含义就是，要像大伯一样顶天立地。张铁顶在河南郑州公安战线工作，立三等功三次，二等功二次，一等功一次。

张福立常常用哥哥生前笔记本里的一番话告诫后代，他写道：“忘掉自己，为人民，由民兵改炮兵，由炮兵变工兵，这是党的需要，听党的话。”“我由一个穷孩子成为一名共产党员，一切交给党，永远跟党走，学好技术，做好工作，不怕困难。”

这就是他作为一名共产党员的价值追求，“两路”精神的真实写照，他们家的传家宝。

他的发言得到与会者的赞同，有参会者接话说：“您老总结得太到位了，‘两路’精神是你们家的传家宝，也是公路强国的传家宝。我们获知，您老是退而不休，还在为弘扬‘两路’精神做奉献。”

张福立将军笑笑，认为退休对于他是国家政策的体现，但为人民服务的步伐不能停止。总书记“牢记使命、不忘初心”的教诲，必须牢记践行。

二、川藏线上“十英雄”

川藏公路博物馆开馆后的第六天，博物馆接待了两位年近花甲的老人，他们是川藏公路“十英雄”的后代。两位老人是在网上看见“川藏公路博物馆”的消息，专程来到四川省交通职业技术学院的。

杨林是杨星春烈士的儿子，他从邛崃来到博物馆，抿着嘴端详着刻有自己父亲名字的图片，拿出手机翻拍下来。亲人的分别，国家的照顾……往事在内心涌动，他的眼眶浸润着泪水。

杨林的话让刘霞体会到工作的价值，杨林说：“随着时光的流逝，时间淡化了记忆，我以为还记着他们的人已经不多了，最多只是亲属们在清明时给他们上炷香……万万没有想到，博物馆永久地把父辈的故事讲给一代代的后人。祖国没有忘记他们。在此，我建议我们的后代，集体给你们敬礼。”

话音刚落，他举手给王馆长、刘霞和讲解员敬了一个军礼，饱含着真诚和谢意。

尔后，博物馆让刘霞同“十英雄”的后代建了一个微信群，目的是在群里随时随地分享英雄后代们的信息，也为日后做“十英雄”后代的口述史提供了极大的方便。

第一个口述史的讲述者是杨林，他在邛崃上班。邛崃是川藏线的必经之路，七十年来，邛崃和川藏公路沿线的城镇和乡村目睹着川藏线的细节之变。早在两千多年前，邛崃的竹杖就在印度出现，竹杖同丝绸以及后来的茶叶一样，成为丝绸之路最早的见证。邛崃地处汉藏交会地，在邛崃的南河坎留下的许多遗迹表明，藏族人曾经在这里居住。邛在藏语中译为酒，指烤酒之地，后因大才子司马相如和卓文君的爱情故事，邛崃曾经开发过一款酒叫“文君酒”，品质很好，价位不高，再有司马相如和卓文君的爱情加持，因而广受百姓欢迎。当年川藏线沿线的许多单位和企业都用这款酒作为接待酒，民间的婚宴也多用这款酒，文君酒同一直延伸到拉萨的邛崃饮食——奶汤面、钵钵鸡、魔芋烧鸭、肥肠血旺、蒜苗烩腊肉一样，深入到沿线各族食客的舌尖上、味觉中。

父亲牺牲那年杨林四岁，妹妹杨慧两岁，因而在杨林幼年的记忆里，父亲的印象很模糊。缺少父爱的家庭氛围里，他只是觉得自己的妈妈不像其他孩子的妈妈那么爱说爱笑。母亲老爱抬眼望着西去的川藏公路发呆。

逐渐懂事的杨林发现，逢年过节，母亲会偷偷躲在没人的地方掉眼泪，后来才明白她是在想念去世的丈夫。每到清明节，母亲就带着他和妹妹去给父亲烧纸钱。

在杨林读小学一年级第二学期的那个清明节，杨林盯着正在化为灰烬的纸钱突然意识到，他永远看不到一个活生生的父亲了，而眼前永远是那张挂在墙上的遗像。“烈属”这两个字渐渐成为一种别样的温暖围绕在他不幸的童年中。

杨林初中刚刚毕业，他父亲所在团的一位干部来到他家，告诉他母亲，如果她同意的话，杨林当年就可以入伍参军。

母亲用依依不舍的眼神看着孩子说：“太小了，有点舍不得，等娃娃高中毕业，一定把他送到部队。”

高中毕业后，为了帮母亲缓解经济上的压力，懂事的杨林就参加了工作，在邛崃百货公司上班。上班不到半年，一天下午，汽车十七团的一位营长亲自来百货公司找到杨林，说部队的名额一直为烈士的子女留着，问他是否愿意参军。他不假思索地表示非常愿意，于是他在二十岁那年参了军，来到父亲所在的十七团，当上了汽车兵，循着父亲的足迹，在川藏公路上一干就是三年。

三年时间，他每年要经过父亲牺牲的地方六七次。感受最深的是第一次经过时，他看见在父亲牺牲地的沟口，竖立着一面纪念英雄的巨大的红旗。坐在旁边的营教导员告诉杨林，你父亲他们十位英雄牺牲的地方，距现在竖立的红旗有两公里。组织上为了便于过往的军车知晓英雄们牺牲在这个区域内，就把旗帜竖立在了沟口。

远远地看见旗帜，杨林的脑袋突然一片空白，感觉沟口的红旗化为了父亲的身影。他下意识地脱下军帽，默默地说："爸爸，你的儿子来看你了。"他的手紧紧地握在副驾驶的扶手上，一滴滴热泪掉在手臂上。那一刻，他才意识到，整整二十年了，他第一次离父亲那么近，第一次作为成年人与父亲近距离对话。静静的山谷，仿佛在聆听他内心的倾诉。

在那一刻他以军人的身份向父亲做出承诺："继父志赴汤蹈火在所不辞。接过你的方向盘，在川藏线上再立新功。爸爸，你放心，我一定替你照顾好妈妈。组织上非常关心烈士后代的成长，妹妹也参军了，在自贡的五十四陆军医院。爸爸，你安息吧！"

杨林的回顾令人动容，帕隆藏布江是雅鲁藏布江主要支流之一，人们拍回来的图片景色都很美，但他却在美景中看到了逝去的父亲，情绪有些伤感。

杨林擦干溢出眼眶的泪水，告诉刘霞："遇到大晴天，行驶在通麦大桥上，能看见南迦巴瓦峰，很壮美。车队在去往林芝的途中，滔滔帕隆藏布江一直在路边的丛林中时隐时现。江边连绵起伏的大山，一半在云雾里，一半布满树木，江水从弯弯曲曲的山谷间奔腾而来。帕隆藏布江水能资源丰富，是西藏森林资源生命的摇篮。说实话，没走过318国道的通麦大险，就不知川藏公路的艰难。位于林芝地区的通麦，是路上的一道险关，被称为‘通麦坟场’。通麦天险处于世界第二大泥石流群区，沿线的山体土质较为疏松，附近遍布雪山河流，雨季多发滑坡、泥石流、塌方等自然灾害。现在大不同了，以前走通麦天险需要四五个小时，现在只需要半个小时。真是今非昔比，三代通麦大桥横跨帕隆藏布江，也许只有江边的青山还记得通麦天险的样子。”

为了记住父亲，杨林保留着当年新华社记者撰写的关于父亲英雄事迹的文章。

十英雄的故事发生在1967年8月的雨季。雨季的藏东高原阴晴不定，瓢泼大雨五分钟之后，顷刻又会晴空万里。解放军总后勤部汽车某营副教导员李显文，正奉命带领十一连和十二连车队，驶行于千里川藏线最易塌方的西藏帕隆段。

车队来到帕隆，果真是说塌方就塌方，眼前的大塌方绵延两公里，巨大的水量携带大量泥石从山顶坍下，伴随轰鸣声瞬间覆盖公路。教导员抬头目测，滑坡高度竟达七八百米，此处是这条公路的险区，十二连车队被塌方挡住去路。

共产党员、副连长陈洪光大声说道：“走，去看看。”他带领三名战士冲进险区。经过三小时的抢修，他们同李显文带领的十二连其他同志一起，从乱石堆中开出一条勉强可走的路。满身泥泞的李显文站在滑坡最危险的一块石头上，一边观望险情，一边大声指挥车队快速通过。车辆在泥泞的便道上颠簸着，爱车如命的李显文心疼车辆，嘴里唏嘘不停。

十二连刚过，十一连紧随。突然，山上的巨石乱滚，吼声震天，公路又被严重的塌方堵塞。

十一连支部书记、连长杨星春跳下车立即组织抢修。但塌方严重，随时坠落的飞石严重威胁干部战士的生命。杨星春与围在他身边的同志立即现场召开党支部委员会议，当即决定后撤一公里半，这样既能保住同志们的生命，又能保住国家的财产。他亲自带领人员观察险情，以便寻机通过。为了避免发生意外，杨星春给战士们下了死命令，不经允许不准自行到险区去，而他和干部们却要每天深入险区三四次，迎着随时飞落的滚石观察险情，研究塌方规律，准备带领连队设法通过险区。

第二天，雨时大时小，险情扩大，塌方加剧。中午时分，山上飞下的巨石掉入河中，溅起一两丈高的水柱，这预示更大的塌方即将暴发。为了及时完成战备运输任务，李显文只身从西端冲进险区，在外面给他观察险情的汽车驾驶员，看着飞石不断从他头顶呼啸而过，便大声呼喊："副教导员，快转来！"他掉过头来，把手挥了挥，更坚定地向前开去。路上，每当遇到修路工人和兄弟部队的同志，他都大声疾呼"危险，赶快撤到安全地方去"，而他自己却冲进泥石滚滚的险区中心。众人为他捏一把汗。

险区东端的连长杨星春，副连长陈洪光，副指导员程德凤、谭仁贵，排长曲月伦，从电话中得知李显文只身冲进险区的消息后，一致决定：立即去险区同李显文会合，一起研究车队通过险区的方案。共产党员、班长杨庆忠、李荣昌，共青团员、新战士陈昌元和李兴富听到这个消息，也一起到险区中心去勘察道路。连长兼党支部书记杨星春望着冲在前面的战友，默默地点了点头。于是九个人一起冲进随时滚落巨石的危险地段。

李显文、杨星春等十位同志分别从东西两端向险区中心前进时，突然一阵惊天动地的巨响，巨大山崩轰鸣，顷刻间吞没了公路，十位同志瞬间被掩埋。外围的战友大声呼唤着他们的名字，没有任何的回应，遮天蔽日腾起的烟尘笼罩了大地，从此，十位英雄长眠于此。

大自然再一次显示出了它的威力，但它的威力并没有吓倒伟大的人民解放军，“撼山易，撼解放军难”的军魂在地动山摇中岿然不动。从此，十英雄的故事像一粒精神的种子，在千里川藏运输线上生根发芽。

次年2月15日，中共中央军委发布命令，授予人民解放军总后勤部某汽车部队三营副教导员李显文等十烈士（李显文、杨星春、陈洪光、程德凤、谭仁贵、曲月伦、杨庆忠、李荣昌、陈昌元、李兴富）“川藏运输线上十英雄”荣誉称号，并号召全军指战员向他们学习。

2018年夏天，成昌兵站部组织烈士子女沿川藏公路凭吊父辈，杨林和爱人来到海通兵站，这里雕塑了“十英雄”的塑像。

杨林将“十英雄”之一的营副教导员李显文的两个儿子，推荐给了刘霞，并告诉她，他们也像自己一样，接过父亲的旗帜，成为解放军战士。

2022年8月1日一早，刘霞在微信里给杨林发去信息：祝川藏老兵建军节快乐！感谢您对西藏建设、川藏运输及川藏通道保通保畅做出的贡献！历史铭记你们的付出，人民感谢您！

杨林回复：谢谢！

刘霞回复了一个握手的表情符号。

杨林回复：感谢你送我这本《雪域长歌》，今天终于把全书看完了，我很感动很感慨！当年十八军的大无畏精神可以说是可歌可泣、惊天动地的！川藏线精神是无数革命先烈和筑路工人用鲜血和生命铸就的，我们没有任何理由忘却，只能继承和发扬光大，这一点你们做到了。再次向你和你们的学校表示我最真诚的谢意！很久以前看过一部电视剧《我在天堂等你》，就是反映十八军进藏的英雄事迹，有兴趣可看一下。

杨林发完微信，思绪一直绕缠在对川藏线的回顾里，他翻开了他当汽车兵时留下的告慰父亲的三段记录。

第一段是在2003年9月，川藏线十英雄纪念碑在通麦兵站旁建成，以此告慰“十英雄”，让他们从此得以瞑目安息。

第二段是杨林在屏媒上获知，“2014央媒‘两路’行”川藏采访分队9月20日来到川藏线十英雄纪念碑。高大的纪念碑前，三十五岁的通麦兵站教导员刘福军面对六十多名记者说：每次川藏兵站部部队运送物资到这里，都会有纪念活动。

第三段记于2015年12月29日十一时二十分，随着一声炮响，最能告慰英烈的，期盼已久的川藏公路改建工程帕隆一号隧道顺利贯通。川藏公路卡脖子地段顺利贯通，彻底避开了高山中深切割峡谷区和远近闻名的“一线天”临江悬崖天险路段。

杨林和爱人在雕塑前合影后，四级军士长苟光权陪着他们围绕雕塑基座瞻仰。苟光权，十六年兢兢业业奋斗在雪域高原，在海拔四千三百米的邦达兵站战斗八年，随后调到通麦兵站勤务班当班长。苟光权指着通麦大桥的方向说：“再过两年，第四代通麦大桥横跨帕隆藏布江，一路迈过飞石崖隧道、小老虎嘴隧道、帕隆一号和二号隧道、通麦大桥、迫龙沟特大桥，道路会更加畅通。”

听罢，杨林深深地叹了一口气，这声叹气似乎在告慰父亲：“畅通，晚来了近五十年，不过，要战胜当年的困难，又需要多少人的付出，爸爸，这晚来的好消息可以让你安息了。”

三、接过父亲手中的方向盘

时隔二十二年，像“川藏运输线上十英雄”的后代杨林一样，王兵的儿子王豪也接过父亲的方向盘，去完成父亲未尽的征途。

川藏线上“父子兵”的故事犹如一条“精魂”游动在世界屋脊。

1998年11月30日，原成都军区川藏兵站部某连汽车兵王兵，驾车执行物资运输任务，在翻越二郎山时突遇险情，长眠于此。

第一次进藏出发的早晨，王豪想起二十二年前父亲在川藏线上的故事，很是激动。当他打开车门踏上踏板进入驾驶室的那一刻，他深深地做了一个深呼吸，心里默默说：“爸，今天终于接过你手中的方向盘，我一定会完成你未竟的事业！”说罢，点燃发动机，依序驶出营房。

行进在途中，王豪深感如今的川藏线，跟父亲当年行驶的状况是云泥之别。雅安到康定的高速公路已经开通，这段高速的桥隧比占了百分之八十，高速的线路早已迈过了二郎山上的一个个“鬼门关”，二郎山老公路的险峻只是在一辈辈老兵的口中得以再现。

当穿过二郎山最长的隧道时，他第一次感觉与父亲那么近，似乎父亲的英灵就在头顶上。

隧道顶棚鲜艳的五星红旗给人自信和温暖，王豪紧跟在车队里，他心里只有一个念头，“爸爸，我正经过你牺牲的地方，现在条件好了，不用翻山越岭了，这样的路况，妈妈就放心多了”。但他心里还是想登上二郎山，为父亲的亡灵点上三支香烟，告慰英灵。

雅康高速二郎山隧道

2020年，减重成功的王豪二次报名，如愿成为西藏军区川藏兵站部一名汽车兵，来到父亲曾战斗过的部队，踏上父亲当年跋涉的川藏公路，接过父亲手中的“方向盘”。

在王豪的成长历程中，他和父亲只共同生活过七天。而在他的记忆里，父亲的形象只有几张照片。王豪的不幸是无法用言语去表述的，自朦胧懂事的初期，一连串的追问接踵而来，母亲的泪水和空洞的眼神回答了一切。

那年夏天，王豪刚满一岁。父亲回家探亲，在母亲的催促下一家三口到照相馆照了一张唯一的全家福。王豪坐在母亲的膝盖上，父亲站在母亲的旁边，看上去他们都那样地年轻。母亲回顾说，爸爸因错过了儿子的出生，心里非常自责，非常遗憾。归队前，父亲抱着儿子对妻子说，春节回家时应该能听到儿子叫“爸爸”了。

哪料还未到年底却传来噩耗。得知丈夫在执行任务时牺牲，妻子当场晕了过去。一夜之间，爷爷奶奶头上多了很多白发，瞬间“老”了好几岁。

爷爷后来告诉王豪，那个全家期盼的春节，是在悲伤中度过的。过年时，桌上还是摆上王兵的碗筷。王豪是看着挂在墙上的父亲的遗像，学会了叫“爸爸”的。

车穿过二郎山隧道，王豪坐在副驾的座位上，思绪万千，心想，爸，虽然我不能像别的小朋友那样在你的怀里撒娇，可你一直是我的骄傲。每当同学问起你的职业，我都会挺起胸膛说：“我的爸爸是一名军人，是一名英雄。”那一刻，同学们都会投来羡慕的目光。

父亲留给家人的遗物不多，有一张刚入伍时在营区身着迷彩服的照片。照片上的父亲，面庞青涩，身姿不算挺拔，显然还没有经过部队的淬炼。随着年龄增长，王豪会不经意间对军人有着一种念想，军营到底是一种什么样的存在，可以让像父亲一样的年轻人不惧风霜雨雪、高寒缺氧，甘愿在生命禁区的崎岖山路上，一趟趟向险而行?

天长日久，当一名汽车兵，到父亲战斗过的地方去看看，成了王豪心心念念的愿望。但他一直把这一想法埋在心底，怕爷爷、奶奶、妈妈担心，更怕他们伤心。

2017年大学期间，王豪偷偷去武装部报了名，但因一百六十四斤超重落选。王豪失落极了，但并没有放弃希望。他制订了严格的减肥计划，半年里就瘦了四十斤。奶奶看着他瘦得像变了一个人，很心疼，但并不知道他的秘密计划。

两年后大学毕业，王豪在一家教育培训机构当英语老师。然而，即便参加了工作，埋在王豪心底的从军梦从未被遗忘。他暗自提醒自己，如果再不去应征，超了年龄就没有机会了。2020年，王豪再次报名参军，顺利通过体检。

当时，他向县人武部领导表达了想去西藏服役的想法。也许，领导被他讲述的故事所打动，答应让他去西藏，而且还是父亲曾服役的川藏兵站部。

听到消息后王豪喜极而泣，他怀着忐忑不安的心情把这个消息告诉爷爷奶奶。爷爷听到后怔了一下，没有作声。过了好一会儿，他才拍拍孙子的肩膀，说："小豪长大了，有出息了。"奶奶的眼睛，一连好几天都肿着。王豪知道奶奶是在担心孙子的安危。

他扶住奶奶的肩，温柔地说："奶奶，我告诉你，现在部队条件好了，一点也不危险……去爸爸的老部队服役，还能陪他说说话……"经过王豪好几天软磨硬泡，奶奶终于松了口。

穿上迷彩服，戴上大红花，王豪踏上了前往西藏的火车，也踏上了追随父亲的路。

西藏军营的生活，比王豪想象中更加艰难。由于年龄比同年兵大，他需要付出比别人更多的努力。为了整理好内务，他每天早起压被子；投弹不如别人，他提前起床去操场加练；站军姿腰挺不直，他就在背上绑T字架……

每当快坚持不下去的时候，他就会看一看一直存在手机里父亲的那张照片，仿佛听到爸爸说："加油！坚持下去就会成功。"他也告诉自己，不能懈怠，只有考核合格才有机会被分配到训练连进行专业训练，才能离父亲更近些。

中国军人的故事里，父子兵的故事在王豪身上重演，父亲为儿子加油的精神一直鼓励着他。在训练连，他最初连自行车都不会骑，是父亲的硬汉形象告诉他必须迎难而上。他硬着头皮学驾驶，每一项驾驶技术都是挑战。唯有加班加点，反复训练，才能早一点掌握驾驶技术，早日像父亲一样驰骋在巍巍高原。功夫不负有心人，他终于以优异的新训成绩通过了考核。

2021年夏天，王豪受领上高原训练的任务。

出发前，班长告诉他这条“天险奇路”全长两千多公里，越过十四座峰峦起伏的雪山，横跨十多条奔涌咆哮的河流。

这不正是父亲当年执行运输任务的那条公路吗？

行驶在川藏公路上，他脑海中全是父亲的身影。

一路上，不断看见路边的坟茔。班长说，在川藏公路上牺牲了六百多名汽车官兵。王豪的眼眶湿润了，因为这些英雄里有他的父亲。

其实，在王豪初上高原时，有很多不适应的地方。道路一侧是悬崖，让人望而生畏，数不清的回头弯更是让他吃不消；海拔五千米以上的东达山、“川藏天险”觉巴山，以滚石著称的海通沟……凭他现有的驾驶技术，真的能征服以险著称的川藏公路吗？

一路上，王豪高度紧张，好不容易到了海拔四千多米的邦达兵站，又出现高原反应。

那几天，他躺在床上辗转反侧。现在条件已经这么好了，可在川藏公路上执行运输任务仍这样艰难。当年，父亲是怎样克服困难，一次次往返于蜿蜒险峻的山路的？

透过窗户，夜空中星星一闪一闪，那颗最亮的仿佛就是父亲。父亲好像在对他说：“儿子，你是一名边防军人了。在这里，没有什么比高原战士的胸怀更广阔，没有什么比高原战士的志向更高远，没有什么比高原战士的步履更坚实。”

王豪听领导说，川藏兵站部军史馆的英烈榜上有父亲的名字，他心里非常自豪。

第二年年底，王豪因表现优异被评为“四有”优秀士兵。那天，他向班长提出一个请求——去军史馆向父亲“汇报”自己的成绩。班长很快就安排他前往。

他第一时间来到军史馆，站在写有父亲名字的英烈榜前，向父亲“汇报”自己的成绩，吐露埋藏心底多年的情感。

从连队驱车到军史馆有九十多公里。一路上他内心激动，心想可以离父亲更“近”了。

手里捧着一束白菊，脸上长满青春痘的王豪，跟照片中的父亲一样年轻，唯一不同的是他戴着一副眼镜，看着墙上父亲的名字，泪花滚涌，说：“爸，你看，穿着军装的我，像不像当年的你？当年，你见到我时，我才一岁。现在，我已经变成了一个男子汉，可以接过你手中的方向盘，完成你未竟的事业。爸，你知道吗？这条川藏公路上，像我们这样的父子兵还有很多。老战士倒下了，新战士补上来；父辈离开了，后辈顶上来……我们从未忘记你们的牺牲，我们会坚定地在这条路上走下去。爸，现在川藏公路的道路条件有了很大改善，兵站的保障设施也十分齐全。我已经在川藏公路上执行过四五次运输物资的任务了，有了属于我自己的荣誉证书。爸，我想对你说，这只是我一个阶段的成绩。我会继续努力，追随你的脚步，在通往梦想的路上勇往直前。”

四、高原上的巾帼传奇

一代代中国军人在青藏高原书写着保家卫国、守土有责的动人故事，给人一种硬汉的感觉。事实上，在进藏部队中，有一批女军人，无疑给硬汉们的生活带来了特别的温婉。她们跟随中国革命一路走来，女性的温柔中透着巾帼不让须眉的坚忍，同样可歌可泣。

1

老红军李光明，1921年3月出生在四川省通江县华家坪一个极贫寒的农民家庭，自幼丧父，后随母改嫁到瓦室铺李家。

来到瓦室铺的那天上午，她跟在母亲的后面，记忆里老街中部有一段成“凸”形的石头，两边低，形似瓦，故名瓦室铺。不久，她被继父送到杨家做童养媳。

1932年10月，红四方面军主力从鄂豫皖转战至川陕边地区，瓦室铺来了很多红军。红军的到来，让李光明看到了希望。在她眼里，红军对穷孩子很和气，还给她吃米饭和馒头。她心里渐渐萌发了参加红军的想法。

第二年初夏，十二岁的李光明毅然逃离婆家，追赶上红军，如愿成为一名红军小战士。

在红军队伍里，最初她被分配到总被服厂，后来，因为熟悉通江县的地理环境，她被转到工兵营做交通情报员工作。一口地道的通江话，让她在敌防区过封锁线时，不会引起敌人的怀疑。如果是送重要情报，她就避开交通要道，翻大山走小路。因聪明机灵，在队伍里小有名气。

1935年5月，李光明随部队开始长征。

长征途中她在总卫生部、总医院和妇女独立团干过剧社社员、宣传员、卫生员和战士，能文能武。行军时，她和其他战士一样扛枪行军，参加战斗。部队休息时，她就放下背包，唱歌、说快板、喊口号，鼓舞队伍士气。有时在行军途中，她也一路为战友们唱歌、喊口号，以减轻疲劳、鼓舞士气，加快行军速度。

一路行军打仗，像她这样年龄小、体力差的女红军战士，便八个人分两组，轮流抬担架和伤病员一起行军。她似乎总有用不完的劲，有时脚磨出血泡，肩膀磨得红肿流血，但她从不叫苦，仍然坚持前行。

爬雪山之前需要准备毛衣，上级要求每人完成二两羊毛的纺织任务。没有纺织机，李光明就向藏民学习用手捻毛线。她起早贪黑赶任务，累了就站起来活动一下手脚，困了就用冷水洗把脸继续干。毛线捻好却没有织毛衣的机器，她就学着用手工织毛衣，按时完成了任务。

进入川西高原，部队要翻越的雪山多数在海拔六千米上下。行军前，部队虽做了些准备，但仍难以抵御严寒。年仅十五岁的李光明随部队冒着风雪严寒和高山缺氧，顽强地向雪山挺进。雪山的天气说变就变，有时在山脚下还是晴空万里，到了半山腰，天空突然乌云翻滚，狂风大作，大雨倾盆而下。到了山顶，大雪夹杂着鸡蛋大的冰雹，劈头盖脸砸下来，砸得人浑身疼痛难忍。

当时，她随身背着一个脸盆，遇到下雨、下冰雹，她就把脸盆扣到头上勉强应对。这个脸盆随她走完了长征，既用来洗脸、洗脚，又用来烧水做饭，还用来抵挡雨雪冰雹，对她而言立了大功。

翻越夹金山时，部队上到山顶天色已黑，因雪大路滑非常危险，只得就地宿营。第二天一早出发时，她发现与她一同宿营的三位女战士再也没醒过来。她哭了，哭得悲痛欲绝。

过草地更加艰难、更加危险。草地里，溪流坑水遍地，水质恶臭，不能饮用，而且一不留神就有陷入其中的危险。

她记忆里最危险的是过一条河流时，因水流急，大家手拉手呈一字队形涉水过河。她个头矮小、身子单薄，走到水流急的地方根本站不住，几次被冲进激流中，幸亏被战友救起。有一位受伤骑马的首长看到这一情景，就骑着马朝李光明走来，把她扶上马。李光明后来才知道，这位首长是当时红军医院的蒲荣钦，后来担任了解放军总医院副院长。

历经千辛万苦，她和战友们终于走出草地，胜利完成了长征。

1950年3月，为完成祖国统一大业，按照党中央、毛主席命令，她在已经怀孕的情况下，带头要求与时任十八军政治委员的丈夫谭冠三一起进藏，并任十八军妇女干校第三中队中队长。漫漫征途中，李光明与战士们以顽强的革命意志，爬冰卧雪，克服重重困难，历时一年零八个月，胜利到达拉萨，完成了人生中的第二次长征，表现出红军老战士一心为人民、无私奉献的高尚情操。

2

李光明是以老红军的身份进入西藏的，但人民军队的传帮带更像接力赛，后续女战友，像杨星火这一批女兵，是刚参军随十八军进藏的。

杨星火的笔记录了1954年的夏天在帕隆藏布江边修路的情景。

部队在帕隆藏布江边摆开了筑路战场。江岸两边都是流沙，是塌方地区，特别是进入雨季后，随时都有山崩地陷的危险。

杨星火记得，有一天下午，她跟着连队走上工地，瞧见开山炮手们刚系上粗绳，悬空到岩壁上打炮眼。突然，传来了一阵惊呼声："快到江边救人！一五七团的一个排掉进江里了！"

战友们向江边奔去，江水的咆哮声和紧急的呼救声，震撼着帕隆藏布江岸的高山峡谷！她从人群中挤到江边，举目一看，惊呆了，暴涨的山洪吼声如雷，白浪翻滚，水雾喷涌，哪里见得着一个人影？

她环顾四周，战士们搓手跺脚，热泪满眶，放声痛哭。她一面拭泪，一面转身跑到一五七团的工地，天啊，往日见过的三排工地哪里去了？那群生龙活虎的开山炮手哪里去了？

一位新战士手里捧着一根粗绳，边哭边向她诉说："我们正在石岩上打炮眼，突然山摇地动，我们脚下的岩石轰的一声陷落到水中，全排的同志都被恶浪吞没了，只剩下我和排长拉着这根从山顶上垂下来的保险绳。

"我让排长赶紧攀绳上去，排长瞪着眼吼道：'你上！执行命令！'我攀绳爬上山顶，回头一看，只见排长在浪花中冒出头来，高呼了一声：'把公路修到拉萨去！'一排巨浪就把他……"

杨星火含着热泪，记下了这位幸存者的话，记下了排长临牺牲前的呼声。这是川藏公路上，最壮丽、最响亮的誓言啊！

当杨星火想到了三排的烈士，想到了三排长最后的呼声，就对自己说："要活着，要为战士们歌唱，写出配得上筑路英雄的诗文！不然，死后有何脸面见修筑川藏公路的烈士？"在帕隆藏布江边，她写了《开山炮手之歌》《我要回去》《开山炮冒着蓝烟》等诗歌。后来《开山炮手之歌》被作曲家谱成了歌曲。

一路上，筑路部队用鲜血和生命写就的故事，让杨星火磨砺了意志，更看见了血色中的温情，她记录过这样一段故事：

女孩子下连队，还有一个没法讲的特殊问题！这一年，我跟着筑路部队生活了八个月。刚下连队时，什么东西都带，糖呀、瓜子呀，甜的香的都有，还有一大包“例假”用的草纸。三个月以后，草纸用光了！我们在荒无人烟的原始森林里修路，上哪里去买草纸呢？我发愁了，但又不好意思讲！这些事能向党小组长、指导员汇报吗？例假来了，我就悄悄地把垫的棉絮剪来用。到第六个月一床棉絮就剪光了！下个月该怎么办呢！剪棉被？高原的夜，即使夏天也很凉，剪了盖什么呢？我正犯愁，突然老营长到连队来了。他把我叫到一棵大松树下，悄悄塞给我一包东西！我仔细一看，是一大包卫生纸，还有消毒棉花。我又是喜又是羞，红着脸道：“哎呀，你怎么知道……”老营长眨了眨眼睛说：“我是神仙，掐指一算，什么秘密都算得出来！”

我又感激，又奇怪。后来卫生员告诉我，原来连队检查卫生，发现我垫的棉絮没有了，又发现我的“专用厕所”里堆满了棉花条……

他们立刻向营里汇报，营里专门派人骑马到公路终点去给我采购。看着一大包草纸、棉花，不知怎的，我突然想起了母亲，不禁泪水直流！过去，我只知道战士们勇敢坚强，是顶天立地的男子汉！现在，我才知道，这些看来十分粗直的男子汉，都有一副慈母般的柔肠和情怀呢！

在杨星火的记忆里，拉萨大桥的落成标志着全长二千四百多公里的川藏公路正式通车！1954年12月25日通车那天，从清早到傍晚，人们像流水似的涌到拉萨大桥，来回地走呀，看呀，摸呀！有一位藏族老爷爷，捧着一条洁白的哈达走来，伸出双臂向大桥弯腰致敬，用颤巍巍的双手，把哈达系在大桥栏杆上。当他的小孙子激动得在桥上跳踢踏舞时，他突然吼了一声："扎西！跳什么？别把这宝贝桥踩痛了！"扎西迷惑地望着白发的爷爷，稍停，似乎懂得了什么，用手轻轻地摸着大桥栏杆，就像抚摸着金驹宝马似的。老爷爷满意了，他伏在孙子耳边轻声说道："对啰，要爱护它啰！它是架在我们藏汉人民心上的金桥啊！"

3

一代代的像杨星火这样的老兵都光荣退休，但薪火相传，梁娜等新一代军人接过前辈的"接力棒"在川藏公路上继续前行。

梁娜在2014年以战士学员的身份考入国防科技大学。四年后本科毕业，她说道："科大带给我的，是全新的改变。"同年11月1日，她作为西藏军区川藏兵站部女兵分队队长带领头车，与其他二十一名女兵一起，正式踏上川藏线执行运输任务。

现代女兵们的行车条件与老兵们相比，早已不可同日而语，川藏公路上，手机信号已经实现全覆盖，公路的等级逐步升级，土路已被柏油路取代，各个兵站的温室大棚长出了时令蔬菜和水果。

按照惯例，每年在寒冬到来之前，西藏军区川藏兵站部的几十辆物资运输车，会浩浩荡荡开往高原驻防部队，为官兵们补给物资。

这条路有多难？只有亲身经历过的人才知道。

天色渐暗，车队驶入海通沟时，气氛陡然紧张。海通沟曾经是川藏公路病害最严重的地段之一，四十公里全程飞石路段，险情根本无法预料何时发生。梁娜给战友分享行车经验："在暗冰路段，车辆其实已经不受控制了，就打了半圈方向盘，但车还是按照原来的方向走。"真正的考验还在前方。

梁娜握着方向盘，全神贯注地目视前方，在跟车教练的提醒下，密切观察周边路况，并用对讲机实时通报。她第一次感到，肩上的担子是那样重。她听前辈讲，几年前，老班长曾在这里遭遇泥石流，幸好当时领车的连长判断及时，才不至于让车队葬身乱石，但四十辆车、数百号人也因此被困了一周。

梁娜分享的经验是："对于新手来说，心理素质特别重要。而作为一名指挥员，对复杂状况的预判与纯熟的技能同等重要。"

女兵车队经过六天的行驶，顺利抵达目的地，受到驻地官兵的热烈欢迎。

在梁娜开朗的性格里，总有一股不服输的劲儿，"男兵能干的女兵照样能！我们要为女司机'正名'！"与同学在一起联考时，她的三公里成绩排名年级倒数，而身边的一名队友为了跑进"优秀"，为队里争荣誉，跑完后直接晕倒在地。

这件事带给梁娜很大的触动。"我不能给大伙拖后腿！"她对自己说。此后，无论是体能训练还是文化课程，她都格外用功。

梁娜看见，自己身边优秀的人太多了，他们在无形之中感染着她，鼓励着她，带动她也想成为更优秀的人。在去往西藏的火车上，她与父母告别时说："别担心，我到哪都能好好干！"

远行后对父母的承诺让梁娜格外努力，别人休息时她在练，别人休闲时她还在练，但真正爬上大卡车，坐进驾驶室，她才发现理想与现实的差距。

无法单手操作挡位是摆在女兵面前的第一道难题。女性的手臂力量较之男性，相对较弱，她连最基本的挡位都掰不动。不过她没有沮丧、没有懈怠。她组织大家有条不紊地训练，做俯卧撑、举哑铃……半个月下来，大伙的力量明显增强了，连教练都惊叹于她们的进步速度。由于右臂练得多，许多人的右臂肌肉比左臂要发达，“能开车就行，也顾不上好不好看了”。

在川藏兵站部汽车连，她以扎实的文化功底脱颖而出，以出色的组织能力赢得了战友们的信任。

在梁娜心中，没有过不去的大山，在军人脚下，“天路”也终将变坦途。

在这趟充满艰辛的长途运输终点，在蓝天白云笼罩下的美丽驻地，她们看到了祖国边陲最美的风景。在当地的一所寄宿制小学，孩子们更是簇拥着她们，拉着她们的手，不愿松开。面对这一切，梁娜感到：“一路上再难再苦，都没有人掉过泪，但看到孩子们脸上的笑容，我们都动容了。我觉得这个兵当得特别有意义，我想永远守护祖国，守护他们。”

梁娜的感悟，代表着中国女军人，在军队这所大熔炉锻造后形成的“巾帼不让须眉”的特有精神。

第三章 祭魂

第二章 条款

一、跨越时空的回信

一个酷热渐去的夏末，降边加措老先生正在家中的书架上查找资料，电话铃声响起。

“喂……”新中国成立七十周年之际，八十有二的中国社科院研究员降边加措先生收到江西卫视的邀请，诚邀老先生参加大型人文类节目《跨越时空的回信》。

电话里一番简短的沟通后，节目组导演告诉他，节目以“跨越时空对话英烈”为主题，以战争年代革命先烈们写给亲人、朋友、组织的红色家书为切入点，邀请烈士后人或了解过去历史故事的相关人士来到节目现场，讲述家书背后的传奇故事，写一封跨越时空的回信。

七十周年国庆，也是纪念川藏公路建成六十七年，降边加措先生将以回信人的身份，到节目现场给革命先烈们进行跨时空回信。

老先生挂断电话，望着窗外划空而过的鸽群，思绪万千，默默说了一句：“如果今天不接这个电话，真还没有想到川藏公路建成已有六十七年了。真可谓岁月如梭。”

曾经的岁月，他在书房著述了五十二万字的长篇纪实文学《进军西藏解放西藏——第二次长征》，皇皇巨著，凝结着这位亲历川藏公路修筑和参与西藏解放的老兵的心血。他怀着对进藏部队深厚的感情和崇高的敬意，以亲身经历为依据，查阅历史文献，拜访有关人士，多次重走川藏公路，实地考察历史遗迹，历时十多年数易其稿完成的这部著述，第一次全方位、多角度、全面系统地叙述了进军西藏、解放西藏这一悲壮而又辉煌的历程，满怀热情地讴歌了"老西藏精神"。

老先生出生在"高原江南"巴塘县。当时，进军西藏的南路主力是十八军一五七团，进驻巴塘时号召巴塘青年参军。

那一年他刚满十二岁，没钱去康定念中学，便跟着哥哥、姐姐参加了解放军，经历了进军西藏、解放西藏的全过程；最初在文工队为进藏部队的各级领导干部担任翻译，现任中国社会科学院少数民族文学研究所研究员，全国《格萨（斯）尔》工作领导小组副组长等职。

国庆前夕，老先生如约站在江西卫视的演播大厅。主持人问他，面对全国观众，此时此刻他最想跟英烈说什么。

降边加措讲道："每当夜深人静，我经常怀念这些为祖国牺牲了的同志，在此，我想告慰他们，祖国人民记得住你们，藏族人民记得住你们，永远会怀念你们，你们所付出的牺牲，现在结出了幸福的果子，公路修在哪儿就在哪儿结出幸福的果子，带来了繁荣和发展。"

降边加措还朗读了他在时隔六十七年后，写给川藏公路筑路英雄们的回信：

亲爱的牺牲在川藏公路上的英雄们，你们被藏族同胞亲切地称为"金珠玛米"，就是"砸碎锁链的人"。感谢你们用青春和热血修筑了一条路，改变了我和我故乡人民的命运。我出生在巴塘，那里地处横断山脉的核心地段，十分闭塞。直到十二岁那一年，我遇到了你们——亲人解放军，从此我的人生道路改变了。公路通车，连接西藏和内地，我第一次坐上汽车，成为第一批从西藏到内地学习的藏族青年。现代化的医疗设备随着公路来到了拉萨，西藏建起了第一所现代化的医院——拉萨人民医院，昌都建立起了第一所小学——昌都小学。这样一条创造奇迹的天路正在越变越美丽。新二郎山隧道，这是进入甘孜的第一座高速公路特长隧道，被誉为川藏第一隧道。吴振斌烈士一定记得，当年修筑二郎山公路是多么艰难，你作为汽车兵，曾梦想开着卡车去拉萨，但却遗憾地牺牲在了二郎山。……

老先生声情并茂地读着，信的内容和富有情感的朗读，感动着现场的观众，顿时整个演播厅掌声四起，老先生满含激动的泪水，双手合十不停地鞠躬致谢。

稍稍平复情绪之后，他回忆了参加修达玛拉公路的经历。

雀儿山和达玛拉山是川藏公路东段最艰险、最困难的两个工程段。他所在的一五七团负责达玛拉山，他因为年龄太小，被分配到文工队，文工队有几十名藏族战士，都是巴塘人。上级指示，文工队不但要给筑路部队巡回演出，还要为当地藏族同胞演出。

达玛拉是山区，人烟稀少，居住分散，一个自然村、一个居民点没有多少人，但照样要给他们演出。上级指示，只要有一个战士、一个群众，就要坚持演出。

部队刚到工地，就从内地来了一批批牦牛运输队和马帮，运来了大批粮食和筑路工具，分发到各部队。

筑路工具主要是十字镐、铁铲、钢钎、铁锤。他清楚地记得，十字镐、铁铲和铁锤上都标有“USA”的字样，他在小学学过一点点英文，这些字母还是认识的。他感到好奇，问老同志：“这些东西怎么都是美国造？”他们回答：“这些东西都是抗战时期美国援助国民党的，解放战争时期全被我们缴获，成为我们的战利品，现在为解放西藏、建设西藏服务。”

修筑漫长的川藏公路，十八军的人数远远不够，上级还动员了大批汉藏民工参加筑路。汉族民工主要是四川的翻身农民，他们与解放军指战员一起修路；藏族民工负责运输，组织了大批马帮和牦牛运输队。汉藏两个兄弟民族又一次在这古老的茶马古道上紧紧地团结在一起。这一次他们要共同修建一条能通汽车的现代化公路。他们最终获得了胜利。降边加措少年时代就目睹的漫长川藏线日益焕发着青春，成了一道亮丽的风景线。

作为一名曾经直接参加川藏公路建设的老战士，他说自己是康藏、青藏公路的建设者、见证人，也是直接受益者，对这两条公路有着一种特殊的感情。每当回顾川藏公路、青藏公路的建设历程，都十分怀念当年在极其艰难困苦的条件下，团结奋斗、顽强拼搏，创造世界公路史上的那段奇迹岁月。

汉藏民工齐心筑路

2023年夏末，降边加措先生再次回到自己的故乡，面对家乡的巨变，最能告慰筑路英灵的场景也在日新月异，降边加措先生的回信内容也变得更丰厚。

在老先生的目光中，一条条天路通往雪域村村寨寨，一座座基站无缝覆盖青藏大地，一根根银线照亮青藏万家灯火，一幢幢教学楼从此书声琅琅，一座座医院悬壶济世、救死扶伤……在川藏公路沿线，雅安的孩子们正在朗诵关于大熊猫的诗；康定的大叔大婶们正在情歌广场跳锅庄；海拔四千二百二十六米处的折多山垭口，游客正用手机拍他们与雪山同框的靓照；雅江的农牧民正用无人机把一筐筐松茸，通过顺丰快递发往千里之外的餐桌；稻城超级射电望远镜和十三万年前的“皮诺”遗址同在，古老和现代并肩而行；金沙江东岸巴塘的灯光工程，照亮高原的江南；海拔四千五百五十米的江达兵站，温室大棚长出了小番茄、草莓、冬瓜和西红柿，即便在数九寒天，汽车兵们都能吃到新鲜的蔬菜瓜果；昌都剧院正在排练“热巴舞”；还有，林芝和拉萨的高铁站台上络绎不绝的人流，墨攻竹卡兵站军民共建川藏线的联欢活动，川藏青藏公路会合点拉萨纪念牌前宣誓的少先队员……

是的，这次重走川藏路，距给英烈们写回信又过去了两年，两年的变化就是如此之大。

二、历史的回声亲切朴实

七十年过去了，但岁月深处绵延不尽的川藏公路，依旧让人魂牵梦绕。

1950年10月3日，张国华军长和老红军天宝亲自前往德格玉隆，会见原西康省人民政府副主席夏克刀登，落实了一万四千头牦牛作为进藏部队运输工具的事。这位曾经的德格土司，作为有胆识的康巴汉子，义不容辞地帮助部队运送了大量的粮食和物资。

不难想象，当年上万头牦牛，长龙一样铺展在雪域大地的壮观场面。有史料留给后人，运输队驮着粮食和其他物资在空旷的雪地里、在凛冽的寒风里、在泥泞的道路上……支前的事迹永远地镌刻在了川藏大地，为和平解放西藏做出了重要的贡献。

在川藏公路通车的大喜日子，夏克刀登用一段既朴实又打动人心的文字写道：

伟大的川藏公路就要全线通车了，我感到非常高兴。过去在我们这里，不要说公路，就是人行道也是非常困难的。二郎山、折多山、雀儿山……重重的高山把我们阻挡。因为交通不方便，不仅是藏、汉民族之间，就是藏族内部也存在许多隔阂，社会秩序很不安定，从经济上来说更落后，那时就是我要装一块佛盒上的小玻璃，也得请人到康定去买，还要再三嘱咐别人小心，其他就更困难了。

自从1950年西康解放后，筑路部队很快就把公路从雅安修到了康定、甘孜、昌都……最近又修到了拉萨。有了这条公路，就大大缩短了我们和内地的距离。过去，我从我的家乡德格县玉隆骑马到康定去了两次，每次都要花二十二天时间，可是现在我坐上吉普车，只要两天就到了。雀儿山下有一段路，两边是陡峭的石壁，白天十二点钟才见得到太阳，晚上十二点钟才见得到月亮，过去行人到那里，都要下马来把牲口牵上才能勉强过去，现在筑路部队劈开了石壁，修起了平坦的公路。

他引用一句德格谚语说明雀儿山山路的险要："你如果买了好马，就应当先到那里去溜跑。"

他回顾道："几年来，公路修到哪里，哪里的经济便繁荣起来，人民的生活便得到改善。我有两年半没有去过德格了，最近因为传达全国人民代表大会会议精神到德格去了一次，所见到的一切便和两年半前大不相同了。人民的穿着都相当讲究，好些人穿上绸缎和哈叽，有的过去连糌粑也吃不上的，现在吃上大米和白面了。为什么会这样呢？这就是因为有了公路，人民政府把内地的大量物资运来帮助藏族人民，许多我们过去没有见过用过的东西，现在都见到和用上了。"

他的眼里，骡马道和公路的差异是：公路极大地改善了运力，这是肉眼可见的事实。

他的记忆里，"解放前，甘孜有一户有钱的人家，一次端了一盘水果糖来招待客人，客人都不认识是什么东西，可是现在大人小孩都吃上水果糖了。再用瓷碗来说，在我们这里也是非常金贵的，过去谁有了一个瓷碗都揣在怀里，来了客人也不拿出来使用，因为打坏了就不容易再买到。

可是现在哪一户人家没有用上细瓷碗呢！当然，这些只不过是一些例子，现在无论北京、天津、上海、南京出产的商品，在我们偏僻的牧场都能买到。同时我们地区的生产也大大发展起来了。单以我们的家乡玉隆来说，过去从来没有生产过任何经济作物，今年单是大黄一样，就挖了八万多斤，我到上海参观时，看见药房里的好些药材都是我们地区出产的。我们这里还蕴藏有许多药材和矿产，将来这些都开采出来，那么经济还会大大发展起来。"

他再次发出感叹："伟大的川藏公路把各个民族和各个地区更紧密地连在了一起。每年我们这里都有络绎不绝的人群到内地开会、参观或者经商，汉族人民到这里来的也比较多了，特别他们都是按照毛主席民族平等的政策来真心诚意帮助我们的，这样大家往来频繁，增加了彼此的了解，把过去相互隔阂的关系，变成了亲密友好的互助关系。"

他还对共产党做实事和国民党放大话不办事做了对比，他说："过去国民党反动派也叫嚷着要修公路，他们究竟修通了没有呢？大家都知道：藏族人民连汽车的影子也没有见到。可是他们借口修路加诸藏族人民的压榨剥削，就远超过他们在修路上花的力量。藏族人民并没有得到丝毫利益，许多人反而弄得家破人亡。现在在共产党的领导下，仅仅四年多时间就把公路从雅安修到了拉萨。因此庆祝公路通车，我们首先要感谢共产党。正如在任何一件工作中一样，共产党对于人民的功劳是永垂不朽的。几年来，筑路部队的英雄们，不怕艰难，不避辛苦，和大自然进行斗争，他们用血和汗铺成了这条使我们幸福的道路。我们一从路上经过，就不得不想起他们。庆祝公路通车，我们还应感谢全国人民对筑路的支援。没有这种支援，要修好路也是不可能的。

"公路好比人身上的血管一样，有了血管，身体里的血液才能流通，有了公路，各个地区的物资才能交流，经济才能繁荣，民族团结才能增强。几年来，川藏公路已经给我们带来了很大的幸福，今后还会给我们带来更大的幸福。有了这条公路，我们这里的一切革命事业就会蓬勃地发展起来，我们将会加速过渡到社会主义社会。”

三、有脚无路的历史结束了

提起曲梅巴珍，许多人或许陌生，但在20世纪50年代，她可是有名的支援解放军进藏的运输模范，她赶着牦牛支前的照片频频出现在《人民日报》和《人民画报》上。

她第一次见到解放军时，是和另外八个人去解放军的营地送柴草。刚见到带枪的战士时心里怦怦直跳，直到发现他们态度亲切、说话和气，才慢慢地放下心来。

柴草过秤之后，解放军对曲梅巴珍等人表示感谢，还按照市价付了大洋。她接过二十一块大洋时，好长时间感觉像在梦中。这是她多年支差干苦役第一次得到的报酬。

更让她没想到的是，解放军还招待她吃米饭和猪肉，而他们吃的却是元根加野菜煮的稀汤。看到曲梅巴珍穿着一身破衣服，肩膀上的疮疤还流着脓血，负责接待的解放军还叫来卫生员给她诊治，帮她上了药，又把自己的衣服送给她穿上。

半天的接触，曲梅巴珍认定：解放军是天底下最好的人，她要全力支援他们。

在那些日子里，曲梅巴珍赶着她的牛和马，轮番驮着大米、衣被、帐篷、药品、弹药、银圆……日夜往返在支援解放军的路上。为了多运一些物资，她自己也背上几十斤重的东西，磨得肩膀红肿也罢，饿得头昏眼花也罢，风雨冰雹铺天盖地也罢，她都不曾停止前进，留下一行行永远跟着

积极支援进藏部队的藏族运输模范曲梅巴珍

共产党走下去的脚印。

当她获知川藏公路全线通车的消息后，激动得难以入睡，心潮起伏中写下《毛主席的光辉照耀着康藏高原》一文，发表在《西康日报》，用以表达藏族人民的感恩之情。

当我从报上看到川藏公路即将全线通车的消息后，一种感激和愉快的心情，使我抑制不住出自内心的喜悦和兴奋。这是我们伟大祖国建设事业的又一个巨大成就，这是共产党和毛主席对我们藏族人民的深切关怀，使我深深地体会到各族人民在党和毛主席的领导下，正日益走向繁荣和幸福。

我从小就生长在这里，对这里的每一座山和每一条河，我都有着深厚的感情，特别是在那解放了的土地上所起的变化，更使我感到分外地亲切。因此，川藏公路的全线通车，不能不引起我对以往那些情景的回忆。

不用说，曲梅巴珍清楚，解放前藏族人民不仅遭受着重重压迫和剥削，同时还受着高原上严酷自然环境的种种折磨。

那时交通阻塞，我们到内地去要翻山越岭地行走好几个月，大雪封山后更不能通行，真是有脚无路啊！

多少年来，生活在高原上的藏族人民，都渴望着有一条广阔平坦的大道，把康藏地区和祖国内地联系起来，希望用自己家乡的土特产品去换回自己所需要的生活物资。可是，解放以前这只能是人们的幻想。

在广阔的康藏高原上，从来没有一条通行的公路，高原上出产的药材和珍贵的皮毛也被反动派抢走，带给藏族人民的是深重的苦难和贫困。直到1950年3月，毛主席的军队来到了康藏高原，把我们从苦难的生活中解放出来，藏族人民才开始重建自己的家园。几年来，由于党和人民政府的英明领导，康藏高原上已呈现了一片欣欣向荣的景象。

在公路通到她的家乡德格龚垭后，她有了更多的感触：

特别是川藏公路通车到我们的家乡以后，大批的货物从祖国各地源源不断地运了进来；接着成立了贸易公司，我们随时都可以买到自己特别需要的茶叶和盐巴。同时在许多地区建立了藏族人民自己的医院和学校，使藏族地区在经济、文化和卫生事业上都得到了迅速的发展。过去运销不出去的土特产，像鹿茸、麝香和皮毛等，现在也大批地运销到全国各地，藏族人民的生活得到了大大的改善。

曲梅巴珍还记得在1950年的冬天，高原上已经积满了厚厚的冰雪，帮助藏族人民搞建设的人民解放军，为了让金沙江西岸的同胞也能早日过上自由幸福的生活，不辞辛苦地渡过金沙江去帮助他们。

就在那时我参加了支援运输工作。我们赶着牦牛一次又一次地把物资运输到金沙江边。我们有时在雀儿山上宿营，四处见不到人烟，也找不到开水，饿了，就随地抓起一把白雪来和糌粑揉在一起充饥。在运输途中，我们常常碰到大风大雪，有时雪把牦牛都埋了半截，我们就把积雪扒开，让牦牛驮着物资继续前进。可是，在交通不便的情况下，就是一天走到晚，也还是走不了多少路啊。

到现在，这一切在她的眼里都已经变了样，在那广阔的康藏高原上，在那高耸入云、常年积雪的雀儿山顶，已经出现了宽阔的大道。成群结队的汽车，满载着物资，在那宽阔的公路上来回奔跑。

川藏公路的全线通车，就像一条大动脉一样，把西藏边疆和祖国的心脏北京紧密地联系在一起。它把我们各族人民的心连在一条线上，使各族人民生活在一个大家庭里，如同兄弟姊妹一样地团结和友爱。当我们庆贺川藏公路全线通车的时候，应当衷心地感谢党和毛主席给予我们的无限关怀，感激汉族老大哥给予我们的帮助和支援。同时，我特别怀念着那些修筑川藏公路的英雄们，是他们打通了被称为“世界屋脊”的康藏高原，把公路修到了拉萨。

1950年底，选举支前运输模范，大家一致推选曲梅巴珍。张国华军长从昌都赶来参加表彰大会，亲自给她颁发了奖状和奖金。四年后德格县派送曲梅巴珍到西南民族学院预科班学习。川藏、青藏两条公路同时通车，学校领导特意让曲梅巴珍向全校师生作报告，讲述她支前拥军的光荣事迹。

杨星火用自己的视角和文字印证着曲梅巴珍的心语，道出了以曲梅巴珍为代表的藏族人结束“有脚无路”的强烈心愿。

汽车所到之处，沿路的藏族民工，挥锹向我们欢呼致意。村庄、牧场里的藏胞，闻声跑来参观这不吃草又跑得快的“铁牦牛”！他们惊喜地指点着，啧啧地赞叹着，跟在汽车后面跑着，喊着：“金珠玛米呀咕嘟！”

杨星火记得，他们的车队在太昭山谷里奔驰的时候，有几个藏胞突然站在路旁招手。车停了，一个头发花白的藏族阿妈被两个年轻人扶上车来。年轻姑娘对杨星火说，她阿妈是拉萨人，她和哥哥陪阿妈回娘家去。问她三天能不能到拉萨。杨星火告诉她，太阳不落山，汽车就可以到拉萨了。话还没有说完，阿妈突然放声大笑起来，接着，又放声大哭！她正想问个究竟，汽车开动了。那天，大家都坐在货车顶上，迎着阵阵风沙，老阿妈一会儿哭，一会儿笑，一会儿指山，一会儿指水，简直像一个年轻的疯丫头第一次出门旅游！“那个激动、惊喜劲，简直把我惊呆了。”

果然，太阳还没落山，车队就到了拉萨河南岸。

他们眼前拉萨大桥刚刚动工修建，战士和民工们正在打桥桩。众人坐着牛皮船，从渡口过河。拉萨河水是那么清亮，那么碧蓝。

原来，老阿妈的娘家在拉萨北郊的一个村庄。她十八岁的时候，嫁给太昭的一个牧民。从拉萨到太昭，她骑着牦牛走了九天，才走进新郎的帐房。山遥路远，从此她再也没有回过娘家。如今，她已经五十八岁了，生了三个儿子，养了一个姑娘，坐着“铁牦牛”回娘家，跑起来跟飞一样！一会儿飞过高山，一会儿飞过大河，眨眼间就回到了她自幼生长的拉萨！她怎不悲喜交集，一会儿哭，一会儿笑呢？她问杨星火，这到底是梦，还是神话。

听了老阿妈的话，杨星火激动了，也又哭又笑。是啊，过去，在藏族人民心中，也许有过这样的神话，也许有过这样的梦想。然而，从文成公主进藏到公路通车前的一千多年，神话仍然是神话，梦想仍然是梦想。莽莽世界屋脊一百二十万平方公里土地上，竟没有一公里的公路！

如今，共产党来了，解放军来了，内地的筑路工人来了，藏族人民有了自己的公路，神话和梦想变成现实了！川藏公路像一座神奇的金桥，把藏汉人民连接在一起，把拉萨和北京连接在一起，把边防前哨和中南海连接在一起。相隔千山万水的人，亲近得像住一个村庄！谁说川藏公路只缩短了内地和边疆的地理距离呢？不，它连接着各族人民的心！川藏公路，的确是一条团结的路，幸福的路啊！

四、多民族同心圆的中国模式

七十年间，老阿妈和杨星火这样的故事，像燎原的火炬，将川藏公路的传奇照亮，也将汉藏等多民族紧紧联系在一起。

2022年9月5日泸定发生六点八级地震。

距川藏公路很近的海螺沟景区山崩地裂，房塌路毁。当时胡廷辉在泸定县城，震感明显，但得知震中在泸定磨西时，他立马带上相机和无人机，跑步来到泸定县武装部，搭上县武装部的应急指挥车驶向灾区。

车飞驰在211省道，他看见军车驶向灾区，“一方有难八方支援”的应急中国模式立即启动。这就是人民子弟兵的担当，大灾大难中必有子弟兵挺身而出。

指挥车驶过彩虹桥到达大板岩时，因山体垮塌，道路阻断，距震中还有十一公里，于是大家顶着飞石翻越大板岩，冒死来到震中。看着天色接近黄昏，解放军、武警、特警、消防队员、应急民兵陆续到达，在不停的余震中，救灾安置帐篷在天色将墨时陆续搭好，相机快门才暂时休息，此时他微微感到饿意，泡好方便面便去找应急充电桩。

回顾一路拍摄的场景，当他满足地喝完桶装方便面的最后一口汤汁，才明白饿到极度时一切都是美味。

此时，旁边军用帐篷的手术灯亮起，一位身穿白大褂的军医钻出帐篷喊道：“把伤员抬进来。”

听到这声音，他心里涌出莫名的温暖，记忆里突然响起那首百听不厌的《洗衣歌》：

欸——是谁帮咱们翻了身呃
呀啦嘿嗦
是谁帮咱们得解放呃
呀啦嘿嗦
是亲人解放军，是救星共产党
呀啦央卓若若尼格桑梅朵桑呃
军民本是一家人
帮咱亲人洗呀洗衣裳呃
欸——是谁帮咱们修公路呃
呀啦嘿嗦
是谁帮咱们架桥梁呃
呀啦嘿嗦
是亲人解放军，是救星共产党
……

身处在这特殊的场景，《洗衣歌》如岁月的梭子，反复穿梭、交织、萦回在胡廷辉的脑海里，亲切暖心的歌词将人民解放军带领西藏人民翻身、架桥、修路、建房的事迹娓娓道来，胡廷辉心里泛起一股莫名的自豪，眼眶里滚涌的泪滴打湿了脸颊。七十年的岁月，一个心里装着人民的政党，带领军队和人民走向辉煌，《洗衣歌》早已像一粒种子，在青藏高原结出累累硕果。

五十六个民族同心同向地展示着水乳交融，中华一体。

《洗衣歌》一路唱到今天，像春风化雨，不觉间早已浸润人们的心田，治愈着一代代人的心灵。只有深入到人民中，艺术家才能从生活中提取高度共情的表达，而《洗衣歌》的词作者李俊琛就是文化艺术的践行者。

李俊琛，著名编导、原十八军文工团女兵，代表作《洗衣歌》以歌、舞、戏剧表演相结合的形式，歌颂民族团结、军民团结，曾受到周总理的高度赞赏。几十年来，《洗衣歌》传遍大江南北，深受大众喜爱，先后有朝鲜、越南等十余个国家将《洗衣歌》搬上舞台。《洗衣歌》跨越四海，成为一个时代的见证，被载入20世纪经典舞蹈和音乐史册。

我是在军队里成长起来的舞蹈编导，1948年下半年至1949年1月，北平城被人民解放军包围了。当时我13岁，住在西四北大街74号，照样和小伙伴们玩儿过家家、跳房子等游戏。有一天，我和同伴们钻进黑黑的西四电影院玩儿捉迷藏，出来后看到满大街都是人，道路中间走着扛着枪的军人，四个人一排从西直门往前门方向走，队伍长极了，看不到头也不望不到尾，听大人们说，解放军进城了，晚上还在某学校的操场上演出。

到了晚上，我早早来到学校操场，一会儿蹲在前台看表演，一会儿跑到后台瞧化装，我看见演出的人有好多是女军人，这让我振奋至极，要当解放军的强烈愿望从此萌生。终于有一天，听说西北第一野战军战斗剧社招收小兵，我哭着喊着要参军！最后，我被考官勉强收下了，编入到少年艺术队，从此我成了一名军人。

经过一年的培训，她正式调到十八军，参加了与进军西藏、修筑川藏公路、平息西藏叛乱、民主改革、中印边境自卫反击战、勘定边界线、攀登珠穆朗玛峰等相关的多项演出和慰问工作。

一开始，军队首长们不同意带文工团一起进藏，而带领十八军进藏的张国华司令员坚持说："我宁肯少带作战部队，也要带上文工团。"就这样，文工团和十八军广大官兵一起向西藏出发了。

张国华司令员带着五十二师的指战员和前方政治部文工团，从四川徒步奔向拉萨。

当时，李俊琛被分配在修筑公路的后方部队文工团，从十五岁参加修路到拉萨通车，她已经十九岁。在她的记忆里有一首歌曲——《歌唱二郎山》，其中有一句歌词"二呀么二郎山，高呀么高万丈"，实际上二郎山只有三千多米，路越往西藏修山越高，都在四五千米甚至六千米的雪线上。

在雪山之间修路，当时没有一点现代化的工具，全靠官兵们用钢钎、铁镐、炸药作业，十八军创造了奇迹，同时也付出了很大代价，两千多公里的路，有两千多座墓碑，平均每一公里牺牲一位官兵，这一切也激励着她日后创作。

当时，文艺工作者和筑路部队一样挥汗如雨、开山劈石，还要抽时间收集、编写先进事迹，歌颂英雄模范，激励官兵斗志，不断创作新节目及时为部队演出。在康藏因语言不通，加上反动派的鼓动，最初藏族群众对解放军有恐惧心理。为了与藏族人民沟通，文工团在山坡空地演出，敲锣打鼓招引群众，可是大家都不敢来看。最初只有几个小孩偷偷跑来，孩子们一来，妈妈们也悄悄地跟了来，慢慢地，村里人逐渐都来了。他们唱藏族歌、跳藏族舞，宣传党的政策，宣传修路的意义，还到藏族老乡家中帮助他们背水扫院子……

渐渐地，藏族群众打消了恐惧，他们说自己从来没见过这样好的军队。在西藏，可以说藏族群众认识解放军、共产党，首先是从认识文工团开始的，他们知道了“新汉人”所做的一切都是为了西藏人民好。后来，藏族群众开始支援解放军，为解放军运送粮食，参加修路……涌现了一批支前模范。很快，藏族群众和解放军成了一家人，他们叫解放军“金珠玛米”，“金珠”的汉语意思是“拯救苦难的菩萨”，“玛米”的汉语意思是“兵”，“金珠玛米”就是“救苦救难的菩萨兵”的意思。在西藏解放后，“金珠玛米”就成了解放军的专有称呼，沿用至今。

在进军西藏的过程中，文艺工作者起了积极作用，毛主席说过，革命成功靠的是两杆子，一个是枪杆子，一个是笔杆子。这是打不破的真理。

李俊琛深信，她一生赶上了好时光，刚一长大就到了人民军队这个大学校，特别是长期在西藏艰苦环境锻炼，使她形成了坚毅的品格，养成了坚强耿直的性格。她学会了如何去工作，如何对待自己和战友，她的内心世界里充满了爱，这也体现在她的作品里和生活中。

1964年，全军要举行第三届文艺汇演，团里专业编导实力太弱，便发动群众搞创作。作为军人，李俊琛接受了任务——搞一个歌颂军民关系的舞蹈。这时，她已在西藏工作生活了十多年，藏族人民勤劳勇敢、直爽善良的本质早已深印在心。他们有热爱共产党拥护解放军的真心，他们的性格热情真诚、开朗活泼，歌舞伴随在他们的劳动和生活中。

李俊琛从生活点滴小事中慢慢梳理，丰厚的积累使她很快就把小故事编出来了，内容就是“军爱民，民拥军”。她用文字把提纲记录下来，交给作曲家罗念一谱曲。

她记得提纲写道，一群藏族姑娘到河边背水（这段以弦子舞为元素，抒情慢板舞蹈），巧遇炊事班长到河畔为战友洗衣服，姑娘们施巧技，骗走了班长后，帮班长把衣服洗完了，她们边洗边唱出心中的歌，歌曲的主题思想就是："是谁帮咱们翻了身，是谁帮咱们得解放，是谁帮咱修公路，是谁帮咱架桥梁，是谁帮咱们收青稞，是谁帮咱们盖新房，我们生活变了样，我们幸福乐无疆，感谢亲人解放军，感谢救星共产党。"

作曲家罗念一一看就说："很好！就用这个提纲作为歌词。"她说："不行，歌词要专家重写。"罗念一坚持说："就用这个作歌词。"艺术形式当然是有歌有舞，从锅庄、弦子、踢踏舞步伐中获取养分，用藏族人特殊的洗衣方式，用脚踩衣服的特色，继承民族传统，有说有唱有舞有戏有喊有叫，总之为了表达内容，把能用的手段都用上，真没想到获得了成功。这个取名为《洗衣歌》的舞蹈在全军第三届文艺汇演时获得了编导、作曲、演员、舞美等七个大奖。

文化的浸润是不经意的、绵密的，歌词随着优美旋律，由耳到心，再由心到血液，或舒缓或激越或偾张，之所以打动人，之所以无边界，之所以无代际隔膜，就是它的旋律和歌词精准地拨动了听者的心弦，让听者心旷神怡。

或许修筑川藏公路的时间已久远，博物馆的沉淀又太厚重，但一首《洗衣歌》，会在极短的三四分钟，把你带回那个激情澎湃的岁月。这就是文化软实力沁人心脾的魅力。尽管时隔将近七十年，但在抢险救灾第一线的摄影人胡廷辉的镜头里，出现的仍旧是人民解放军、武警、公安干警、消防队员和民兵……如歌中所唱："是亲人解放军、是救星共产党，军民本是一家人。"

在他的镜头里，最先进入救灾镜头的就是军人，"一不怕苦、二不怕死，顽强拼搏、甘当路石，军民一家、民族团结"的"两路"精神，此时此刻突显出来，这不禁让他想起，1973年的炉霍大地震、2008年的汶川大地震，主要灾区都有许多少数民族居住，同样是人民解放军第一时间出现在救灾现场，这对受灾群众是莫大的安慰和支持。《洗衣歌》中传唱着的军民鱼水情，稳稳地成为人民幸福安康的基座，成为民族大家庭的保护神。

地震一年之后的初冬时节，泸定县德威镇奎武村，震后重建户李德华一家迎来了搬新家、娶媳妇“双喜临门”的好日子，全家喜气洋洋走进新家。

灾后重建集中安置点内，青砖白墙的三层小楼鳞次栉比。

11月30日，李德华家门上贴着大大的“喜”字，挂着的红红的灯笼显得格外喜庆，前来喝喜酒的乡亲们个个笑颜展露。李德华早在国庆那天在奎武安置点领到了新家的钥匙，同时也开始选良辰吉日准备给小儿子举办婚礼。

那天，新郎张杰忙着招呼客人，漂亮的新娘马德蓉满意地看着自己的新家。新家一共五个房间，一百七十五平方米，大一点的房间是爸爸妈妈的，向阳采光好，父母房的隔壁是一间客房，客房很安静，从客房向外看，山清水秀的风景特别好。

走进三楼的新房，崭新的婚床撒满了寓意美好的干果，周围的家具和墙壁贴满了红色气球，喜气洋溢。马德蓉不时地给前来贺喜的人们介绍，“婚房是亲戚朋友帮着布置的，我特别满意，三楼还有单独的卫生间和阳台，不仅方便，还很宽敞。能够如愿在婚期搬进新家，全靠党委政府为重建户解决了建房的后顾之忧。”

李德华和陆续拿到新居钥匙的邻居们心里明白，政府为了减轻老百姓的负担，还让每一重建户享受灾后重建资金补助和政府贴息贷款政策，统规统建则省去了房屋设计、材料采购、请工人等许多烦琐的环节。新建成的小区不仅配套设施比较完善，停车位、充电桩、村民活动室应有尽有，更为关键的是，抗震设防烈度为九度。

说话间良辰吉时已到，一对新人在喜娘的带领下，拜谢父母，感恩亲朋，在声声祝福中喜结连理。李德华看着儿子儿媳，脸上充满了喜悦之情，当着前来贺喜的人说："真的非常高兴，我希望我们一家人和和睦睦团团圆圆地过好今后的日子。我知道，震后恢复重建，大家围绕'努力把灾区建设成为新时代民族地区高质量发展的典范'这一目标努力；我清楚，德威镇统归自建户主体完工六百四十三户，达到了百分之九十九……"

他还同德威镇沙坝村的朋友通过电话，知道统规自建户王晓林一家在今年9月5日搬进了三百平方米的两层小楼。王晓林家地震后通过重建补助、贷款贴息、过渡期生活救助费等一系列的帮扶措施，很快建起了新房。现在的房屋按抗震设防烈度八度进行修建，有六室二厅一厨三卫。王晓林家还设计了两间铺面，就在省道217旁，他们利用区位优势，开起了小卖部，小卖部还在电商助农政策的帮扶下华丽转身为"线上超市"，成了美团在沙坝村的取货点。

中篇　巨变之路

【题记】七十年间，川藏公路从仅有一条主路发展成密如蛛网的路网，由量变转为质变，始终贯穿着中国共产党“全心全意为人民服务”的宗旨，更贯穿着中华民族伟大复兴的愿景。

如今的川藏公路犹如一棵参天大树，顺着主干生发出的枝干上枝繁叶茂、硕果累累，而那些创造硕果的人物和故事，那些看似不同领域的零散碎片，却奏出进步与文明的交响乐，串联成各民族共同奋斗的乐章。

川藏公路起点到终点，七十年间发生了翻天覆地、日新月异的变化。就连外国媒体都在说，中国有四万公里的高铁，几乎延伸到了中国的所有贫困地区。这在以逐利为本的资本主义国家是做不到的，但为了方便百姓的出行，中国做到了；中国的电力惠及广大的农村地区，光是架设铁塔和电缆，逐利第一的外国资本就做不到，但为了偏远地区百姓的用电，中国做到了。这正是因为，中国共产党人的初心和使命就是为中国人民谋幸福，为中华民族谋复兴。

第一章　甘当路石

一、父辈的风雨，晚辈的彩虹

早上七点，身体自带闹钟的胡廷辉按时起床，梳洗完毕，冲一杯咖啡，啜一小口浸在舌面，细细品味，同时凑近镜子，端详常年被高原紫外线照射的老皮。

早餐营养、简单，煮鸡蛋、煮苞谷、馒头或面包、牛奶或酥油茶，边吃边过目开幕式上的发言稿，暗示自己尽可能脱稿，但仍有些紧张。于他而言，文字书写和快门按动，自感后者更得心应手。

今天是胡廷辉里程碑式的日子，反映川藏公路巨变的大型摄影个展《雪域天路——甘孜州七十年交通变迁》在州博物馆开展。

胡廷辉1957年出生，从事摄影四十年。要反映川藏公路七十年的巨变，图片甄选工作量极大，上万张反映川藏公路变化的照片，经过反复筛选，最终以二百九十五幅图片分别组合为“天路启程”“踏歌而行”“盛世步伐”“英雄榜”四个部分。

把“公路兴则百业兴”的整体变迁缀为图册，利用建州七十周年的契机呈现给观众，是他一生的幸事。四个部分宛若公路交响曲，宏大、绵长、激越，奏响在青藏大地新中国的一号工程的山水间。有时他自己都纳闷，为什么用镜头反映变迁的幸事天降于他？

早上八点，他戴好口罩驾车出发，车沿着折多河爬坡而上，天空碧蓝，空气清新。

康定市新城的大背景是终年积雪的亚拉山群峰，雪山下的新城坐落在天然的氧吧中。正值高原最美的季节，各种鲜花次第铺满草原和山间。新建的州博物馆在新城区，驱车需要二十分钟，从老城到新区，沿途高楼拔地而起，塔吊和行车已经开始工作。

在老城和新城两端，以现代化装置的雅康高速的进出口，时尚、新颖，使人振奋，更增添了这座川藏公路重镇的现代韵味，设计者匠心独运，在千年恢宏的茶马古道上，用背夫、赶马人、商旅、贩夫、僧人、传教士等形象组成的群雕，呼应着时空变迁。

展厅挂有胡廷辉的简介、获奖作品目录，《雪域天路》图集，无论从思想性还是艺术性来说都是心血之作，七十年公路建设的汇总，集中展现了雪域高原的磅礴力量。

《雪域天路》的“英雄榜”上，七十四位英雄、劳模、标兵、先进个人组成的“群英”墙，历历在目，他们是：

全国劳动模范陈德华、吴大智、牛麦泽仁；时代楷模、全国五一劳动奖章获得者、全国邮政系统先进个人其美多吉；全国五一劳动奖章获得者陈德丽、陈立江、刘康中、钱金忠；四川省劳模何建华、金仁生、周华荣、王世龙、贺世杨；全国国防先进个人曾双全；甘孜州劳模李晓松、罗绒尼玛、罗珠、任福华、赵泽明；感动交通年度人物赵景红；全国学雷锋标兵刘德贵；全国交通行业文明职工标兵李俊峰；全国总工会优秀党员四郎；共青团中央青年突击手郗洛；全国三八红旗手垭丫；百万公里无事故驾驶员柴国玉、代伍金、丁玉龙、高中银、陈林英、龚良芝；全省运输企业技术革新能手胡文钦；二郎山综合管理先进个人仁青翁加……

在《雪域天路》后记中，胡廷辉用极简明的话语写道：

我父亲1952年就在川藏线上开美式大道奇卡车，属新中国第一代跑川藏线的司机。1981年我从部队退伍到甘孜州交通局工作，和父亲一样在交通战线工作了一辈子。可以说我们父子俩对甘孜州公路交通建设一往情深，父亲就是我的启蒙老师和精神钙片。

胡文钦老伯是如假包换的新中国第一代跑川藏线的司机，因苦钻业务，最后成为川藏线家喻户晓的驾驶教练和汽修工程师。他著有《风雪高原六十载》一书，全面总结回顾了自己交通人的一生。

1957 年，胡文钦给学员讲课

为什么说他如假包换？看看他的简历就知道他在这行的深厚资历。

胡文钦1929年元月出生于重庆市，1946年在国民党军汽车第六团六连当汽车保修技工学兵与驾驶兵；1948年在解放军华东野战军汽车一团六连三排九班任驾驶班长，荣立二等功；1952年在解放军第一汽车学校任教，主要培训抗美援朝学员；1958年至1987年先后任甘孜州交通运输局技术员、驾驶员训练班教师，康定运输公司机务组长，泸定汽车修理厂副厂长、工程师；1987年获得老干部离休荣誉证书。

《雪域天路》用五张图片，再现胡文钦手把手给学员讲汽车的机械常识、发动机工作原理、驾驶技术以及出车前注意事项的场景，黑白照片极具代入感地呈现了20世纪50年代第一代汽车人的精神面貌，他们的穿着，专注的神情。几十年过去了，胡廷辉依旧能叫出图片里学员的姓名——郑继承、杨光吕、梦老大、扎西赤诚……

胡廷辉熟悉交通运输这一行业，得益于父亲在这条战线上的名声与威望，得益于在四川省康定运输公司十七队长大。十七队就在距康定城四公里的川藏公路边上，上隔壁是康定中学，他在康定中学念完高中，下隔壁就是康定运输公司五十三队，再下隔壁就是甘孜军分区和康定兵站、州砖瓦厂、州农机厂、州商业运输车队。

在他的生活空间里，四周弥漫的汽油味、机油味、油漆味，让他的嗅觉极为敏感，他从小就在这一行当“穿梭自如”。什么汽车的大梁、油路、电路、引擎、底盘、活塞、牙箱、排挡、油门、刹车……在他的记忆里不是强行输入，而是日积月累，沉浸式的自然吸收。

川藏公路沿线长大的孩子，生长在开门见山的环境里，面对层层叠叠的横断山系，对山外的莫名向往是平原的孩子难以理解的，对于对山那边想探个究竟的孩子们，开汽车不仅是令人羡慕的技术活，更是令人羡慕的职业。

因为山区的闭塞，唯有汽车能载着他们对山外的好奇，行走在路上就能增长见闻。

在胡廷辉眼里，从小父亲就是一个因行走而见多识广的男人，一身洗得发白的劳动布工装、一个搪瓷大茶缸、一个帆布手提包，是那个时代汽车司机的标配。

十六岁那年的冬天，胡廷辉终于如愿以偿，乘坐父亲开的汽车到成都，完成初次见世面的旅行。出发的前一夜，细心的母亲将一套换洗的衣服袜子折叠好放在他枕边，叮嘱他起床后就放在包里。闻着满是太阳味的衣服，一种永生难忘的味道和温暖留在记忆中。

那晚他兴奋得失眠了，在失眠中憧憬着明天将发生的新鲜事。

伴随着马达的轰鸣，胡廷辉摇下解放牌汽车的车窗，第一次带着母亲的叮嘱远行。

汽车开始低速移动，泸定汽车修理厂的车间、宿舍、围墙、电线杆渐渐远去，眼前的路和被抛在脑后的一切，让他舍不得眨眼，尽情去观望更多的未知。

汽车行进在二郎山西坡，一路阳光，马达变换节奏的轰鸣缭绕在盘山公路间，视野里宽阔的大渡河逐渐缩小成一条蜿蜒的蚯蚓，被抛在山峦起伏的谷底。记忆最深的是二郎山林场第一个回头线处，蚯蚓般的大渡河在山谷与层层叠叠的山峦间，挥洒着横断山系的壮美与大气。

多年后在相同的地方，已成为州交通运输局一名中层领导的胡廷辉，面对手挽手、背靠背的山峦，他对当年十八军修路时唱出的著名歌曲《歌唱二郎山》的歌词，有了更深切的理解。

他的越野车里，至今保留着这首歌的不同版本，常常在与一同搭乘的摄友穿越二郎山隧道时播放，兴致来了他还会给大家介绍这首曲子是洛水作词，时乐濛作曲，经孙蘸白首唱后，广为传唱，成为经典。

汽车从二郎山山顶下行，东坡与西坡完全是冰火两重天。

上初中时听地理老师说，东坡是迎风坡，雨水丰沛，林木郁郁葱葱，西坡是背风坡，干旱少雨，天气晴朗时，远可观远方的雪山，近可看身边的流云。

汽车在二郎山山顶颠簸着行驶十来分钟，东坡的茫茫冰雪进入到他的视线里。汽车放慢了速度，他能感受到父亲将排挡放在一挡的位置，能看见前面汽车的车轮在冰槽中东晃西荡。

从父亲的专注表情和手握方向盘谨慎的操作，他能判断汽车进入到司机们常说的冰雪二郎山“死神的召唤”路段。胡廷辉屏住呼吸，此时此刻，他不知道怎么和父亲讲话。

父亲似乎觉察到了他的恐惧，瞬间转过头冲他笑笑，平静地说：“冰雪不可怕，只要专注细心、不走神就没问题。”父亲的告诫他一直记着，成为他的精神之钙。

车辆时不时停下，鼻子冻得通红的道班工人不停地打冰除雪。

“窗外这些叔叔才是最最辛苦的人。”父亲告诉他的同时向窗外的工人们挥手问好。

他看着七八位工人微笑着向父亲挥手，奇怪的是冰天雪地那么冷，他们却把围巾系在腰间，有的甚至把棉衣和皮帽丢在雪地上，头上还冒着热气，脸颊沁着汗粒。

这时，一位大个子停下手里的活计笑眯眯地喊道：“老胡，嘿，老胡。”待车停稳，他一脚就踏上脚踏板。“赵班长，有一个多月没见了，你的伤好了？”胡文钦说罢，两人的手紧紧握在一起。“叫赵叔叔。”胡文钦转头对儿子说。

“早好了。这是你儿子？”

爸爸点头。

“像你，白白净净，英俊。”胡子拉碴的赵班长将头伸进车窗，他戴着的“海虎绒”风雪帽，一边护耳朝上翻翘，他耳朵上方夹着一支香烟，伸头的同时摘下帽子，笑着看看胡廷辉，对我说：“你爸是我的朋友。”

胡廷辉注意到，他摘下帽子时，头上冒出浓浓的热气，像蒸笼一样，头上的汗顺着鬓角朝下流，滴答到父亲的方向盘上。让他吃惊的情况出现在眼前，他注意到，赵班长抓靠在窗沿的左手，完整的只有无名指和小指，拇指只有一半。这时后面的车不停地鸣笛，赵班长歉意地伸伸舌头，笑着说：“过了鬼招手就好走啦。再见。”说罢跳下车向他俩挥挥手。

“再见。”父亲启动汽车，脚踏离合把排挡调到一挡，松开刹车，车缓慢前行。

“爸，那个叔叔的左手，没有食指和中指。”

“哦，赵叔叔是十八军的军人，在修二郎山公路时，有一次打炮眼，拿大锤的战友因重感冒，引发低血糖，两眼一黑，大锤直接砸到赵班长左手上，食指和中指，包括拇指的第一节，没了。他因工受伤成为残疾军人，下地方后就与新沟本地的宋二姐结婚，被安置在二郎山木叶棚道班工作，退伍不褪色，是一位非常非常认真工作的好人，一年四季没日没夜地带领他的工友保障公路的畅通。”

胡廷辉听着赵班长的故事，赵叔叔被大锤击碎手指的瞬间收紧心脏的痛，总在他脑海里挥之不去，仿佛那种痛在自己的感觉中延续。他听父亲说话的同时，睁大眼睛看着前方的路。前面的车辆在泥泞的雪槽里缓行，车腹下的牙包几乎摩擦到了地面。

当车辆驶进二郎山最危险路段“鬼招手”时，他从车窗俯瞰山谷，山峦间一缕金色的阳光穿透雪松，直射在公路蜿蜒的深处，如一道金线挂在公路上，像一根有巨大安全感的绳索，让他心里产生了无限的安慰，唤起一个男孩人生中第一次充满希望的幸福。真美。

那是二郎山大美的自然给他上的第一堂摄影课，肉眼感受到大自然的壮阔、美丽，当时他就想，要是能把自己的感受用照相机记录下来，让更多的人分享山峦、积雪、阳光、公路组合在一起的变幻无穷的美妙，让更多的人知道二郎山道班工人的艰辛，也许艰辛中的美丽就会像格桑花，种在每个人的心上，绽放在梦想的深处。

这就是无意间，壮美的大自然给他上的艺术第一课。

多年以后雅康高速贯通，二郎山最长的公路隧道将木叶棚道班的故事定格在历史的风尘里。在他的印象里，父辈的身影却依旧穿行在其中，那是他一生中最为美妙的记忆。

雅康高速通车的初秋，胡廷辉重走老路，回到父亲第一次带着他与赵班长相遇的地点。脚下的老路因久无车行变得时好时坏，但远处的风景依旧美丽，茂盛的植被有绿中泛黄变红的秋之韵味。

他停车摇下车窗，试图找回当年赵叔叔钻进车窗同父亲亲切交谈的画面，找回他们谈话的内容，找回赵叔叔“摘下帽子时，头上冒出浓浓的热气，像蒸笼一样，头上的汗顺着鬓角朝下流，滴答到父亲的方向盘上”的画面，找回“赵班长抓靠在窗沿的左手，完整的只有无名指和小指，拇指只有一半”的疼痛，找回父亲和赵班长他们那一代人平凡而光荣的记忆。

不觉中，父亲笑着让赵班长探头钻入车窗，他们四目亲切相对的场面，让他流泪了，他掏出事先准备好的烟卷，替赵班长点上，默默地说：十八军筑路者，你和我父亲这一代，一定后继有人。

一缕烟雾飘出车窗，朝被斜阳照亮的郁郁葱葱的山体飘去。遗憾的是，赵叔叔没能进入《雪域天路》的画册。

二、军民共建文明川藏线

胡廷辉一直遗憾自己的镜头外，大量记忆公路的故事没有形成文字。他参加工作不久的1983年阳春，一个星期天午后，二郎山林场值班员伍二哥走出值班室，纳闷刚才还晴天，怎么突然狂风把山林撕得“唰啦啦”直响，原来是一场特大暴风雪突袭而来。

他看看腕上的表，两点四十分，骤然间狂风漫卷，雪花越下越大，山林迅速被淹没，川藏公路没了痕迹，洁白的二郎山笼罩着某种可怕的气氛。“得马上向山下报告情况。”伍二哥转身回值班室，用摇把子电话机接通泸定县林业局的电话。

半个小时后，州交通运输局交通管制组组长董振寿获知了县林业局转来的信息，二郎山已经大雪封山，木叶棚处上百辆进出的车辆被堵，与此同时，“260”（二郎山“鬼招手”处）大雪崩，如不及时抢通，车上的人员将面临因寒冷导致的生命危险。

“情况紧急。”董振寿二话没说当即决定上山抢险。

原本他是来泸定检查工作的，想利用星期天去泸定汽车修理厂看看好友胡文钦，叙叙旧。

胡廷辉刚好来泸定看望父母，正在厂部篮球场打球。得知董叔叔正准备带人上二郎山抢险，他便主动请战，带上美能达相机与管制组的七位同志，直扑“260”排险疏通工作现场。

董叔叔个头不高，但身体很结实。大雪天身上只穿着一件毛线衣，打满补丁的裤子上油渍斑斑，脚上穿旧的军用毛皮鞋还用细铅丝系着结，长长的头发老远看去倒像是头上顶鸡窝，两眼布满血丝，却显得炯炯有神。胡廷辉的第一印象是这人不修边幅，但爱读书、爱思考、精力充沛，是个实干家。

救急车一路急行，来到雪线后，大家跳上装满防滑砂的解放牌大车，冒着风雪在车厢里挥舞洋铲，向路面撒防滑沙。风绞雪吹冻得钢硬的路面更加“钢滑”，防滑车像一头不听使唤的牛，颠簸、乱窜，经过两个半小时艰难爬行才来到“260”，对这里的“桐油凌”路面进行防滑处理后，他们到达堵车现场。

眼前的公路上堵了上百台车，其中有几辆大客车。站在雪地里，棘手的问题出现了，面对积雪和积雪覆盖的“桐油凌”，大伙儿缺少锄头、钢钎、铁镐

董振寿准备撒防滑沙

等工具。看看天色将晚，如果不及时疏通，天黑后就无法抢险，怎么办?

顾不得这一切，大家就用双手刨雪堆。没有撮箕、箩筐，就借其他车上的水桶装运冰雪，手冻成紫红色，碰伤的指头鲜血直往外冒，身上的内衣被汗水浸透，蒸发着热气，领口处和裤筒结了冰，却没有谁吭一声。防滑组的忙碌，感动了在场受阻的人，他们纷纷下车，一时间上百名司乘人员加入到除雪的行列。

胡廷辉用镜头记录着这感人的场面，遗憾的是他初学摄影，根本就没有最基础的摄影技术，什么景深、构图全然不知，一台美能达相机只能用自动挡拍照。最遗憾的是没有拍下防滑组的人员，在天寒地冻的环境，脱下棉衣，只穿一件衬衣或运动衫除雪，脱下棉帽，头顶冒着蒸汽的珍贵镜头。后来他才渐渐明白，镜头是眼睛永恒的定格。

天色暗下来，但雪的反光依旧明亮。经过三小时的苦战，冰雪道终于抢修通。在场的所有人情不自禁地欢呼雀跃起来。顿时，发动机轰鸣，车辆就要向前开动了。

此刻防滑组人员却躺在了雪地里。胡廷辉和大伙儿因过度劳累倒下，没有了说话的力气，七横八竖仰躺在雪地上，贴地的耳朵被震动而过的车轮发出的响声刺激着，但心里却格外舒坦，终于通了，终于通了!

这种保通虽然有成就感，但对于分配到甘孜州的大学生董振寿而言，却一点也高兴不起来。看着汗流浃背倒在雪地上休息的同事，他心里不是滋味，心想，自己在他们中算是最有学问的人，但即便满腹的学问，面对残酷的大自然却无能为力。

这不是解决问题的根本办法，特别是二郎山的路况，每年造成的车毁人亡的数据，在全国交通系统中高居不下，着实令人心痛。

就在当年的1月2日，康定运输公司所属的一辆货车，在翻越二郎山时遇浓雾而误坠悬崖，车上三名职工全部死亡，车辆报废。这一惨痛事故，强烈地冲击着康定运输公司经理刘廷黔的心。1982年8月25日，刘经理记忆最深的一次事故，他也在现场，目睹了汽车六十四队一装运木板的东风货车行至二郎山团牛坪一右弯处，与州水电局解放货车相撞引起燃烧，车毁人亡，损失达六万余元。这样的事故，一到雨季和冬季，比比皆是。

“能否有一个切实可行的安全有效的解决办法？”刘廷黔带着这个问题，分析了公司近五年在二郎山三十八次事故的原因，并带队踏上二郎山走访、调查、测算，经过反复酝酿，一个大胆的设想形成：对二郎山路段实行交通管制。

董振寿和刘经理虽然在不同的岗位上，但思考着相同的事。

与刘经理一样，董振寿暗下决心，要将自己的智慧和所学为同事、为司机、为旅客的生命安全，为国家的财产安全，为川藏公路的畅通，找到一个尽量周全的方法。

依照他的性格，开弓没有回头箭。吃饭在想、睡觉在想，坐办公室在想、上路调研也在想，他总是在信笺纸上、在报纸上、在烟盒上用笔画来画去，在办公室的灯下，香烟缭绕，他谋划着解决二郎山冬季交通问题的最佳方案。

董振寿明白，作为运输公司安全科的科长，职权范围仅限于运输系统，所提出的二郎山冬季防滑方案，也只能在运输系统适用，其他不属于运输系统的车辆，就不在这个权限范围内，但毕竟首先在运输系统内落实，也是先行一步。在职权范围内，他派出人员在二郎山甘谷地的公路搭起帐篷，每天记录过往车辆的数量。

胡廷辉清楚地记得，那一年，董振寿和周改军、丁忠康等几位同事在观察点专门记录过往的大小车辆的数量，过一辆记录一辆，扎实的基础统计，在一年内就积累了大量的数据；同时站在运输公司的角度，为确保客车乘客的安全，强调驾驶客车的司机必须是二级驾驶员。

有了这些数据的支撑，经过反复的实地调研，最终二郎山冬季实行单向放行的方案在董振寿脑中形成。通俗地说就是“单进双出”，即每月的单数日期，从成都至拉萨的车辆通过二郎山；每月双数的日期，拉萨至成都的车辆通过二郎山。

董振寿和刘经理一道经过深思熟虑、反复论证后，大胆提出解决雪阻、滑沟和抛锚阻车的方案以使管制、防滑和服务融为一体，使二郎山交通管制得以完善。

车辆单向定时运行的方案酝酿成熟后，10月5日深夜一份加急的书面建议和11月5日的紧急报告，先后递送到了上级机关。

四川省交通运输厅党组及时批准了此项建议。至此，一个纪元性的创举——二郎山冬季交通管制，在千里川藏线的运输史上写下了浓墨重彩的一页。第一次冬季交通管制的实施，凝聚了无数人的心血。

冬季交通管制从1983年12月20日持续到第二年4月5日，历时一百零八天。

二郎山冬季交通管制，一实施就收到了立竿见影的效果，相向行驶而造成的阻车现象完全消失。

董振寿提出用全面质量管理（PDCA循环管理）的理论和方法，对人、车、路、气候进行综合管理，计划，执行，检查，处理。在一百零八天的冬季交通管制中，安全护送车辆二万九千三百二十五辆次、人员十二万一千一百九十七人次。

一百零八天下来，传来划时代的捷报，首创了二郎山通车三十年来第一个冬季无死亡、无重伤、无重大事故、无阻车、无纠纷的纪录，为国家节省了运力、资金，又一次谱写了人类征服二郎山天险的壮丽凯歌。

更为重要的是，它带动和促进了军民共建，为认识二郎山、征服二郎山开辟了一条希望之路。

1984年3月20日，解放军汽车部队新的一年首批进藏车辆抵达新沟兵站。

胡廷辉的工作笔记写着，康定运输公司按照二郎山安全工作会议要求，投入保障军车安全过山的接送工作中。公司派出了以宣传科科长带队的接待人员，在山顶设置了“军民共建接待站”，为部队同志看病送药、供应开水。公司下属的汽车十七队、五十三队、六十四队各派出维修小组驻扎新沟，为部队车辆检修机械故障。汽车六十四队管技术的副队长，还组织车队安全员和有行车经验的老师傅赶到新沟兵站，为过山的部队同志讲安全、讲操作、讲路况。

防滑组的同志在危险的路段上竖起了提醒标牌，铲除了路障、冰凌，铺垫了防滑砂，为部队车辆安全过山做好了一切准备。

部队车辆安全驶达干海子接待站后，战士们感慨地拉着接待人员的手说：车行千里路，到处有我家；家家送温暖，这里第一家。

1983年二郎山冬季交通管制取得的成功，受到省委、省政府、成都军区的高度重视，1984年9月、11月，军民共建文明川藏线领导小组相继在成都、拉萨召开会议，总结了二郎山冬季交通安全畅通的成功经验，决定继续发扬艰苦奋斗、团结协作的精神，把二郎山冬季交通管制工作作为军民共建文明川藏线的一个重要内容。至此，两地双方人员共同管理二郎山冬季交通，两股暖流融合溶化了二郎山的冰雪。

管制人员在二郎山老路打冰除雪

不久之后，二郎山冬季交通管制QC小组（质量控制小组）被国家评为优秀质量管理小组。

二郎山冬季交通管制取得了巨大的社会效益、经济效益、安全效益和国防效益，端正了路风。而更重要的是，创造出了“二郎山精神”！二郎山精神是什么？概括起来就是：听党指挥、不畏艰险、坚韧不拔、无私奉献。

第二章　交通巨变

一、一桥两隧，中国智慧惊艳世界

1

胡廷辉带着军民共建川藏文明线的记忆，再次按下“大渡河大桥”的快门时，已经过了整整三十四年。此刻他镜头中的大渡河大桥用另一种方式记下了“一桥飞架南北，天堑变通途”的图景。

这著名诗句是毛主席为武汉长江大桥通车而作的，形象地描述了武汉长江大桥的雄伟气势，勾画出它沟通南北交通的重要作用。

毛主席还曾在1935年留下“金沙水拍云崖暖，大渡桥横铁索寒”的诗句，书写十三根铁链承载中国命运的乾坤。

当年的红色种子，如今早已结出了累累的硕果。

为了再结硕果，中国桥梁设计大师牟廷敏站在象征中国革命胜利的泸定铁索桥上，面对大河，手扶铁链，做深呼吸，尽力领略《长征·七律》对当下的启迪，他清楚，他所带领的团队，很快要在铁索桥上游五千米的地方，再次给祖国献上一份大礼。

在牟廷敏的众多称谓中，他更喜欢大家称呼他牟总。因工作需要，他主持审核了主跨一千一百米的大渡河大桥工程，开创了山区大跨度悬索桥建设的先河。这座地处横断山三大断裂带上的特大桥，同有三百多年历史的泸定铁索桥一道，再次彰显中国工匠的伟大智慧。

2019年6月，在美国马里兰州召开的第36届国际桥梁大会上，雅康高速泸定大渡河大桥荣获古斯塔夫·林德撒尔奖，这个奖项是该会议专门为优秀的桥梁工程设计设立的杰出成就奖，被誉为桥梁界的诺贝尔奖。

为了纪念这一超级工程，中国邮政发行的川藏青藏公路建成通车六十五周年纪念邮票中，“川藏第一桥”雅康高速泸定大渡河大桥被选为邮票主图。

站在桥基顺着大渡河往下看，不到五千米的距离内，三座桥——泸定铁索桥、泸定钢索桥、大渡河大跨度悬索桥次第展开。这些桥梁以建筑的形态，静静地述说着新中国七十年建设的辉煌成果。

也许是出于桥梁设计者独特的眼光，牟总一提及川藏公路，总会说：从红军飞夺泸定桥，引出川藏公路的发端。飞夺泸定桥的时间是1935年，这座康熙年间修筑的桥，成为川藏公路前身的川藏茶马古道的重要通道，之后的1950年，十八军进军西藏之际，在铁索桥上游五百米的地方，十八

军官兵架起了钢架桥，朱德、刘伯承等老一辈革命家曾为大桥题词；时隔五十七年，又在钢架桥的上游不到三千米的地方，架起了享誉世界的大渡河大桥，并获得古斯塔夫奖。三座充满史诗含义的桥，成为历史进程的三个重要节点，生动地展现了川藏公路的精神淬炼。至此，世界也给出了公认的评价：长征在世界军事、政治史中，突破了国家、民族和政治的界限，成为人类精神的不朽丰碑；我们修建的大渡河大桥，大满贯地获得各种奖项，证明中国建设超级工程的能力，更证明了中国正逐渐从“桥梁大国”走向“桥梁强国”。

牟总曾说：在中国交通行业，如果不知道“两路”精神，就等同于一个盲人不知道有白天和黑夜。

牟总对“两路”精神的理解，真诚而动人，他说：“我们国家从制造业大国迈向制造业强国时，我认为，一不怕苦、二不怕死的精神，是我们

泸定大渡河大桥

的国家精神，对于建设者而言，如果没有一不怕苦、二不怕死的精神，我们走不到今天的辉煌。毫无疑问，我们应该坚持和弘扬这种精神，但是，我们已经成为世界的第二大经济体，人民至上、生命至上的理念，我认为更是理解‘两路’精神的最高升华。”

在牟总的记忆中，“两路”精神是与灵魂相伴的，是有惨痛记忆相伴的，是满含悲悯的。

1999年1月4日那个寒冷的傍晚，重庆发生綦江彩虹桥垮塌事件，牟总赶赴现场。映入眼帘的是躺在地上的四十条生命，背后是四十个破碎的家庭，现场惨不忍睹，人们纷纷责问设计、施工、监理的各个环节。

他徘徊在冬日的綦江边，步子极为沉重，脖子缩在衣领里，寒冷的江风吹拂在脸上，似乎在用冰冷提醒他，作为工程师此刻的难受和无颜。他反问自己，如果我也参加过这项工程，咋个办？能排除桥梁垮塌的技术诱因吗？

毫无疑问，也就是通过这件事，他更加深刻体会到“工程师”这个身份的真正含义。工程师需要不断磨炼，才能成长，仅仅停留在肤浅和短暂的历练上远远不能成为一名真正合格的工程之师，自己还有很长的路要走！

从业三十年来，这种发自内心的拷问，已经形成牟总的“桥梁价值观”：架桥修路，事关人命，社会影响大，只许百分之百的成功，不能有百分之一的侥幸，万一失败咋个办？所以，工程师的责任心与担当，和对技术规范的坚持一样重要。

从此，牟总对桥梁技术的把控近乎苛刻，不管哪个环节他都认为自己有责任。

话锋又回到十八军修路的场景，他说：“川藏公路的修建，每一公里都躺着一位战士的躯体，三千人的生命换回了和平解放西藏，那时候需要的施工条件，英美帝国主义在西藏与我们抢时间，我们是在修建世界上最高、最险、最长、工程量最大、修建速度最快的新中国一号工程。正因为有一不怕苦、二不怕死的精神，才有了今天的精神驱动。而在21世纪新的形势下，生命至上是我们为人民服务的根本宗旨。”

牟廷敏，四川公路规划勘察设计院总工程师，享受国务院政府特殊津贴的桥梁专家，全国“五一劳动奖章”获得者……这些头衔和荣誉，跟江湖界浪得的虚名是有本质区别的，是贯穿生命和事业的沉甸甸的积淀。

2

作为一名卓越的桥梁设计师，在确立“生命至上”这一基本信条后，接下来就是对事业永无止境的追求。在他的参照系中，通过两个情景再现，客观真实地照见新中国一路走来的由弱变强。

情景一，1953年十八军架设怒江大桥第一根锚索：

1953年7月10日的清晨，修桥部队要从怒江东岸渡到西岸，需要架起第一根锚索。江上的雾还没有完全消散，军人李文炎和渡江战友已把唯一的旧橡皮船打饱气。船的气门上没有塞子，他们用木棒缠上布把它堵上，把一支桨绑在船尾当舵，用准备拖过江去的两根电线绑在船后的一个皮扣上，一个人把舵，四个人分两排坐好，摇着桨朝惊涛骇浪里冲去。

全营的官兵凝神屏息地注视着他们，船就像一片树叶似的在巨浪中漂着，一会儿被巨浪抛起，一会儿又跌落到水凹里，电线就像是一条长尾巴一样，在船后摆来摆去。他们用力地划着，但总冲不到江心。原来电线垂到江底以后，挂在石头上了，船走不动了，他们只得在下游慢慢地靠回岸来。接着，第二次、第三次的强渡也遭到了同样的失败。经过不懈的努力，终于在第四次把锚索带到西岸，历时整整七天七夜。

情景二，2016年架设大渡河大桥：

2016年某日上午10时，一架无人机从大桥康定端的索塔顶起飞，直奔对岸，三分钟后，准确落在雅安端的索塔顶上，随机携带的先导索将两座索塔连接在一起。这根先导索直径仅两毫米，荡在高空肉眼难辨。三公斤先导索“打前站”，跨度一千四百一十一米。随后更粗的绳子系在先导索尾部拖到对面。渐渐地，绳索越来越粗、越来越重，尼龙绳换成钢丝绳，人工拉换成机器收，直到直径五十四毫米的钢索过河。如此重的钢索过江，一开始全靠那根细细的先导索。

两个场景，时隔六十三年在怒江和大渡河上演，都用先导索先过河，渡过七十米宽的怒江用时七天七夜，险象丛生，而渡过五百多米宽的大渡河仅用时三分钟，平静而安全，七十米和五百米、一万零八十分钟与三分钟，“川藏第一桥”和怒江大桥已是今非昔比。

无人机将两座索塔连接在一起

牟总用两个情景的对比，分享他从前辈的“一不怕苦、二不怕死”那里领悟到的珍爱生命的深刻认识，分享了“四两拨千斤”的中国速度、中国智慧、中国力量。

牟廷敏出生于四川省南部县山区，在他的记忆中，小时候生活艰苦而清贫，进一趟县城特别费劲，穿草鞋，砍荆棘，爬山路。来自农村的他天然有一种质朴的价值观，不追求吃穿，造桥也不追求奇特，“需要什么样的就造什么样的”。

打小没见过现代桥梁，甚至没有公路的概念，只晓得“马路”，不曾想到自己后来成了杰出的桥梁设计大师，而且创造了一个又一个的全国纪录：牵头攻克了现代桥梁建设面临的高地震烈度、高海拔、高寒和地形地质特别复杂等一系列世界性技术难题，在钢管混凝土桥梁和高性能水泥混凝土材料等领域成绩突出，其科研成果被广泛推广应用，技术水平已在全球范围内处于领先地位。

汶马高速上红色的克枯特大桥，是钢管混凝土组合桁梁桥。该桥具有科技引领的示范意义，实现了由技术引领行业发展和产业结构转型升级。

2012年，牟廷敏主持设计的“国家勘察设计和科技双示范工程”雅西高速公路通车，该路最具代表性的干海子特大桥和腊八斤沟特大桥，成为沿线最亮丽的风景。

著名桥梁专家、中国工程院院士郑皆连称：“设计团队将钢管混凝土桥梁创新技术应用到实际工程，一举解决了雅西高速公路面临的世界级技术难题。”

牟廷敏还主编行业规范《公路钢管混凝土拱桥设计规范》、国家规程《钢管混凝土拱桥技术规程》和四川省地方规范七部，填补了该领域国内外技术空白；先后获国家科技进步奖二等奖一项，省部级科学技术奖一等奖十二项、二等奖九项；获得授权国家发明专利十九项，授权国家实用新型专利二十九项……

累累硕果的背后，是他天生的乐天派性格使然，他专注于事业，不想其他。生活中谈不上什么兴趣爱好，除了上班就是加班，只有人生中的一次意外，让他喜欢上了《经典咏流传》这个节目，特别是康震的妙语连珠，他说给他带来了精神享受。

有人问他天天加班累不累，他说不累，觉得很幸福，还反问别人天天打麻将累不累。

3

入夜的成都，沸腾的火锅隔条街都能勾出人胃里的“馋虫”，各豪华餐厅或路边摊、苍蝇馆子灯火通明，三五成群的饮食男女吃吃喝喝。可曾知道，无数个夜晚，从工地出差回来的牟廷敏，哪怕已过九点，尽管裤腿和鞋上还沾着泥，来不及吃饭就找同事要几块饼干，一边嚼一边背着行李直接去办公室处理工作，办公室的灯会一直亮到深夜一两点。

在这个推崇休闲娱乐的城市，人们似乎有千百种“耍”的方式，牟廷敏的生活却只有一种：为桥忙碌。在同事的印象中，牟廷敏很忙，除了办公室和建设工地，别的地方很难见到他的身影。偶尔从大家的办公室门口路过，不经意的一瞥，那略显消瘦的身影总有些让人心疼。

牟总的那间空间很小的办公室，反而让办公桌对面的书柜显得格外大。

书柜里放满了各种与桥梁技术相关的书籍。有个格子里，堆满了各种钢管混凝土桥梁方面的标准、规范。这些全是由牟廷敏和他的团队主持编制的，现在已经推广应用到全国。

业内公认：钢管混凝土桥梁，世界看中国、中国看四川、四川看牟廷敏团队。

牟总的桥梁设计团队里，成员多为85后，也就是说，团队的大部分人都在二四十岁之间，这是后续人才承上启下的基点，但牟总也特别崇尚老一辈的敬业精神。

无论在设计室或施工现场，他总是拿老一辈设计专家们的故事传帮带，列举老一辈克服生活艰苦、地形艰险、匪患猖獗等种种困难，用算盘、圆规、篾尺、鸭嘴笔等异常简陋的工具，开启公路测绘设计的历史篇章。

有两位老师对牟总影响最大，一位是张联燕，一位是谢邦珠。

张联燕，四川省交通科学研究所原副所长，是国内转体桥第一人，是牟总的“启蒙老师”。

20世纪90年代，刚参加工作不久的牟廷敏和张联燕一起出差，同住一个标间，夜深人已入睡，他突然听见张联燕在自言自语，说着桥梁设计方案。他说当时很不理解，为什么一个人会对桥梁痴迷到那种程度。后来就理解了，如果不理解，早就放弃了。

谢邦珠，四川省公路设计院原总工程师，全国工程设计大师。曾获国家科技进步奖一等奖，主持设计的万县长江公路大桥，是长八百五十六米、主跨四百二十米的劲性骨架钢筋混凝土拱桥，成为当时同类桥型的世界之最。

这一纪录在2004年被牟总打破，他调侃说自己是站在巨人肩头的成功者。

在牟廷敏心中，团队里的老一辈桥梁专家本身就像一座桥，把对桥梁技术孜孜不倦地追求的精神传递给了他，而如今他也在扮演着传递薪火的角色。

“跟年轻人在一起，压力在我们这些桥梁老人身上，如果带不好这群年轻人，就是我们没有尽到责任。”这是牟廷敏嘴边常挂的一句话，他曾多次把当年张联燕“床上造桥”的故事讲给大家听。身为桥梁专家，牟廷敏也正在将这份坚持与精湛的造桥技艺一并传递给团队成员。

桥梁设计经常要技术攻关，工作到深夜一两点已经成了牟廷敏团队的家常便饭，但谈起这件事情，团队并没有怨言，相反，欢声笑语不断，整个团队充满幸福感与获得感。

“牟工眼光比年轻人要高，五十多岁的人思维比二十几岁的人还要活跃。”“牟工值得我们年轻人羡慕的地方，不是所谓的成功，不是知名度，不是赚钱，而是他每天的生活就是工作，非常辛苦，却充满激情，过得快乐。”上海城建学院硕士研究生梁远博如是说，他就是牟总带出来的。

2016年底，以牟廷敏的名字命名的“大师工作室”在四川交通职业技术学院成立，如今已经成为四川公路设计院品牌建设的一支核心力量，工作室以师带徒的传统方式，培养高素质的交通运输人才。

4

牟总很清楚造桥需要一个团队的联动，各个环节是围绕总设这个主轴在运转，回归常识，就无所谓主次了，因而他带出的团队，就有一种协同用力的执着拼劲。

他和四川公路设计院副院长蒋劲松等一道，主持审核的雅康高速公路泸定大渡河大桥工程，开创了山区大跨度悬索桥梁建设的先河。

面对媒体，牟总短短几句话道出了“先河”的艰辛和辉煌：该桥主跨一千一百米，跨度大；两岸地形复杂，没有更适合的其他桥型；在地震烈度高、气候环境恶劣、建设场地困难的条件下，悬索桥安全、实用、经济、环保、美观；这座桥从2008年就开始做设计方案，可谓“十年磨一桥”，目前在全世界的悬索桥中，排名第十一位。

当年响彻云霄的《歌唱二郎山》，艰险与意志并存的赛跑，终于在七十年后把艰险写入历史，把精神和意志传给后人。雅康高速公路全长一百三十五公里，百分之八十二是桥梁和隧道，长达五十公里的隧道群，从四川盆地向青藏高原延伸，穿越横断山区的深山峡谷，全线几乎“脚不沾地”，三个小时从成都直达康定。

中国的高速公路再次在青藏高原东缘三大断裂带上，刷新了全世界公路界的认知。

在他们眼里，现代中国人的世界级“神话”是有“基因”遗传的，是建立在“愚公移山”“后羿射日”“夸父逐日”“精卫填海”“女娲补天”这些洪荒原初神话基础之上的，用一句话浓缩就是：“为有牺牲多壮志，敢教日月换新天。”这是人的意志，而非神的意志。

牟总的现场服务意识，就是这种精神的浓缩与升华，蒋劲松这样评价他：“老牟这个人很倔强，他看不下去的事情就要想法解决，不解决掉不舒服，也不管是不是他职责范围的事。”

党的二十大召开前夕，“奋进新时代”主题成就展在北京展览馆开幕。

四川展区，四川公路院设计的雅康高速泸定大渡河大桥以照片的形式登上主题成就展。以大桥远处雪山白云为背景，近处是绿色的山、清澈的水、红色的桥，色彩搭配极具视觉冲击力，生动展现了四川公路建设的成果：十年来，公路总里程近四十万公里，居全国第一。

这一个标志性的展示，给外界亮出了在大渡河深切峡谷中巍然屹立着的泸定大渡河大桥。它被评为“建国七十周年公路交通勘察设计经典工程”。

2022年国庆假期结束的第一天，《华西都市报》头版连版推出《“川藏第一桥”雅康高速公路泸定大渡河大桥：飞越大渡河的千米长龙让天堑变通途》的长篇报道。经设计院决定，蒋劲松作为大桥设计主审人之一，接受了采访，揭秘勘察设计团队如何克服“五个极其”复杂条件，攻克多项世界级技术难题。

一大早，雅康高速董事长黄兵就站在大渡河大桥康定端，看着河中没有桥墩的悬索桥。

从布局到开建，他多次同牟总和蒋总站在这里，讨论施工的各种问题，雅康高速从四川盆地向青藏高原爬升，全程高差超过一千九百米，考虑到和两端路面的衔接，桥面必须往上抬，才有了一千一百米的超长跨径。

跨径长，所需钢材重达三万吨，如此庞然大物，怎么架?

作为支撑的索塔、锚碇都巨大无比，索塔高一百八十八米，相当于六十三层的高楼；康定端的重力锚平面面积五千一百平方米，相当于十三个篮球场。巨大的风险在于，大桥位于三条地震断裂带交会处，正处于“Y”字的正中央，突发地震、滑坡，包括边坡的垮塌，必须要考虑。而且整座大桥按照抗震烈度九级设防，在每座索塔下都埋进了五十根桩基，每根桩基深达六十米，由混凝土浇筑，将索塔牢牢“钉”在山腰上。索塔和锚碇靠近斜坡处都用锚索框架固定，防止山体垮塌。

而在雅安端，地势陡峭，无法建设重力式锚碇，建设者就向山里掘进，向斜下方开凿了一个长一百五十九米、垂直高差相当于三十三层楼高的隧道，建成目前世界上最长的隧道锚。这个镶嵌在山里的巨型“膨胀螺丝钉”，和大山融为一体，安全无虞。

站在塔顶上，过河的绳索被吹得摇摆乱晃，项目常务副总经理徐国挺对此已习以为常，“这里的风特别大，时常吹得人不得不低下头。大桥位于大渡河干热河谷，气象条件多变，瞬时风速可达每秒三十二点六米，相当于十二级台风，而且是‘乱风’”。

看图纸标高，桥面距水面约二百三十九米，而猫道的施工高度约二百五十米，相当于在八十三层的高楼上搭“绳桥”。这么高的空间作业，如果突遇大风怎么办?

徐国挺在施工现场经历着这一切，在索塔和塔吊上，不少风速监测仪，探头随风不停地转。除了这些自动监测仪，还有手持的风速监测仪。一旦风速超过六级，将停止施工。

就设计而言，大渡河的特大桥，能扛住十二级大风。大桥的护栏是一根根绳索，相当于留出“风道”，不会给风造成阻力。钢结构的桥面，其下部位置采用的是波浪形的设计，也是为了方便大风通过。所以说，实践出真知。

凡是途经大渡河大桥的有心人，都会有一种担忧，钢铁经日晒雨淋会腐蚀，会有“后遗症”吗?

“不会。”蒋劲松不止一次用“不会”两字果断地回复人们的疑问，至于下面的具体解释，到底给不同的来访者说过多少次，他自己都记不得了：

……大桥主缆是整座大桥唯一不会更换的零部件，主缆由上万根钢丝组成，外部用涂了防护层的钢丝缠绕，将上万根钢丝锁

> 紧，形成一个密闭的空间，尽量隔绝霜雪渗透。在锚碇和塔顶架设主缆的位置，设有除湿机、出气孔，源源不断地往主缆内部输送干燥空气，让湿度保持在45%以下。一内一外的防护，确保主缆不生锈。
>
> 就受力而言，大桥留了足够的承重系数。每一侧的锚碇能承受索桥二点八万吨的拉力，而整个桥道系统不过三万吨，在安全系数以内。对于三万吨的桥道系统而言，在桥上行驶的汽车，其重量几乎可忽略，这样悬索桥就始终保持在弹性状态，不会产生延展性……

可喜的是，2023年春节，首期《传感中国——分秒为计守护回家路》节目在央视播出，报道了四川公路设计院自主研发的工程结构智能监测云平台，应用于雅康高速上的大渡河大桥，守护群众安全出行，成为四川公路设计院拓展数字业务取得的一项典型成果。

如今，雅康高速泸定大渡河大桥如一条巨龙，横跨大渡河两岸，仰望群山，俯瞰大河，见证康巴的发展。

5

川藏公路二郎山段，历史上先后有三条翻山和穿山公路，分别为“二郎山老路”“二郎山老隧道公路”和“雅康高速”。

这三条公路，对于“学习强国·甘孜学习平台”副主任马建华来说，有着大半辈子与之紧密相连的故事，他的经历已经深深融入到川藏公路二郎山段的故事中。

二郎山老隧道公路

马建华从小生长在泸定，他的记忆中留存着三代建设者的轨迹。

要想写好川藏路的变迁，他有半个多世纪的亲身经历，虽然不是公路专家，但干了三十多年的新闻工作，他带着从业者特有的眼光，对二郎山有着一种特殊的情感。

过去在没有隧道时，需走老路翻越二郎山，但凡走过老路的人，都有一种行走在死亡边缘的体验。一千个过客有一千种不同的死亡遐想，同时还要经历寒冷、暴雨、大雪、塌方、泥石流、冰雪路、桐油凌、搓板路、堵车、当山大王（困在山上）……不一而足。

他印象最深的是，1992年川藏公路泸定段烂材弯处，大塌方堵塞公路近八百米，交通部门评估要半个月才能抢通。川藏公路是国防公路，堵塞二十四小时，就必须上报中央军委和交通部，半个月就是十五个二十四小时，何其了得。

紧急关头，甘孜州人民政府、甘孜州军分区立即在烂材弯对面，组织公路职工和泸定应急民兵分队，在四十八小时内，抢通一条十一公里的得威至田坝的临时公路。

那时，大学刚毕业的马建华真正领略了泸定人民的奉献精神，红军的奉献精神赓续在他们的血液里。田坝和得威有大量农田和少量的农舍，听说为了抢通川藏线，公路要从农田和农舍经过，当地群众毫无怨言地让出农田，拆掉农舍，从家里拿出钢钎、锄头等工具，同应急民兵一道加入修路的行列。

从1992年到2019年，时隔二十七年，泸定磨西地震，马建华作为前方报道组的成员，亲临救灾第一线，再次见证了国家人民至上、生命至上的理念。

而今，老路基本废弃，只能在马建华的记忆里或图片上找到老路的历史。

然而二郎山老路却并不寻常，过去流传一句顺口溜：“车过二郎山，犹闯鬼门关；侥幸不翻车，也要冻三天。”讲的就是二郎山老路的艰辛。因为二郎山地处天全县和泸定县交界处，四川盆地的水汽完全被山势所阻挡，天全县一侧潮湿多雾、多雨，塌方严重。路比较窄，只有三米多宽，没有护栏，又是泥泞路，错车都错不过，还有“鬼招手”等比较出名的弯道，事故频发。

2001年12月，全长四千一百八十米的二郎山老隧道竣工剪彩，那年马建华刚调到新闻单位当记者。隧道口海拔二千二百米，曾经是川藏线改造的咽喉工程。坐车九分钟穿越二郎山，进入二郎山泸定一侧，常常是蓝天白云，阳光明媚，山顶著名的红岩顶观景台上可以看见贡嘎雪山日照金山的壮观场面。贡嘎雪山，有“蜀山之王”的称号，主峰海拔七千五百五十六米。夕阳西下，在路上远眺大渡河，雄伟壮丽。

时隔十六年，他已是资深的新闻人，在2017年9月底，他再次目睹并记录了雅康高速新二郎山隧道贯通。

二郎山老隧道被新隧道所取代，成为雅康高速的控制性工程，隧道全长十三点四公里，从此从成都出发到泸定甚至今后到康定，就有了通向青藏高原东部的高速公路。

第一条翻山老路的通车，是川藏线历史上的一个壮举；2001年底老隧道的通车，极大地减少了车毁人亡的事故，是里程碑式的跨越；2017年，雅康高速公路二郎山隧道通车，再次创造一个奇迹，路变得越来越好走了。

马建华不满足于仅仅新闻采访的报道，在他的工作笔记里，记录着雅康高速的各种动态。他记录了蜀道集团投资建设的雅康高速，已将国家优质工程奖、李春奖、鲁班奖、詹天佑奖等国内工程建设类顶级大奖悉数收入囊中，名副其实的大满贯！

值得再现的是，他接触到了新隧道的设计者之一——郑建国。谈起新隧道，郑建国如数家珍，记得从2011年5月第一次现场踏勘，到2012年9月26日挂口进洞施工，再到双洞实现贯通，郑建国熟悉雅康高速的大小隧道，就像熟悉自己身上各种器官。

当时接到这个设计任务时，他和四川公路设计院隧道院院长林国进感同身受。林国进来自河南商丘，大学毕业后就在设计院工作，接到这活，他三个晚上都兴奋得睡不着觉，他明白，新二郎山隧道是超级工程中的天花板，用他当时的话来讲，雅康长十三公里的隧道，在隧道界是珠穆朗玛峰的顶端，能有幸接到它的勘察设计任务，让自己的设计案例增添了重量级砝码。

新隧道的挑战性关键在于，长度在全国涉藏地区通车高速公路隧道中位列第一，最大深埋一千五百米，穿越川藏高速公路的第一道天险——二郎山，连接雅安市天全县和甘孜州泸定县，被誉为“川藏第一隧”。

隧道位于龙门山、鲜水河、川滇断裂带组成的Y形构造交会部位，处于八度地震烈度区，穿越十一套地层、十二种岩性、十二条断层。这里地质条件极其复杂，被誉为“地质博物馆”。隧道下穿世界自然遗产——大熊猫栖息地保护区，生态环保要求高。

重要的是，隧道建成后，海拔高度较老二郎山隧道降低约七百米，路程缩短四十公里，通行时间由两小时缩短为十五分钟，避免了冬季结冰带来的安全隐患，可全天候通行，不仅结束了甘孜涉藏地区不通高速的历史，也为区域后续重大基础设施建设提供了有益参考。

林国进院长带着设计团队来了多少次施工现场，他自己都记不太清楚了。

最意外的收获是，当时他带着郑建国等几位设计师，循着隧道的水源朝流水方向探个究竟，一路攀升发现有极大的落差，林院长突发灵感，说：“这么短的路线，有如此大的落差，何不把势能转化为动能？”

“你的意思是利用落差来发电，”郑建国若有所思，突然灵机一动，兴奋地说，“这样的话可以满足隧道里的照明需求，太妙了，妙不可言。”

“我是这样想的，大家看合适不合适。二郎山超特长隧道被誉为‘川藏第一隧’，隧道日常运营照明通风能耗巨大。”林国进指着出水源头的方向说道，“隧道内利用取水点与地下风机房的高差，设置自发电设备，产生的电作为隧道日常照明用电的重要补充电源。”

“是一个绝妙的建议。”很快大家达成共识：利用隧道斜井引水发电。

他们的建议得到了设计院的支持，大胆想法变成现实，国内首次采用隧道斜井引水发电成功。在郑建国的数据统计里，截至2023年4月，这一设计累计发电三百零一万千瓦时，年减碳量约九百八十二吨。在双碳战略背景下，节能减排效果显著。

不仅如此，二郎山新隧道实现了四个“首次”：一是首次创造性提出了利用隧道斜井高差大引水发电的新举措，解决了超特长公路隧道运营用电成本高的难题；二是充分利用二郎山隧道两端气候气象不同形成的气压差，首次设置了自然风道，利用自然风辅助通风节能；三是首次设置四车道大断面，通过布设洞内景观带及交通转换通道，提高隧道防灾救援能力，有效缓解司乘人员的视觉疲劳和心理压抑感，实现“长隧短运”，提高了行车舒适度和安全性；四是首次采用超预期抗震设计理念与思路，穿越区域活动性断裂带，隧道断面整体扩大四十厘米，为震后加固预留空间，并保证加固后不降低隧道的服务水平。

这四个“首次”，与当年十八军修筑二郎山公路时所唱的歌词相比，中国人的勇敢无畏已经上升到了更为强大的智慧层面，但所贯穿的精神内涵又是一脉相承的。

马建华在成都有住房，一放假就自驾走上雅康高速，体验着成都到康定的便捷。

行进在宽敞、平稳的隧道里，顶棚的巨幅五星红旗，给马建华一种自豪感，也展示着中国隧道人的能力和东方美学的智慧。

6

参加雀儿山隧道通车典礼，马建华有心做了时间上的比对，早上八点从康定出发，到达马尼干戈仅用时六小时十二分，而在十年前采访马尼干戈畜牧业时，同样的出发时间，到达的时间是第二天中午。六小时和二十八小时，当下的便捷不言而喻。

川藏公路雀儿山隧道正式通车，具有划时代意义的时间定格在2017年9月26日，中国公路史上又一个超级工程在世界屋脊诞生。

那几天马建华做足了功课，作为一名老记者，他知道如何在剪彩现场获得独家资料，他认为要写出优秀的长篇通讯和纪实好文，必须做到人有我有、我有人无的独家报道。

于是，他要求自己做深做广。如何做深？他选择了从这三个重要细节入手。

第一个细节，西侧出口处有一独特的景观设计，是以十八军将士打通雀儿山公路为主题，讲述解放军边行军边修路的历程，采用天然石浮雕，与整个山体融为一体，浑然天成。如果只是就新闻论新闻地走马观花，是无法获知这些细节的，这就是资深记者的强项，也是本地媒体的优势。

第二个细节，十八军无名女兵墓，九名进藏女兵，年龄最小的十五岁，最大的十九岁，她们当时是到雀儿山为筑路部队开展慰问演出，在途中发生车祸，牺牲在雀儿山上。她们的故事动人而悲壮，事发前青春的笑声和演出，感染着筑路部队的官兵。在报道中有对她们的回顾，必然形成纵深的连接，容易用温情和细节打动读者。

第三个细节，雀儿山五道班的最后一批职工，在参加隧道剪彩仪式前，先来到雀儿山十八军筑路烈士陵园祭奠了英雄张福林，告慰英灵。修建川藏公路的第一年，每一天都有人牺牲，仅雀儿山一个山头就牺牲了三百多人。胜利来之不易，这种精神传递，是隧道的最大亮点。

这三个细节，如果对川藏公路只是一知半解的话，是找不到写深度报道的入口的，如何把细节生动地融入文章是马建华要重点考虑的。

雀儿山隧道

雀儿山隧道方案论证和可行性研究工作，早在2002年就启动，但这并不容易。“在如此高海拔、高严寒地区建长隧，不仅自然环境严酷，而且无规范支撑、无工程可参考。”四川公路设计院高级工程师、雀儿山隧道设计代表蔚艳庆回忆这段历程时谈道，“设计团队本着多吃苦、多体验、多研究的信念，开展十年科学研究与技术攻关。”

设计团队必须徒步深入高山无人区，克服严寒和缺氧，肩抬背扛八十公斤重的测深仪器给隧道的“庞大身躯”做“全身CT扫描”，进驻现场一住就是上百天，调研高原冬季冰雪、冻结情况，只为获得隧道设计所需的基础资料；在不同海拔点位建立自动气象观测站，设立人工监测点，工程师们历时两年，不间断监测不同海拔不同条件下的气象及道路灾害情况。

如此一来，经过八年多的气象、地质、结构、通风、施工技术的专题研究，七个隧道设计备选方案被一一排除或优化。八年后，起于国道317

线雀儿山三道班，经错柯沟、雀儿山和色曲河，止于雀儿山六道班的方案被确定为最优方案。

最优方案出来后，建设前期工作随之启动。

“重要的是，四川省委、省政府不仅将雀儿山隧道项目列为省政府重点建设项目，在资金、环境、要素等方面予以全力保障，而且要求由省内最具公路建设管理经验和实力的川高公司代建。”陈博，中建隧道建设有限公司雀儿山项目第一标段工程技术部副经理，雀儿山项目开工时，年仅二十四岁，而他在项目部六位年轻人中却是最年长的一位。

当第一辆中巴驶入雀儿山隧道，陈博的心情在瞬间是由痛转喜的，痛在漫长无聊的路途、枯燥无味的项目现场生活的三年，数不清的零下四十摄氏度的严寒，喜在此刻圆满地交付了合格的答案，可以回家舒坦一下、轻松一下了。

记忆犹新的是2014年的春节，山上下起了罕见的大雪，整个工地死一般沉寂，更要命的是赶上风雪太大，停电了。当时，黑暗中只有他和几名同事在雀儿山工地。

陈博每每提及此事，仍是心有余悸。那天晚上特别冷，除夕在中国是阖家团圆的大日子，但此刻自己却在深山旷野，听不到鞭炮，看不了春晚，跟家人通不上电话，山上还有狼，那氛围把他们心里的孤独与恐惧拉得特别满。

停电的情况下，陈博和同事开车到三十公里外的村里求援。讲明原因后，村里的电工同他们赶到项目部，等修好电路后，电工看着六位年轻人，很不解地问了句：“都回家过春节了，你们还在这里干吗？”

这不经意的一句，却勾动了这群青年最柔弱的心弦，有人偷偷落泪了。是的，他们要在工地，为尽快打通隧道，为川藏公路做自己的奉献。

回想在雀儿山隧道工地经历的春节，再看看现在的建设成果，陈博感慨万千："坐在外边打电话时我就有想哭的感觉。我感觉我的付出是值得的！因为现在每个人脸上都是笑容。既然大家的脸上是笑容，我为什么不知足？"

在项目部的一面学习心得展板上，陈博写下这样一段话："汪国真曾说：'你若有一个不屈的灵魂，脚下，就会有一方坚实的土地。'水滴石穿，不是因为其力量，而是因为其坚定的信念、坚韧的毅力。雀儿山的三年是辛酸的三年，酸甜苦辣现在仍历历在目，雀儿山的三年也是磨砺的三年，因为，磨砺自己就是成就自己。作为一名基础设施建设者，我们需远离繁华的城市，克服内心的恐惧、孤独与寂寞，远离家乡亲人，充斥对家人的亏欠，我们需要拥有坚定的信念、坚韧的毅力，自强不息，毕竟我们处在奋斗的阶段。"

建成雀儿山隧道这一工程奇迹的中坚力量，竟是一群平均年龄不到二十八岁的年轻人。

在即将通车的雀儿山隧道现场，看着最后收尾阶段的施工人员，马建华的视线里，他们都有着相似的面孔：黝黑的皮肤，油亮的头发，有些发乌的嘴唇，看上去比实际年龄都要苍老一些。在雀儿山"风吹石头跑，四季不长草，一步三喘气，夏天穿棉袄"的环境中，数千名参建者五年多施工，有苦、有险，更有着对修通雀儿山隧道、天堑变通途的坚持。

张海鹏，中铁一局四公司雀儿山隧道项目部副经理，他站在隧道口猎猎飘扬的红旗下兴奋地流下眼泪，心想："自己从来没有一个工程这么难，这么令人痛苦，最初，它让我们痛苦得想要逃跑。"

他总结这里的环境苦：是典型的三高三低环境，海拔高、地应力高、地震烈度高，低气温、低含氧量、低气压，让所有人都出现了嘴唇干裂、耳鸣头涨、流鼻血、失眠、血压升高等高原反应，也造成了部分人员的心理恐慌。有些工人来到工地一看，甚至连车都没下，说：“这不是来挣钱的，是玩命啊。”然后转身就走，记忆中，短短几个月先后走了六百多人。

如此艰苦的环境，施工就更难，雀儿山特殊的地质结构，让断层、涌水、冻土、岩爆、供暖难、供氧难、通风难等世界级高原施工难题层出不穷，仅塌方一项，最多的时候一天就遇到五次。2012年9月至12月，隧道工程仅推进四十米；半年时间隧道仅推进一百三十米。但最终，张海鹏和他的团队还是在这场挑战生命极限的战斗中坚持了下来。四年后的11月10日，雀儿山隧道主洞和平导安全顺利贯通，创造了高原隧道施工的奇迹。

有着二十多年在崇山峻岭参与工程建设经历的张海鹏，这五年如果没有理想和信念，是难以坚持的。说到理想和信念，那就是六十六年前，进藏的十八军官兵，以张福林为代表的雀儿山精神的鼓舞和支撑。

孙代，该项目甘孜分指挥部工程处的负责人，因为通车在即，他已经在项目部连续工作了三个月，他清楚，这么多施工单位，临近通车千头万绪，需要他在这里起到中间协调沟通的作用。孙代是山西人，之前从未在高原生活过，五年前因雀儿山隧道开工建设来到了高原，像这样超过三个月驻守现场的经历已不下三次。

最痛苦的是刚来时，头痛，胸闷，喘不过气，走路都不敢走，饭也吃不下，二十三天瘦了十六斤。睡不好觉，无法进入深度睡眠，整晚都处于辗转反侧中。即便最简单的食物，也需要从一百多公里外的甘孜县采购，吃水也是问题，项目入驻时最先打下三十米的深井，但经检测水质不达标，就再打了一口近八十米深的井才满足了工地的日常用水需求。

吃饭睡觉都成问题的情况下，从事体力劳动就难上加难，五年间雀儿山隧道项目大约有三千人次参与施工，基本一年换一批人，而且高反导致功效低下，在平原一个人干的活，这里需要三个人。

孙代的感受，雀儿山项目第一标段执行经理江章保也深刻体验过，特别在冬天，含氧量低，曾有施工人员因身体素质较差或轻微感冒，睡着睡着就休克了，幸好及时发现并抢救过来，因此冬季他们会安排人巡逻，或者定上闹钟叫醒，避免在睡梦中发生意外。

施工中也发生过惊魂一幕。在工程起始阶段，循环送风、制氧站等设备还没到位，因为高海拔地区机械设备也存在缺氧功率下降问题，柴油燃烧不充分，在隧道内通风不畅缺氧的情况下，增加了更多的一氧化碳。有一次在隧道掘进的作业面，六个人突然晕倒，抬出洞时其中一人已停止了呼吸。

“人工呼吸、心肺复苏、强心针，压胸时用了最大的力气。”雀儿山隧道项目驻地医生邓维钊说，原以为人救不回来了，但邓维钊没有放弃，在一次按压下去之后那位停止呼吸的工人突然张大了嘴巴，“他活了过来，我一下瘫坐在了地上。”

邓维钊也是在项目上驻守最久的人，在他手上抢救回来十三人，七千多个病例在五年间得到有效治疗。

制氧站等设备逐步到位，施工环境大幅改善。每年10月过后，雀儿山隧道内因为机器散热、照明发热等，施工区温度可达三十多摄氏度，而走到室外又是零下三十至四十摄氏度，冰火两重天对施工人员的身体又是一种极限考验。

“对于我们来说，只能坚持。”江章保说。他最常听到的话就是：“隧道什么时候能通？”这句话中，蕴含着周围老百姓对雀儿山隧道的期盼。

雀儿山对于德格县来说是一道壁垒，同样的牛肉，在德格县城一斤要三十八元，临近的甘孜县一斤却只需二十八元。“德格百姓迫切希望隧道通车。”喜欢做市场调研的孙代，对此有深刻体会，雀儿山老路确实太难走了，极大地制约了德格的经济发展。

吴东是中建隧道建设有限公司雀儿山项目的一名驾驶员，来到工地三年多时间，他说：“冬天过雀儿山老路真的太吓人了，下山要一身汗。满是碎石积雪的大山一片荒芜，蜿蜒的土石路沿着山势不断上升，至垭口顶点，再盘旋而下。”

吴东每年冬天都要因为开会办事过三至五趟老路，没有护栏，有些路段仅可容一辆车通行。最虚的是靠路边走，真怕一不小心侧滑下万丈深崖。

难怪总工程师姚志军这么感慨：“这是中国铁路总公司有史以来修建难度最高的隧道。”

越是有这样的体验，施工人员也越是坚定修通雀儿山隧道的决心，在白雪皑皑的山头，他们发出了“背着氧气瓶，也要打通雀儿山隧道”的豪言。或许，正如孙代所说：“一辈子能参与到这种堪称‘世界之最’的工程中，心里是有自豪感的。”

二、路魂下的“活路标”

公路局泸定段宿舍院坝里，胡廷辉在给陈德华拍工作照：胡须浓密，胸前挂满奖章的他，就是雀儿山挥锹铲土的全国劳模陈德华……

“漂亮的八字胡，跟斯大林的一样。”胡廷辉按下快门跟老朋友陈德华开玩笑说。

如此夸赞，不止一次让陈德华露出满意的笑容，摸摸浓密上扬的胡须，笑而不语。

陈德华是雀儿山五道班第十六任班长，也是唯一的藏族班长，他护路、养路的成绩单领衔全国公路界：安全护送车辆十点六五万车次、乘客四十五点三万名，创造了全国交通安全纪录，获得全国劳动模范、全国优秀共产党员、全国交通系统“五大标兵”等荣誉称号，是全国“五一劳动奖章”获得者。

众多的荣誉藏在他胡须下的微笑里、眼神里，笑得那样地举重若轻，但浓密的胡须和鱼尾纹，却隐藏不了五道班冰天雪地中的挣扎和艰辛、付出和坚守、奋斗和拼搏。

这一切都在胡廷辉的图片库里。五道班是千里川藏线上海拔最高的一个道班，被称为“生命禁区”，它存在的五十六年中，发生了太多的感人故事。这里含氧量只有平原的一半，冰冻期长达九个月，六级以上的大风要刮五个月，水烧到七十六摄氏度就开锅，年平均气温在零下十八摄氏度，最低气温零下四十摄氏度。

这里流传着“雀儿山，一年无四季，十里不同天，风吹石头跑，四季不长草，一步三喘气，夏天穿棉袄”的顺口溜，为拍到真实的画面，胡廷辉在雀儿山常常一住就是五六天。

他太清楚五道班过的是一种什么样的生活。雀儿山高耸入云，远离人烟，一旦有车在这里遇上堵塞、抛锚，过路人最需要什么？能在这里得到什么帮助？

不言而喻，陈德华这位康巴汉子，最懂得他们的需要。山间孤独的五道班，在茫茫雪山中成了最温暖的一团火。

每当有车辆受阻或遭遇险情，五道班便成了车站、食堂、医院、旅馆和供应站，而陈德华和他的工友们就成了养路工兼服务员、卫生员、炊事员和修理工。

胡廷辉的图片库里有一组照片记录了2017年3月6日大雪封山的情景。

那几天，气温持续在零下二十摄氏度左右，早上起床被子上结着一层冰，眉毛和头发上全是霜花，现任班长杨厚刚对胡廷辉说：“胡哥，不要用手抹哦，一抹眉毛全要掉。”

工人的冬季日常：起床、化冰、做早饭，这些细节统统在他镜头中留下了记录。

到出工时间，杨班长承接老班长陈德华的工作风格，安排当天的工作内容，其中一项就是安排四个人开车去十多公里外的地方取水，胡廷辉带着相机去跟拍。

车开到了打水处，下车后他只看见一片白茫茫的冰雪。他问杨班长：“水在哪里？”杨班长神秘地笑笑，说：“在山弯弯里面。”在杨班长的带领下，五人踩着四十厘米厚几近膝盖的积雪，走了十分钟，来到一处大石头下。随后，四人熟练地用水桶在地面上刮雪，刮到黑泥时，一人便开始用铁镐向下挖，头上很快就冒出热腾腾的热气，用了近半个小时，换了三个人挖，才挖了一个稍比碗口大一点的洞口，杨班长凑近一看，说：“出水了。”

胡廷辉看见冰下面的泉水，他的快门咔嚓咔嚓闪动，四人分别用水瓢一瓢一瓢地舀水，装满八个桶，再把水桶一桶桶搬运到小车上，这一来一回就是大半天。

亲历这一过程，晚上胡廷辉拒绝洗脸、拒绝洗脚，心想工友们取水如此艰难，应多给他们留些水。

上半夜他怎么也睡不着，问了自己一个尖锐的问题：假如自己在五道班当工人，能坚持多久？心里想，作为一名机关干部，恐怕……这是一个灵魂的叩问，“八分逃兵二分固守”。

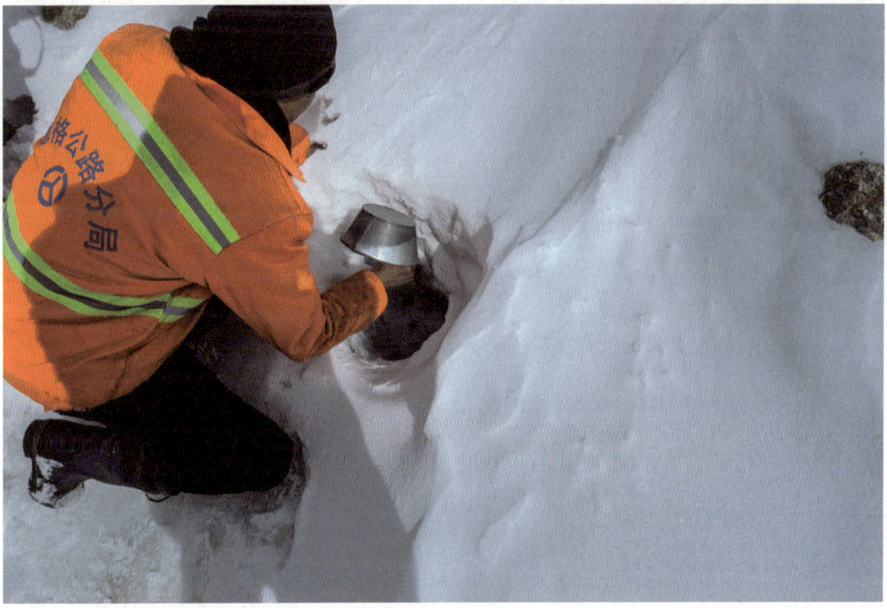

五道班战士破冰取水

五道班一年四季吃不到新鲜蔬菜，过往的驾驶员带些菜上山，刚卸车的蔬菜就冻成“冰坨子”。胡廷辉记得有一年冬天，他同交通厅宣传处的同事老吴拍垭口下的盘山公路大全景，天色很蓝，但垭口上面的风吹得人只能弓着腰顶风前行，大有被风刮上天的危险。两人在站不稳的情况下，颤巍巍拍了全景，迅速来到背风处，胡廷辉从衣袋里掏出两个橘子，正准备递给老吴，才发现橘子已经冻成“钢球”，两人不约而同地用橘子敲旁边的岩石，橘皮上只留下敲击时的小白点，两人再次不约而同地苦笑起来。老吴大声对他说：“此刻我才明白，五道班的工友才是冰山上的‘雪莲’。”

在马尼干戈卫生院，院长曾告诉胡廷辉，五道班工人长年缺乏必需的微量元素和维生素，很多人牙齿松动，指甲变软，头发脱落，嘴唇都裂着血口子。

有提醒才有发现，一次他跟陈德华和工友一起吃饭，发现他们拿出方便面和泡辣椒招待他，看着他们吃得那么香，他的鼻子一阵阵发酸，问：“山上不能种菜吗？”

陈德华告诉他，前些年试着用脸盆种过蒜苗，可蒜埋到土里就是不发芽，试着养过鸡，遗憾的是，鸡越养越小，完全是在摧残生命。

这话让他恍然大悟，在雀儿山除了人，其他物种难以生存，他由衷地敬佩这些“甘当路石”的一代代养路人。

在拍雀儿山盘山路全景之前，陈德华用信笺纸给胡廷辉画了五道班负责养护的雀儿山山顶十公里路线图，虽不专业，但画得很细，每一个弯每一道坡都在他的记忆中。

陈德华摸着八字胡，半眯着眼看自己的画作，说：“这条公路，是十八军进藏时用五个月时间抢通的，因此路基窄，坡陡弯急，出了名的险峻，其中‘老虎嘴’这段，让很多新手吓得不敢开车。在去德格的半山腰，有一段被司机称为‘老一挡’的险段长一百多米，弯急路窄，路面倾斜达三十度，旁边就是万丈悬崖，驾驶员都挂一挡慢行，无不心惊胆战，稍有不慎，便会车毁人亡。”他太熟悉这里的山和路了。

常年翻越雀儿山的司机挂着一句口头禅：“冬过雀儿山，如闯鬼门关。”冬天，雀儿山大雪纷飞，山上的路全成了冰道，路面积雪最深时达一米五，两边的雪堆积如山，分不清哪里是悬崖、哪里是路。汽车被风雪困阻、抛锚甚至翻车的事经常发生。

最让陈德华不堪回首的是20世纪80年代末，连续三个冬季，有十五辆汽车在这里翻下悬崖。1988年冬天的一个夜晚，他和工友们顶着鹅毛大雪，从六十多米深的山谷，背出当夜随车摔下山的三具尸体。

当他和工友汗流浃背地把尸体背上公路，他的右脚踝肿得跟大腿一样粗，累得想在雪地上躺一下，凛冽刺骨的寒风迅速把热气腾腾的身体吹得几乎成了冰棍。

顾不得这一切，他吩咐大家找来柴火，生起篝火，在刺骨的寒风中围着篝火守护了一夜。他看着跳动的火苗痛下决心，说：“我就是死了，也要化成路标，戳在这山上！”

自责中他兑现了自己的承诺，那以后每当遇到暴风雪，车子不敢前进的时候，陈德华就会出现在汽车前，挥着手，大声招呼司机：“注意，看我的手势，跟我来！”“方向盘打正，打正，好，回盘子，回盘子！”他用自己的身躯做路标，一步一步引导车辆过山。在五道班的养护段，每天这个“路标”在风雪中来回移动几个小时。

这个冰雪里的“路标”用事实告诉人们，榜样的力量不是吹嘘出来的。

冬季来临，雀儿山最大的问题是大雪和车辆抛锚，每遇这种情况，过山车辆就会当“山大王”。面对停留在山上的司机和旅客，陈德华痛在心里，心想长期这样下去，不是办法。

终于，在1990年陈德华向上级主管部门建议：在雀儿山实行冬季交通管制，单向放行，以减少交通事故，确保公路畅通。

中肯的建议得到了上级的积极回应，1990年11月，甘孜州人民政府批准：在雀儿山路段，每年1至4月，实行冬季交通管制。陈德华担任交管中最危险、最艰苦的道路防滑组长，这样一来五道班的任务大大加重。

就这样，雀儿山冬季交通管制拉开了序幕。

3月末，山上持续降暴风雪，路面雪深达一点二米。几十辆去西藏运送救灾物资的汽车被困，大批旅客受阻。

紧急情况下，陈德华一头扎进推雪机的驾驶室，推了整整五天五夜的雪。

渴了，抓把雪塞进嘴里；饿了，啃一口糌粑团子；累得实在熬不住了，就裹着大衣打个盹。第六天一早，陈德华上路继续推雪，漫天的风雪打得人睁不开眼，坐在驾驶室里，白茫茫一片什么也看不见。

跟机作业的陈德华跳下推雪机，取过方耙倒过来做手杖，向着驾驶员大声喊：“跟我来！”他蹚着齐腰深的大雪，一步一步艰难地向前迈动，工友们几次要换他，他都只有一句话：“我路熟，跟我来。”一小时，两小时，三小时，他的身后，推雪机推出一米、五米、十五米、五十米……

风雪中，陈德华的胡须和眉毛全结满冰，但他依旧微笑着向他们挥手，路标一样的身躯同伟岸的雀儿山融在一起。许多司机流下了感动的泪水，排成长龙的车队不约而同地长久地按响喇叭，整个山峦间滚动着鸣笛声，向这位白胡子白眉毛的英雄致敬。

许多乘客拥在推雪机前，流着泪向他鞠躬，致谢声和鸣笛声合成致敬的交响曲，像当年十八军官兵在修雀儿山公路挥锹铲土时发出的号子，前有张福林烈士，后有陈德华劳模，雀儿山注定载入中国公路史的辉煌史册。

人非草木，人非钢铁，肉身的陈德华终于累倒了。工友们把昏迷的陈班长抬上推雪机，开足马力，直奔驻地。

回到驻地，他的身体已经僵硬，衣裤冻在身上脱不下来，大家用剪刀一层一层把衣服剪开，他的两条腿全部冻成紫乌色，摸上去像冰块。情急中大家撮来一大堆雪，用雪给他搓身子，给他灌白酒，呼唤他的名字。

他慢慢醒来，睁开眼睛，颤抖着嘴唇说："有点痛。"惜墨如金的三个字，隐瞒了他的病情，换来了公路的畅通。

就是这个"有点痛"，换来了令交通界交口称赞的事实，自实行交管以来，雀儿山交通事故发生率降到了最低，取得了连续五年无翻车、无死亡、无事故的成绩。

日后，陈德华看着《中国交通报》《四川日报》《甘孜日报》纷纷称他为雀儿山上的"活路标"，心中忐忑，他多次当着领导和媒体申辩，"活路标"不只是他，还包括五道班所有工友。

偶然的一次接触中，胡廷辉发现，陈德华破旧的手提包放在桌上，无意中里面的膏药和藏药丸滚到桌面。他问是治啥病的，陈德华说是治风湿和胃疼的，旁边的工友赖志明接话说："班长的这些病都是在风雪里落下的，十多年了，他老不当回事，疼了就弄点药压压。"

陈德华笑笑，无可奈何地说："瞧，他又在抽我的底火了。"

陈德华的继任班长曾双全提起他说："老班长拿自己命不当事，在这条路上他被崩塌的雪埋过，被山上的石头砸过，还有一次开着推雪机差点被暴风雪冲到悬崖下……”

“瞧，这位老弟也抽我的底火。”

曾双全打断他：“本来嘛，拿什么当回事呢？他，[illegible]辈子只要路畅通。断道就是命令，抢险就是战斗，一旦出现险情，他总是冲在最前面。”

“唉，作为一班之长，必须得这样做。”陈德华接话说，“每当有车翻下悬崖，我心里头就像堵着石头，无法接受。我一直在琢磨，想彻底改造这段险路。按分工，改造路段不属于养路工的工作范畴。可我不死心，没有修路的材料，我就带领工友放炮炸石；没有机械，他们就用手搬、用背驮；没有水泥，就采取干砌的方式修挡墙；同时平整路面，加宽路基，降坡改弯。经过整整三年的苦战，终于把这一段改造成‘放心路’，‘老一挡’成了过去。”

细细地品味他们的话，挺感人，胡廷辉的笔记本里记着五道班的几句口头禅，以便给图片做注释：“路好我荣，路烂我耻。”“雀儿山的路危险，雀儿山的人保险。”“来这条路上的人都是我的亲人，他们的困难就是我的困难，他们的平安就是我的福气。”每次上雀儿山，他的记忆里都会跳出陈德华和工友们的口头禅。

看着突兀在眼前的雪峰峭壁，默念这些通俗的口头禅，冰雪覆盖的雀儿山变得生动起来，像傲视寒冷的雪莲绽放，在这“鸟飞不下兽停亡”的地方，这些话火一般释放出人性的温暖，温暖着人心，温暖着空旷的天际，温暖着寸草不生的山峦。

“榜样的力量”，这个听上去有点高大上的词，不觉间却在这里得到了令人敬畏的诠释，他突然想起陈德华包里的那些膏药和药丸，他开始为这位不顾自己只顾路的硬汉担忧。

胡廷辉的镜头里留着五道班驻地的画面，从陈德华到每个工人的宿舍，都摆着两张大床，一询问便知道原委，这是为随时可能被困在山上的驾驶员和旅客准备的。

胡廷辉原本想问问陈班长的病情，他却把话岔开，摸摸身边的大床，说起雀儿山冬季交通管制第二年的事。

5月的一天，一辆满载木头的东风货车在大风雪中行驶到距五道班八百米处时，方向盘突然失灵，车滑向右侧悬崖边，一个轮子悬空，随时都有翻车的危险。恰巧陈德华拎着水桶出来撮雪化水，见此情景，他一边大声呼唤工友，一边向货车奔去，来到车边，他二话没说，一把脱下自己身上的皮大衣塞进车轮底下，防止汽车再次下滑。接着他和工友们爬上汽车，小心地把木料一根一根搬下来，再奋力把空车推到路中间，然后又把木料一根一根装上车。

五个小时后，他和工友们头上结满冰凌，汗水湿透了内衣，他那件从车轮下取出的皮大衣早被碾得稀烂。司机感动地从身上掏出一沓钞票塞到他手里，他推开司机的手："嗐，帮你，不是为了钱，你困在这里，我们就是一家人，平安就是福气！"那位司机哽咽着，半天不语。

陈德华和工友在五道班的故事三天三夜聊不完。

二十年来，过往的司机旅客都对五道班产生了一种亲人般的依赖感，遇到困难，他们都会首先想到去找陈班长。尽管雀儿山上生活用水、烧柴都非常困难，生活用品也来之不易，可是只要有人来到道班，他们就留吃留宿热情相待。

交通管制的第六年，一次特大暴雪造成雀儿山断道堵车十多天，对于在海拔五千米的极高山滞留十多天的三百多名旅客，其困难是难以想象的，方圆几十公里前不着村后不着店，初上高原的旅客吓得直哭。在危难之际，陈德华带领工友们把他们接到道班，让出了全班工人的床铺和会议室，拿出了道班所有的米面，在每一个房间都生起了炉火。

几天下来，人们把道班的食品吃光了，柴火也烧完了，为了不让旅客挨冻，他最后连自己房间的地板都撬起来烧了。白天他和工友们上路排险除雪，晚上回来就披件大衣坐在火炉边过夜。险情排除后，人们与他们挥泪告别，几十辆汽车同时鸣起震天的喇叭声。

他曾一口气扒了四个小时的雪，从一辆被雪崩埋住的车里救出一位已经昏迷的司机，这位司机获救后跪在陈德华面前，连叫救命恩人；他曾从一辆抛锚的大客车上，救下一位发生严重高反已经生命垂危的孕妇，孕妇被救两小时后在山下医院顺利产下一名女婴；他还曾给一位回昌都取修车配件的司机看管货物，硬是在驾驶室里住了整整六个夜晚……

陈德华和工友们以炽热的心赢得了天南地北的人们的爱戴，许多驾驶员会从几百公里甚至几千公里以外给他们带来一些青菜、水果，许多车辆走到五道班驻地，即使没有什么事也会鸣响喇叭致意。

久而久之，陈德华和胡廷辉成了朋友，令他感动的是雀儿山隧道通车的日子。

胡廷辉曾在雀儿山山脚平泊如镜的玉隆拉措湖边，拍摄云雾缭绕的雀儿山倒映在湖里的奇景，梦幻之美的背后隐藏着“高耸入云端，鞭子打到天”的险恶。张福林烈士的纪念碑，记录了雀儿山上十八军修路大军的悲壮和光荣。

七十年前开山凿路的英雄豪迈，已成为雀儿山隧道的序章。

一路走来，如果缺少文字和影像的记录，泥巴路到水泥路再到沥青路的变迁就难以直观呈现，这是胡廷辉作为摄影人价值的体现，在鲜明的对比中，能看见共产党初心的坚韧和刚毅。

隧道通车典礼的前一天，胡廷辉抑制不住自己的兴奋，把自己的轿车停放在甘孜县公路分局，然后驾驶甘孜县公路分局给他分派的越野车，当晚驱车到距雀儿山隧道仅十公里的马尼干戈住宿。他太想用镜头捕捉到陈德华和一帮工友在典礼上的情绪流露。

那夜，纯牧区马尼干戈的星空灿烂，密集的星群像是一呼百应在天幕下开会，仿佛以新年除夕的方式庆祝明天的隧道典礼。当晚是千年难遇的跨越之夜，星星照亮了草原，偶尔有獒犬的吠声，胡廷辉却无心欣赏星空的美妙，而是把各种镜头擦拭得一尘不染，把电池充到满格，把一场重磅拍摄前戏做得一丝不苟。

天刚亮，胡廷辉就驱车朝典礼现场赶，经过左手边的玉隆拉措湖，不到二十分钟便来到典礼现场。正好太阳刚刚从山峦间探出头来，光线直穿山峦缝隙，电筒光一样照亮对面的山峰，借摄影界称呼的“耶稣光”，他咔嚓咔嚓按下快门，自言自语道，一张雀儿山盘山公路，一张雀儿山隧道的对比，象征着新旧历史交接的光荣时刻。

隧道口前高大的红色充气彩门写着：热烈祝贺雀儿山隧道通车。空地上四个红色气球在湛蓝的天幕下格外引人注目。

央视新闻频道，直播了世界海拔最高的公路隧道——雀儿山隧道正式通车的盛况。

施工工人、工程技术人员和邻近乡镇前来道贺的藏族群众，他们穿上节日的盛装，准备在通车典礼上，以载歌载舞的方式表达他们的欣喜之情。

胡廷辉在人群里寻找陈德华班长，他问交通局的同事：“看见陈班长没有？”

“早来了，那不，坐在雕塑下抽烟。”胡廷辉顺着同事抬手所指的方向走过去。

陈德华看见胡廷辉朝他走来，冲他笑笑算是招呼，他明白，摄影人不像文字记者要同他聊天，他听见照相机咔嚓咔嚓的按动声，然后他示意胡廷辉休息休息。

两人并排坐下，胡廷辉问：“班长，隧道通了，此时此刻，你最想说的是什么？”

陈德华收起笑容，沉默良久没有说话，望着云端里的雀儿山五道班，像是在回顾什么、捕捉什么，随后埋下头，将目光投向脚尖，对胡廷辉说：“解放了，解放了，工友们解放了。”

随后他灭掉烟头，像是按灭了过去不堪回首的艰辛岁月。“我曾经对自己说过，雀儿山隧道不打通，我就不下山！如今，雀儿山隧道终于通车了，我觉得自己的使命完成了。隧道通车，将会给成千上万的干部群众的出行带来便利，更提高了行车的安全性、舒适性，我实在是太高兴了。”

此时他的眼眶里浸满热泪，怕胡廷辉笑他，本能去擦泪水的手突然改变方向，去理了理八字胡，激动地说：“随着隧道的通车，长久以来的交通瓶颈彻底打破，‘翻越雀儿山，犹过鬼门关’的历史将一去不返。你要知道，雀儿山冰雪封山的时候，雀儿山旅客滞留的时候，公路抢通的时候，这一幕一幕都在我的眼前浮现，没有真的在那个地方待很长时间，是体会不了我此时此刻的心情的。”

胡廷辉能感受到此时陈班长难以抑制的悲喜心情。他没有接话，而是静静地看着陈班长脸上悲喜交集的表情。

不远处有组织者拿着半导体话筒喊道：“大家注意，过一刻钟，通车剪彩活动正式开始。”

雀儿山隧道通车典礼

趁这段空隙，胡廷辉就给陈班长和他的接班人曾双全班长，以及所有雀儿山五道班的工友们，在隧道口拍了合影。这张合影的意义在于，辛劳的五道班全体职工，随着雀儿山隧道的贯通，彻底告别了朝夕相处六十七年的雀儿山老路。

三、雀儿山副歌——精魂永传

在雀儿山待了六十余年的五道班，自央视新闻报道雀儿山隧道项目立项的那天，就无时无刻不惦记着隧道贯通，那段时日，“末代班长”杨厚刚常常在垭口俯瞰山下的西洞口进出的施工车辆，他和工友常常看着洞口说：“快了，五道班快‘解放’了。”

五道班当时有职工九人，天天祈盼隧道开通，但这一天真正来临时，每一个人的心中如同打翻了的五味瓶，溢出不一样的滋味，干活时语言比平时少了，低着头闷声做活路。

这一细微的变化，胡廷辉看在眼里，为了拍到九位工友最后告别五道班，他提前一个星期开车来到五道班。

即将下山的日子，九位职工丝毫没有放松管护，胡廷辉拍下他们照旧扫地、给坑洼填土的镜头，唯一不同的是，这次他特意带来了龙达，这是藏族人民驱灾祈福的信物，然后请九位职工在五千零五十米的垭口处，看着隧道口齐声喊出：胜利啦！同时将雪片一样的龙达抛向天空，相机的快门以连拍的方式记录下这珍贵的瞬间。

曾双全，五道班资历最老的一位在职员工，工龄二十一年，有十七年在五道班。五道班的光荣历史早被他记得滚瓜烂熟，荣誉室墙上的每一个奖牌，他都讲得出其中的故事。

他还记得省领导来道班看望时曾说，雀儿山隧道通车之日就是五道班撤销之时。等到那一天真的要来时，他却有一种依依不舍的感觉，而且这不舍之情越来越浓。

通车的前一天就得知甘孜县公路分局要来摘奖牌带回去。他一个人悄悄到荣誉室，静静地站了一个多小时，从墙上最高处的第一个奖牌看起，看了一遍又一遍。整整十七年，天天生活在这里，从来都没有这样静下心来认真观看过，今天仿佛才领略到它的珍贵，那是寒冷、冰雪、烈日、汗水、寂寞、热情、艰辛交织在一起的记忆和不舍。

25日中午，甘孜县公路分局的人来了，曾双全没有去看摘牌，等他们走了之后，一个人躲在屋后的空地上大哭了一场。

赖志明，这年五十岁，是五道班中年龄最大的一个，他在五道班也有十年了。老赖平时话就不多，这几天话就更少了，却多出了一个转公路的习惯，每天吃了晚饭，一个人就要去空无一人的公路上转一转。他不要别人陪他，偶有一辆汽车驶来，他在扑面而来的尘土中，一动不动，一直目送汽车在眼前消失，同伴们都知道他是在回味这十年的经历。

现任班长杨厚刚，大家开玩笑说他是“末代班长”，这几天，大家突然觉得他一下就严厉了起来，动不动就大声地吼，生怕哪一件事给落下了。没人去计较，都知道是一样的心情，谁都不好受。下山前，杨厚刚一边巡道，一边张望着从山下爬上来的车辆。他在这座山上做道班班长已快十年了。

中午时分，他等到了要等的车，等到了要等的那个人。这个人就是甘孜县邮政局驾驶班班长其美多吉。时年五十四岁的其美多吉，在这道“鬼门关”上，已经往返二十八年，他与杨厚刚在雀儿山结下了生死友谊。

一个是常年行走在“国道天险”的邮车司机，一个是昼夜熬守在“国道天险”上的道班工人，他们曾一起在雪地上修车、推车，一起在雪夜里守候、等待。

今天，他们将一起向海拔五千零五十米的垭口做告别：隧道通车后，其美多吉的邮车，将不再爬雪坡走山顶的险道，而是从隧道里安全、快捷地通过；而道班工人杨厚刚，也将转场到几百公里以外的石渠县，继续自己的工作。

杨厚刚再清楚不过，川藏公路最险的路段就在雀儿山，路面最窄处不足四米，外侧没有任何遮挡，往下望去，悬崖深渊，令人心惊胆战。飞石、雪崩、泥石流，随时都可能发生。有些路段，光听名字都让人胆寒，比如“老一挡”“燕子窝”“老虎嘴”等。“老一挡”说的是，所有过往的卡车，在这里都只能将挡位挂在最低挡，慢慢驾驶，才能安全通过陡坡。

其美多吉称，这段坑洼不平、既窄又险的道路，因海拔高，常常是山下天蓝日丽，山上霜冻结冰。每年10月至次年5月是雀儿山“风搅雪”的时候，加之路况复杂，常有司机被困，引起交通堵塞。熟悉路况的其美多吉常常充当义务“交警”，给司机们传授经验，教他们安装防滑链，或干脆爬进驾驶室，帮他们开过危险路段。

“他是最好的开道司机。”杨厚刚夸赞其美多吉，大雪封山的时候，总是由其美多吉或他所在班组的邮车驾驶员当“领头羊”开道，让后面的车跟着邮车安全通过。

“他是司机心中的守护神。”其美多吉又夸赞杨厚刚。

26日凌晨五点，九人收拾停当驱车下山，他们是今天隧道通车典礼上的嘉宾。

当正式通车的礼炮鸣响之时，从他们胸中爆发出了一阵狂吼：“通车了！通车了！”九个人的脸上流淌着激动的泪水，他们不约而同地把头上戴的帽子一次次抛向天空。

前来参加通车典礼的领导、施工单位、相关祝贺单位、邻近的牧区群众，看到五道班九人欢天呼地的场面，并没有觉得他们出格，而是不约而同地长时间鼓掌，对所有战斗在雀儿山的工友们致以崇高的敬意。

杨厚刚在人群中同其美多吉紧紧地拥抱在一起，互相说出同样的话："解放了，解放了！"

参加完通车典礼，杨厚刚立即招呼大家往回赶，这次他们不是像往常一样再走那熟悉得不能再熟的老路，而是穿越刚刚通行的隧道，只几分钟就走了过去，然后再上山，他们今天要做的事实在太多。

先去张福林的墓地，告慰英灵是他们事先商量好的，他们要把隧道贯通的喜讯用祭奠的方式告知英雄。英雄的墓地就在隧道口不远处。

九位汉子采来柳条和野花，一起动手扎成一个大大的花环，由曾双全和赖志明捧着花环安放在烈士墓前，大家集体脱帽，手里捧着洁白的哈达，呈一排站在张福林的墓碑前，九条哈达挂在花环上，曾双全代表工友说："敬仰的张福林英雄，告诉您一个天大的消息，您牺牲的雀儿山，我们战斗过的雀儿山，艰险的日子今天一去不复返了，雀儿山隧道贯通了。听到这一消息，请您安息吧。"

胡廷辉一次次按下快门，事后他有感而发，写了一篇小通讯，将这感人的一幕发给了《甘孜日报》。

五道班今天还有一个特殊的安排，大家还要上最后一天班，临行道路也要同往日一样保持平坦和整洁。杨班长说："隧道虽然通了，但通往山顶的老路是会保留的，今后仍然会有人到山顶来，或是探险，或是猎奇，或是寻旧，我们一定要让他们知道，五道班养过的路质量从来就没有含糊过。"

这是一次特殊的上班，大家都有一种从来没有过的神圣感。吃过午饭，如同平常一样，每一个人该拿什么就拿什么，他们在这个千百次劳作过的地方，以极认真的态度补平路面，扫除石块，这里的每一捧土，每一棵草对他们来说都再熟悉不过了，他们是在劳作，但同时也是一次告别。

刘孝刚，一位刚过而立之年的汉子，在五道班已干了十三年，是资历仅次于曾双全的老工人，他仿佛悟出了什么，带上杨绪明、郑良在路边用石块垒起了一座玛尼堆，他说他虽然不信宗教，但他知道藏族人民有一种习惯，在路边垒筑玛尼堆，是为了让每一个行路人平安顺畅，他们也要垒一个，让今后每一个上山来的人都平安顺畅。

该做的活路做完了，九个人再一次来到山垭口那个立有山名牌的地方，每一个人拍下了一张纪念照，他们说雀儿山将不会再有道班房了，这张照片就是他们永远的纪念。说完他们从怀中掏出当天才从山下买来的龙达，迎着呼呼的大风，扬手抛上了蓝天。不知是谁发出了哭声，随后九个

雀儿山隧道通车后，五道班全体人员在公路垭口抛撒龙达，以示庆贺

人都哭了，九条汉子的哭声在五千零五十米的高度挥洒开来，将豪迈送向天际。

极目远眺，苍山如海，残阳如血。

九条汉子，手牵着手，肩挨着肩向着晚霞走去。他们分别是：曾双全，刘孝刚，赖志明，刘珠琳，杨厚刚，方勇胜，万前军，杨绪明，郑良。

1954年，为了保障这条大动脉的畅通，雀儿山上正式设立了道班，坐落于山顶的这个道班被命名为“雀儿山五道班”。从那一天开始，五道班就深深地扎在了山鹰都难飞越的地方，一扎就是几十年，道班上的工人走了一茬又一茬，但从筑路英雄张福林手中接过的火炬却一代一代地传了下来。

1953年参加筑路，第二年开班就留在山顶的老工人文发财，在山顶一干就是二十年，直到光荣退休，将一生中最为宝贵的时光全部献给了雀儿山；20世纪70年代，老班长胡汝成为烤热冰冻的推雪机，下山打柴，不幸牺牲；90年代推雪机手熊寿伟为取推雪机配件，途中不幸遇难……

第十六任班长陈德华是该班的第一任藏族班长，在光荣传统的熏陶下，他高扬“雀儿山精神”的大旗，带领全班大干苦干，将五道班带到了一个更高的新起点。

几十年来，五道班中英雄辈出，在这个只有十多名工人的集体中，就产生了全国人大代表两名，全国劳模两名，省部级劳模和先进人物十多名，还有很多州、县先进人物。

雀儿山五道班就这样从艰苦奋斗中走来，从顽强拼搏中走来，从荣誉和功勋中走来。

四、“天路保健师”的日常

去过川甘青三省的接合部石渠，才知道什么叫地广人稀，才知道什么叫离天最近。

石渠县面积二万五千多平方公里，是四川最偏远的地方之一，距成都一千多公里，在川藏公路支线的末端。

正是在这样一个偏远的地方，出现了一位全国五一劳动奖章获得者，四川省民族团结进步模范个人、甘孜州劳动模范等殊荣的获得者，优秀的共产党员，石渠县公路分局三岔河道班原班长——方瑞琼。她的杰出，印证了一句话：是金子就会发光。

欲走进方瑞琼一天工作的场景，还得从早饭高压锅压出的面条讲起。

在海拔四千米以上的地方，煮面、煮饭如果不用高压锅，那是煮不熟的。佐料除没有新鲜的葱外，酱油、熟油辣椒、味精、花椒面是样样都有的。在高海拔地区，喝一碗滚烫的面汤上路，周身都暖和，特别是汤中多放些麻和辣，最合心意。这是藏族妇女方瑞琼的最爱。

带上头天晚上做的馒头，此时早已冻成冰块，八点钟她就搭上工友的摩托出工了。

三岔河道班七名工人，所养护的路段连接四川与青海，养护路面三十公里。

从道班出发，最远的养护路面有十八公里，从那里着手五公里路面的养护，是她给自己定下的任务。一到现场，她就进入了工作状态。

沿着一条长约两公里的公路排水沟，清理冻结的冰土，只要干起活来，她就像一台不停歇的机器，弯腰、挖土、装土、倒土，尽管单调却有节奏地重复着，老远就能听见她粗重的喘气声，同时能看到排水沟慢慢随之变宽、变深、变整洁。

劳作就这样不停地重复着，直到下午两点钟，她才停下手中的活，坐在路边草地上吃馒头午餐。就是这样的午餐，支撑她从下午到晚上回到道班。虽然每次上路她都会带上一壶茶水，但每天超强度的体力劳动，带的那壶水不到中午就喝干了，她只能去公路下方的山谷里取回冰冷的河水来解渴。从早上八点一直到晚上八点收工，除开中午那顿不到十五分钟的午饭，她已连续在路上干了近十二小时的活儿。

这就是她二十五年道班生涯中极其平常的一天。

性格坚毅而温和的方瑞琼，20世纪60年代中期生人。

她很少打扮自己，长年累月在高原的紫外线照射中，头戴大圆盘宽檐遮阳帽，用围巾把脸遮得严严实实，不是因为不爱美，而是常年与风雪雷电、冰霜雨雪、高原烈日为伴，与大自然融为一体，没必要也没时间涂脂抹粉。为了工作，她把两个孩子托付给父母，不是因为不爱怜，而是没时间；她在风霜雨雪中奋战，不是不爱惜身体，而是责任使然。

每当扛着工具迎朝阳、沐晚霞时，她带着女性独有的细腻与坚韧，将公路照顾得如同自己家人一般。她既是“生命禁区”一名平凡的公路“保健师”，更是高原天路上一道最别致的风景。

“当养路工难，当高原养路工更难，当‘生命禁区’的女养路工更是难上加难。我虽已退休，可每当想起自己的养路生涯，酸甜苦辣、喜怒哀乐，真是一言难尽啊！”这是自获得全国五一劳动奖章以来，在公众场合她说得最多的几句话。

2004年，和她一起工作和生活了十多年的丈夫，因车祸而丢下两个年幼的孩子和年迈的父母撒手人寰。面对家庭顶梁柱的坍塌，她没有消沉，而是擦干泪水，将孩子托付给父母，自己则带着坚强，坦然面对命运的挑战与生活的洗礼。

她与工友们肩负的职责和使命是，在连夏季都会降雪的高原养护三十公里的路面。每次降雪后，她总是带领工友义无反顾地用身躯与大自然展开搏斗。

一把镐锄和一个撮箕，就是道班工人的“战斗武器”，“人在路上，路在心上”，就是他们的“战斗宣言”，保障“天路”畅通，就是他们的“战斗目标”。

二十五年的坚守，不仅让公路更加平坦，而且让自己更加充实和自信。

她自信地拿出十二年前6月偶然拍下的一张照片，黝黑的皮肤、粗壮的双手、两抹“高原红”和额头上深深的皱纹，让人无法相信这是一位年龄只有四十四岁的女人。她却笑声朗朗地说：“我的外形，就是高原养路工的‘标配’。不过，只要把路养护好了，人老了也值！”

正因为这样的乐观，三岔河道班所养护的公路让路过的车辆赞不绝口。

无论是土路还是柏油路，都需要大量的碎石。从每年5月开始，她与工友们就要从缺少石头的草原上走很远的路去找石头，捡回来的石头还得用铁锤一个一个地敲打成细小的碎石，然后铺在路面上。用碎石掺杂泥土铺过的路面，不仅平整，还能防滑。

“敲碎石不但要震裂双手虎口，还会让你手上的皮肤在不知不觉中磨烂。”工友们说，“她心疼我们，每次敲碎石时都要把这任务揽在自己身上。虎口震裂、皮肤磨烂，她就用纱布裹上。一天下来，双手少说也要裹上十几道纱布，而她每年敲的碎石量将近四百吨。”

“日复一日地与冰雪为伍，尽管手、脚、耳常被冻伤；年复一年地与公路为伴，尽管对不起自己的孩子和父母，但二十五年来我的养护成绩一直名列分局前茅。我很早就患上了腰椎间盘突出等疾病，不说请一天病假，就连规定的女职工每月两天例假我也从没享受过。这不是我境界有多高，而是因为我是党员、班长。只有自己带头干好，工友才会跟着干实。”

话语朴实无华，真情却流露其间。

“那里是我们班上最难养护的一段路面，因为其中有好几个地方隔不到几年就会塌一次方。”工友说，“清理塌方是养路工作中最费力也是最费时的事，没有推土机等机械，全靠人工清理。在这里，女人不像女人，既不抹防晒霜，更不用化妆品。我们爱美的唯一方式，就是戴上帽子、围

道路养护工作

上围巾，只露出两只眼睛。不过，‘听声识人’，这是我们的‘绝技’；对路的熟悉程度远胜过对自己的孩子，这绝对是实话！”

记得一年秋天的一个夜晚，连续几天的暴雨致使上百方泥土从山上垮到了公路上。消息传来，刚洗漱完毕准备休息的方瑞琼与工友们一道冒雨赶往塌方地段。整整七个多小时的奋战，他们终于在塌方地抢修出了一条便道。由于塌方段地处弯道且边上就是深谷，车子转弯时车灯一点也照射不到前方路面。穿着道班工人标志服装的她，不顾随时可能发生新塌方的危险，顶着大雨站在稀泥浆中，用手电筒发出的光亮，充当起了“活路标”。被感动的驾驶员们在缓慢通行时，按着喇叭向她表达由衷的敬意与谢意。

每当检查工作的上级问及，她都言简意赅地说：“正是因为环境艰苦，所以在石渠干一年要算十五个月；正是因为工作辛苦、生活清苦，所以才有公路的安全畅通。不过，适应了，也就习惯了！”

五、加油站开出格桑花

有公路，有汽车，自然就有配套的加油站。在与石渠相邻的色达县，有一个格外出众的加油站。

2021年的隆冬，又一场大雪过后，泽仁娜姆带着员工正在清理加油站的积雪。大伙七手八脚地忙活一阵，很快清理出一条无雪的进站通道，两边堆起了雪堆，还堆出一个半人高的雪人，给雪人戴上橘红色锥形提示桩，脖子上围上红色的围巾，两只圆圆的熊猫眼，配上开怀大笑的嘴，给加油的司机们一种喜悦和温暖。

每当新进员工，泽仁娜姆都会给新同事讲：“高原就这样，哪怕在七八月份，老天说下雪就下雪，积雪很容易导致路上的车辆打滑，所以我们要给司机们创造一个安全舒心的加油环境，要让司机们感到家的温暖。”

娜姆，藏语里的“仙女”之意。不过，进站加油的司机都知道，身为省劳模的泽仁娜姆，更像是“石油仙女”。

“石油仙女”带领员工，在色达这个仅有四万五千人的小县城，创造出了石油年销量从一千五百吨发展到五千吨的业绩。

2020年12月，在四川省第八届劳动模范和先进工作者表彰大会现场，这位身着藏装、扎着利落麻花辫、笑容明朗的藏族女孩，在合影人群中尤其引人注目。

她的引人注目不仅因为她容颜美丽，更是因为她的敬业、拓展市场的能力，让同事们暗自叹服、称赞。她的家乡离色达县城一百多公里，海拔低于县城一千米，气候也较为温和。地理常识告诉我们，海拔增加一千米温度就降低六摄氏度，而色达加油站海拔四千米，自然比她家乡冷。

工作十八年来，作为经理，她坚守在“氧气吸不饱，风吹石头跑，夏天晒脱皮，冬天冻得慌”的高原小站，无数个因高反无法入眠的夜晚是最难熬的，但她依旧坚守。

加油站的进站口外，是金马草原开阔的草地，日出和日落都能看见地平线深处的寂静。生活的单调是有高原生活体验的人才能理解的。每当车辆离开，单调的生活又会回到她和五名藏族员工之间。

透过玻璃，能看见那一束束塑料花陪伴着他们，陪伴着色达加油站这个美丽的“高原明珠”。“正因为组织信任我，条件再艰苦，也必须坚守下来，让过往司机感受到我们贴心的服务。”这是她心里坚守的准则。

这里不仅气候严寒，业务的拓宽面也很窄。八年前泽仁娜姆上任那天，她认真地翻阅工作记录，记录上表明加油站新增办卡业务一年才三张。三张业务卡，与同行交流的话，她都不好意思说出口。她反复分析过，在州外司机们早已习惯使用加油卡，但色达的司机总担心卡上的钱会被悄悄扣掉，对优惠政策也心存疑虑。

症结找到后，泽仁娜姆下决心要把加油卡业务抓起来。从那天起，她就给到站加油的客户挨个解释，一次不行，下次接着说。

功夫不负有心人。四年后，色达加油站共办理加油卡六百二十五张，第五年5月，办理加油卡总数突破千张，这在一个仅有四万多人的高原小城，是了不起的成绩。

“要想取得客户的信任，首先是要真心对待，打消客户的顾虑，用真诚赢得客户的支持。”这是她的成功秘诀，也是诚信秘诀。

业绩上去了，她没有闲着，她给司机茶杯蓄开水时，想着加油站没有便利店，加油现场销售的机油和檀香等商品几乎无人问津。这个品牌的机油在当地的认知度不高，销售不佳。“销售任务摆在那里，再难也要继续！只有苦口婆心给客户做通思想工作，才能让客户了解我们的产品。”泽仁娜姆带着员工到网吧、火锅店、小卖部推介。经过半年的努力，加油站非油销售收入超过二十三万元，直销柴油也实现了零的突破。

檀香是藏民喜爱之物，可以驱虫、消除异味。泽仁娜姆看准这一商机，将其作为重要的非油商品，以送货上门的方式，每月都能销出五六百盒檀香。“有了信誉之后，现在，客户大事小事都找我。”她说。她上任的五年后，加油站非油销售收入达四十三点三万元，实现了历史性突破。

看着金马草原天边的云朵，想起当年帮客户开车找客栈的辛苦、车轮在冰面反复打滑受到的惊吓、跑断腿磨破嘴的疲惫，泽仁娜姆觉得这一切努力都值得。

她上任第三年冬季的一个傍晚，一辆成都牌照的灰色越野车，在距色达加油站约四十公里、海拔四千二百多米的县道上因缺油抛锚。风夹着雪，气温降至零下十几摄氏度。车里五人又冷又饿，其中两位高反较严重。在多次向过往车辆求救无果后，按照导航上的指引，他们把电话打到了色达加油站。

听到电话里的求救声，泽仁娜姆当即和女员工色卓一起，用油桶装好二十升汽油，带上氧气袋、食物和治高反的药品，冒雪驱车两三个小时，前往救援。在风搅雪中，她们找到了路边求救的车辆，在给待救车加上油，分发氧气袋和高原应急药红景天、肌苷片后，立即带他们向加油站回撤。

经过三个小时的路程，越野车来到加油站。泽仁娜姆和在场的员工立刻为五人送上热气腾腾的酥油茶，又把高反比较严重的两名女乘客送到医院治疗。

事后，车主寄来感谢信，称泽仁娜姆和员工们是他们的救命恩人。

随后，经车主介绍，好几家旅游客运公司都在色达加油站定点加油。“在我们求助无望的关键时刻，娜姆带领员工紧急驰援，让我们摆脱了困境。没有她们的无私帮助，我们就有生命危险了。”车主逢人就讲泽仁娜姆对他们的救命之恩。

“出门在外，难免会遇到这样那样的困难，出手相助是一个人的美德。”泽仁娜姆说，只要遇到求助，她都会鼎力相助。

2019年8月15日，加油站收到一面锦旗，上面写着“品德高尚可敬 拾金不昧可嘉”。原来，这是一位钱包失而复得的加油顾客寄来的。

收到锦旗前六天的下午，员工格洛上班时发现前台有一个钱包，她立即询问现场谁的钱包忘在前台了，没人回应，她便叫来了综合管理员生根拉姆，说明了情况。为寻找失主信息，两人把钱包拿到监控下打开，发现内有现金九千七百二十五元以及身份证、驾驶证、手表等证件和贵重物品，考虑到失主一定万分焦急，两人正准备将钱包送往派出所时，加油站接到失主电话，原来失主通过其他渠道打听到色达加油站电话。

泽仁娜姆通过电话向失主询问，并调取加油站监控核实，确认该钱包为失主向女士在加油站付款的时候遗忘的。当失主得知加油站捡到钱包后，也正想办法联系她时，她感动不已，连连道谢。

“不谢，‘两路’精神中有句话叫‘民族团结’，这是最好的体现。”泽仁娜姆说。

得知失主已离开色达，泽仁娜姆通过微信，再次与失主核对钱包内的现金等物品，并保证一样不少立刻寄给向女士。收到钱包后，向女士致电加油站，表示这次在色达加油站加油的体验是最温暖的，他们就像雪山一样纯洁。

热爱生活的泽仁娜姆，把加油站打造得井井有条：荣誉墙上整齐地挂着历年来获得的各种奖牌，还有客户从远方寄来的锦旗；站务公开栏中张贴着工作照及当期销售任务；自制的文化展架内，展示着“民族团结”的主题和甘孜分公司的员工风貌。

如今，技改迁建后的色达加油站焕然一新。泽仁娜姆要求员工继续当好“公路、车辆、汽油三者互动的纽带”。

六、一人“脏”换来万人洁

天还没有亮，环卫保洁员拥珍便穿上工作服，带着清扫工具来到街头，为这座人称“高原的小江南”的巴塘“美容”。

美丽的高原小城巴塘，坐落在金沙江畔，是川藏公路南线与西藏仅一江之隔的重镇，这里气候宜人，物产丰富，风景秀丽。

特别到了夜晚，巴塘的五彩灯光工程点亮了小城，巴塘弦子的轻歌曼舞成为小城的主旋律，但在此时，拥珍早已睡下，不是她不想去广场上跳跳舞，而是她的保洁任务是要在人们上早班前，把城市打扫得干干净净。

这时，寂静的街道只有拥珍唰唰的扫地声，这绝对是美丽小城早于弦子舞步的第一个悦耳的旋律，有节奏的扫帚声，拨动了城市醒来的闹钟，一个洁净小城背面，付出便是最美丽的和弦，拥珍的步态留下最美的和声。她时而躬身，时而迈步，一旦遇到顽固污渍，拥珍还得用指甲抠下来……清晨的巴塘有一些凉意，拥珍却干得满头大汗。

两个多小时后，沉睡的城市苏醒过来，市民们疾步匆匆，机关单位的工作人员忙着上班，退休老人送孙子孙女往学校赶，餐馆老板打开店门迎客……巴塘县城充满了生机。

“垃圾不要乱丢，一定要丢在垃圾桶里，环卫阿姨天不亮就起来劳动，她们很辛苦，要懂得尊重别人的劳动成果。”走在干净整洁的街道上，一位年轻的女士牵着上学的女儿对她说。女儿懂事地将一个饮料盒丢在了垃圾桶里。

看到暖心的一幕，拥珍感到很欣慰。“这娃娃，真乖。”2021年8月，巴塘县城已列入全国卫生城市。县城持之以恒地通过与机关单位、城区重点企业、个体工商户签订创卫目标责任书，城区乱丢垃圾的现象大大减少，减轻了环卫工人的工作量。

“我初中毕业后，在家务农，看到环卫工招聘启事后，我就去报名了。”拥珍在光荣当上省劳模的大会上这样朴实地介绍自己。当时家人也比较反对，认为环卫工是一个被人瞧不起的职业，工资不高，又脏又累，劝她出去打工，也比当环卫工强。

父母不理解，她就给他们讲淘粪工人时传祥的故事：“时传祥自己淘了一辈子大粪，但是一点儿也不觉得丢人，而且他的四个子女全部选择了环卫工作，就连孙女也加入了环卫工人的行列，一家三代从事环卫工作。时传祥还被评为全国劳模和‘最美奋斗者’，受到了毛主席的接见。”

“我参加环卫工作时，还是有些抹不开面子，怕熟人和同学瞧不起，过了一段时间，我觉得我是凭自己的双手吃饭，不丢人，就坦然面对亲戚朋友了。”拥珍回顾最初的情形。随着社会的进步，人们抛弃了对环卫工的偏见，巴塘夏天天气炎热，有的餐馆老板主动给环卫工免费提供开水，志愿者也会送来矿泉水，有的市民看到她们十分辛劳，主动问寒问暖；过年过节，县委、县政府主要领导还要慰问环卫工；公司管理者会经常询问大家生活上存在哪些困难，并尽量解决，还给她们发放慰问金，劳保福利也给她们考虑得很周到，评选劳模、先进工作者，总是优先考虑一线环卫工，社会各界对环卫工的尊重，体现了环卫工的劳动价值，大家亲切地称她们是“城市美容师”。

“我走在大街上，腰板直，我们宁肯一人脏，换来了万户净。”拥珍高兴地和游客合影。大家对干净整洁的城市卫生交口称赞，她就感到无比自豪。

上班时的拥珍穿一身工装，不多言、不多话。刚参加工作时，她选择了条件差、作业任务重、处于城乡接合部的城区主干道负责清扫保洁工作，每天转运垃圾十吨。

当时，人们的环卫意识还很差，垃圾乱丢乱扔，大量建筑垃圾、大宗废弃家具，清理难度大。她每天凌晨五点就要起床，十几吨的垃圾转运完要好几个小时。“才开始的那几天，高强度的劳动，累得筋疲力尽、腰酸脚痛。”拥珍说，“家人很心疼，让我不要干了，但那时候年轻，体力恢复快，我还是坚持下来了。选择了苦累脏的环卫工作，就不能退缩。国家把公路修到了巴塘来，我们就要让它干干净净。我的付出，单位领导和职工都看在眼里，就让我当了清扫班长。”

就这样，日复一日、年复一年，拥珍工作在清扫作业、管理一线，没有请过一天事假。不管刮风下雨，还是炎炎烈日，她都是早晨第一个到岗，傍晚最后一个离岗，每天在她负责的区域来回三四趟。哪个路段最脏，最难清理，她就出现在哪里，她的身影成为这座小城最受尊敬的“风景”。

金弦子大道是巴塘县的主干道，也是巴塘城市地标，尽管不是她负责的范围，但她还经常利用业余时间到路面帮助在班人员拾捡纸屑、烟头，特别是秋季落叶期，一阵风后，路面到处是树叶，她总是带头挥动着大扫帚一刻不停地把一堆堆树叶及时清扫装运走，以保持路段干净整洁。

当选为省州劳模，是组织对她三十多年环卫工作的充分肯定。“巴塘县城面积比我刚参加工作时扩展了好几倍，高楼林立，建成了许多网红打卡地。我们的环卫队伍也发展壮大了，作为一名巴塘人，我感到自豪，作为一名环卫工，为市民和游客奉献干净整洁的城市环境，我觉得我的工作最有意义。”拥珍坦言。

强盛物管巴塘分公司负责人王勇谈起拥珍是赞不绝口：“她坚守环卫工作三十多年，不计名利得失，她‘宁愿一人脏，换来万人洁’的行业精神，教育感染了一批批环卫新人。她在公司树立了劳模的榜样，是公司的一面旗帜，在每次评先选优时，她都会全票当选。”

2009年以来，拥珍被评为甘孜州城乡环境综合治理工作优秀环卫工人、全州劳动模范、四川省第八届劳动模范等。

七、四千米高处的移动警徽

王伟熟悉途经海拔四千七百多米卡子拉山的川藏公路路段。

这里既是“生命禁区”，更是“多事之地”。不但自古就是茶马古道的必经关隘，更是川藏咽喉要塞。

卡子拉山高寒缺氧，冰雪期多达二百多天，即使是酷热的6月，雨雾一遮，随之而来的就是冰雹夹鹅毛大雪，顷刻间就成冰雪世界。

面对频繁发生的交通事故、刑事治安案件和冰雪灾害，2006年3月3日，卡子拉山警务站正式挂牌成立，“打造卡子拉山平安走廊”的工作由此展开。

全国先进工作者、雅江县公安局卡子拉山警务站原站长王伟带着四名战友奉命出征。“有警必接、有难必帮、出警迅速、救助及时”十六字，是警务站向过往司机和当地群众做出的庄严承诺。

建立警务站的第一天，王伟就带领大家向过往驾驶员发送“温馨提示卡片”。他与战友们住在一处山窝搭的帐篷里，但六十八公里长的辖区内，每天都能见到他们匆忙的身影。

王伟清楚地记得，2006年6月15日，一辆成都大货车在山顶翻车，货物撒落遍地，他率战友紧急驰援，有的搬东西，有的联系车辆，正当他们忙得不可开交时，附近放牧的部分牧民趁机哄抢东西。他当即组织民警果断制止，被抢货物一一被追回，为货主挽回经济损失五万余元，兑现了警务站“白天见警车、夜晚见警灯”行动承诺，实现了辖区“零发案”的目标。

2008年4月20日深夜，理塘县高城镇扎西驾车送身患重病的儿子到州医院治疗，可持续暴雪将其困在剪子弯半山腰。接到求救电话后，王伟即刻带领战友赶赴现场，铲雪、推车，护送前行。直到天亮时，才将扎西护送下山，孩子得到及时抢救，很快康复出院。这也是警务站对二十四小时不定时巡逻守候的忠实践诺。

2010年4月初的一天，卡子拉山天降暴雪，从警务站驻地到剪子弯山口两公里路段被一尺多厚的积雪覆盖，六十多辆车、二百多人被困。接警后，王伟与战友们火速前往现场铲雪抢险，连续七个多小时的高强度奋战，当被困车辆和人员安全离去时，他们却累趴在了雪地上。

夏季是警务站人气最旺的时节，牧民放牧、群众上山挖虫草、自驾游客和驴友都会途经这里。王伟与战友们尽管成天忙得不可开交，但免费为农牧民群众、过往司乘人员和驴友提供开水、急救药品等始终没中断过。

这是艰难付出的回报：2006年底，警务站践行“高调做事”，顺利实现了辖区刑事治安案件“零发案”目标，并创造了无重大交通事故发生的历史纪录；这是建站前五年的统计：出警巡逻七千一百余次，纠正违章一千九百多起，救助遇险受困车辆一千七百六十余辆、驾乘人员四千三百多名，成功调处各类矛盾纠纷一百余起；这是十五年来奋斗的成绩：群众做到了“有事找警察”，辖区“零发案”，两项纪录完美保持至今。

世界教科文组织界定，海拔三千七百米以上属于“生命禁区”。那么，王伟及其战友们所处的工作与生活环境，则是“生命禁区中的禁区”，其艰难程度，完全出乎人们的想象：这里用水难，生活用水来自警务站前的小溪。夏天水沟里的水因泥沙和虫子多而不能直接饮用；冬春两季气温太低，他与战友们要么用斧子破冰取水，要么融冰化水。这里吃饭难，海拔高气压低，用高压锅煮饭，也要煮四十多分钟才能勉强食用；路程太远，他们每十天左右才能到山下县城加油、买菜；绿叶蔬菜是“奢侈品”，只能在七八月份享用，因为山上气温太低，蔬菜买回来，往往第二天就冻坏了。这里睡觉难，由于海拔太高和严重缺氧，夜晚气温最低会下降到零下二十多摄氏度，盖着厚厚的被子睡一晚上，身上都还是冰的。这里用电难，由于太阳能设备受天气影响，晚上照明根本没有保障。这里生活枯燥，他与战友们成天与呼啸的寒风、乌鸦、野狗和苍茫雪山为伴，晚上巡逻完后，就围坐在炉子旁，要么摆“老龙门阵”，要么哼唱那几首“老掉牙”的歌曲……

王伟获得全国先进工作者荣誉那天，他向外界坦言：“每当忙碌之余，战友们格外想家、想父母、想妻儿，有的连续几年没休过一次假，更没回过一次家；有的因没时间下山，更没机会接触异性朋友而一直单身；有的连哥哥结婚、老婆生小孩都无法赶回；有的为照顾住院父亲而花钱请人……在警务站，战友们最怕听《常回家看看》，一听到这首歌就会掉眼泪，因而警务站‘禁唱’这首歌便成了一种约定。”

然而，他与战友们却把住在警务站旁边的德西老两口当成了亲人。德西面部残疾、体弱多病，老两口住在简陋低矮、阴冷潮湿的屋子里，全靠给过往车辆加水艰难维生。

警务站成立后，王伟与战友们义无反顾地照顾起了老人的衣食住行，并资助他们开办了小卖部；当他与战友们出警时，老两口则主动来看守警务站，帮忙烧开水、煮饭。“老人视我们为儿子，我们更是将他俩当作父母。”王伟回顾往事，“尽管警务站环境艰苦、工作辛苦、生活清苦，但为了护卫卡子拉山平安走廊，吃苦我们不但吃成了习惯，吃出了味道，还吃上了‘瘾’。只要组织和人民需要，这份苦我愿一直吃下去！”

海拔四千七百多米的卡子拉山警务站是全国海拔最高的公安警务站，

卡子拉山常年被冰雪覆盖，被称为康南第一峰。就在如此恶劣的环境中，中共党员王伟与战友们用忠诚与担当、执着与奉献，连续十五年保持了辖区内无重大事故发生、无拦路抢劫刑事案件发生的纪录。他也因此获得了全国特级优秀人民警察、全国先进工作者、公安部“二级英模”、四川省五一劳动奖章等多项殊荣。

八、交通学校走出的高原学子

周华荣毕业于四川交通职业技术学院，他离开学校时，川藏公路博物馆还远在选址阶段，没想到十五年后，他得知博物馆建在母校，打心里高兴，自言自语道：“最好的思想教育基地，最生动的‘两路’精神场所。”

周华荣自毕业干交通已整整十八年。十八年的光阴，正赶上家乡的交通事业大发展。他的老家在丹巴县中路乡，中路在藏语里的意思是“人神向往的好地方”。

中路乡山上有很多平坦的台地，出产丰富的农作物和土特产，而从中路乡的半山腰下到小金河谷底，盘山的机耕道只能过手扶式拖拉机，一旦遇到错车，一定会把两边的司机累得满头是汗，因为机耕道太窄。

每当梨子、苹果、石榴、核桃丰收后，由于交通的限制，很难从山上运到县城销售，即便万般折腾运下山，鲜果经一路颠簸，也损耗很大。没有商品交换的连接线，这里依旧处在“富饶的贫穷”中。

作为一名70后，他对家乡落后的交通状况，有着切肤之痛。看到父老乡亲困在路上，穷在路上，他一直有要尽自己的努力，改变落后交通状况的冲动。

1992年初秋，他如愿考上了四川省交通职业技术学院。但每学期假期结束回学校，从丹巴出发到成都，短短的三百多公里，第一天住阿坝州小金，第二天翻巴郎山到成都住西门车站，第三天才能从西门坐车到学校。

而现今，从丹巴到成都，沿着瓦丹公路上川藏公路雅康高速，五个多小时就能到达。

毕业后，周华荣成为州交通运输局的一名技术员。

刚到单位报到，人事科科长带着他跟分管局长见面，局长看着眼前一米八七的大个子，高兴地握住他的手说："壮实的身躯，浓眉大眼，双眼皮。帅小伙，我们缺的就是能吃苦的人才。"

他接到的第一个任务，是完成得荣县白松乡公路、石渠县奔达乡至真达乡公路的平面图设计。

他在报到处的二楼通道上，看着全州交通地图，要去的得荣和石渠，分别在西南端和西北端——要知道甘孜州地域面积是十五万多平方公里，这样的差事等于跨越了全州三分之二的县，他庆幸这是一个深度了解全州交通状况的机会。

从那年7月到第二年3月，将近九个月的时间，他在这两个地方，圆满完成了平面图设计任务。这是他第一次把书本上的理论运用于实践。

第一次到石渠，这位身高一米八七的青年，尽管有一些高反，但人年轻，很快就适应了艰苦的野外作业环境。看到自己设计的成果变成了公路，周华荣心里就有一种初次尝到蜂蜜的甜蜜感。

此后，他任劳任怨，克服高原野外生存等困难，始终坚持在野外开展踏勘、选线、放线等工作，年平均野外工作天数近两百天，被干部职工亲切地称为公路建设的"先锋队"和"排头兵"。

1997年9月，巴（塘）白（玉）公路欧巴拉段改线，周华荣负责中线设计、平面图设计、涵洞设计。令他感动的是，时任白玉县交通局局长格朗加带领民工砍荒。格朗加的手上扎进荆棘，冒着血珠，也不退缩，下班回到驻地光左手大拇指上就有三根刺，大家说他手上打了"三个角桩"。

格朗加看看扎在肌肤里的尖刺，满不在乎地说："老百姓盼望走上幸福路，望眼欲穿，不要说二个角扎，就是千个扎满都值。"

作为交通人，有责任回应老百姓的期待，局长的以身作则，给周华荣留下了深刻的印象。

同年，他又马不停蹄地转战泸定县，负责设计、建设泸定著名风景区海螺沟磨西至一号营地改建公路路基工程，全面负责边设计边施工，为海螺沟开发奠定基础。

他和泸定交通局施工员王测清住在共和村一队队长王新银家里，由王新银负责协调配合。共和一组组长王兴荣恳切地说："海螺沟从1987年底就开营了，但用的是林区公路，路窄、通行条件差，村民们尝尽了苦头，你们来帮我们修路，村民们感激不尽。"并特意对他说："你在设计线路时，不要考虑征地拆迁的事情，村民们保证积极配合支持。"两个月的时间，周华荣带领他的团队圆满完成了改建公路路基工程任务。

第二年转战川藏北线炉霍至马尼干戈段土改油工程（后纳入通县油路工程）。周华荣和测量队员搬站，坐邮车从马尼干戈到甘孜县生康乡，正值秋季最干燥的时节，脚下的公路是四级土路，车轮碾过便烟尘四起，大家下车时全身是灰，只看到眼珠子在转，笑起来牙齿是白的，大家相互调侃对方是"土猪子"。

2000年，榆（林宫）磨（西）公路新店子至新兴段新改建工程，他全面负责勘测设计工作（外业负责选线）。正待开发的旅游景区雅家梗、红石滩首先要修通公路，不然一切都是纸上谈兵。

他还同时负责泸定县燕子沟公路新改建工程，全面负责勘测设计工作（外业负责选线）。当时只有机耕道，交通条件非常艰苦。晚上住野外还要搭帐篷，雅家梗植被茂密，雨量丰沛，帐篷内都是泥沼。一天夜里，牛闯进帐篷，突然惊醒的众人吓得直哆嗦，回过神才看清是牛，虚惊一场。

当年的5月至8月，周华荣又转战稻城，全面负责稻城县城至亚丁公路新改建工程三级公路的勘察设计工作，该路段全长一百一十六公里。当时，亚丁已经有了很高的知名度，但还不通公路，进入核心景区需要骑马，制约了亚丁景区的发展。亚丁村村支书告诉周华荣，虽然村里组织的马帮能够增加村民的经济收入，但这不是长久之计，村里要发展，还得建好公路，将来游客多了，村民可以依靠旅游摆脱贫困。

周华荣感到重任在肩，每天骑马步行数十公里，和同事穿密林、过悬崖，村民为他们牵马，一天收入不到十元钱也毫无怨言，这让周华荣十分感动。几年后他感慨："现在亚丁的道路交通条件好了，村民通过发展旅游服务走上了致富路，收入几十万、上百万的人家也不少。每当看到我设计的图纸变成一条条宽阔的柏油路或水泥路时，我感到我做的是造福老百姓的事情。"

次年2月，周华荣全面负责得荣县城至乡城县元根山段三级公路改建的勘测设计工作。

村民们得知他们是勘测设计公路的，对他们尊敬有加。有一天傍晚，他们带着测绘工具返回驻地的路上，被七个村民拦下来。带着核桃、鸡蛋和土鸡等候多时的村民们说："你们来搞测量，我们有盼头了。这都是些自家的特产，用来犒劳你们，值不了几个钱，你们千万不要推辞。现在公路不通，卖不到好价钱，等公路修好了，我们这些土特产就能够卖出好价钱了。"村民们朴实真诚的话语感动了他们。

周华荣记忆最深的是在2014年，在经过道孚县麻孜乡时，路遇一起严重车祸，他连忙让自己车上的人下车，把重伤员全部送到县医院进行抢救。他给伙伴解释说："我们的工作离不开老百姓的支持，他们有什么难处，我们也尽力帮助，我们和老百姓的关系就好比鱼和水，谁也离不开谁。”

四年后，周华荣带队全面负责九（龙）石（棉）公路新建工程大卡子至倒插木杆段外业勘测工作。当地云海云层厚度在八百米左右，能见度低，海拔高，按当时的施工技术，不适宜新建道路，需要用隧道穿越才行。为给单位领导罗队长和局长作汇报，他从驻地到石棉县，早上9点冒雨出发，辗转走烂路、坐摩托，中途未休息，至晚上11点才到石棉县城，一身湿透，满身泥浆，旅馆都不愿意接收，像这样尴尬的“洋相”他们不知出过多少次。

后来海螺沟景区、燕子沟景区、亚丁景区、木格措景区、格聂神山景区，以及甲基卡锂灰矿开发、乡城热乌温泉开发时，前期公路勘测设计，都留下了他们的工作足迹。

值得一提的是芦山地震、康定地震，他第一时间赶到现场做好测量抢险分队准备；白格两次堰塞湖、丹巴泥石流灾害，他都是第一时间赶到现场指导抢险救灾。

十八年过去了，周华荣从青春如火的年轻人到经验丰富、成果累累的中年人，历任州交通局测量队副队长、测量队和道桥工程处党支部书记、州交通局测量队队长、州交通运行监测中心主任，高级工程师，但周华荣依然走在路上，让他最开心的是甘孜州国省干线提档升级，有了高速公路，有了三座民用机场，困扰老百姓的出行难问题得到了有效解决，川西北交通枢纽地位基本形成，老百姓随时可以说走就走，减少了长途奔波的劳顿。

一路走来，实干出成果，他当选省先进工作者、甘孜州公路水毁整治工作先进个人，荣获“交通工作先进个人”“优秀党务工作者”等称号，都是实至名归。

如果把前面的故事和足迹连成一个网络，在周荣华的工作图谱上，可以看见以川藏公路为主干的大树，沿线各级公路正是从主干伸展出来的密如蛛网的枝杈，特别是从脱贫攻坚以来的县县通、乡乡通到现在的村村通公路，是一代代像周荣华这样的交通人的付出换来的成果，在四通八达的公路网上，是温饱路上奔小康的真实写照。

在交通的赛道上，可以看到一代代交通人的接力。

周华荣的学弟，康定沙德朋布西出生的让珠，同周华荣有相同的起步，都是从交通不便的农牧区考入高校，改变了自己的命运。

让珠在交通职业技术学院时，同伙伴拍摄了一部微电影，名叫《天路云端》，片长十五分钟，让珠扮演了一个角色。剧情很简单，一位藏族小女孩直到高中毕业都很少见到自己父亲的身影，每次父亲回家，她都感到很陌生，父亲于她而言就是一个“影子”，她只知道自己的父亲是修公路的。直到自己大学毕业去实习，才慢慢获知父亲和许多公路建设者一样，整天整月整年都工作在施工现场，由此慢慢理解了父亲深沉的爱。

让珠在影片中不是主角，镜头不多，那时的他，在同学面前多少带有一些羞涩，总觉得自己的汉语说得不好，但已经从参与的角度，大胆走进了社团的圈子，高大的身躯和英俊的面孔给观众留下了深刻的印象。

毕业后他没有回家乡，而是只身来到西藏林芝，参加了川藏铁路拉林段的建设，在中铁十一局三公司做技术员。初到工地，很多同事有高反。而他不一样，直接就进入工作状态，在进行T梁静载试验时，他深感自己在学校学到的知识得到了应用。渐渐地，让珠完全和公司同事打成一片。为了增强体质，让珠特意用C60混凝土浇筑了一副二十公斤重的杠铃，还给杠铃涂上了红油漆，供大家锻炼。大家试过后觉得不错，一段时间用下来，都感到身体的肌肉力量增加了。

在川藏铁路拉林段完工后，让珠来到新疆修建边境公路，尔后又随中铁十一局转战喀什的新项目。相信在未来的交通战线上，我们能够越来越多地看到他的身影。

从周华荣到让珠，这一批又一批交通战线上的奋斗者，在中国交通发展史上，写下了许多朴实而生动的故事。

第三章　交通兴则百业兴

一、雪线邮路，我一生的路

如今快捷的物流和快递配送，极大地方便了消费者。

很多快递公司应运而生，但只要你留心观察，中国邮政的绿皮车辆，依旧行驶在边远山区和民族地区，方便着群众，融入他们的生活中。

这当中有一位时代楷模，他叫其美多吉，一年四季穿行在白云下、浓雾间的大山之间、草原深处，欢快的马达声传递着城乡间的美好沟通。

谈及其美多吉，胡廷辉有点遗憾，他没有拍到其美多吉在雀儿山同五道班工友们的照片。在雀儿山隧道贯通前，有一回他驱车上五道班，天正下着鹅毛大雪，积雪覆盖到脚踝，大卡车和小汽车都挂上防滑链条在积雪中缓行。

他的车夹在其间，三小时后来到雀儿山五道班，天依旧下着鹅毛大雪。

道班五十米外的路边，一辆绿皮邮车停下，很有节奏地按了几声喇叭。杨班长对胡廷辉说："一定是其美多吉在叫我。"说罢缩着脖子在鹅毛大雪中朝邮车跑去。

胡廷辉举起照相机对准邮车的驾驶室，可惜能见度太低，密集的雪片挡在镜头前，根本拍不到清晰的影像。

只见白茫茫中，其美多吉摇下车窗，左手肘靠在窗沿探出头跟杨班长一番寒暄后，从车窗口递出一个竹筐，杨班长接过竹筐，挥手为他送行。

杨班长躬着背抱着竹筐往回走，看样子竹筐有些沉。走到胡廷辉面前放下竹筐，喘着粗气说：“其美多吉带给大家的蔬菜。”

“好人一个。”胡廷辉称赞说。

“善人一个。”杨班长称赞道，“一到缺菜的冬天，他就送菜过来。”

晚饭时杨班长夹着其美多吉带来的莴笋炒肉片，边吃边给胡廷辉讲述其美多吉助人为乐的事。

宋老师是上海一家杂志社的摄影师，酷爱在318线上摄影，说318线四川段一步一景。某年7月中旬的一天，宋老师的汽车俱乐部给一家越野车拍车企广告，就在五道班宿营，第二天一早要在垭口处拍镜头。晚饭后无意间聊到胡子帅哥其美多吉，他便掏出手机给杨班长看了一段去年同其美多吉邂逅时的感激短文：

在马尼干戈生意火爆的邛崃饭庄遇见其美多吉，他也在饭庄吃饭，饭桌上摆着一盘蒜苗烩腊肉、一盘虎皮青椒和一碗番茄蛋汤。

饭庄老板对我说：“你搭乘其美师傅的车，保准稳当。但我不敢保证邮车搭不搭外人，我去问问。”说罢饭庄老板朝其美多吉走去。

一番交涉，其美多吉顺着饭庄老板的手势看过来，向我点点头，说：“吃完就出发。”

他这么一说，我明白他同意我搭乘，也冲他笑笑。饭后我就坐进宽敞的驾驶室随他出发。

美髯公其美多吉知道我是搞摄影的，知道我们的车在德格县城等我，因为我要在玉隆拉措航拍，当时风很大，我不好意思让摄友们等我，我就说我搭便车与他们在县城会合。

驾驶着大件密封式邮车，在弯道密集的碎石路面上缓行，汽车从三千米的高度向五千米的垭口攀登。

载满邮件的车因为上坡，一直在二挡一挡间向上缓行，慢慢远离了绿色植物，驰入一种天荒地老的洪荒意境中，路边的铅灰色岩石看上去狰狞险恶，齿齿豁豁；奇峰异石上那些砂岩、页岩和燕山期斑状花岗岩，全呈碎裂状，裸露欲坠，森然怵目。眺望远方，锯齿状的尖峰逶迤绵延，拒人于千里之外。这就是当年十八军将战旗插上山峰而著称于世的雀儿山。

我在网上查到，雀儿山是四川甘孜通往西藏的险关，是必经之地。千百年来，茶马古道北线自康定北上，经过甘孜后必须翻越这座高山到达德格县城，再过金沙江才能到达西藏昌都地区的江达县。如今走川藏公路北线也别无选择地要经过雀儿山才能进藏。而川藏公路经过的雀儿山垭口海拔高达五千零五十米，是全线最高点，被称为离天最近的路，许多没有高原生活经验的人是不敢逾越的，即便乘车快速通过，在这里也总要受到缺氧的折磨。

其美多吉是百分之百热情四溢的康巴汉子，还在马尼干戈时，就担心我会有高山反应，带着我去药店里买了口服葡萄糖、肌苷口服液之类的抗缺氧药物。在上山的路上，他还时时询问我有无不适的反应。到了山顶，当他见我没有什么头晕、胸闷、气短的反应时，便欣然停下车来对我说，这地方你来一趟不容易，下车留张影吧。

垭口处的公路横立着一个高大的木架，形若一道大门，上面缀满印有经文的风马旗，五彩缤纷。其美师傅说，在藏民心中，雀儿山是神山，这垭口高处颇有灵性，所以凡是藏族司机路过垭口时，都要大声呼喊：“胜利啦！”目的是保佑行车安全。

路边石坎上竖立着一个海拔高度牌，上面赫然写着“此处海拔5050米”的红字。这是一个野草、苔藓和飞鸟都不能接受的高度，是一个时间和空间都会凝固的地方。每个经过雀儿山的行旅者都希望在此拍照留念，都会把这个地方深深地烙进记忆。

我请其美师傅帮我在垭口留影后，依然有种依依不忍离去的感觉，便不顾他“不要乱走，不要在这停得久了”的忠告，在铺天盖地的裸石的世界里徜徉起来。我忽然觉得这错杂的乱石的世界，不仅是死寂和荒凉，更有一种悠久的粗犷和静穆的纯真，这不就是天地的大美么？

后来在《新闻联播》上看见这位美髯公才恍然大悟，他就是时代楷模、全国劳动模范、全国五一劳动奖章、全国道德模范、最美奋斗者等称号和荣誉的获得者，党的二十大代表。习近平总书记曾亲自为其颁发“全国民族团结进步模范个人”奖章和证书。我备感荣幸，遗憾的是没有合影照，但记得他在车上那句让我终生难忘的话：一辈子一条路。

在央视的屏幕上看见其美多吉，我不禁想起与他同行时的一番对话，这位热爱家乡的汉子所指的不光是为养家糊口在开车，不仅仅是喜欢车而开车，更深刻的含义是，自己胸前的党徽就是事业的指南。

其美多吉就以这种认知，身体力行地兑现着自己的承诺：“只要有邮件，邮车就得走。”他驾驶着邮车往返于被交通运输部命名的“其美多吉雪线邮路”，这条甘孜到德格的川藏公路，铺展着他的梦想和责任。

“驾驶邮车是我儿时的梦想。”1989年，德格县邮电局购买了第一辆邮车，与此同时，在全县公开招聘驾驶员，其美多吉在激烈的竞争中，通过自己的能力竞聘到了这一岗位，开上了全县唯一的邮车。这一上路，就是整整三十一年。

在甘孜到德格的公路区间，雀儿山横亘其中，这座曾经让英勇的十八军和筑路民工付出过悲壮代价的山，海拔六千一百六十八米，是雪线邮路上的必经之地。雀儿山意为“老鹰也飞不过的山峰”，垭口海拔五千零五十米，素有“川藏第一高”“川藏第一险”之称。这段近三十二公里长的公路，既涵盖了坡陡、路窄、弯急、谷深等地形，又囊括了泥石流、雪崩、冰害、风搅雪等公路上比较危险的所有险情，更要面对高寒、低压、缺氧等恶劣环境的威胁，被称为“中国和世界交通史上最危险的公路之一”。

“第一次驾车翻越雀儿山时，我还是紧张得汗水把衣服都打湿了。”这是其美多吉的真心话，“那时哪有现在的柏油路，全是土石路，边走上面边掉渣，低头便是万丈深渊，稍不留神就会车毁人亡。如今即便已是轻车熟路，但对雀儿山依旧充满敬畏，每当驾驶重达十二吨的邮车经过这里时，每一次加速、转向，我都丝毫不敢松懈。”

千禧年的2月，其美多吉和同事在雀儿山突遇雪崩，雪球突然从山上滚下来，越滚越大，最后路上大雪齐膝，车辆受阻。为保护邮车和邮件的安全，他和同事用铁铲一点一点铲雪。仅仅在这一段路，他们竟然走了整整两天两夜。

2016年农历大年二十九，他开着邮车行驶在山路上。突然，车挡风玻璃前面的道路不见了，看上去只有厚厚的雪地。过年前夕，山里几乎碰不到其他车辆，他不能离开邮车，便请求一位路过的老乡帮忙。老乡答应后，走了整整五公里带回三个热心人，五个人一起铲上两三米，他就赶快把车往前开一段，如此清一段开一段，弯腰挥铲、上车挂挡，用了将近四个小时才最终脱离困境……

后来央视记者采访时，他却云淡风轻地说："雪线邮路是我的工作岗位，哪怕再难、再险，哪怕再寂寞、再孤独，只要有邮件，邮车就得走；只要邮车上了路，就得保证邮件安全抵达。"

其美多吉，在藏语里有"金刚"的意思。正面看他时就会发现，他的右脸有一道明显的刀疤，疤痕背后的故事，让人肃然起敬。

2012年9月的一天晚上，他跟往常一样行驶在川藏线上。

远远望去，前方有个陡坡，他熟练地将车速减慢。就在这时，突然出现了一群手持砍刀、铁棒、电棍的人，将邮车团团围住。危急关头，他没有犹豫便下车直面歹徒。

"要打就打我，不准砸邮车！"他朝歹徒怒吼时，砍刀和棍棒同时向他袭来。他身中十七刀，肋骨被打断四根，头盖骨被掀掉一块，左脚、左手静脉被砍断……

在重症监护室躺了整整一个星期，他才挣扎着活了过来。然而，在经历了大大小小六次手术之后，伤情虽逐渐好转，但左手和左臂始终动弹不了。

不向命运低头的他，为了坚守岗位，四处求医，一位老中医告诉他说："既然你的左手和胳膊上的肌腱严重粘连，要想恢复，必须先强制弄断僵硬的组织，再让它重新愈合。"这种破坏性康复疗法，使得这位铁血汉子在每次完成康复训练时，都疼得把嘴唇咬出了血。回忆起康复的那段时间，他至今都觉得后背发凉。幸运的是，在坚持锻炼了两个多月后，他的胳膊终于可以抬起来了。在身体基本恢复后，他毅然决然地重返雪线邮路。他说："雪线邮路，我一生的路。"

于他而言，最亲的除了家人和同事，就是雪线邮路沿途的道班兄弟们。有一天，他的邮车途经四道班时，他下车把青菜和肉送到道班工人莫尚伟、黎兴玉夫妇手中。对于坚守雀儿山二十三年的莫尚伟、黎兴玉夫妇来说，他是信使，更是亲人。邮车送来的家书和报纸，对于常年驻守的道班工人们来说就是最好的精神安慰。

直到2017年9月，雀儿山隧道通车，经过雀儿山从原来的两个多小时缩短到了十分钟内。

通车前一天，其美多吉开着邮车，最后一次翻越雀儿山，去和道班兄弟们道别。

来到垭口，他看见五道班的兄弟们在祭山神、撒龙达、挂经幡、献哈达。那一刻，他哭了，哭得老泪纵横，哭得幸福满满，他说："从前，邮车总是运进来的东西多，运出去的东西少；如今，原本五吨载量的邮运车已升级为十二吨，甘孜到德格每天两辆邮运车都是满载运行。无论是党报党刊、机要文件、孩子们的高考或中考录取通知书，还是堆积如山的网购包裹，这些都是农牧民群众的期盼和希望。每当老百姓看到邮车时，他们就知道党和国家时刻牵挂着这里；每当看到老百姓拆包裹时的激动表情，我心里就特别高兴。"

孙健在《"时代楷模"其美多吉：三十载雪线邮路变与不变》一文中写道："四川省甘孜藏族自治州有一条全程往返一千二百零八公里、平均海拔在三千五百米以上的雪线邮路，来自党中央的声音、四面八方的邮件通过这条邮路送往雪域的各个角落。康巴汉子其美多吉在这条雪线邮路上工作了三十年，行驶里程相当于绕赤道三十五圈。"

2019年4月，"时代楷模"其美多吉同志先进事迹报告会在北京人民大会堂举行，其规格达到了空前的高度，大会给这位“时代楷模”做了精准的高度评价：其美多吉是基层一线职工的杰出代表，是维护民族团结的先进模范，是美好生活的创造者、守护者。他扎根雪域高原、坚守雪线邮路的先进事迹，有力弘扬了爱国奉献精神，展现了新时代奋斗者努力奔跑、追梦圆梦的良好风貌，使“老西藏”精神、“两路”精神在新时代焕发出新的风采。

在人民大会堂，其美多吉说：“每个人都要找到自己的舞台，邮车就是我的舞台，只有跑在这条雪线邮路上，我才能感到幸福和满足……”在此期间，他心里早早地做好了工作安排：“6月份又快要到了，我们的工作也要进入高度紧张的状态了。”

1954年12月25日，随着川藏公路的开通，两辆崭新的邮政汽车满载着祖国内地发往西藏的上万件邮件，从成都直抵拉萨，开启了川藏干线汽车邮路的历史。

半个多世纪过去了，这条沟通西藏与内地的邮路，依然是中国邮政通信的重要动脉，也是目前全国唯一一条不通火车的一级干线邮路。以州府康定为起点，公路海拔从二千五百米一路攀升至五千米，沿途翻越折多山、象鼻山、松林口、罗锅梁子、雀儿山后，抵达川藏邮路四川段终点站——德格县，康定—德格邮路全程往返一千二百零八公里。

“我从小喜欢开车，工作后开的车，吨位越来越重，也越来越好。开着车的时候，我觉得整个人都是兴奋的。”其美多吉一谈起车，就觉得舌头特别利索，细说着不断升级的邮运车辆，“这不但是邮车的变化，更代表着老百姓生活的变化。”

“当初，少量的信件和包裹，基本都是到县城就算是送出去了，我们很少送到村子里。因为村里的人外出的少，接受教育的人也少，没什么信件往来。”在漫长的邮路上，其美多吉感受着一点点的变化，“现在不同了，大家都重视教育，村子里面上大学的孩子多的是，书信就多了。人们挣的钱多了，买的东西也就多了，而且都学会了网购，所以各种包裹快递都从外面运进来。”

不仅仅是“运进来”，近几年还多了“运出去”。“互联网可真是了不起！原来家乡很多特产，里面的人运不出来，外面的人不认识，不知道浪费了多少好东西。”其美多吉不禁感慨，“近几年，互联网已经进入了村子里、百姓家，人们的眼界也都开阔了，纷纷把土特产往外卖，像藏药、松茸、蘑菇、核桃等，都成了抢手货，老百姓的收入也大大提高了。”

直到2018年，其美多吉带领班组安全行驶六十二万公里，向西藏运送邮件四十一万件，运送省内邮件三十七万件。甘孜到德格每天两辆邮运车都是满载运行，雪线邮路也成了百姓的一条致富路！

其美多吉获得“感动中国2018年度人物”荣誉。“我这个人没别的本事，开车是我唯一的技术。其他事我不敢保证，但是我敢保证坐我的车绝对安全稳当，再难走的路，我不会让你感到颠簸。”谈起自己的车技，其美多吉无比骄傲。在最险的雪线邮路三十余载，其美多吉在当地被公认驾驶技术好、路况熟，川藏线上无人不知。也正是因为车技了得，其美多吉在这条雪域邮路上，不知道帮了多少人的忙。

很多人劝过其美多吉，这份工作危险，换个更轻松更挣钱的工作吧。但他不仅没动过这样的念头，还常常深感自己是个幸福的人。“从小我的母亲就告诉我们，要有良心，要懂得感恩。我的乡亲们看见我和我的邮车，就能感受到党和国家记挂着我们这里呢。”

二、达瓦卓玛·海归·匠心梦

2023年9月24日下午三时，对达瓦卓玛而言，有种不可思议的穿越感，她一边喝着咖啡，时而望着远处垭口已经有积雪的山顶，一边在朋友圈配视频并发文：

> 十年前不敢想象，（今）早晨九点在成都（双流机场）吃早餐，坐飞机（成都至德格格萨尔机场）回德格麦宿，两点在麦宿喝下午茶。

她特意在回家的视频上配了钢琴伴奏乐，两辆越野车在铅灰色的公路上奔驰，给人的视听感觉是轻松而辽阔，公路宛若玉带绕缠在充满野性的雪山峰峦间，她配文写道：机场到麦宿的近路，一路美景！

短短的五个小时从千里之外的成都回德格麦宿，如梦如幻。

当年十八军修公路翻雀儿山到德格整整用了六个月，新旧对比，从不回头的时光照射着时代的巨大进步。如果拿当年几乎同龄的史迪威公路和川藏公路相比，截然不同的是，如今一条路除了图片和影像，早已难见踪影，而另一条路从土路升级为四级路再升级到柏油路再逐步到高速路，其间的执着和坚守不言而喻。

被层层大山、众多江河阻隔在横断山褶皱里的达瓦卓玛，她的感慨发自心底。十年前从成都沿着川藏线回德格，途中要在甘孜县住宿一晚，如果不堵车，运气好的话第二天就能到达德格县城，然后从德格县城沿金沙江再到麦宿才能到家。

达瓦卓玛，藏族，90后，出生在德格县麦宿宗萨地区普马乡，一个山清水秀的好地方。她有很多标签，海归创业者，德格宗萨宁达手工艺品有限责任公司创办人，甘孜州劳动模范。权威部门给出的注释是：感人的海归创业故事与出色的脱贫攻坚业绩。

捋一捋达瓦卓玛的学业轨迹，青海师范大学藏英预科中专毕业，青海师范大学09级藏英本科旁听生，美国波士顿·贝佩丝大学2017年本科毕业。一路走来，她靠全额奖学金四年内拿下两个学位。

在普通农牧民家中长大，父母从来没有上过学，自己出国留学并归来回报家乡的藏族女孩并不多见。

2017年，在美国马萨诸塞州的贝佩丝大学，来自中国的藏族女孩达瓦卓玛作为学生代表，用一口流利的英语做了毕业演讲，震撼了听众：

> ……在四年前，经过三天的班车车程，加上二十小时的航程，我来到了这里。那时，我是既兴奋又害怕的，我想着：“我现在该怎么在这样的新国家、新文化，以外地人身份和外国人一起生活四年？”我告诉自己要抱持最好的希望与做最坏的打算。当我们所有人都曾怀疑我们是否选对了一所好学校时……有一位女士突然走近我们的餐桌并自我介绍，这位女士正是校长利里，最令人惊讶的是，在我们知道她是谁之前，她早已知道我们大家的名字，从那一刻起，我们明白了我们心属贝佩丝大学了……在我的第二学年里，我开始以藏族铜铸艺术商业品牌“钦乐（19世纪宗萨蒋扬钦哲旺波所传的青铜工艺技术品牌名称）”为名，

来进行一项推广藏族艺术家与为他们提供就业机会的任务，我相信如果个体和社群能够在经济上独立，他们就能够发展与维持属于他们自己的文化……在我的第三学年时，我在华盛顿特区的史密森尼学会获得一份像制作人这样的带薪实习生工作，我和史密森尼学会一同工作来帮助藏地艺术家在国际市场上销售他们的产品，在史密森尼学会的帮助与支持下，我制作了八部纪录片来讲述那些藏族艺术家的故事，并告诉全世界：他们如何透过他们的艺术和手工艺来改变世界……在我的大四期间，我和阿爸与弟弟一起相聚美国，我们在纽黑文的耶鲁大学、纽约的拉则图书馆、华盛顿的史密森尼博物馆等地举行关于藏族铜铸艺术传统的演讲与展览……

毕业演讲的视频一经发布在互联网上，长相甜美、落落大方畅谈着理想的藏族女孩很快吸引了全世界网友的关注。

达瓦卓玛藏语含义是“月亮女神”。她要做家乡的月亮女神，放弃留在美国工作的机会，于2017年6月学成归国。“我要学以致用，回报家乡，以现代化市场管理与营销的手段，来帮助家乡人们保护与发展传统农牧业、手工艺，举行各类课程讲座。”她在上海、成都各个展场这样告诉众多的围观者。

只要不外出参加商务活动，达瓦卓玛每天准时进入麦宿青铜器工作室，一边向大家打招呼，一边在每一个工位间轻脚轻手地走动，神情温和地看着“工坊”里的工匠们，他们聚精会神地用最纯正的麦宿铜铸，制作精湛的青铜工艺品。

只要听见美妙的敲打声，达瓦卓玛就有一种莫名的欣慰，这声音即刻被她的十指敲击键盘转化为互联网的信息，很快这些纯手工打造的铜器随着订单去往世界各地。她将现代营销理念与互联网有效结合，产品销售额成倍数增长，铜铸佛订单更是排到了三年后。

也因此，“钦乐工坊”在新时代有了新的内涵，扶贫车间就此诞生。

在她的家乡，贫困农牧民占比高达百分之三十，钦乐工坊吸纳农村富余劳动力二百余人。在她返回麦宿创业时，恰逢国家实施精准扶贫战略。

政府打造了“手工艺+扶贫”产业发展模式，及时投入资金，十九名工艺带头人很快便有了各自规范的作坊。在整个麦宿区域，包括钦乐工坊，两千名手艺人成为脱贫“生力军”。

工坊里，达瓦卓玛的父亲尼玛，正专注地对铜像进行最后的打磨，他从七岁开始学习铜铸手艺，有四十多年从事铜铸工艺的经历，早已成为名副其实的州级非物质文化传承人。

尼玛门下有七十三名徒弟，在政府和“藏艺通”的扶持下，他们在麦宿开设了二十七个藏传工艺特色班。特色班囊括了唐卡绘画、木雕、泥塑、彩绘、陶器、裁缝等几乎全部的科目。学生就近上学，学费全免，有的还包食宿。

这让达瓦卓玛很有成就感，来自涉藏地区的一千余名学员，在她和父亲及弟弟的耐心帮助下，已有五百人熟练掌握了相关技艺。学员大部分来自贫困家庭，达瓦卓玛和父亲商量后，决定让这些贫困学子学会一门手艺，掌握致富技艺。

在达瓦卓玛的带动下，钦乐工坊年销售收入二百万上下，工人工资就占了一半。钦乐工坊有工人三十人，贫困户占八人，这样一来，意味着这八人已实现脱贫。

在麦宿，像钦乐工坊这样的手工作坊达十九个，每年总收入超一千万元。

走进宽敞、整洁的扶贫车间，几十名工人全神贯注地忙碌着，他们中既有单亲母亲、失聪人员及手脚残疾者，更有来自麦宿片区各乡镇的贫困农牧民。达瓦卓玛有一个花名册，记录着他们的故事。

二十三岁的贫困村民布姆手有残疾，一个人带着两个小孩艰难度日，三年前加入钦乐工坊学习手工艺，现在每年收入有四万余元。

有了稳定的工作和收入，布姆顺利脱贫。布姆每次遇见达瓦卓玛，都充满感激地说："以往的日子，确实过得很苦；现在既能靠手艺挣钱，又能照顾家庭，这种一举两得的好事，我做梦也没想到。我力争把手艺学得再精一点，这样收入就能再多一些，脱贫之后的日子就会更好过啦！"

降巴曾是当地有名的贫困户，当他接受免费培训后，便在家从事公司的订单生产，由于手艺一天比一天精熟，订单也一年比一年多，收入更是从三万元起步，每年递增一万多元。靠手艺脱贫致富的降巴感慨地说："学好手工艺，在家能挣钱，不但没有挖虫草辛苦，而且挣的钱比挖虫草还多。"

像布姆、降巴这样的贫困村民通过从事民族手工艺脱贫致富的鲜活故事，在达瓦卓玛开办的宗萨宁达公司还有很多。

有一次达瓦卓玛在上海参加工艺品的销售活动，来自世界各地的参展商和订货者，耐心地在她的专场听这位藏族"海归"的创业经历，其中就有她分享的扶贫故事。

钦乐工坊共安置农村富余劳动力二百余人，而刚脱贫的农牧民占比高达百分之三十。学徒工每天的最低工资是八十元，熟练工匠每天的工资是三百三十元。学徒一旦认定为初级工，则根据其工龄与技艺逐年增长百分之十。从2017年以来，光是扶贫车间的学徒和初级工就从公司财务领取了三百零四万元工资，用于支付工资的份额占到了销售收入的一半左右。她也因此获得了甘孜州劳模等殊荣。

2023年，达瓦卓玛又收到好消息，她弟弟布泽仁入选“全国青年非遗传承人扶持计划”，成为全国首批入选的二十人当中的一员，而且是最年轻的，也是甘孜州唯一入选的匠人！该计划2023年度共八百零六人申报，经审定首批入选二十人。

“留学是为了更好地回归。”这种预设的实现体现了达瓦卓玛的心性和气质。

2023年4月23日，她在上海武夷路举办了题为“遇见·雪山守艺人——来自喜马拉雅年轻创业者”的活动。

从下午一点到晚上九点，分别开展工坊系列、藏香制作、牦牛绒玩偶制作、唐卡绘制等别开生面的活动，来访的年轻人络绎不绝，纷纷同这位漂亮而知性的“守艺人”合影留念。

伴随着高原独特的藏式音乐，她信心满满地告诉观摩者：“德格麦宿与西藏拉萨、甘肃夏河并称为全国涉藏地区三大‘民族手工艺之乡’，而麦宿制作的唐卡、铜铸、木雕、石雕、陶器等传统手工艺术品堪称一绝。我父亲是第六代钦乐传人，从小的耳濡目染，让我对麦宿手工艺产生了浓厚的兴趣。其实，手工艺人的传承，往往是几代人的历史，它不只是手工上的记忆，更是历史、文化、宗教和民俗的载体。为让麦宿传统手工艺‘远走高飞’，我赴美深造时特意选择了市场营销和企业管理。如今学成归来，我就要把所学的东西派上用场，争取在更好的保护、传承与创新中，将‘钦乐’打造成国际顶尖品牌。”

5月22日晚上七点五十八分，青海安多卫视《写真》栏目摄制组的系列纪录片《新时代·新青年》第四集《守艺人钦乐达瓦卓玛》播出。

达瓦卓玛介绍，钦乐铜铸是第一世宗萨仁波切创造的独家青铜技术，是将金、银、锡、铅、锌、黄铜、老紫铜等七种贵金属，按特殊比例配方炼制而成。制作铜铸佛是一项工序复杂的细致活，工匠每完成一件，至少要敲击五十二万次。

钦乐工坊有展示厅、铜铸区、泥塑区、蜡像区、精雕区、玻璃膏区、彩绘区、木工区、体验馆、接待室和钦乐民宿八间客房。

作为青铜工艺传承人，她返回家乡后，不仅登记注册了德格宗萨宁达手工艺品有限公司，而且推出了原创品牌“钦乐”，主要生产钦乐青铜制品、宗萨宁达树胶产品和尼玛家具。

作坊旁边的扶贫车间，则是专门为贫困村民提供的学艺和工作场所。说起体验馆，达瓦卓玛基于如此考虑：格萨尔机场通航后，来麦宿的游客越来越多，她特意推出藏族艺术之旅和匠人匠心体验课程，引导游客参与制作、体验乐趣，进而实现产品与服务、体验与购买、线上与线下的有机融合。

7月底8月初，是麦宿一年中最为热闹的时节。许多在外地工作生活的麦宿人都会回到家乡，参加盛大的、为期三天的耍坝子活动。

来自深圳的水彩画家蓝拾，在2022年到钦乐工坊的唐卡画室学习了两个多月，被麦宿的自然风光和当地人民的纯朴、多元化的手工艺传承所深深吸引，发愿一定会回到麦宿。

2023年的夏天，蓝拾组织游学团回到麦宿，进行了为期八天的学习考察，深入感受并探索雪域高原的自然风光、人文风情、传统手工艺。足麦郎卡老师带领游学团在画室参观，分享唐卡相关知识。团员在老师们的悉

国道 318 线风光

心指导下，亲手绘制出属于自己的唐卡作品。

“守”艺，既是达瓦卓玛的人生路，更是一条造福百姓的富民路。这就是“海归藏女”的匠心梦，她的“守”艺人生。

三、中国顶级游戏人的公路记忆

有一位身在浙江杭州的康定娃叫胡志鹏。

在巴塞罗那世界移动通信大会上，胡志鹏作为华为“5GISON”论坛里唯一的游戏业受邀演讲嘉宾出现。他是全世界少数连续三次取得商业成功的游戏制作人，是网易CEO丁磊口中“聪明的决策者和优秀的执行者”，是微软亚洲研究院培养的网络科学家，也是互联网巨头网易公司的图形引擎科学家。

令人费解的是，在2019年元旦，获知雅康高速公路全线通车时，这位中年男人却哭得稀里哗啦。

1978年，胡志鹏降生在康定炉城镇，家住雅拉河畔的州物资局宿舍，初中和高中就在川藏公路边的康定中学就读。

川流不息的车辆陪伴了他整整六年，不断的车流让他对外界充满憧憬和好奇。

这位曾经在高原上抬头仰望蜀山之巅贡嘎雪山的山里娃，一度是在康定回民小学教室里弄不清“公倍数”和“公约数”的学生，更多的时间是在跑马山下，成为康定中学泥地操场中盘带足球的追风少年……

在电话的杭州那一端，胡志鹏解密了他哭得稀里哗啦的原因：“念初二的时候，跟着妈妈和姐姐去省会成都，没想到汽车刚过甘谷地，前面就传来堵车的消息，一堵就是三天三夜，排成长蛇阵的车辆静静地等候着，附近的农民背着方便面、拎着热水瓶，高声叫着，方便面加火腿肠，十五元一碗。除了他们的吆喝声，整个公路死一般沉寂，我百无聊赖中盯着天空，终于在第四天的夜里，突然听见前方传来汽车发动机的声音，反应快的老司机高声叫道，通车了。

“霎时，大小车的鸣笛声，响彻整个山谷，盘桓在公路上空，我和家人兴奋地从路边的小旅店起床，出发，睡眼惺忪地看着前面数百辆汽车的红色尾灯闪烁。我们在深夜逃离二郎山。”

这就是严酷的二郎山第一次给探寻山外之路的胡志鹏的下马威。

第二次让他终生难忘：“我在高二假期时，同康中十位要好的同学相邀报名参加四川省的物理竞赛，地点是在四川大学。我们坐上康定去成都新南门客运站的班车，又是在二郎山的木叶棚遇阻，整整一天一夜堵在山上，等到通车赶往考场才获知，竞赛因其他原因取消了。我们一帮人很不甘心，竟然在向往的川大住了一晚上，过过名牌大学之夜。那时才逐渐明白，交通不便、信息不灵耽误了我们这些山里娃的许多好事、许多梦想。所以多年后，在杭州听见雅康高速通车，我这个对交通不便有切肤之痛的山里娃，幸福地流泪了。后来，我真正感受到成都到康定的便捷，四个小时就到达。”

的确，只要是在雅康高速开通前经过川藏公路的人，都有一段或几段难以忘怀的尴尬往事。胡志鹏还谈及过记忆中惧怕二郎山的事，他说在上小学前，家住北门物资局宿舍的他，在回家的时候，进门的大院坝搭起了帐篷，里面设有灵堂，大人告诉他，是物资局车队的一位司机在二郎山翻车身亡，忧伤的哀乐声和家属的哭泣声交织在一起，令人心碎。那时，一旦有人提及二郎山，在胡志鹏印象里，就是地狱般的存在。

后来，他搭车途经二郎山，在车行至雪线前，就要给车上防滑链条，他试着给司机帮忙，徒手提起三十多斤重的铁链，没想到，手心和铁链粘在一起，钻心的寒冷带来的疼痛让他想丢弃防滑链，司机叔叔看到了他的坚持和尴尬，迅速接过链条，说："不戴手套，肉皮子都会脱落。"

从那时，二郎山在他眼里就是塌方受阻、冰雪断道、饥寒交迫甚至是死亡的代名词。这就是他热泪盈眶的原因。在他的骨子里，有一种由衷的感谢，雅康高速的通车，就是祖国的强大带给西部地区的福音。

"小时候，常常幻想，翻过一座又一座的山，后面便是从没见过的大海。"电话那头的声音坚毅而沉稳，完全不似儿时那个飞扬跳脱的胡志鹏，然而他的思维方式却依然那样天马行空。

令人意想不到的是，这个后来被称作"学霸"的网易首席科学家，当时数学成绩并不好。

"现在谁也不信，我小学时数学得过零分。"直到现在，这人生中第一次"挂科"的经历，还令胡志鹏记忆犹新，"那时真是弄不清'最大公约数'和'最小公倍数'。"

然而父母和老师似乎都集体遗忘了这次"零分"，在康定县第一中学退休教师李亚萍的记忆中，胡志鹏"聪明、好动、喜欢感知生活中的新鲜事物，而且并不惧怕失败"。

"这孩子身上有一股韧劲儿，会在跌倒的地方爬起来。他虽然爱玩，但自控能力特别强，该学习的时候绝不会干其他事儿。"父亲胡孝文的言辞中，透露出胡志鹏从小养成的优良品质——自律。

正因为自律，从小学到高中，胡志鹏的学习成绩一直名列前茅。

"哪有什么'高智商学霸'，一切都是厚积薄发。"初中同学杜伟的寥寥数语，勾勒出胡志鹏"无涯学海"中"艰苦泛舟"的历程，"初高中时，一到学校他就立刻进入紧张状态，一个上午，除了上厕所和体育锻炼，几乎看不到他离开座位。"

香港回归那年参加高考，胡志鹏以六百零八分的优异成绩被浙江大学录取，一个从小在山里摸爬滚打的康定娃，终于来到了梦想的大海边。

然而，作为计算机学院的新生，他却连电脑开机键都找不到。

“那是1997年，计算机这样前沿的事物没有普及到甘孜州，因此才会有这样尴尬的经历。”胡志鹏坦言，刚上大学时他得付出比旁人多几倍的努力，才能达到专业课预期的学习目标，“那时候只能天天泡图书馆、动手操作和求教他人，以百分之百的状态投入到学习中。”

巨大的压力带来的是挑战，更能促进成长。一头扎进尖端前沿科技的知识海洋后，胡志鹏不断努力向深处遨游。2001年，他被保送为浙江大学计算机学院研究生；2004年，他更是成为微软亚洲研究院当年在中国招录的寥寥几名研究生里的一员。

2007年，离开微软亚洲研究院时，这个从川西高原“情歌之城”康定来的山里娃，已经是中国计算机图形和视觉研究技术转换领域的顶尖人才。

而立之年，胡志鹏站在了前沿科学技术的风口浪尖。彼时，他“化身”一叶小舟，正引领着一艘中国网络游戏界的巨舰开始起航。

那个满腹经纶的计算机图形引擎科学家，选择成为一名网络游戏开发者。要知道在当时，玩网络游戏还被许多人看作是“不务正业”。

“很多人不理解我加入了当时中国技术最领先的网络科技公司——网易，却为什么要从事网络游戏开发。”电话中，胡志鹏刻意提高了声调，“但我就是笃定了这个方向，游戏世界可以提供另一个人生的诠释空间。而我从小比较喜欢的诗词、武侠，这些都能通过游戏载体来呈现。”

这个“冒险”的决定，却得到了初始团队的一致支持。“我们都坚信，他肯定能完成这次人生中最重要的挑战。”雷火技术专家程龙回忆起当时的情境时这样说道。

在十二年的时间里，胡志鹏成为中国首个能连续三次取得商业成功的游戏制作人。《倩女幽魂》《流星蝴蝶剑》等“雷火出品”已成为一代玩家的共同记忆。“雷火游戏”也由初创时的不足十人的“小舟”，发展为拥有一千五百多名顶尖专业人员的游戏界“巨舰”。胡志鹏本人，也于2016年成为网易集团副总裁。

而此时，他却有了一个古风雅韵的名字——叶弄舟。

“我更愿意以叶弄舟的身份，和玩家们进行交流。”胡志鹏说，正是为了圆儿时的武侠梦，他给自己取了这样一个儒雅别致而且带着江湖味的化名。

几乎每年，胡志鹏都要去一趟北京故宫博物院或台北故宫博物院，倾听凝结着祖先智慧的珍宝的“低语”，感悟中华文明的博大精深。他对宋代文化的喜爱，更是到了痴迷的地步，曾经带着团队核心成员“旷工”，集体去看“国宝级北宋书画展”。

他有时甚至认为，正是少年时家乡的交通不便和信息不灵成就了他，因为在那段岁月，潜下心来，认真阅读了大量的历史和文化书籍，当时的积累和储存，使他可以在而今的故宫等地方，带着知识点对点地去验证和修正自己的认知。

这个当初一门心思“不务正业”的科学家，已经成为中国最有梦想的游戏人。技术，对他而言只是一门特长，而他的梦想，是用计算机图形技术，再现古典中国的风雅与大美。

“看到雅康高速公路全线通车的消息时，完全泪奔，这是从前想也不敢想的事啊。”谈到甘孜州近些年的发展变化，胡志鹏难掩激动之情，“一直都在网络上关注着甘孜州的消息，交通条件的变化正在对甘孜旅游事业的发展产生深刻的积极影响。如同5G，可以通过极速带给人们更好的游戏体验。”

“今年，我要像一个少年郎一样，回康定，去游历、去体验、去感知，重新认识这片孕育出我梦想的土地。”胡志鹏的话音落下，宣传片《让世界爱上这座城》中那精美的风景画面，显现在屏幕上。

“甘孜州美丽的风景和厚重多元的历史文化，不应该在互联网上被忽略。”胡志鹏透露将在未来考虑打造融入“甘孜元素”的游戏，“希望在未来十年有更多突破，让全世界玩家认可中国制造的顶级游戏，让全球旅行者通过游戏了解我的家乡——康定。”

未来，这个具有超级学习能力的康定学子，这位计算机图形引擎科学领域的康定科学家，这个登上世界顶尖科技峰会的第一个康定追梦人，又会在网络上为我们构建出怎样一个梦境中的家乡？

可喜的是，在川藏公路的路标上，或许又多了一个知识改变命运的范本。

四、奇迹，四千米上的生态农业

初夏，傍晚时分。距理塘县城七十二公里的中木拉乡乃沙村，落日把天边的云彩染得通红。

偌大的党群服务中心院坝，近百名村民正踏地而歌，在节奏明快的旋律中，激情飞扬地跳着理塘锅庄。围圈起舞的锅庄像一团火，燃烧着牧人脱贫以来的幸福。

新点亮的太阳能路灯下，七十五岁的老阿妈邓珠泽仁坐在长条椅上尽情欣赏着眼前的一切。开朗的她喜悦地说：“这儿太热闹了！我虽然跳不动，但看他们跳，我心里也高兴得很。要是放在过去，哪有条件、哪有心情干这些？我们能有今天这个样子，多亏了书记昂旺彭措。他办法多、勤劳肯干，不光自己成了致富能手，还带着大家致富，是全村信得过的带头人。”

昂旺彭措曾是村会计，非常熟悉全村的经济状况。2016年，村支部换届选举中，他高票当选村支书，那年他四十三岁。

多年的村会计经历，让他的心里早有本账：乃沙村平均海拔三千六百米，是全乡有名的深度贫困村。全村五十四户，精准识别贫困户就多达三十四户。尽管全村耕地面积多达八百亩，尽管村民常年辛勤劳作不懒惰，但肥沃的土地里既没有刨出“银子”，更没有刨出“金子”，反倒有百分之六十以上的贫困发生率，这是摆在眼前的现实。

上任的第三天，他早早就在八百亩黑油油的土地上巡了一圈，手里握着油浸的优质土壤，心想：“依靠科学技术，科学种田，我就不信在理塘这个天空之城，种不出优质的果蔬。”

第二年3月，理塘县现代生态农业园区成立。获知消息后，昂旺彭措立马驱车赶到现场。有土地、有政策，缺的就是不懂科学种田，说穿了就是不懂技术，因此必须借力。他主动找到康藏阳光农牧业公司总经理陈钢，一席话令他茅塞顿开。陈钢说：“你那里最适合种植美国甜豆。”

“为什么呢？”他耐心讨教。

陈钢回答：“这种作物从播种到采摘只要三个月，采摘期有三个月，亩产一千公斤左右，公司收购价是每公斤六元，产品直销台湾；公司提供种子，免费培训村民，全程服务指导，负责产品收购和销售……”

经过一番刨根问底，昂旺彭措心想：“既然有这等好事，我们千万不能错过！”

他急匆匆返回村，当即召集村民展开宣传动员。瞅准方向说干就干，村民一听能挣钱，劲头马上来了。

问题也随之摆上桌面，前期基础设施建设需要一百多万元的投入，而贫困村产业扶持资金只有五十万元，村务经费也没多少，不得已只好以村集体名义借钱。他跑路求人，好话说尽，钱终于借到了。

高兴之余，举债的压力随之而来，和顺势而为的动力如影随形，但“开弓没有回头箭”，认准的事情就得干到底。

二百亩甜豆基地建设开启，以甜豆产业为基础的村集体生态农业园区合作社也随之成立。山上架管修渠引水，他与村民们苦在一起；买竹竿、购铁丝、建围栏、安喷灌，他与村民们累在一起；耕地、播种、施肥、灌溉，他与村民们忙在一起；豆苗出土、开花长荚、采摘装箱，他与村民们乐在一起……他的身影紧紧与土地、村民、产业连在一起。

一年后，昂旺彭措再次见到康藏阳光农牧业公司总经理陈钢，他紧紧地握住陈钢的手，以示谢意，对他说：“在高人的指点下，全村齐努力，第一次摘甜豆时，那简直就是数钱的感觉！每天摘七百五十公斤，就相当于每天挣四千五百块钱。村民们在采摘、装箱的过程中，真切体会到了‘苦并快乐着’‘累并幸福着’的滋味。看到果实源源不断从川藏公路运出去，高兴啊。感谢总经理的大力支持。”

村民大会上，昂旺彭措话语坚定，他说：“甜豆种植让我们尝到了产业富民的甜头，但甜豆不是产业的全部，我们必须采取‘五加’发展模式，力求多点发力、齐头推进、全面开花，让产业真正成为富民强村的‘聚宝盆’。”

如今，园区五大种植基地，实现了交通全硬化、耕作机械化、灌溉管网化、物流便捷化，村民一个不少地搭上了产业链，走上了持续增收快车道，过上了幸福甜美的新生活。昂旺彭措获得了甘孜州劳模等殊荣。

他问自己，贫穷不是天生的，可“贫”如何脱，“坚”怎样攻？

“书记，村里的蔬菜大棚好久建哦？我都等不及了。”

“大棚架子这两天就从天津启运，拉回来马上就建。”

“你这样一说，我就放心了！”

这是他与泽仁彭措的对话，泽仁彭措是村里有名的“犟拐拐”，做啥事都瞻前顾后、固执己见。当村里推广康青良种时，昂旺彭措多次登门劝说，可泽仁彭措就是“油盐不进”。然而，秋收时，昂旺彭措和泽仁彭措五百零二公斤与二百八十一公斤的亩产对比，让泽仁彭措口服心服。当初村里建甜豆种植基地要流转土地时，尽管合作社给出每亩五百元的价钱，尽管他反复对泽仁彭措说服动员，可还是被拒绝了。当年三十三户合作社成员每户分红七千元，还不包括土地流转金。

一次次“失算”，让泽仁彭措后悔不已，说：“要是我不耍‘犟拐拐’脾气的话，恐怕早就脱贫了。说实话，这些年来，书记为我们村付出太多了，也为我操了很多心！”

当合作社紫皮洋芋丰收三十万斤时，昂旺彭措根本闲不下来，成天跑市场找销路、打电话找门路，整整忙活一个月，勉强销售过半。难道就眼睁睁地看着这些洋芋烂在仓库里？他心急如焚地找到县邮政公司，试图借助其“邮乐网”和“邮乐小店”电商平台来帮助解决滞销难题。果不其然，短短几个星期，仓库里的洋芋就销售一空了。

“互联网的功能太强大了，电商对农牧民脱贫增收的效果太明显了。既然有了销售平台，明年就再扩大一点种植规模。”他在感慨之余，做出了一个大胆决定，“复耕村里二百亩丢荒地。”第二年，八十八万余元的洋芋收入，不但让户均分红二万元，而且实现人均收入二千七百元。伴随着产业的大发展、村庄的大变样和村民生活质量的大提升，2019年，乃沙村村民欢天喜地告别了贫困，满心喜悦走上了致富奔康新征程。

万亩生态基地

五、给青藏高原新物种命名

2021年9月初的一天，秋高气爽，高级工程师周华明带着助理李静，驱车沿着川藏公路来到被誉为“中国最美的六大草原”之一的理塘毛垭大草原。

在这个当地牧民称为“铜镜”的丰茂草原上，游客与牦牛、黑顶鹤与头顶盘旋的鹰，非常熟悉这片高山草甸的老周和助理李静早已习以为常。

当下他们更关心的是另一种神奇生物，它不仅是中国所独有，更是仅生存在青藏高原，它便是人类已知栖息地海拔最高的蛇类，国家一级保护动物——温泉蛇。

周华明对助理说：“今天我有预感，一定能找到温泉蛇。”

李静没有正面回答，只说：“希望这预感带来好运。”

此刻已是中午时分，太阳当顶，带着宽边遮阳帽的老周和小李在当地牧人的带领下，在一片流着水的石头间寻找温泉蛇，他们的脚下是一片体积不大的碎石河滩。

在老周的经验中，他所看到过的温泉蛇，最长的也仅有五十厘米左右，细如黄鳝，太小。温泉蛇的主要食物是高原林蛙，它是林蛙的天敌。温泉蛇对声音、对移动的东西非常敏感。

他们正瞪大眼睛在冒着热气的流水与石头间寻找，突然在距他们二十米远的地方，有牧民发现了温泉蛇。他俩迅速过去，搬开一块砖头大的石头，从水中抓到了温泉蛇。

“我就说嘛，今天运气不错。”老周乐呵呵小心地把它放在手掌上，只见这条只有三十厘米左右的温泉蛇在惊慌地寻路而逃，老周轻轻拽住它的小尾巴说，“运气真好，居然抓到了罕见的蛇类。”

信佛的牧人颤巍巍地躲在小李的身后，似怕非怕地偷眼看着。

老周笑了，告诉李静和牧人，它主要的食物是高原林蛙、西藏蟾蜍。调查资料显示，温泉蛇大概在常年不冻的十摄氏度左右的冷水里生存。

它是青藏高原特有的蛇种，完全依靠温泉的热量来到一片河滩，这里的温泉大概是四十五摄氏度。这种罕见的蛇类，是高原地壳隆起的证明，也是适应环境的杰出的进化代表。西藏的温泉蛇和香格里拉的温泉蛇，区别就是泄殖腔以下不同，前者的鳞片是双排的。它们温润而小心地回避人类，和全世界其他蛇不同。另一点在于，科学家证明它们从来都不需要冬眠。

老周讲完这番话后，就有意识地把它放掉了。受惊的温泉蛇快速游进两石间的缝隙里。

严格说来，周华明和这片荒野的渊源应追溯到三十年前。“我是从1993年开始在这片野生动物的栖息地做初步调查的，最初我也不是学这个专业的，我学的是园林，当时我的分管局长和我在业务方面很谈得来，发现我的兴趣和潜力，他就给我一些野生动物方面最基础的书籍，还有大量的图鉴，我发现我进入了有趣的迷宫。自己虽然有这方面的兴趣爱好，喜欢野生动物，但是真要做好这项工作，绝对不是只看看鸟，看看树，不是这么回事儿，而是要不停地走向大自然。实际上，从事保护动物的工作以后，我感觉自己的爱好完全不一样了。”

周华明致力于高原野生动物研究和调查以来，慢慢发现所里的年轻工程师李静是一个有事业心的人，于是让他给自己当助理，四年期间他们发现了不少新的东西。周华明在甘孜州新发现的鸟类达到了九十多种，还有两栖爬行类和兽类，他在青藏高原东部新发现的就有上百种，这是一个不小的业绩，填补了许多空白。

他们在新龙的沙鲁里山寻找新龙攀蜥时，在零下二十多摄氏度的情况下，两人还在雪山上踩着很厚的雪去找野生动物。忽见一头熊朝他们冲来，距离只有十来米，老周看到这个情况，大声对李静喊，赶快跑，把相机扔掉。像这样的险情在荒郊野外时常发生。

尽管如此，他们一直在路上寻找、行走、求证、确认，危险时常出现，但枯燥是主流，然而这些都是老周和助理小李走向荒野前有所预见的。

他们这时在寻找的是一种周华明发现的高原蜥蜴新物种，之前从未被纳入过人类的认知范畴。

高原上的伯劳鸟是蜥蜴的主要天敌，伯劳鸟号称小猛禽，专吃小动物，老鼠、蜥蜴、小蛇之类的东西都吃。他们采访道班工人的时候问，有没有看见过这种色彩斑斓的蜥蜴，工人们说他们见到过。依靠当地群众做调研，这是他的风格，他同时常在大自然里工作的人建立联系。

一天，周华明在办公室接到山里林业员的电话，说当地老乡在山林里看见了豺。他告诉林业员，你把豺的图片下载一个，让老百姓看一下是不是这种。

老乡说就是，很多年前豺捕食牦牛就是从肛门的位置开始咬的。这就说明极有可能是豺出现在了这里。

周华明一直在事业的路上，尽管已经接近了退休的年龄，但始终心系荒野。现在他已经从贡嘎山自然保护区局长的位置转到州林科所做高级工程师。

2022年年底，周华明团队与中科院成都生物研究所两栖爬行动物研究室江建平团队，在甘孜州共同调查研究三年的结果正式出炉，其研究成果已发表于学术期刊《亚洲两栖爬行动物研究》。

文章显示，在甘孜州发现蜥蜴新物种三种，并以甘孜州发现地命名，分别是稻城攀蜥、新龙攀蜥、康定攀蜥。

在沙鲁里山及其周边地区调查爬行动物多样性时，调查团队发现并记录到三种蜥蜴与此前已发现的蜥蜴种类存在形态差异，经中科院成都生物研究所技术团队分子系统学和形态学分析，证实为鬣蜥科的三种新物种。

“这是甘孜州近年来，野生动植物保护调查研究工作不断刷新野生动物分布新纪录后取得的又一重大成果，也是甘孜州开放合作在生态保护领域取得的又一成果。”周华明介绍他的最新成果时这样说。甘孜州物种资源丰富，生物多样性保存、保护良好。研究发现，甘孜州内干热干旱河谷生态系统复杂，仍有可能存在尚未被发现的新物种。

新物种被发现，进一步丰富了甘孜地区物种多样性，为全州爬行动物的保护研究提供了更多的第一手资料。

不停地努力，不停地收获。俗话说“师父领进门，修行在个人”，周华明的领路人就是前辈彭基泰。

20世纪60年代中期，内江汉子彭基泰，大学毕业就支边到甘孜州白玉县林业局工作。

白玉县是甘孜州的森林资源第一大县，那时不通公路，在彭老的记忆里，从成都到白玉要整整九天，乘汽车五天，坐马拉车一天，骑马三天。

年届八十高龄的彭基泰先生回想起曾经，一点也不觉懊悔。

他就是在那样艰苦的环境里坚守了二十年。他曾在异常寒冷的冬季，坐着货车长途跋涉五天五夜，为白玉县运回五百株苹果苗，当汽车抵达德格县时，他因患高原性肺气肿而陷入昏迷，经过医生的抢救，三天后才苏醒过来。

第二十一年，彭基泰调到州林业局担任副局长，不过，他最希望业内称呼他为工程师。

来到州林业局他才全方位地知晓，全州的迹地更新率仅为百分之五十七，经过他和全州营林职工的共同努力，“八五”期间实现了迹地更新率达到百分之百。

这是一个了不起的突破。为了这个突破，彭基泰常常在人迹罕至的地方一住就是一两个月，在全州十五万余平方公里的区域内留下了自己的足迹。饿了吃方便食品，困了住潮湿简陋的帐篷，关键在于大学学到的知识，加上历时五年的野外考察，让他能够掌握国家一级保护动物、青藏高原特有物种白唇鹿在生态习性方面的一系列秘密。

20世纪六七十年代，整个青藏高原对野生动植物的研究还是一片空白，但彭基泰却认识到，位于青藏高原东缘的甘孜州，在生物学、生态学方面有许多值得研究的课题，于是，他一面大量积累第一手资料，一面努力学习新的知识。

20世纪80年代初，甘孜州横断山脉的生物资源研究引起了国内外的注意。

彭基泰主要研究生态林业和森林生态经济生产力、生物多样性及其可持续发展、森林资源管理、营林生产技术、野生动物资源管理、青藏高原和横断山珍稀特有野生动物生物学及生态学等。

他有强烈的危机意识，明白世界生物物种每天以一百种的速度从地球上消失。

他先后筹建了“青杨派杨种质资源基因库”“甘孜州松杉植物树木

园”和“巴塘县实生苹果种质资源基因库”；收集了一千余号标本，筹建了在国际国内有一定影响的“高原珍稀野生动物标本馆”，其中，有被世界动物学界认为已经灭绝的横斑锦蛇和国内首批矮岩羊标本；规划了类型各异、面积达四千余万公顷的自然保护区四十余处，占甘孜州面积的百分之二十六。

有付出就有收获。1990年8月，他参加了在日本举行的第五届国际生态学术讨论会野生动物保护专题会，十七个国家和地区的三百多位专家参会，他带来的珍稀动物白唇鹿野外生态录像获得了“特别奖”，日本《北海道新闻》《每日新闻》等以“青藏高原追逐野生动物的人”为题，进行了详细报道。

他成功的工作方法和丰硕的研究成果，曾被中国科学院动物所所长王祖望教授誉为“彭基泰模式”。

三代人的轨迹在朝着同一个目标推进，如今，老周的助理小李已经扛起大旗行走在路上。

六、夹着笔记本电脑的“牧人”

“我热爱草原，更热爱畜牧这一行，我要坚守一辈子！”

夸下这一海口，是恢复高考的第四年，也是蒋忠荣考上西南民族学院畜牧系的第二年，他在西南民族学院侧门，浆洗街一家苍蝇馆子和室友喝二角八分钱一碗的“绿叶”啤酒时说的，尽管微醉，但他后来并没有食言。

那年他十七岁。现在回想起自己当年脚穿拖鞋，光着上半身喝小酒的年少气盛时光，他觉得那时的豪言壮语不像搞畜牧的，更像中文系站在象牙塔大门口吆喝的诗人。

在他的印象里，家乡道孚的玉科草原、龙登草原才是自己施展才华的天地。

每当老师在黑板上写下牛群的种群及其全世界的分布时，他都会被带入对家乡草原的无尽遐想。他爱玉科，每到牧草返青的时节，一条大河贯穿草原，河岸两边，平坦的草地向山麓延伸，之后便是林间草地，再往山上延伸，依次是原始森林、高山草甸和高山叠石、雪线和雪山，次第形成的粗犷之美，是天赐的最佳畜牧养殖基地；在川藏公路边上的龙登草原一望无际，更是牛羊的良好生长地。公路、蓝天、白云、牛羊，构成了牧业经济和旅游经济的深度契合。

蒋忠荣在校期间给自己制订了计划，学有所成后回到家乡，回到草原。畜牧专业，首先接触的是解剖学和微生物学等多种学科，耳濡目染和在实验室里的亲身实践，让他对自然万物有了更多的了解。从前宏观的草原，在老师的讲解下，变得更加美妙、更加微观。知识像一把钥匙，促使他坚定了“一直走畜牧道路”的决心。

大三的暑假，因为对草原覆盖率感兴趣，而书本上又没有详细的例子供他参考，于是他就顶着大太阳，光脚赤背地去草原上搞“密度测定”。他在玉科草地上一趴就是一上午，牧草的露水打湿了胳膊肘和双膝，但他毫不在意，某种只有畜牧人与草原、牛羊“对话”才有的微妙乐趣，是外界无法知晓和理解的。那时，草原和牛羊像一个巨大的引力场，吸引他去加入，去投奔。

有一次在草地里测量密度时，忽然听到老乡在喊他，原来是老乡因家猪拱了地里的土豆，一气之下，把猪的后腿打伤了，一块猪皮悬挂在腿上，流着血，老乡又气又急，不知所措。蒋忠荣却不紧不慢地笑着对老乡说：“我有办法让它恢复。”他在兽医站找来药品和器械，消毒、打麻药、缝合，这头家猪成了他手中的第一个“实验”对象。

老乡看着他给猪缝合，就像裁缝用针线缝衣服一样熟练，笑得露出大板牙，一个劲地称他厉害。

过年的时候，老乡特意给他送了一块腊肉，说这块腊肉就是那头家猪的肉，让他放心吃。老乡还说，多亏了他的技术才保住了家猪，猪肉还卖了个好价钱。

“回馈家乡是我最大的心愿。”他客气地说。

1985年他毕业于西南民族学院畜牧专业，第二年就被单位安排为“康巴老芒麦”项目的第二研究人，负责在青藏高原选育适宜当地的牧草，目的是科学恢复草原植被。

从接受这个项目开始，蒋忠荣就往返于成都的科研院所和家乡的试验地之间，他奔波着，测量密度，分析，最后出结果，培育出适宜的牧草，这一干就是十三年。

直到1999年，“康巴老芒麦”项目正式拥有了自己的独立知识产权，荣获甘孜州科技进步奖一等奖。面对这一重大奖项，他怎么也高兴不起来，原因是这一年，蒋忠荣有两个项目——“测定羊绒分析”和“生猪屠宰的测定方案”进展不顺利。后来恩师王杰教授推掉了所有研究生项目，两个人经过四个月时间的不懈努力，从翻书查阅资料到田间试验，终于成功完成了这两个项目。

蒋忠荣的两个事业场景在工作中凸显出来。一个场景是书房和实验室。多年来，蒋忠荣先后主持了“十一五”国家科技支撑项目“包虫病综合防治技术研究”的子项目，国家科技支撑项目“川西北高原包虫病防控关键技术研究”，科技部、农业部行业专项“青藏高原特色生态畜牧业关键技术集成示范”白玉昌台示范点的研究任务。另一个场景是在圈舍里。他和同事们给牲畜开展防疫注射、清扫粪便；为了降低科研成本，他和同事一起装卸材料、配制饲料；和基层技术人员打围栏、种贮草、治鼠害；在缺乏饲料加工器具时，他用榔头轧碎坚硬的豆粕，日复一日，繁重的劳作让年轻的他腰酸背痛，手上磨出了水泡和茧疤。这完全不是我们印象里知识分子的形象，而更像一个牧人、一个农夫。

只要工作需要，他就在川藏公路南线和北线奔走。上大学的时候，从道孚到成都，沿着川藏公路要翻越松林口、象鼻山、折多山、二郎山，现在也奔忙在这条主线上，但支线和主线的改善早已不可同日而语。现在他只身搭乘客车甚至拖拉机、货车，包括骑马前往偏远牧区，都不会有往日的泥泞。

为了学到的知识得到应用，为了取得牧民的信任，降低肝片吸虫引起

车队行驶在川藏南线

的牦牛犊死亡率，他当着牧民的面吞下兽用驱虫药片，牧民接受后，试验户的犊牛死亡率显著降低。朴素的牧人被他的行为感动得竖起双拇指，发出赞叹声。

在一次项目研究中，他突发痢疾，仍然坚持工作半月，拖到发生便血，差点晕倒，经林场医生救治后才得以脱险。在选择科研项目时，他既注重实用技术的研发，又注重基础应用技术的研究，更注重成果的转化和示范推广。

面对科研基础条件薄弱、科研人才短缺的问题，他与西南民大、省草原科学研究院等单位广泛合作，介入了国家“973”项目，承担了省“富民强县”工程，针对有关发展难点和热点，撰写了《对石渠县雪灾的反思》《乡、稻、得藏猪、藏鸡资源调查初报》《康巴谷地型山羊调查报告》等有价值的调研报告十余篇。

他在生态保护、产业发展和人才培养等方面提出的“关于解决草原牧区犊牛副伤寒疫苗的建议”“甘孜州包虫病防治建议”“关于解决民族地区专业技术人才紧缺的问题”等建议，为推进相关政策制定提供了重要支撑。

他到石渠县同当地的牧民结帮扶对子，认亲戚。在单位的记录簿里，仅他的个人捐款就上万元。他在科研之余，主动参加产业扶贫专家服务团“十大行动”，带领专家服务团深入贫困村，在百公里产业示范基地开展脱贫攻坚，组织编写产业扶贫实用技术手册，培训指导基层业务人员和农牧民。

他狠抓牧业科技成果的转化和示范推广，所产生经济效益上亿元，让老百姓看见了实惠，还帮助培养基层业务骨干和农牧民“科技明白人”三千多人次。因此，他获得四川省劳动模范的光荣称号。

因工作业绩突出，他担任甘孜州畜牧业科学研究所所长，主持和主研完成的项目获省政府科技进步奖二等奖一项、农业部丰收奖三等奖一项、省畜牧食品局牧业科技进步奖三等奖一项、州政府科技进步奖一等奖一项；获著作权一项；获授权发明专利、实用新型专利和外观设计等专利十四项。在核心期刊发表论文三十余篇，编写技术手册四册，出版专著三部；获得四川省劳动模范、第五届中国畜牧业贡献奖（杰出人物）、甘孜州第一批学术带头人、四川省科技咨询工作先进个人、甘孜州拔尖人才、甘孜州畜牧业学科带头人等荣誉，先后选派为四川省第九批西部之光访问学者。

一路走来，这位夹着笔记本电脑的“牧人”，创出了属于自己的事业。

七、乡村里的白衣天使

谭晓琴2004年6月从第三军医大学临床医学专业毕业，她没有遵循“人往高处走，水往低处流”的世俗逻辑，而是反向而行。

没有跟家人商量，也没给同学、朋友解释，遵从内心的驱使，她毅然回到家乡炉霍县，到斯木乡中心卫生院工作。

如此选择，虽令人费解，她却云淡风轻地说：“大城市多我一个不多、少我一个不少，但对家乡来说，多我一个，就多很多，因为家乡最缺医生，特别缺乡村医生。”

光阴如梦，一晃眼十七年的工作经历印证了当时的承诺，从最初老百姓眼中“不放心的小门巴（医生）”到“最放心的好门巴”，她用自己的脚步、敬业和情怀，走出了与患者之间的鱼水深情，她既是患者的“亲人”，更是群众心中的“女儿医生”。

斯木乡距县城十五公里，川藏公路过境斯木，沿线有著名的旅游景点卡萨湖、寿宁寺，出产青稞、豌豆、小麦，人口两千多，但对一个乡卫生院而言，工作量不小。

一天早上，一个浑身沾满血的小伙子来卫生院就诊。他头上裹满布条，满身酒气，神情恍惚。初步诊断为急性酒精中毒，面部及手臂多处擦伤。由于布条与创面严重粘连，清创时患者极不配合，家属也责怪她动作太慢且弄痛了病人。尽管她解释再三，可家属非但不听，反而带着病人摔门离去。

这是工作不到四天的她收到的“见面礼”，虽然很委屈，泪水差一点就涌出来，但她忍住了，冷静地从患者的埋怨里找到指责她的理由：动作太慢。她知道自己的事业之路才刚开始，她不急不火，按照自己认定的一步步朝前走。

谭晓琴挂在嘴边的一句话是：“医生多受累，病人少受罪；治好一个病人，温暖一个家庭。”

距斯木乡不远的仁达乡村民松批，在医院住院治疗期间被确诊为胃癌晚期。他不顾医生劝阻，放弃治疗而回家，知道自己救治无望，他成天郁郁寡欢、情绪低落。

一天，松批的家属骑着摩托来卫生院求谭医生帮助他缓解痛苦。她不假思索地背上药箱，搭乘摩托火速前往。

快到村子里时，因上坡时车速过快，刹车失当，她被重重地摔到了水泥地上，眼冒金星，身子像散了架一样，四处疼痛，半天爬不起来。看着自己身上多处破皮流血的伤口，想着正在经受病痛折磨的病人，她没有抱怨，忍着剧痛重新坐上了摩托。

在之后的一个多月时间里，她几乎每天都要搭乘摩托前去给松批输液，陪他聊天，直到他走完生命的最后路程。

对于她的无私救助，病人的家属常常挂着感激的泪水，而她总是安慰对方：“我是医生，患者就是亲人。”

十九岁的扎西是章达村的一名拖拉机手，因交通事故伤及颈椎错位导致高位截瘫。出院后，因长期卧床在家且护理条件差，身上的褥疮流出了又脏又臭的脓水，患者痛苦不堪，他的父母一筹莫展。

谭医生得知此事后，主动免费登门为其清理创口和换药，浓烈的气味常常熏得她忍不住呕吐。尽管如此，她依旧坚持上门为患者清创换药。患者父母感慨万端：“谭医生对病人简直是巴心巴肝，她就是我们心中的‘活菩萨’！”

2009年的一天，谭晓琴接到一个电话，情况紧急，一名藏族妇女难产，生命垂危。她放下电话，迅速朝产妇家赶去。当她赶到产妇家里时，产妇已经虚脱，几近昏迷……

她立即与同事着手接生。由于长时间重度缺氧，婴儿出生后全身发紫，已没有心跳和呼吸。当家人准备放弃的时候，她却抱住孩子，嘴对嘴进行人工呼吸，并实施心脏按压。经过紧张的抢救，奇迹发生了，婴儿清脆的啼哭声响彻藏家小院。获救的母子全家人不知如何表示感谢，一个劲地说：“咔作咔作（谢谢）！”她却笑笑说：“应该的。”

高原的春天总是姗姗来迟。一天深夜两点过，谭晓琴被人叫醒，她冒着严寒来到一个临时住在帐篷里的农户家接生。产妇由于忍受不了生产的剧痛，痛苦地大喊大叫，她不停地安慰产妇，经过紧张的分娩，婴儿顺利出生了。家属怕母子受凉，就在密闭的帐篷里生着烧炭炉子和火盆。正在做产后护理的谭晓琴突然感到一阵眩晕。“不好，一氧化碳中毒！”她想叫家属敞开帐篷通风换气，正提着炭炉向帐篷外走时，却当场晕倒在地。

自那以后，她感觉身体免疫力大不如前，经常感冒咳嗽。更致命的是，她被确诊为右肺大细胞肺癌，并下达了病危通知。消息传来，乡亲们自发为她转塔祈祷，转塔十万圈原本是一个可望而不可即的天文数字，可乡亲们硬是在短短几天之内完成了他们的祈祷。

乡亲们的举动虽然不能帮她治愈疾病，但他们的真诚却让她心中充满感动。

两个疗程的治疗和化疗之后，她一如既往地出现在了乡卫生院的诊治室。她告诉病人：“我是病人，更是一名医生。”每天到卫生院找她看病的患者络绎不绝，即使是在她下班或节假日休息期间，不少村民也找上门来看病。她年迈的父母迫于无奈，只好每天轮流充当女儿的“保镖”。

“我做了一回病人，深深体会到病人的感受。”有时候，来看病的患者很绝望，谭医生就问他们："你们能看出来我也是癌症患者吗？"一边治病，一边拉家常，是她的习惯，病人倾诉家长里短的烦恼事，她总是耐心地安慰，病人心情随之也变得舒畅起来；她看病的时候，医患之间经常笑声不断。她说："被病人需要，被病人信任，是我人生的最大价值。虽然我也是病人，但我更是一名医生。"

独马村村民登洛谈及自己的无知和谭医生的无微不至，感慨万分。

2014年6月13日，在登洛的侄女分娩前，谭医生多次劝她到卫生院住院分娩，可她始终坚持："宁愿生在牛棚里，也不愿生在医院里。"谁知道，侄女最终因难产而不得不求助带病坚持工作的谭医生。谭医生闻讯后，背起医疗箱，搭乘摩托来到牛棚里为她接生。经过谭医生的紧张抢救，大人小孩双双平安。登洛愧疚地说："要是早听谭医生的话，我的侄女也不会受这么大的罪。"

十七年来，卫生院的医生一批一批来了又走，可她却依然如故地带病坚守并奉献着。这正如她所说："救死扶伤是医生的职责和使命，我只是做了一个医生该做的事。因为，患者就是我生命的全部。"

在方圆几十里的斯木乡和临近区域，老百姓勾勒了她在他们心目中的形象：她是一个时刻牵挂着病人的藏族好医生，她是一个医德高尚、医术精湛的癌症患者，三十八岁的她虽面色憔悴，但每天忙碌的身影、爽朗的笑声，让人丝毫觉察不到她的病情。面对无情的癌症病魔，她坚持、坚强、坚韧地选择了乐观面对。经过几番死去活来的折磨后，她依然坚持为群众看病至今，被乡亲们亲切地称为"女儿医生"。

这个亲切的称呼之外，她更是全国三八红旗手、全国优秀共产党员、中国好医生、最美医生、四川省先进工作者，以及全国"白求恩奖章"、中国青年五四奖章获得者。

八、徒步公益队，十年如一日

星期一，周慧蓉队长在微信群里发了一条周末为陈忠爷爷庆祝生日的通知。很快姐妹们陆陆续续在群里留言：我要参加、我也要参加、我报名，周队，有啥子吩咐，就提前在群里喊一下，积极跟进……

这支活跃在川藏公路重镇康定的女子徒步公益队，从2013年组建到现在已经整整十年。十年的磨合，以她们之间的默契，无须多话，便在群里预制了执行方案。经过精心的准备，五天下来，一切就绪。

2023年中秋节，是陈忠爷爷的九十八岁寿辰，陈爷爷1948年参加中国人民解放军，次年入党，曾参加过淮海战役和抗美援朝战争，是目前甘孜州年纪最大的“两参”军人，1960年定居康定。

一早，三个姐妹就去陈爷爷和伍婆婆家里，准备把两位老人接到口福缘餐厅庆生。

咚咚敲门，屋里传来陈爷爷洪亮的应答声，平常要睡到十一点才起来的陈爷爷，早已经穿戴整齐，在等着她们了。想着伍婆婆要走得慢一些，姐妹们说让她先走着，伍婆婆却说，要等陈爷爷一起走，不然走丢了，就再也找不到了。

姐妹们很羡慕陈爷爷和伍婆婆近七十年的情感，相互陪伴、照顾、体贴、尊重。

沿着折多河步行不到五百米，来到餐厅，姐妹们已经聚集在门口，没能参加活动的其他姐妹也随喜为陈爷爷送上了浓浓的祝福，她们特地为陈爷爷准备了大红幅的寿屏，上面写着：“乐享遐龄寿比南山，欣逢盛世福如东海——祝陈忠爷爷九十八岁生日快乐！”

“注意了，看着镜头，茄——子。”姐妹们开心地跟陈爷爷合影留念，沾沾福气，围坐一起，听他讲故事，向他送祝福，为陈爷爷送上吉祥的哈达。陈爷爷也向姐妹们回赠了他幸福的笑容，姐妹们为他唱着一首首生日祝福歌，一起分享着大大的生日蛋糕。一顿饭吃下来，陈爷爷心潮澎湃，感触万分。

陈爷爷牵着老伴的手，激动地说：“这是这么多年来，第一次这么多人给我过生日，我今天万分高兴，也很激动，从来没有过过这么隆重的生日，感谢共产党，感谢孩子们，愿生活一年更比一年好，等我一百岁的时候，一定要请在座的每一个姑娘，再热热闹闹地过个生日。你们唱了那么多歌为我祝福，我也给你们唱两首歌表达我的心情，一首是革命歌曲，一首是陕北民歌……”

听着陈爷爷发自内心的歌声，中气虽然不足，但情真意切，姐妹们的眼睛湿润了，心想仅用庆生的方式，就温暖着老人们的心，真心希望两位老人被岁月善待，快快乐乐，静享天伦之乐，静享人间温暖。

提起这支家喻户晓的康定女子徒步公益队，她们的名声不是靠嘴，而是靠自己的双手双脚干出来的，她们戴着手套，带着火钳、编织袋，活动在康定城区的卫生死角，把这个城市的干净细节展现给人们，自信地敞开这个全国卫生城市的真容。

徒步公益队成立至今，共有六十六名队员，皆来自各行各业、各个民族，最大的六十三岁，最小的三十岁。十年时间，女子徒步公益队利用节假日及休息时间，累计开展志愿服务活动五百余次，时长一千三百五十多小时。

最初，她们只是由一群喜欢徒步、热心公益的姐妹在徒步的同时，捡捡路边的垃圾，做做简单的公益，遇上需要帮助的人，给予一些力所能及的帮助。不知不觉间，渐渐有更多志同道合的姐妹加入，共同致力于公益，共同坚持着初心，共同守护着小城。

走着走着，她们逐渐形成了“奉献、友爱、互助、进步”的志愿者服务精神，将民族团结的“一条主线”“三个离不开”“五个认同”作为公益队的初心。

十年的春夏秋冬，每个周末和节假日，康定女子徒步公益队先后帮扶、关爱、照顾过十个孤寡及贫困老人，不仅为这些老人送去了精神上的关怀，还送去了生活上的帮助，小到在节假日或周末去为老人们打扫卫生、买菜做饭、理发修面、装宽带、充电费，陪他们聊家常、说生活，大到免费带他们去医院做体检，添置家具、电器、衣物及老年人的助行器等。

从2019年开始，他们已经给九十七岁的孤寡老人张霖爷爷举办了三场隆重的生日寿宴，也为他添置出一个有宽带电视、冰箱、全自动洗衣机的像样的家。

第二年，康定女子徒步公益队向社会各界发起了一场为贺泽明老人旧屋改造的“用心成就一份爱，用爱筑起一个家”的众筹活动，共计筹集善款五万余元，在许多爱心人士的共同努力下，将他的“垃圾屋”变成了一个温暖的家。

重情的姐妹们认识张爷爷时，他已经是九十高龄，住在东关居民点的安置房里，是一个爱干净、爱做饭、不苟言笑的瘦小老人。他一生未娶，经历坎坷，没有家人，也没有朋友，小小的安置房很简单、很整洁，有一台老式电视和一台破破烂烂的半自动洗衣机。

然而自从他孤寂的小家“闯入”这群“闹喳喳的喜鹊”后，七年时间里，姐妹们从最初的照顾，到彼此成为陪伴和惦念的家人，老人的家也成了她们最温暖的去处。他成为她们眼中可爱的张爷爷，她们成为他晚年最信赖最温暖的“贴心小棉袄”。

七年间，她们陪他过生日，每年为他做体检，给家里安宽带，换了液晶电视和全自动洗衣机，添置了简单的家具，整个家里有了家的氛围。姐妹们每周都会轮流去给他做一餐美食，陪他聊聊天，说说话，打扫一下卫生。

七年间，张爷爷的电表里一直充着足够的电费，冰箱里一直装满了食物，春夏秋冬都有新的衣物，让他一无所缺。

七年间，她们用心付出、用心陪伴，彼此珍惜，老人被这群“喜鹊”捧在手心里，成为“康定网红张爷爷”，并得到了许多人的关心和关注。

2023年1月21日，九十岁的张爷爷终究是没有扛过寒冬，离开了这个温暖的世界，“喜鹊”们与张爷爷七年的缘分，戛然而止。这也成为姐妹们心里最大的一份缺失。她们坦言，虽然在照顾的老人里也陆陆续续有离开人世的，但孤老张爷爷就像是姐妹们的家人。每每提起张爷爷，她们眼里都会泛起泪花。

十年里，徒步公益队发起“爱让藏地娃挺直脊梁”公益活动，为八十八名贫困重症脊柱侧弯患儿筹得善款二十多万元，让孩子们病有所医；2018年为理塘贫困家庭尿毒症患者大学生降央邓珠的肾源配型及手术费发起了爱心筹款，从透析、肾源配型到手术成功，欣慰地看到他日渐康复；同年冬天，为石渠高海拔的瓦须贫困孩子筹得善款一万元，为石渠的孩子们送上了一个温暖的冬天；2021年，为雅江县患病二十年的脊柱侧弯后凸贫困患者洛让曲珍筹集到十四万手术费，历经三次手术，帮助洛让曲珍渡过难关，挺直了脊梁；在疫情期间和泸定地震中，她们充分发挥了本土志愿者的力量，率先在地震后每天免费为受灾群众送出上千碗拉面，还为因病离世的“拉面哥”张奴合家庭发起了捐款倡议书，在短短三天时间筹集善款四万三千五百九十一元，亲自送到张奴合妻子手中。

让康定女子徒步队成为志愿者标杆团队，是她们走下去的美好愿景。

十年时间，她们难的不是做公益，而是坚持。她们先后荣获了“感动康定最美好人”的称号，荣获了由国家卫生健康委员会颁发的“敬老文明号”的称号——他们是全国唯一一个获此殊荣的社会团体，荣获了四川省“9·5”泸定地震抗震救灾志愿服务先进典型“优秀志愿服务组织”称号。队长周慧蓉获得2023年度“四川省百名优秀志愿者”称号。

徒步公益队的事迹也被康定市和许多媒体大力宣传，各种网络平台多次鼓励和宣传着这份正能量，还两次在中共中央宣传部甘孜“学习强国”学习平台登出。她们走出了康定最美的一道风景线。

九、川藏公路盛开的“红石榴”

1

邛崃市临邛镇东街180号，是甘孜州驻邛崃干休所所在地。

一位九十一岁的离休老人在临终之时，将自己终生的积蓄一百四十八万余元人民币捐给甘孜州慈善总会。这位老人叫王秀文，她用实际行动，像一颗殷红的石榴籽，圆了歌曲《一个妈妈的女儿》里所唱的民族团结梦。

干休所隔壁是著名的“文君酒”原窖址所在地。

“特别在雨后，一阵一阵的香味隔墙飘来，闻起都醉人。”已经在干休所工作二十八年的司机曾师傅，平日里因工作不敢喝酒，但对越墙飘来的酒香情有独钟，“回想刚入职干休所，包装车间跟干休所一墙之隔，那年月修围墙为省材料，就用瓦片来装饰隔孔，从孔中就能看见包装厂的繁忙。我曾开玩笑对装酒的孙二娃说，兄弟，递一瓶过来嘛。”

忙得挥汗如雨的孙二娃冲他笑笑，耸耸肩说：“装瓶不敢，要不，你递一个矿泉水瓶子过来，我给你装一瓶散酒，效果一样嘞。”他地道的邛崃话惹得隔墙的人哈哈大笑。

“兄弟，耿直，我跟你开玩笑的。”曾师傅也学着他说邛崃话，但听起来很蹩脚。

在一旁纳凉的老红军张成钰和参加过抗美援朝战争的老兵王秀文，听见两个小青年的对话后，乐了，王秀文阿姨说：“想不到，你这鬼娃娃，挺有素质的。”老红军也竖起拇指赞同她的评价。

那时的王阿姨精神矍铄，穿一件碎花白衬衫，配上一条的确良军裤，端正的五官布满皱纹，但也藏不住年轻时的漂亮。特别那张穿解放军军装的半身像，英姿飒爽、器宇轩昂。

如今二十八年过去了，这两位老人都已西归，回想往事，曾师傅有难以名状的追怀。

在曾师傅的记忆里，这里住的五十一位解放大西南的解放军南下离休干部中有老红军、老八路、解放军，他们1949年9月30日前参加革命工作，曾经在川藏公路沿线为新中国的成立做出了不可磨灭的贡献。

王秀文老人就是五十一位离休老干部中的一位。在干休所所长王逖的工作记录本里，王秀文阿姨是他和所里的同事在2019年12月20日送走的。

她的离去让全所同事的心情格外失落，当州委老干部局局长裴嘉抱着老人的骨灰盒安放在重庆革命公墓的那一刻，她的泪珠不受控制地滚满脸颊，脑海里闪出毛泽东诗词《忆秦峨·娄山关》中的一句：残阳如血。

是的，残阳如血。那一刻，她对这句话便有深入骨髓的领悟。王秀文这位孤独一生的老人在临终之前对裴嘉说：“娃娃，我死后，我的房屋、财产都要捐出来，除了捐给我的第二故乡做慈善事业，还要捐给退伍军人和残疾军人。”

局长裴嘉在这群老革命面前，一直以晚辈的姿态同他们相处相融，在家里、在活动室、在病榻前，无数次地同王阿姨交心攀谈，她的手温、气息、微笑、开怀、失落、迷茫，如下葬前的一束束白菊，缕缠在她的记忆里。

王秀文，1929年1月生于河北省磁县，1948年8月加入中国人民解放军，1950年参加中国人民志愿军入朝参战，任排长；回国后于1952年在西南军区邮局担任业务员，后转业至江津地区百货公司工作，1957年支边，来到甘孜州巴塘县商业局工作；1983年7月离休，安置在甘孜州驻邛崃干休所休养；2019年12月20日，王秀文与世长辞，享年九十一岁。这位无子无女的独身老人，把青春年华和毕生心血奉献给了祖国。

2

2023年4月20日，邛崃干休所举行了一场特殊的慈善拍卖会。

“本次拍卖会竞拍品是，邛崃市临邛镇东街180号3栋2层18号面积为八十三点五五平方米的住房……房主王秀文老人于2019年12月20日离世，她生前留下遗愿：将所有财产捐给甘孜州慈善总会，用于慈善事业！为完成老人的遗愿，受甘孜州慈善总会委托，今天我们公开拍卖这套住房……”

拍卖师介绍完拍品后，三位爱心人士踊跃举牌竞价，最终以三十五万元落槌成交。就此，老人遗产捐赠圆满落幕，加上老人在银行的存款，甘孜州慈善总会累计收到捐款一百四十八万四千零六十八点七四元，扣除相关费用，可用资金一百三十九万八千一百三十一点九一元。

遵照老人的遗愿，甘孜州委老干部局、州慈善总会、邛崃干休所、巴塘县委组织部会商决定，合理设计实施慈善项目：投入三万元救助五名因伤残、因病、因灾、因高龄生活困难的军人；投入二十万元在甘孜州慈善总会设立“王秀文助困基金”，制定基金管理办法，持之以恒救助困难群众；其余资金用于巴塘县团结寄宿制学校体育文化设施改造提升，设立“秀文主题文化墙”“秀文图书室”“秀文实验室”等，打造宣传爱国主义和慈善文化的教育阵地，让她的精神在川藏公路的“文化墙”上昭示路人，代代相传。

3

老人生前住在邛崃临邛镇东街3栋2层18号，住房面积约八十三平方米。

走进不大的客厅，一对靠墙木架老式弹簧布套沙发，简易的木质茶几上放着一部台式电话，墙面是年代久远的泛黄的墙纸，墙纸中央有一幅“秀文华国”的字画，这是她跟随多年的老首长，在1995年初冬于香水村赠送给她的，她老人家一直视若珍宝。沙发对面是漆面斑驳的五抽柜，柜面放着一台十四寸的老式显像管电视。客厅有三道门，左手那道门进去是卧室，一架款式陈旧的双人木质蚊帐床，床边是一个灯柜，靠窗放着简易的写字台，屋里散发着膏药的气味；卧室的隔壁是老人堆放杂物的空房，几乎没有一件家具，有八九个装十四寸电视机大小的纸箱；客厅的另一道门通向厨房，一个简易的灶台上放着单火盘气盘，一个条桌上放着几个调味瓶，一把像杀猪刀一样的菜刀，一个老旧的电饭煲，碗筷和碟子是东拼西凑的地摊货，旁边放着一个单开门的冰箱，王逖所长说，那是前几年裴嘉局长怕她吃变质食物，苦口婆心劝她买的。客厅的右手边是一个小阳台，阳台右边是卫生间。

屋里的一切像生活在贫困线上的人的家居，与离休干部的身份反差太大，但摆放又井井有条，干净整洁，某种意义上，像个出家人的独居生活空间，用“四大皆空”来形容并不过分。

老人的生活场景，不禁让人唏嘘，也让人纳闷：老人家为何要过如此清贫的生活？

王逖所长清楚地记得房屋拍卖前，请了相关的法律顾问做过粗略的评估，当时一位工作人员看了房屋后，颇为感叹，他说："如果做一个明面的财产评估，包括最贵重的冰箱和电视机在内，总价值不超过一万五千元，这个数字与王所长提供的三张银行卡、十七张存单里共计一百一十三万四千零六十八元相比，反差太大，从捐款的落点证明，她是一个高尚的人、一个有益于人民的人，她的精神品质，用当下最时髦的顶格赞叹都不为过。"

"总结得非常到位。"他的一席话获得在场所有人的认同。

"实话说，老人的活法，我做不到。"工作人员停顿片刻说，"如果我有一百多万现金，我拿出四十万来装修，新换家用电器、家具、厨具，二十万去周游世界，五十万作为存款，再加上每月的退休金，日子会美美的。"

这番话着实触动了王所长，无私奉献就是老人的终点，和爱国的起点呼应。那一刻，所有同老人相处的无数日子涌入记忆，在她的心目中，这位几乎失明、走路颤巍巍的老人是如此高大，平日里觉得她对自己近乎苛刻的埋怨荡然无存。

解开这一密码，还得从2019年8月19日这天说起。当时在成都市新都区静雅医院住院的王秀文老人，迎来了甘孜州委老干部局和邛崃干休所被她叫为"娃娃们"的领导和干部。

老人的手和裴嘉局长的手紧紧地拉在一起，久久不放，迷离的眼神尽力在对焦："娃娃，我有件心事想给你说说，你一定要为我办成。我拜托给你了。"

"王阿姨，尽管说，只要是组织上办得到的。"裴嘉看着王阿姨的虚弱状态，心存不安。

"离休后到干休所休养，非常幸福快乐。过去我的脾气有点倔，也给干休所添了很多麻烦，现在想来真有点过意不去。”

“王阿姨，别这样说，是我们哪些地方没有做好？”

王阿姨轻轻摇摇头否认，说：“离休以后，我深切地感受到组织对离休老干部的关怀，我们这批人，都是为了解放大西南从北方过来的，背井离乡，沿着刚修完的川藏公路到了高原，吃了好多苦哦。但我们深知，这是我们的使命所在。离休后，州委、州政府专门在内地气候条件好的地方，安置我们这批老同志，还配备专职工作人员。州委的领导也经常来看望我们，有什么困难都能及时解决。我们州又是贫困地区，州上的资金也不多，但我的医药费都及时给我解决了。我真真切切地体会到了党和国家，对我们这批老干部的重视和照顾。”

侧耳倾听王阿姨气若游丝的感谢话，在场的人略微觉察到了某种不祥的预兆。

王阿姨轻微哽咽地说：“娃娃些，有你们的陪伴，我在所里舒心、安逸地生活了二十多年，我虽无儿无女，你们就是我的娃娃，你们也把我当亲人一样无微不至地照顾着。我真的很幸福，很幸福。我也是九十高龄的老人了，我自己的身后事都托付给你了。第一是身后财产的处理，第二是我身后的归宿。”老人平静了一会儿，继续说，“为了感谢党和国家，感谢州委老干部局、邛崃干休所对我三十年如一日的照顾，我的房屋、财产都要捐出来……”

在场的裴嘉、王斌斌、王逖、曾长建、陈莉、张宏程听到老人的交代，几乎不相信自己的耳朵，整个病房的空气都凝固了，一位平日里对自己十分苛刻的老人，竟然做出了如此惊人的决定。大家凝神屏息，被突如其来的震惊弄得不知所措。

早在两年前，王阿姨在活动室就同裴嘉有过一次深度的交谈。王阿姨告诉她，在她去世后，把骨灰安置在重庆市一个事先选好的革命公墓，那里有很多她参加抗美援朝战争时的老战友，她要魂归“最后的军营”，“我考虑捐出全部遗产。我工作在民族地区，民族团结很重要，所以要求这笔钱一定要用在民族地区的贫困群众或学生身上，这是我毕生的愿望。”

那时老人的身体不错，裴嘉安慰她：“这些话我记住了，你现在的任务是好好过日子。”

4

邛崃干休所的工作人员由汉族、藏族、彝族、回族组成，是一个民族大家庭，大家谈起王秀文老人，每个人都能讲出她节衣缩食、省吃俭用、维护民族团结的故事。

回忆老人的生活点滴，干休所办公室主任乌尼阿依说得很直接：“三个字，太节俭！印象最深的就是买冰箱，邛崃的夏天很热，吃到馊的饭菜会伤肠胃，多次给她提议所里给她购买冰箱，被她拒绝。后来裴嘉局长以组织的名义‘命令’她，才买了冰箱，这才杜绝了老人吃变质食物的情况。家中还有台老电视机，经常出故障，图像很不清晰，我们几次准备搬走换新的，她说眼睛不好看不清晰，只要能听清楚，就行了。”

王逖所长与老人曾发生过一起“赔米事件”，王逖回忆：“王阿姨从外地治病回来，我去探望她。我发现保姆正在埋着头细心地筛选着什么，走近一看，原来全是虫蛀了的米，我一阵心酸，索性把米丢了，买了袋新米，没想到王阿姨怒气冲冲对我说：‘米选一选还能吃，你为什么丢呢？我不要你这个新赔的米，我就要我原来的米！你们没有饿过肚子，1942年河南大饥荒，饿死多少人，我是从饥饿里爬出来的。’我一时无语，现在才明白，经历过大饥荒、解放战争、三年困难时期的人，的确对粮食的情感不一样。因此，现在对她的节俭，甚至吃霉变食物，我抱有最大限度的理解。”

藏族干部唐金花回忆，2016年，老干部局争取到一笔资金，准备给离休干部家里新搭建洗澡间，听闻此事王阿姨却很生气，总是说又浪费国家的钱。搭建好后工作人员多次动员她乘势对房屋进行简装，更换必要的家具家电，可屡屡被老人严厉拒绝："我一个人住这么大的房子，组织上给我配了这么好的家具，足够了，不想再花钱了！"就这样，直至老人离世，她所居住的房屋还是几十年前的模样，所有房间里，最值钱的还是那个普通的冰箱。

5

王秀文阿姨对自己甚至对保姆都几近苛刻，委屈的保姆气得离家出走过，原因是馒头长出绿霉，婆婆还舍不得扔，这一幕被干休所医生牟文蓉看见，她拉回保姆，严肃批评了王阿姨。

王阿姨却满不在乎，彝族医生牟文蓉同老人接触较多，她认为大家只看见了王阿姨对自己苛刻的一面，但王阿姨对他人却很大方，她回忆说："每逢过节是老人最忙的时候，很多战士来看望她，听她讲川藏公路上民族团结的故事，离开时，老人会偷偷地将钱塞给家庭比较困难的战士。平常所上组织向对口帮扶地区或是地震灾区、困难军属烈属捐款时，她总是踊跃走在第一个，还是捐得最多的一个。在她身体还健康的时候，她经常受邛崃驻地部队邀请给年轻的战士们进行革命传统教育。"

回族干部高丹蓉清楚地记得几件事，解放军炮兵指挥学院学员彭凯强在给王秀文老人的信中写道："王阿姨，上次您给我二百元钱，我很感动，每年去您那儿都拿您的钱，真是过意不去。您对我已经够好了，我不知怎样才能报答这份深恩。"解放军56089部队战士朱宜昌与老人联系密切："在邛崃驻地，我只认识您一个人，我早已把您当成亲人……连队将我申报为科技练兵先进个人，第一时间给您打电话，让您分享我的快乐。"

"平日里老人最关心国家大事，闲暇时间喜欢看报纸，家里堆了很多珍藏的剪报，后来视力减退才将读报改为听报，对保姆唯一的要求就是要会认字，会读报。每次一听到哪里发生了灾害，她就催到我帮忙打钱捐款。"彝族干部乌尼阿依每次谈起她都有诸多感慨，"老人性格很执拗，每次干休所组织捐款活动，她都捐得最多。现在回想起来，真的让人敬佩。"

在邛崃干休所这所民族融合的大家庭里，王阿姨这颗殷红的石榴籽，用大爱、无私奉献、民族团结的事迹感动大家。

王秀文阿姨从鸭绿江右岸抗美援朝到金沙江东岸支援第二故乡——巴塘，她用无私的人格，用一位南下干部的奉献，生动地践行着"两路"精神的二十四字：一不怕苦、二不怕死，顽强拼搏、甘当路石，军民一家、民族团结。

十、她申报了“李四光地质科学奖”

她，叫付小方，干地质已有四十三个年头。

她，在青藏高原波浪起伏的雪山看过日出日落，在荒野看过彩虹，在草甸看过秃鹫啃啄牦牛腐尸，在阳光下看过寺庙的金碧辉煌，在雅哈垭口看过贡嘎主峰的最后一抹锈红。

她，得出一个心得，在无人区待久了，世界安静得仿佛只属于自己。置身于广袤无垠的世界屋脊，暮年已至的她，常常沉浸在曹孟德的《观沧海》中：“秋风萧瑟，洪波涌起。日月之行，若出其中。星汉灿烂，若出其里。幸甚至哉，歌以咏志。”

四十三个年头，她沿着川藏公路走遍了川西高原，除了感受充满野性的壮美河山，更重要的是把脚下的山河肌理、来龙去脉，在“望闻问切”中，储藏在记忆里、情怀里。从最初目睹资源型城市攀枝花的崛起，到后来见证新中国工业在矿产资源支撑下由弱到强的成长过程，同时也见证了她自己的成长。

时光荏苒，转眼到了21世纪，新技术，新能源，新材料，像一把把打开未来的钥匙，决定着一个国家能否引领新的潮流。质的飞跃需要一代代的量的积累。

每当她站在塔公草原，足下的甲基卡锂矿都会向她发出邀请。她是祖国的地质人，她为祖国寻宝藏。

付小方在2023年申报“李四光地质科学奖”时，“李四光地质科学奖”已经给出了界定：主要奖励长期从事地质工作，热爱祖国、热爱地质事业，为发展地质科学和祖国现代化建设做出突出贡献的地质科技工作者。

其实这个界定，就是为付小方这一代代付出者设定的，如果逐一对照获奖设定，她全部符合。不过，全国范围内优秀的角逐者甚多，至于“花落谁家”，她告诫自己：不以物喜，不以己悲。得之坦然，失之淡然。

根据评奖章程规定，她的申报属于“野外地质工作者奖”的范畴。

不难理解，野外地质的野，就是在远离人群的区域。这一区域在她的事业中，还是在平均海拔四千米的世界屋脊——青藏高原。

一位年已六十五岁、体格弱小的女子，是什么动力让她在世界屋脊一走就是整整四十三年?

1. 被一部电影带成地质人

付小方从小在部队大院里长大。

当时有一部很火的电影叫《年轻的一代》，她在十七岁那个炎热的夏天，搬出家里的小板凳，顶住蚊虫的叮咬，在大院里看完了这部改变人生轨迹的电影。

影片里地质队员不畏艰险，在青海高原上为国家寻找矿产的故事，让她对地质工作心生向往。让她印象深刻的是主人公萧继业带领的小分队，在高原发现了新矿藏，带着样品回上海参加地质报告审批答辩。另一主角林育生怕艰苦，伪造疾病证明不上高原。萧继业检查出骨瘤，可能截肢，他同林育生养父林坚帮助林育生转变思想。不久他的腿病治愈，地质报告也获得通过，萧继业、夏倩如等又一起奔赴祖国最需要的地方。

萧继业等一批青年在大山大河之间找矿的故事深深地吸引着她。那时，她梦想着成为一名地质队员。

电影主题曲《勘探队员之歌》，她至今哼唱起来都还是感到那么带劲，仿佛青春的活力在高原阳光的加持下，依旧如初。

在她的青春期，国家正在建设攀枝花钢铁基地。记得当时的方毅副总理指示要搞地质大会战，整个攀西地区都需要勘探，急需大量的人来工作。

获知这一消息，在全家吃晚饭的时间，她大胆地向父母说出了自己的愿望。父母都是军人出身，参加过淮海战役，参加过解放大凉山，知道创业需要激情，更理解女儿的热情，也知道野外地质工作的艰辛，但他们没有阻拦女儿的选择。

就这样，她在十九岁那年，如愿加入攀西地质大队，成了一位勘探队员。一身深蓝色劳动布工作服、一个帆布包、一双翻毛的深筒皮靴、一个军用水壶，就是当时地质队员的标配。

工作内容是保密的，工程代号是820。条件非常艰苦，但恰恰也在那个年代，人们的工作热情非常高涨。

最初她在攀枝花从事岩矿鉴定、选矿试验等工作，这些勘探的矿石将被用来锻造钢铁，那是国家急需的资源。

地质队少见女生，第一次随队野外调查时，付小方和男队员同住一个帐篷，她有些难为情，天黑前在帐篷外磨磨蹭蹭不肯进去。

领队看出她的窘迫，用行李隔出一个空间，才有了她休息的地方。

但工作起来，就不能分男女了，她看似娇小，但骨子里“巾帼不让须眉”。每次野外调查回来，地质队员都要背几十公斤重的石头样品，男人背多少，她也背多少，最多时，她一个人背了二十五公斤的石头，而她的体重只有四十公斤。

在攀枝花前后十年，付小方考入成都地质学院（现成都理工大学）地质调查专业。1987年毕业成家后，丈夫在成都，刚有孩子的她本可以到税务局、工商局工作，但还是舍不得地质这一行，左思右想，为了这个目标还专门向领导申请，明确告诉领导：“我就喜欢干这一行。”

领导尊重她的选择，帮她找到四川省地质调查研究院高原研究室，但所里都是男同志，她又带着孩子，很担心不被留用。高原研究室侯立玮主任毫不犹豫地说：“很好啊，我们欢迎。”

从这一刻，付小方的人生就和地质有了不解之缘，和青藏高原有了不解之缘，和甲基卡锂矿有了不解之缘。

2. 因热爱，家庭事业两难全

去地调院不到一个月，侯老师就告知她要去野外调研，叫她做好出发前的准备。

“真的吗？好久出发？”就要去心心念念的高原，她兴奋不已。上高原去一趟少说也得几个月，一队人，吃、穿、用都要采购后装到解放卡车上，川藏公路上连加油站都很少，汽油也要提前预备好。

沿着全长二千四百多公里的川藏公路进发，需要翻越十余座海拔超过四千米的大山，跨过多条大江，一路上多险弯，路面多暗冰，即便是最有经验的司机，跑在川藏线上，也是浑身都绷紧了。

她已经数不清自己在这条路上往返了多少次，路的一端成都是她的家人，另一端连接着她的工作地点——川西高原。

20世纪90年代，军绿色的解放牌卡车上高原，付小方和同事都挤在露天车厢里，脚边是数个硕大的行李包，塞满了地质勘探的仪器、图纸与样品，路途颠簸，车一抖，人和行李包被颠得左摇右晃。令人万般无奈的是，川藏公路的等级是四级土路，无雨的季节，车轮碾过扬起的尘土铺天盖地地覆盖在身上，一下车除了眼珠在转，整个人就像泥塑的。此外，付小方和同事遇到过狼和熊，遇到过持枪的土匪，更危险时，还有车辆半个车身挂在悬崖边的经历。

那时也是地质工作蓬勃发展的时期，国家需要偏远地区更详尽的土地调查图，需要大量能源助力发展，付小方和同事在露天车厢中一路唱着歌，走遍了高原的大山大川，在少有人迹的地方留下了一个个测量、勘探的标记。

高原缺氧、山路难走，付小方学会了骑马。旧照片中，个头小小的付小方骑在马背上，背着大包，昂着头，一脸骄傲神情。

“高原的马没见过雨伞雨衣，雨伞撑开砰的一声，都可以让马受惊，雨水打在雨衣上沙沙的声音也让它害怕。”付小方曾因此被马甩下，“当时被甩得老远，掉在地上还伤了头。”

早年间，野外勘探没有住宿地点，常常只能睡在越野车和帐篷里，遇到下雨，就在帐篷里撑着伞，身上盖着毛巾吸水。高原上蔬菜水果匮乏，方便面、压缩饼干一吃就是几十天，每次勘探结束，队员们从山上下来，个个脸颊黑红，嘴角带着深深浅浅的皲裂和溃疡。

“腿上摔的、划的口子密密麻麻，干这行之后，我再没穿过裙子。”曾经的艰苦经历在付小方身上留下不少伤疤，她却没把这事儿放在心上，讲起过往她总是带着笑声，语速极快，掩饰不住地兴奋，“有一次两个车胎同时爆了，”她双手一拍，“啪！来了个双响炮！哦豁。”

强烈的紫外线是年轻女孩皮肤的天敌，工地里的雪混着尘土，走起来磕磕绊绊，灰黄色棉布搭起的简易帐篷里，一盏灯泡更显孤单，取暖设备只有一个煤炉，纯净水是从山下运来的，要节省着用，就连卫生间也只是塑料布围出的一小块空地。这就是付小方工作环境的真实写照。

谈及为何选择地质工作，付小方只给出简单的四个字，“就是喜欢”。

她说不清那份喜欢从何而来，但那些年，山川湖海真实地滋养过她的人生。只是浪漫背后有数不尽的孤寂。“我从没听过搞地质的前辈过多提及自己的孩子和家庭。”她曾这样告诉别人。

只有在日记里，她才敢释放自己的脆弱。“上高原的日子又到了，心里有些兴奋，可昨晚戈戈（她的儿子）哭着不要我走，心里又不放心他。早上，车开出城好久了心里还犯难。”

为表达无尽的思念，她在山里给儿子写信：“戈戈你好，妈妈在很远的大山里工作，很想你，经常会把你的照片拿出来看看。这里山很高，天很蓝，云很白，站在山顶上，手都能摸到天似的，以后有机会一定带你来看看大自然的风光。”

有一次，付小方的丈夫因脑动脉瘤陷入昏迷，马上要做手术，需要她签字。可那时她刚抵达三百公里外的高原，又赶上二郎山暴雨塌方，怎么也出不去。等待道路修通的日子，为了不耽误手术进度，付小方在海拔四千米的高山上发了疯般狂奔着完成了所有工作。

大家都喊她：“你跑什么，不要命了？”她不敢告诉队友实情，第一次感觉“撑不下去了，每天晚上都在房间里蒙着头哭”。道路修通之时，付小方跟随康定公安局的领路警车，第一时间冲出大山，直奔三百公里外的医院。

所幸最终手术顺利，付小方这才放下心，瘫坐在椅子上，负疚和释怀的热泪打湿脸颊。

尽管一度情况凶险，但丈夫和家人没有一句责备。“但凡有人说句重话，我都没办法坚持。”再提起往事，付小方的丈夫也只是笑笑：“她要工作嘛，都莫得办法。”

确实是，选择了地质工作，特别是在青藏高原上，就意味着选择了艰苦，选择了寂寞，选择了时刻与危险相伴。

一篇付小方的日记，记录着地质人的浪漫与孤寂、得到和失去。

9月14日星期四，今天是中秋节。

圆圆的月亮升起来，山头顿时变得那么清晰，小溪的流水也闪着银光，就在那一刹那，好像世界上的一切都像月亮一样，对我发出一种如水般清明透亮的光泽。站在这广阔的草原上，整个心都变得透明起来，变得快乐和安详。我真想大喊大叫，真想找个人抒发一下心里的感受，可周围只有我一个人和哗哗流着的小溪。

这样的夜晚，非常想念在远方家里的亲人们，此刻，爸爸一定去买了不少的月饼，妈妈自然做了一顿丰盛的晚餐，此刻，妈妈也一定在为我牵肠挂肚，也一定带着戈戈在为我祝福祈平安吧。

从感情上来说，虽然儿子都快四岁了，我仍像小孩子那样依恋他们，离不开他们。想想在家的日子是那样温暖而愉快，尽管我有时也很任性，但也只有在家的环境才能那样随便放肆。

他们也特别疼爱他们的外孙，我也没什么不放心的了。

我此时是一个人睡在“小北京”里——就是吉普车，因为就我一个人，又是中秋，景色又很美，触景生情，自然想到家人了。能睡在小北京，算是条件好的时候。

三十年过去了，如今，进藏之路已不似当年波折，越野车驶进穿山隧道，车速慢下来，橘黄色灯光映进车里，给野外作业必备的羽绒衣、棉帽、围巾笼罩上一层温暖光晕。

当年十八军在青藏高原找路、修路，而今地质人员在青藏高原找矿、开矿，工作有别，但他们为人民服务的本质没变。

3. 追寻真“锂”人

对于付小方而言，与锂结缘是在2011年。

对于新产业的发展，国家对“三稀”（稀有金属、稀土元素、稀散金属）状况掌握很不明确，国土资源部下达命令，要在全国范围内摸清稀有资源储量。

当时局领导把付小方他们带到一个农家乐开会，沏好茶，随后给大家布置了锂资源调查的任务，领导的语气让她明白，这是一个艰巨的任务。大家就集中在农家乐看似悠闲地读资料、看图，整整七天，才理出了一些头绪和思路。

付小方很早就听闻，川藏公路旁边的塔公一带有锂。早在1958年，省地矿局的地质队在那一带工作，他们路过塔公寺，看到当地人对着一种白色的石头跪拜。

地质队员就问石头是从哪里来的。当地人用手指指远处，说距离他们不远。

循着所指的方向，地质队员在甲基卡找到了云母和石英矿，也发现了那一带有锂。后来这项工作交给了省地矿局另一个地质队，他们在那里勘探了近十年，获得了很大的成果，但那个年代，人们还不知道锂有这么大的用途。

付小方早在1992年就因为构造地质上的科研课题多次去过甲基卡，对那里的地质构造、伟晶岩结构都很清楚。这之前的铺垫，对她后来找矿帮助非常大。

付小方所在的四川省地质调查院接下了在甲基卡寻找锂矿的任务。她深信，成就的本质在于积累，积累的秘诀在于下笨功夫。她成为项目负责人，侯立玮担任技术顾问。这一项目细分为地质、物探、化探、钻探和综合五个组，由老、中、青三代地质人组成，侯立玮是老一代，她是第二代，第三代就是包括唐屹在内的年轻人，他们负责各项技术和具体操作。

10月的甲基卡已经不知下过多少次大大小小的雪，已是地质调查研究院副总工程师的付小方带领团队兵分三路，运用地质、物探、化探三种找矿方式，在一个多月的时间里，发现了两条锂矿化脉，为后续工作打下了基础。

第二年10月中旬，团队再次前往甲基卡，积雪刚刚融化，放眼望去四周一片荒凉，那一瞬间，付小方突然有些心慌，最关键、难度最大的是如何确定下钻位置。

高原上不可预见的因素太多，融雪在路上形成了大大小小的水坑，沼泽地里也蓄满了水，走路都困难，工作进度慢了下来。土壤采样有几公里的作业线，正是挖虫草的季节，请不到背样品的民工，只能靠年轻的队员多背一些。

各组对讲机不时传来有人掉进水坑的消息。一位地质队员掉进被雪覆盖的沼泽水坑里，但是为了赶工期，不愿意回到三十多公里外的驻地休整，硬是拖着半身泥在风雪中跑了一整天。有的队员脚底冻伤复发，只能在鞋里垫上厚厚的海绵，一瘸一拐地走在山路上。

尽管每个人都拼尽全力，但能否真正找到锂矿还是个未知数。由于环境恶劣，工作开展难度太大，一直没有实质性突破。因此，付小方每天的日记里都写满了担忧："哪里才是我们的突破点，我心里真的没有底。"

郝雪峰那年三十九岁，是项目组的技术总负责。他说："如果付老师是船长，我就是大副。"

汶川大地震后，国家布置了五幅一比二十五万的区域地质调查填图，郝雪峰是其中一幅的技术负责人，付小方是五幅调查填图的总负责人。这个任务完成后，郝雪峰去做了其他项目，直到2013年，他又回到这个找矿的项目上来，又随付小方的团队来到甲基卡。

在郝雪峰的经历中，他感到，甲基卡风光确实壮丽，雪山在身边，白云在脚下，但自然条件非常严酷。用十二个字来总结：海拔高，行路难，冰雪多，雷击多。

甲基卡平均海拔四千六百米，氧气稀薄，普通人上去大概率都会有高反。一次郝雪峰陪伴大专家到场，他们到了甲基卡上吐下泻，各种高反全都感受了，但大家还得干活。做地质调查时，一走好多公里，还要翻山过河。返程时还要背矿样，一背就是几十斤，腿像灌铅一样沉重，麻木地拖起腿无意识地走，总感觉不是地质人，而是地质"机器人"。

除去高反，就是行路难，夏天那里雨水多，塌方、泥石流说出现就出现，洼地突然积水形成的沼泽，会让人迈不开腿。

甲基卡有高原小气候，只要一片云飘过来，就会带雨、雪或冰雹，广袤的草原又没地方躲，一下冰雹大家就只能扔掉地质锤站着。而且甲基卡是雷击区，打雷时感到雷就在头顶上炸开，非常可怕。

唐屹二十九岁，是项目组地质组的负责人。他所要做的事，就是把地表上的石头给弄清楚。他是付小方的学生，2013年时大四保研，唐屹的研究生导师正好参与这个项目，他就跟着进来了，毕业后就在付小方团队工作。

谈及下雪迷路，他感触最深。有一次雪后他与团队失联了，白茫茫的大地上孤身一人，那种喊天天不应、喊地地不灵的恐怖，一直让他后怕。当时唐屹带着民工下沟里去采样，车子在山顶上下不来，采完样需要往山上走一段路，再联系上车子到半山腰接他们，结果情况突变，刚采完样就下大雪，然后失联。作为带团人，付小方当然很着急，后来终于联系上了，幸好安然无恙。

那一年很艰难，雨雪特别多，不但影响到各种测量的数据，还不能打钻。为了尽快完成攻关，雨雪天气成为工作的常态天气。就在恶劣气候条件下，他们取得了阶段性的重大突破，难忘的2013年5月13日，他们找到了矿化露头，找到露头意味着此前的方法和逻辑是正确的，意味着找矿的靶区很快就可以确定了。

按照以往的标准，找到靶区也意味着工作可以结束了。大家特别高兴，当天晚上，就打电话给侯立玮汇报，原本以为会得到极大的赞许，没想到，侯立玮给大家当头泼了一盆冷水。

电话一端他说：“没有十万吨，就不要下山。”

大家一听蒙了，当时五万吨储量都是突破，何况十万吨。

还是付小方沉得住气，同大家一番商量后，说：“十万吨，就当被侯老师逼出来的，现在，就按侯老师的目标十万吨找。没有十万吨，就不下山。”

付小方扪心自问，十万吨压力非常大，但后来事实证明侯立玮的判断是对的。在关键的时刻，侯立玮更像一位精神导师，给大家鼓励和指引。各组5月下山后做各种数据分析，6月再上山，按照最新的研判去找点打钻，果然特大型锂矿的矿体展露在他们面前。

振奋人心的时刻定格在2013年6月28日。

雨后初晴的早上，他们不到6点就起床准备，7点到现场正式开钻。付小方掐着指头倒计时，经过前期勘探，团队布置的先导孔即将开钻，过去近一年的努力能否有结果，将在此刻揭晓，每个人都提着一口气盯着钻机，既期待，又忐忑。

“开钻！”随着一声令下，钻机的轰鸣声响彻高原。

01号钻孔打出的几米岩心，与地表堇青石带一角岩带一致，估计快见矿了。当施工到七米深的围岩时，队员唐屹突然大叫起来：“见矿了！见矿了！”所有人都跟着大叫起来，第一管锂辉石矿芯出现了，付小方接过矿芯，像抱孩子一样，手止不住地抖。这验证了之前的推断是正确的！要知道若不成功，第二套方案会有多大代价！大家高兴地围着矿心照相，她激动地第一时间向院领导报告。这是付小方负责设计钻探施工的成功案例。

在极端地理、气候条件下，找矿真的太难了。她忍不住跳起来，一阵狂喜地乱跑，享受成功的喜悦！结果一不小心，把脚扭伤了，只得泡到冰水里冷敷。狂欢，拥抱，奔跑，在海拔四千六百米的地方，大家完全是发了疯的样子，忘记了高反、心动过速带来的严重后果。也是因为这个过程太不容易了，所以在见矿的那一刻，大家特别骄傲、自豪！

钻机响着，轰鸣声听上去像为大家庆祝的礼炮。

亮晶晶的锂辉石，预示矿石储量可能远超预期。这里藏着丰富的珍贵锂矿！“四十多年野外勘探，终于让我们找到了！我望着岩石夹缝里生长的野花，嗯，要记住今天，记住只要坚持，总会云散花开。”

太难了，跋山涉水、风餐露宿，抬矿机、背矿石，一幕幕在脑中显现。经历了艰苦付出后，团队终于找到了埋藏着锂辉石的矿脉。但这条矿脉的走向是怎样的？资源储量又是多少？没人能准确回答。

带着疑问，9月，付小方团队再上甲基卡。在顺利完成了工作后，团队准备下撤，但突然暴涨的河水却挡住了他们的道路，在寻找新的过河点时，湍急的河水，冲刷出了原本隐藏着的痕迹，这使得他们又有了新的重大发现。

她蹲在河边，发现河水冲出的是矿化露头的迹象，立即判断，下面有东西。可是此时，十九天的施工期已经过了，经费也花完了，任务其实也已经很圆满地完成了，而且大家人困马乏，该怎么办？很难选择！

她当即决定，这底下的情况，还是应该搞清楚。她回成都去要经费。她带上存折和身份证找到单位，准备把这些押给单位。

党委成员一致说不用押，而且拨专项经费支持她的工作。就这样，他们又把矿床向南延伸了几十米，探明的储量突破预期。

又经过三年的努力，经中国地质调查局专家审定，付小方团队承担的项目新增发现氧化锂资源量高达数十万吨，为国家新兴能源提供了资源保障。

随着中国经济的飞速发展，付小方自信满满地在不同媒体面前给大家科普锂资源的重要性：

锂是非常重要的战略性新兴矿产资源，只要达到十万吨就是大型矿床，甲基卡锂矿远超这个数字，达到了特大型矿床的级别。权威数字表明，2017年全世界对氧化锂的总需求量是八点六万吨。锂电池重量轻，储能强，氢弹里也要用到锂，不管是手机、汽车还是军工，这一条矿脉就够供全世界用好多年。之前中国百分之八十的锂矿靠进口。有了我们找到的矿，情况就不一样了。

直至2018年，甲基卡外围新增发现氧化锂资源量居亚洲首位，而这在将来会带动万亿元的锂电上下游产业。

甲基卡锂矿的喜讯，让甘孜州迎来新能源的风口。为抓住这一空前的机遇，2023年深秋，甘孜州州领导带领工作组，先后来到雅江、康定等地，与矿区负责人深入交流，详细了解矿产矿权、矿产产量和矿区规划建设等情况，并在海拔四千四百米的矿厂召开坝坝会，要求相关部门持续抓好后续工作落实。

州领导强调锂矿资源是国家战略性资源，要抓住当前“窗口期”，科学稳妥有序开发锂资源，加快把资源优势转化为产业优势、富民优势、发展优势，为实现“双碳”目标贡献甘孜力量。要深化生态保护认识，牢固树立“绿水青山就是金山银山”的理念，深入贯彻落实习近平生态文明思想，坚持走生态优先、绿色发展之路。

十一、雅江，小县城抢跑现代赛道

1

快到饭点时，周宏和爱人办完事路过白塔，在白塔不远的座椅上休息，路边的座椅是近些年人性化的设置，特别在6月初夏，走累了，歇歇脚，很惬意。

倚靠座椅既可以闭目休息，也可以越过雅砻江面，看看对面小重庆式的雅江山城，曾经穿城而过的川藏公路带给县城的拥堵，早已被绕城公路代替，川流不息的车辆直接穿过隧道再上高架桥，隔河就能全景式地远观这座美丽的山城风貌。

她看见六七位大爷大妈正围着塔子转，旁边空地的塑料布上摆放着保温杯、饭盒和碗筷，她心里纳闷，大爷大妈转塔子念经，一般都会早上来，中午就回家吃饭，怎么会带着食物？他们不是本地人？

出于新闻工作者的好奇，她过去和他们打招呼，问：“大爷，你从哪里来？”

“从牙衣河那边来的。”一位叫阿三的大爷回答。

“那么远，一百多公里！”

“公路通了，也不远。”

“专门过来转白塔？”

“陪孙儿来上学，他们上学去了，我们就带着饭菜，在塔子这里等他们放学，边等边转塔子，两不误。我们这几个老汉老婆子，都是来陪孙儿孙女上学的。”

“阿婆，你的孙子上小学还是中学？”

“小学一年级。”

“娃娃些放学不回家吃饭，偏偏要到塔子这里吗？”

“我们在县城本大宗的房东那里租的，都在那边的河坝和山脚下，从这里到租房那里，要走四十分钟，为了不耽误娃娃们上学，让他们好好念书，我们就让他们在这里吃饭，吃完饭好赶快去学校。”一位叫青措的阿婆接话说。

“青措阿婆，你是从哪里来的呢？”

“八衣绒。”老人一边回答，一边朝着县城的方向望，“快了，要放学了。”

闲聊时一位叫贡布的老人手机铃声响起，声音之大可以供二十人的广场舞用，老人像是耳朵不太好。“喂，”接通后，老人告诉对方，“马上要放学了，”一阵停顿，像是全神贯注在听对方说话，“不用不用，前天去了县医院，说助听器已经发货了，最迟三天就到，确实现在很方便。降压药一直在吃，放心放心，而且现在距县医院又近。”

聊天中获知，这几位大爷大妈分别来自八衣绒、牙衣河等距县城最为偏远的地方。现在农村牧区的生活好了，儿女辈们手中有了些钱，渐渐明白了知识的重要性，他们便把这些钱投资到孩子们的文化培养上，把老人和孩子送到县城，在县城边租房子，这样一来，他们在外地或家里打工挣钱，一方面安心，一方面也放心孩子有阿婆阿爷照看。

中午时分，放学的孩子们三三两两来到塔子旁边，大爷大妈就把保温杯和饭盒打开，保温杯里装着酥油茶，饭盒里有米饭或馒头，菜比较简单，有腌菜炒牛肉、袋装榨菜，孩子用烫烫的酥油茶泡饭、泡馒头，吃得津津有味。

孩子们津津有味的吃相，老人们的笑颜，这场景是脱贫攻坚后输血式救助变为造血式发展的生动诠释。

意外的发现，让身为县融媒体中心主任的周宏略感自责，这才是把观念进步的大故事讲给世界听的最好题材。在漫长的记者生涯里她能感知，整个中国西部教育的迟缓或困境，很大程度上是贫穷导致的观念落后造成的。过去教育部门想方设法上门请农牧民的孩子上学，收效甚微，而现在公路延伸到乡村，农牧民观念落后的那张铁板一样的“纸”被捅破了，主动送孩子上学成为现实。

2

告别老人和孩子，周宏的脑袋里一直盘旋着两个词，交通和教育。

二十六年前，周宏从四川省广播电视技术学校毕业，分配到雅江广电局工作。记得当时早上七点从康定出发，沿着川藏公路南线翻越两座四千多米的高山，康定到雅江不到一百五十公里的路程，一路颠簸整整要走十个小时，下午五点才到。那时的川藏路是土路，坑坑洼洼，本地人称“搓板路”，主干线都这样，县上的绝大多数区乡几乎不通公路，通常是步行、骑马，翻山越岭。

她一辈子都会记得，到雅江第四年的8月26日，川藏公路四百九十公里处发生山体滑坡，三万多立方米泥石堵死公路，三辆汽车被埋压。她作为记者到了第一线，县人武部就近组织河口镇民兵应急分队，同该路段的道班工人展开抢险疏通。

2001 年 8 月 26 日，河口镇附近发生重大山体滑坡

一辆油罐车因巨石挤压已发生爆炸，滚滚浓烟呛得人几乎窒息。浓烟中看见工人和民兵不顾安危，扑向被淹没在泥浆中的面包车和正在燃烧的油罐车，用镐撬，用手刨，很快将三辆车里的十二名司机、乘客救出，其中两人遇难。由于塌方量巨大，堵在两头的车辆足足等候三天才通车，车上的人精神萎靡，眼神空洞。

那时，她开始意识到川藏公路为什么被称为祖国内地连接西藏边疆的生命线。

对生命线的认识真正得到延伸，是在后来亲身参与脱贫攻坚。雅江的所有乡村都实现了“村村通”，一步跨千年得益于脱贫攻坚。周宏策划的纪录片《大雅之江我的梦》第四集《山间坦途》就专门讲述雅江最偏远、最难修的乡村公路。

《山间坦途》用镜头语言告诉外界，雅江大部分地区海拔在三千米以上，全县十七个乡镇有十二个在峡谷当中，山高谷深，悬崖峭壁，交通十分不便。2012年以前，全县公路通乡率只有百分之四十一，通村率只有百分之五点三。长期以来，偏远山区的群众出行困难，农特产品运不出去，交通障碍成了致贫的重要原因。

七年后，交通运输部要求各地符合条件的建制村百分之百通硬化路，对于那些山高路远的村落，这是一项极其艰难的任务，但意义却非同寻常。

牙衣河乡的交通变迁是雅江交通发展的典型缩影。央视《焦点访谈》对雅江公路的变化做了权威的宣传，它和《山间坦途》共同告诉外界，被大山深谷包围隔绝的牙衣河乡，是雅江县最偏远的乡镇，在公路修通以前，从乡上到雅江县城需要步行七天，2018年，该乡修好了通乡油路、通村硬化路和联户路，从雅江县城到乡上的时间缩短成了三个多小时，全乡群众的生产生活和思想观念随之发生了巨大改变。

村民尼玛泽仁说："我做梦都没有想到我们这里能通公路，更没想到我还买了小车，最高兴的是爸爸妈妈坐上自己家里的小车，去看外面的世界。初中毕业后，我开始种地，在村里收松茸。那时候到处都没有公路，收菌子要走一天，还要在山上过夜。通村硬化路是2016年脱贫攻坚通的。我买了货车，在工地上跑运输，恶古、八衣绒、波斯河都去过，现在和以前不一样了，以前要跑两三天的路程，现在一天就可以往返。"

3

周宏的爱人钱江在县教育局工作，他的亲戚就来自牙衣河农村，路通后父母就在县城边租了房子，两个孩子都在县城上学，现在老大已经考上大学，老二在泸定中学念高三。这从根本上改变了这个家族千年不变的文盲、半文盲状况。

周宏曾收到一本名为《援川散记》的随感录，副标题尤为情真意切，叫“此生必念雅江情”，作者吴志平是来自浙江援助雅江的优秀教师，浙江驻甘孜州工作队年度“优秀专业技术人才”。

书中记载了他用半年时间“跑遍雅江县每一所学校”的情形。

要知道，雅江虽人口只有几万，但面积却达七千多平方公里，超过了杭州的十个区，甚至超过上海全市的面积；而且人们分散居住在高山峡谷中，交通条件有限而复杂。要跑遍全县的学校，殊为不易。

让整个雅江感动的是吴老师的主动努力，他期望贴近当地教育、深入当地群众的决心。如他书中写的，尽管“每一次出发我都感到恐惧，路途实在是太远了……高原反应严重，头痛得厉害，半天才缓过神来”，“同事……过几个弯后就开始晕车呕吐，脸色煞白，表情极其痛苦”，尽管“头痛欲裂，我的肚子里翻江倒海，一下车我就在停车场的水沟边一手扶墙，一手拿着矿泉水瓶呕吐不止”，但是他仍然义无反顾，奔赴各个乡村。

一座不大的两层小楼房依山而建……丁真曲登家就住在这座房子的二楼，上楼得沿着房子外搭建的一条很陡的铁楼梯爬上去。铁楼梯接近八十度，孩子爷爷几下就爬上了楼，我和郝老师因为穿了长款的羽绒服，在这条狭窄陡峭的铁条焊接而成的简易楼梯前显得臃肿而笨拙，我们双手紧紧抓住铁楼梯的扶手，一步一步往上爬……二楼有两个房间，住着七口人，爷爷奶奶常年在这里照顾三个孩子，爸爸妈妈在虫草季和松茸季都要到乡下去。家里还养了牦牛，乡下的家里一定要留一个人照看。

一间稍微宽敞一点的房子里有一个铁炉子，是平时烧水做饭兼取暖用的，边上有一张高低铺的铁床，是丁真曲登的两个姐姐睡的。另一边的一张小床是爷爷奶奶睡的。爸爸妈妈大部分时间在乡下，丁真曲登就和爷爷奶奶睡。爸爸妈妈如果来城里，会在地上打个地铺。房间有两扇窗，阳光从西南方向的窗户里射进来，照在房间中央。窗台上放了两大包药，孩子说奶奶脚痛刚刚去医院配了药。

我们无法想象奶奶是怎样爬上那个陡峭的简易铁楼梯的。我们围坐在地上的藏毯上聊天，了解了孩子们在家的学习情况。妈妈和爷爷奶奶都是讲藏语的，奶奶向我们竖起大拇指，两个姐姐翻译告诉我们，奶奶说丁真曲登回家会说郝老师对他很好，妈妈也说感谢老师。

我们问孩子平时在哪里看书写字，妈妈便领着我们到另外一个房间，这个房间更小，放了一个衣柜，堆满了杂物，中间放着一张很小的低矮的方桌，只到大人的膝盖那么高，靠窗那边还用木板搭了一个简易的台子，上面放着孩子们的书，这就是他们学习的地方。

书中这些工笔画式的描摹，让周宏读到了双向的收获和启迪，读到了吴老师的敬业，在笔头深处，更多地看到了需要逐步解决的问题和困难，需要有更多吴老师这样的人去做。而农牧民观念的巨大变化，这股涌动的暗流，让人们看到了教育对于西部发展的未来有多么重要。这一切，与党和国家的关心、各级党委和历届政府的努力、东西协作密不可分。百年大计，教育为本。

4

“从前享誉全州的‘雅江的炭’已进入史志，如今取而代之的是雅江的水、雅江的太阳、雅江的松茸、雅江的汉子……雅江在水电、光伏方面的清洁能源，优质的生态环境中长出的松茸，气吞山河的康巴汉子，构成新时代雅江的特有气质。”这是年轻的女县长钟色为雅江发展“带货”时

的讲述。从表达的角度和切入点看，都体现出知识、认知、经历叠加时，这位新时代雅江领头人的清晰的发展逻辑。

周宏清楚地记得，2004年，她到两河口水电站报道最初的“三通一平”（通水、通路、通电、场地平整）基础性工作，空荡荡的雅砻江边，空洞的河风无力勾画横空出世的震撼。

十八年后，她站在二百九十五米的高坝上，眼前的一切，宏伟、壮观，梦幻而又真实。

雅江光伏电站

她感叹中国的力量，基建的实力，想不到如此霸气的工程，竟然在自己生活和工作的环境中闪亮登场。全世界都感到惊奇，中国在川西高原修建川藏铁路的同时，又干成了一件大事：耗资六百六十四亿，用四千万方土石截断大江，能让一滴水连续发电十九遍，一举创造九项世界之最、一百二十八项专利。

她听电站管理局副局长李其虎算过一笔账：“从开工到发电，公司共拿出五十二个亿，为雅江和雅江周边基础设施复建，包括两河口移民搬迁，雅江到道孚、到新龙的公路升级，全部建成柏油路，还有沿江四个集镇建设、学校建设，包括‘新甘石’输电线工程前期二点六亿的无偿赠送，五百公里的道路升级、一百公里的供水工程、三百公里的供电建设，包括现在通往库区的新景点天龙湖网红桥，最典型的还是县城的变化。这一切的一切，都体现出国企的责任和担当。”

不过，李局长沉默片刻后，话锋一转：“我们来这里快十八年了，让企业有成就感的不光是效益。最初库区的老百姓对修电站漠不关心，认为他们一直在这里生活得好好的，非要搬迁一下，严重影响了他们的生活。可道路修通，电力、通信接通后，也把堵在脑袋里的旧观念打通了。除了生活品质的提升，最大的改变是观念的提升。在三千多村民加入了建设中，挣到务工费后，他们乐了，关键是乐意接受电站开发了。

“我记忆中，对面的瓦子村，绝大多数孩子都到学校念书，很多家长甚至在县城租房子，让孩子在县城最好的学校念书。当时，我们在下托、仲泥、亚左、红鼎建集镇的同时，还建了学校，尔后其他三个学校的又集中到亚左，认为亚左的教学质量好。我熟悉的普巴绒乡亚中村位于两河口水电站库区，整体搬迁到县城，县委、县政府考虑周到，让所有在县城买房的库区移民，都在县城就学。多吉一家五口在县城买房后，女儿泽仁拥措在城关一完小就学，儿子青米仁在县幼儿园。就近入学极大地减少孩子们的路途奔波，也让家长们不出远门就可以边带娃边做生意，因而深得民心。现在多吉住在雅江县雅砻上水小区，经营一家宾馆。”

稍作停顿，他说：“这是个巨大的进步，我预测十到十五年，这些受过教育的年轻人，会更加有效地参与到家乡的建设中，用他们的知识和力量为家乡做贡献。”

雅江的水电资源突显效益的同时，一个令人振奋的消息传来，2023年夏天，全球最大、海拔最高的水光互补项目——柯拉一期光伏电站同两河口电站并网发电，标志着全球首个百万千瓦级水光互补电站正式投产。海拔四千六百米的电站，为全世界水风光一体化开发探索出一条新路，对构建新型能源体系，实现“双碳”目标具有示范和引领作用，也为成都世界大运会提供了可靠电力保障。

时代发展的风吹到有准备的雅江，县委又在谋划“甲基卡锂辉石矿”的项目增收计划，这又是一个清洁能源。

谋划财政大增收的同时，雅江今年的松茸季前，县长亲自带队，在成都信息源密集的宽窄巷子，掀起了推广中国松茸之乡的新方法、新浪潮；紧接着推出“品中国的雅江松茸，看世界的康巴汉子”，把顶级的松茸和康巴汉子用另一种全新的“直播带货”推向外界；极具创新的“逐梦少年·中国松茸之乡——学子对话外交官、学子与大咖面对面”活动，开阔了孩子们的国际视野。

走南闯北的新华社记者薛玉斌、康锦谦在夜幕降临后，走进了松茸交易市场，他们写道：“晚上十一时，走进当地松茸交易市场，看到客商云集，门店前满是用松茸堆成的小山。虽已入夜，市场内人声鼎沸，商户达瓦央宗热情地拉住记者，推销自家采摘的松茸。询问得知，这段时间，她和家人每天凌晨三点半摸黑出门，沿着山道来到家附近的青冈林采摘新鲜松茸，然后来市场交易，有时一忙就要持续到深夜。一个松茸季下来，家里能增加五六万元的收入。”

是的，2013年一千三百吨的总产量，采集者、收购者、快递人员，惠及多少人。

当他们走出市场，夜已深，但小山城的华灯依旧明亮，像五线谱上密集的音符，照映在雅砻江宽阔的江面上，流动着日新月异的乐章。

十二、稻城，看大国重器，探史前文明

1. 地上仙境地下文物

稻城，距今十三万年的皮洛遗址重见天日；高海拔宇宙线观测站、子午二期国家重大科学装置落地，“看大国重器、探史前文明”，这片“蓝色星球上的最后净土”上发生的一系列故事将进入5G时代的人们带入香格里拉核心区。

2023年秋天，三位俄罗斯圣彼得堡列宾美术学院的画家，踏上了前往稻城亚丁的艺术之旅。

他们是格里辛·亚历山大·鲍里索维奇，彼得罗夫斯科学与艺术学院院长，圣彼得堡列宾美术学院夏季写生学校校长；尼基塔·弗拉基米罗维奇·莫吉列夫采夫，列宾美术学院卡留塔工作室素描主教；科诺什·彼得·阿列克谢耶维奇，圣彼得堡艺术家协会副主席。

中国留学生牛政兴全程担任翻译，他是列宾美术学院在读博士研究生。在圣彼得堡，从大一开始，就要接受静物、人像、风景的写生、创作等系统训练。牛政兴一路走来，闯到博士研究生。

牛政兴给稻城县文广旅局局长晓娜姆介绍了三位画家的情况。

列宾美术学院作为全球四大美院之一，一直传承延续着独具特色的学院派艺术风格：注重技巧、选材等规范，要求高雅端庄，反对激烈的个性表现，重视传统，代表着世界画坛认可的正统艺术的最高成就。

晓娜姆愉快地告诉牛政兴，全力配合。

9月28日，画家们在工作人员带领下前往亚丁景区。来前亚历山大做了一些功课，知道稻城亚丁是中国特别有名的风景区，故而期盼着欣赏和描绘这里的景色。

尽管已有心理准备，但真正走进亚丁，直击眼前的绝美风光，冲古寺湛蓝的天空，草地、雪山、峡谷透露出一派宁静祥和；洛绒牛场，雪山环抱，河流、小溪潺潺流淌，与牧场木屋交相辉映；牛奶海畔，湖水清莹碧蓝……三位画家忍不住惊叹：“从没看过这么美丽的山峰，也从没见过这么美丽的景色。”善于用色彩表达情绪的彼得赞叹不已：“我们三人长期在圣彼得堡生活和工作，海拔较低、纬度较高，一马平川的大平原，自然风光以森林为主；而在亚丁，雪山、草地、森林、湖泊交相辉映，令人目不暇接。”

来到海拔四千米的亚丁，他们或多或少都有不同程度的高反，甚至得借助氧气瓶呼吸，无法现场写生创作，但他们三人仍一边欣赏，一边不住拍摄记录眼前的美景。

为了深入了解稻城亚丁和藏族文化，三人走进了亚丁村参观访问，来到即将建成开放的亚丁香巴拉文化博物馆和洛克小屋，并与唐卡画家进行艺术交流。“唐卡是藏族的传统绘画艺术，我们以前接触过中国画，但唐卡还是第一次见到。”他们和两位唐卡艺术家交流了绘画知识和技法，希望今后有机会将油画与唐卡绘画技法结合创作。

在牛政兴的眼里，尼基塔是极善表达的，他被亚丁的景色震撼，内心的艺术热情马上就高涨起来了，希望马上开始创作。于是，从亚丁景区返回香格里拉镇，经过一夜休整后，三人立即投入创作中。短短几天，他们每人便完成了五幅小幅油画作品。

10月5日返回成都后，画家们一边调整完善作品，一边各自构思创作大幅油画，不到两周就完成了创作。

亚历山大在与牛政兴交流时，让他转达关心他们创作的人们，他们脑海里，画面、题材、内容，都来自亚丁景区亲眼所见的风景，雪山、草地、高山湖泊。亚丁这种景色在俄罗斯是没有的，三位俄罗斯画家也是第一次见，所以画面习惯的色彩、构图都得打破，在常规的画法中加入一些新的元素，而且他们把自己最热情的一面、对景色感受最深刻的一面，全部放到创作中去，对自己的技法肯定也是一个提升。

亚历山大在成都创作的大幅油画，展现了夕阳下亚丁景区的风光，其中一座雪峰，阳坡光彩耀眼，与之相邻的阴坡瞬间转为浓郁深沉的色调，就像画面中有一条明暗交界线。牛政兴解释，这是一种光影对比画法，这幅作品专门画夕阳，画家希望以此形成光影、色彩的强烈对比，以最直观的方式给人带来视觉震撼。

尼基塔的大幅油画，画面元素与亚历山大的作品大同小异，但呈现了不同的艺术风格，其中一片山岩远看似乎只是一团阴影，实际上有蓝、有深紫、有浅紫，“不同的颜色进行融合，画面才比较和谐”。

三位俄罗斯画家将此行完成的十八幅油画作品赠予甘孜州，并获聘成为“稻城亚丁文化旅游宣传推广大使”。

捐赠仪式上，亚历山大表示：“我们看到了如此美丽的风景，创作出美妙的作品，非常荣幸能把它们捐赠出来。我们还将继续为宣传亚丁做出贡献，期待未来还能回到这里。”

晓娜姆热情透露：“这批作品将在亚丁香巴拉文化博物馆、亚丁画廊集中展陈，让广大游客通过外国艺术家的不同视角欣赏大美亚丁。”

晓娜姆在稻城脱贫攻坚期间曾是各卡乡党委书记。“说了就要算，定了就要干，干就要干最好”，是她一以贯之的工作作风。在她的带领和推动下，各卡乡实施安全饮水、通村路硬化、电网改造、危房改造、太阳能路灯、易地搬迁等工程。

2019年，她获得四川省“记一等功公务员”荣誉称号。她深知稻城的主要项目就是旅游，皮洛遗址的发现是发展旅游的契机，因此她调到旅游局，工作担子更重了。

她引用著名考古学家、古人类学家高星的话：稻城皮洛遗址的新发现，“超出以往想象”，可以用“石破天惊”来形容。高星在重要场合都讲，稻城皮洛遗址无疑是近年最重要的、具有世界重大学术意义的考古新发现。

对于这一契机，晓娜姆知道，考古是专家的领域，而旅游局要清楚的是，这是一处时空位置特殊、规模宏大、地层保存完好、文化序列清楚、遗物遗迹丰富、技术特色鲜明、多种文化因素叠加的罕见大型旧石器时代

稻城皮洛遗址

旷野遗址，实属罕见，给稻城旅游带来了新机遇，让远古文化成了稻城县文旅产业的一大看点。

皮洛遗址最重要的一个发现，莫过于发现了目前世界上海拔最高、数量丰富、地层与时代清晰的阿舍利技术遗存，大约在距今一百七十万年至十万年间，其鲜明特色就是左右对称的石器，包括手斧、手镐、薄刃斧、大型石刀等。

县上正积极筹备建设皮洛遗址公园和皮洛遗址博物馆，她接受安排，邀请规划专家开展建设规划。县展览馆被临时改为皮洛遗迹出土旧石器文物陈列室，用于展示在遗址中发现的珍贵石器。

在四川，素有“北有九寨黄龙，南有稻城亚丁”一说，盛名之下，稻城也在构建“南部自然生态旅游圈、北部天文科普旅游圈，海子山至俄牙同贯穿全境的旅游景观廊道，多点支撑的文化旅游新业态”。至此，北望璀璨星空、南醉绝美亚丁、东寻远古文化，“三巨头”跨界集结，助稻城文旅高位再求进。

2. 大国重器的浪漫硬核

格桑刀登调到甘孜州稻城天文科学中心以来，感觉接受了一个谜一样的工作，什么监测太阳“打喷嚏”、什么观测宇宙射线，在他和所有稻城人的惯常认知里是天书。

格桑刀登原在稻城移民扶贫局工作，对稻城这个国定贫困县而言，什么贫困区域、贫困乡、贫困村、贫困户的划定，如何脱贫，他干出了经验，并荣获“四川省脱贫攻坚先进个人”称号，但一下调到如此尖端的科技领域，他一头雾水。

高海拔宇宙线观测站

原来，经上级批准，甘孜州稻城高海拔天文科学中心于2021年11月成立，主要承担服务天文科研项目落地涉及的相关要素保障协调服务工作，协调服务项目专家团队，组织实施天文科技园项目规划建设、运营服务工作，服务推动天文科技普及和天文考古公园建设，促进地方“科技+旅游”产业发展等重点工作任务。

格桑刀登心想：“如果是搞协调，搞园区的规划，我还是有一些经验。”

接受新的工作安排后，好学的格桑刀登着手关注新近接触的“十三五”国家重大科技基础设施项目。

幸运的是在工作中，他先后听过这些顶级科学家的言谈或讲解，他们是中国科学院院士、中国科学院国家空间科学中心主任、子午工程二期总指挥王赤，中国科学院成都分院党组书记、院长王嘉图，圆环阵太阳射电成像望远镜项目负责人、主任设计师阎敬业，副主任设计师武林等。在他心目中，他们是一群有着丰厚知识和经验，给中国在世界撑脸的人物，是能用最简单的话把复杂的事讲清楚的科学家或科学工作者。

久而久之，他对自己的新工作也产生了巨大的兴趣，萌生了把这些落成在高原深处的科学神器科普给本地的孩子们的想法，让这些神器开阔他们的眼界，同时让更多的游客带着自己的孩子们，参观并获得额外的旅游体验。

其实，在他萌生这一想法的同时，上级部门先行一步，考虑得更高远、更周到。

甘孜州已明确提出建设天文考古公园，加大“科技+”“历史+”旅游发展力度，落实省、州确立的“统筹天文科研、史前文化、雪山生态，打造文化旅游新地标”的战略。给稻城县也布置了工作，要求坚持宣传先行，依托高海拔宇宙线观测站已有的观测成果、子午二期建设工程及其他天文科技项目，采取制作宣传册、宣传片和现场讲解等形式，配合开展天文科研项目科普教育宣传。通过深化科普教育宣传，加大宣传力度，更好服务国家战略，促进四川创新发展。

格桑刀登手中掌握的情况是，稻城天文科技装置主要围绕“一中心三集群”建设：噶通中心，海子山、无名山、波瓦山三个集群，共九个项目，主要包括宇宙线观测、对日观测、对月观测、空天安全、光谱观测等方面。

2022年6月29日，甘孜州举行“全域博物馆之州”暨稻城县天文考古公园重点项目启动仪式，这标志着稻城县天文考古公园正式开建。

目睹来宾挥铲奠基的那一瞬间，格桑刀登和晓娜姆心里踏实了。

稻城县天文考古公园总投资约七十亿元，将建设“一核一带三基地”。“一核”指皮洛天文科技园核心景区，“一带”指依托国道227线康巴风情走廊及山地轨道形成的时空列车展示带，“三基地”指海子山天文地质观光旅游基地、无名山教育科普科研基地、波瓦山天文观测科研基地。

“子午工程二期位于海拔三千八百三十米的稻城县噶通镇，是稻城县天文考古公园的核心之一，定标塔就处在核心的中心位置，高百米，是‘圆环阵太阳射电成像望远镜’这一观天神器的重要组成部分，能为射电望远镜三百一十三套天线及接收链路间一致性标定提供基准信号。”

在一次协调会上，中国科学院国家空间科学中心亚丁台站执行站长吴俊伟说：“稻城县天文考古公园以子午工程二期为中心，将稻城县天文科普馆及观星基地与周边皮洛遗址、藏乡村寨及大地景观等资源捆绑打造，发挥单一资源联合加持的开发效益，打造具有故事性的景观序列。在核心景区，建设天人合一馆和皮洛遗址博物馆。”

格桑刀登听得十分兴奋，因为这一场馆有生态照明星空AR秀、太阳风旋转餐厅和射电天文主题雕塑等新奇项目；皮洛遗址博物馆将提取石器手斧、手镐等元素造型，在建筑中引入声光装置设计，让游客更好地体验原始人的生活场景。

而海子山天文地质观光旅游基地，将提取“拉索”切伦科夫望远镜元素，打造望远镜餐厅，提供餐饮、休憩、娱乐、购物等旅游服务的同时，突出天文主题，建设暗夜星空观测站和伽马太空基地等体验基地。

无名山教育科普科研基地将发展“科研+科普”融合模式，打造国际领先的天文观测科研园区，依托无名山生态景观，建设集生态、旅游和科普为一体的科普教育基地。

“皮洛遗址的发现以及天文科技项目的落地，为稻城注入了全新内涵，带来了对浩瀚星空的憧憬和对历史遗迹的回想，意义非凡。”稻城县县长袁斌表示，“稻城县天文考古公园的建设，将促进构建‘望璀璨星空、醉绝美亚丁、寻远古文化’的全时空画卷，助推稻城县乃至甘孜州全域文旅融合发展。”

在这个曾经靠扶贫养活的贫困县，皮洛遗址博物馆、太阳风旋转餐厅、暗夜公园、切伦科夫望远镜餐厅等十一个项目将于2025年之前陆续建成，这一系列的大动作，将会给稻城发展注入巨大的动力。

格桑刀登庆幸自己赶上了好时代。

十三、镌刻在唐卡上的红色记忆

1

龚兰英夫妇这辈子都没想到，因感恩而萌生的“红色故事进唐卡”的想法，在红军离开炉霍的八十七年后，居然在他们两人的手里实现。两口子常常感恩自己身处在最好的时代。

2023年7月的炉霍的传统节日“望果节”，增加了里程碑意义的新内容，“红色故事进唐卡”。

龚兰英的好帮手，她的丈夫付国华在工作笔记里写着当年毛主席的著名论断：“长征是宣传队、长征是播种机”“星星之火可以燎原”。七十年后被列为老少边穷地区的炉霍，将红军长征留住炉霍的故事，用藏民族特有的表达方式，表达革命老区人民的深厚感情。

“红色故事进唐卡”艺术展，作为“长征国家文化公园”炉霍段的“独家记忆”被认可，龚兰英给了三个解释：

“我们先期制作的一百四十六幅红色唐卡，无论从时间准备、规模和数量，都率先在全州开了一个好头。关键在于红军在炉霍的故事，借助独具藏族特色的唐卡表现出来，而且在历史上，青藏高原大名鼎鼎的郎卡杰画派宗师就是炉霍本地人，加上国家级非遗传承人拉孟的加入和指导，我和爱人付国华干了一件值得一辈子珍惜的事。”

望果，顾名思义，成熟季节才有果实，其意义就是对丰收在望的庆祝。

天刚亮，华彩文化传播有限公司的董事长龚兰英就叫醒鼾声如雷的老公，她知道他这两天很辛苦，想让他多睡一会儿，但又不得已。昨晚老公带领一帮年轻人，将名为《镌刻在唐卡中的红色记忆》的百幅唐卡，挂在即将剪彩的新落成的文化馆一楼，等待中央、省、州、县嘉宾的到来。能否在展览期间获得大家的认可，他们心里多少有些忐忑。

龚兰英是1973年炉霍大地震的遗孤，在地震中父母双亡，那年她六岁，听大人们说，是驻扎在川藏公路沿线的道孚十四团、驻扎在甘孜县的骑兵团解放军，以最快的速度赶赴炉霍救灾。从救人到帮助受灾群众搭建板房的半年时间里，她幼小的心灵里永远留下了“金珠玛米”的温暖形象。

当年在党和政府的关怀下，她和二十三位遗孤来到甘孜州儿童福利院，直到长大成人离园回到自己的家乡炉霍，国家分配她到县粮食局参加工作，从当售票员到做出纳，直到退休。

二十年后的夏季，一个摄制组来到炉霍，拍摄了他们这群孩子在党和政府关爱下成长的纪录片。他们这批福利院“毕业”的同学们，围坐在一起，回顾在康定的福利院的成长经历。她一辈子都忘不掉的是，当时的州委书记在春节前夕来看望他们。州委书记对福利院院长和老师们讲：“这些娃娃是党和政府养大的，他们不靠我们，靠谁？”

二十年后长大成人，她对这句话的理解越来越深刻，简简单单的二十个字，把他们和党、政府紧密地连接在一起，鱼和水的关系、血和肉的相连，在她的心里有了回馈的双行道，不能只获得照顾，不感党恩，她一直怀揣着一个愿望，就是用自己的绵薄之力，回馈社会。

1993年9月的一天，中央电视台一套节目在晚间九点播放了名为《金秋时节》的纪录片，用三十分钟讲述了甘孜州福利院的故事，讲述了炉霍大地震中他们这群孩子的故事，她在电视机前睁大眼睛看着画面里的自己和同伴。半个小时里，激动的泪水流满脸颊，她明白党和国家一直惦记着他们的成长。

尔后，这部纪录片获得央视社教类节目一等奖。之前，《人民日报》用半个版的版面刊登了题为《用爱串起来的记忆——记四川甘孜州儿童福利院》的报道，其中有一段这样写道：1987年，已经当上了班长的李再春，在老山前线的猫耳洞里，听着外面的炮火呼啸，心潮起伏，给老师们写了一封感人至深的信。在那种生死关头，他想到的不是别人，而是福利院的老师们，这是一条无法割断的纽带，正是这条纽带，把福利院和分散各地的孤儿们紧紧地连接在一起。

这话印证了龚兰英记住的州委书记的那句话："这些娃娃是党和政府养大的，他们不靠我们，靠谁？"是的，他们和李再春一样，心里永远惦记着党和政府，也想用自己的绵薄之力，多为国家做些有益的事。

五十年的春秋滤尽铅华，龚兰英一直怀揣的感恩之愿，今天终于得以实现。

2

龚兰英的丈夫付国华，从甘孜师范学校毕业后就在炉霍当老师，后来调到德格县委办公室当主任，退休后就帮自己的妻子做公司文化的顾问，是一个爱动脑筋爱创新的退休"新人"。

他在熟睡中被叫醒，晕晕乎乎的。他理解妻子的心情，虽然华彩文化传播有限公司在成都，业务也覆盖很多地方，但这次是在自己的家乡办展，在特定的情感环境里，"只许成功不许失败"，不能有丝毫的闪失。

其实，在昨晚布展挂好最后一幅唐卡时，付国华再次环绕展厅，细致的他已胸有成竹，一切准备就绪。“红色非遗”郎卡杰唐卡艺术展，明天将亮相炉霍望果民俗文化活动。

十分钟的车程，两人就来到展馆，远远看见一位身材魁梧、站姿挺立、皮肤黝黑的男人，戴着一顶做工精细的草编博士礼帽朝他们挥手。“看，李老师都来了。”龚兰英的话语略带责备丈夫的意思。

李老师，名李长友，退休前曾在炉霍县政府任职，退休后痴迷于当地的历史文化研究，对研究炉霍历史文化颇有心得。他比付老师年长，两人退休后都不打麻将、不跳广场舞，喝茶聊天成为媒介，三观大致相同，共同的文化爱好让两人一拍即合。

两年前，当李长友得知付国华夫妻想把红军故事、炉霍大地震解放军救灾的故事搬上唐卡画布，他觉得自己有义务去帮助他们完成梦想，于是他成为两人事业上的好帮手。

2022年夏末，他带着付老师，驱车来到距县城十五公里的雅德乡交纳村。

在交纳村，有一棵高大挺拔的百年大树，需要五个人才能围抱。

当年，红军就围着这棵树安营扎寨，村民为红军提供粮草，红军为百姓提水扫院。1973年炉霍发生地震，救灾部队也在这棵大树下扎营数月，开展抗震救援工作。“树高千丈不忘根，交纳村民念党恩”，交纳村村民视此树如珍宝，并亲切称之为“红军纪念树”，交纳村由此也被称为“红军村”。

村里六十八岁的魏雨良是李长友的发小，魏雨良的父亲魏世文是红三十军八十八师某班班长，母亲李玉莲是红四方面军文工团女战士，二人皆是留在炉霍的一千余名红军中的成员。对于红军在炉霍的那段历史，天长日久中，魏雨良从自己父母的口中记住了不少。

1936年3月5日，红四方面军八十八师在刘伯承和程世才的率领下，从道孚县沿鲜水河向炉霍进发。次日在将军梁子击溃了派驻寿灵寺的国民党武装，于3月7日进入炉霍县城。26日红军巧取寿灵寺。红军总指挥部、总政治部、文工团、交通营、参谋部等机关陆续开进炉霍县，朱德、刘伯承、徐向前等红军领导进驻寿灵寺。四万多名红军将士在这里休整达半年之久。

魏雨良告诉李长友："红军在炉霍期间，最有意义的一件事是举行了长征途中唯一一次运动会。"1936年4月16日，红军在炉霍成立了专门的体育组织"红场委员会"，这是我军历史上最早建立的体育组织之一，委员会下设文化娱乐组和体育组。

红四方面军以四川人居多，单凭翻越雪山，走过草原，就个个都是英雄汉。红四方面军政委杨成武回忆："征服夹金山，创造行军奇迹。每走一步都要花很大的气力。同志们情绪还是很高，奋勇攀登，谁也没有叫苦，谁也没有叫累。他们每到一处，有机会就会举行一些文娱体育活动，陶冶性情，消除疲劳，振奋精神。"

红军留驻炉霍期间，就是在为过草地做准备，为了强体健身、活跃生活、鼓舞士气，朱德倡议举办一次运动会。随后，大家动手，很快就修了个简易运动场。运动会项目除球赛、赛跑、跳高、跳远、跨越障碍、刺杀、投弹、骑兵表演、识图、测距、识别和利用地形地物外，朱德特别提示大会要加一项烧牛粪比赛，这引起了指战员们的重视。

5月1日，红场委员会在炉霍寿灵寺西南方的大草坪上举行运动会。

篮球场上用几根木头绑起来当球架，还有野兽皮塞干草做成的"篮球"，就这样比赛了起来。整个赛场上，掌声、笑声、刺杀的吼声交织在一起，给人们留下了永久的回忆。

5月3日下午，运动会最后一个项目是烧牛粪比赛。这个项目是因为部队很快就要过草地了，茫茫草地不但无粮食补充，有时连根柴火都难找到，只能用牛马粪做燃料。大会特意为烧牛粪比赛制定了规则：看谁先把牛粪点着升起火苗。

当时魏雨良的父亲参加了比赛。随着裁判点火信号声响起，参赛者划着了火柴，宽阔的平地上到处都冒起了青烟，青烟越拉越长，越滚越大……红军又学会了一项草地生存的技能。

炉霍县虾拉沱曾是红军后勤基地，也是龚兰英的出生地。这里地处鲜水河河畔，地势平坦，有利于农作物的耕种。红军的生活来源主要以当地供应为主，炉霍人民供给红军的历史成就了一段红色佳话。

“许多老红军回忆，红军从甘孜炉霍北上时，基本上保证了每人带有五到七点五公斤粮食，每连有五到十头牦牛。红四方面军三十军八十八师由于准备充分，第二次过草地时全师无一人饿死。”魏雨良在同李长友的一次茶叙中聊及此事，四万红军的口粮，炉霍做出了巨大的贡献。

有一首山歌这样歌唱虾拉沱：云朵下的鲜水河，滋润着虾拉沱，充足的阳光，肥沃的土地，麦子和青稞，不多才怪……

付老师阅读过大量关于红军长征的书籍，在权威性史料所提供的方向性基础上，加上李长友、魏雨良、冉长生等提供的资料，他让妻子实现目标的雄心有了历史的依据。

一天午后，夫妻俩在家里为“红色故事进唐卡”进行了一次认真的“工作”讨论。

“老付，你知道，我从福利院毕业后，在党和政府的关心下，就参加了工作，过上了不愁吃穿的生活，比起那些无家可归的流浪孤儿，那是好到天上去了，一句话，没有共产党，就没有我的今天。你知道，我没有多少文化，多亏有你这位好帮手，业务上听你的，担责的事，我顶着。好好把这件事做好。”

“我知道你的心思，不过真正要推动和运转起来，资金和人员配置需要增加。”

“我明白，资金运转，我们在成都的业务正常，如果要增加人员和资金，目前公司有部分结余，如果不够我们的房产可以押上。”

“这样的话，风险就很大，不过先把事情做起来，县上会大力支持的，因为红色文化的宣传，结合文旅，就形成合力了。”

“老付，你就带着大家干，这么多年了，我相信你的能力。砸锅卖铁都支持你。”

3

有妻子对他的信赖和对家乡的情怀，作为丈夫，付老师没有丝毫的退缩。这次爱人承诺抵押房产做这事，他已经感受到她的超常决心，特别是她那充分信赖的眼神，让他找不出推辞的理由。

夜深了，付老师却久久不能入眠，望着窗外的明月，他索性起来，离开卧室来到阳台。炉霍高原的夜空，月亮在清朗的天空里，依稀露出月面的隐约山脊……他望着明月找答案，思考下一步的路径。

唐卡是藏族文化中独具特色的一种绘画艺术形式，而炉霍则是被文化部认定的“中国唐卡艺术之乡”，这里诞生了被誉为“神变画师”的郎卡杰，开创了一个全新的流派，传承至今已有三百多年的历史。

17世纪，绘画大师郎卡杰在霍尔章谷（炉霍县的古称）诞生。

他出生在新都镇朱巴村一家农户中，童年时代就在达曲河沙滩上用手指画画，在石板上用石子画画，在树干上用锋石刻画，一直到十多岁都如此。当家人让他上山放牧牛羊时，他时常缺羊丢牛，但他的画功却奇异地见长，动物、飞鸟、花草、树木，画什么像什么。乡人看了都很惊讶，竞相传播着“朱巴出了神童郎卡”的奇事。

著名寺庙寿灵寺发现了郎卡杰的绘画才华，特招收他到寺庙学经、绘画。入寺后的郎卡杰，苦学藏文和佛经，并为章谷寺绘制百面喜悦佛，由此名声大振。

民间广泛流传郎卡杰高身、长脸、光头、眼睛雪亮有神采、生活俭朴。他品行善良，脾性耿直倔强。时而去修行洞中修行隐居，时而回寺庙聚精会神绘画。寺主青则也任凭他超脱发挥，从不责备。正由于在英主真金官和得道寺主青则的虔心奉公和惜才扶持下，郎卡杰画师数十年为章谷郎嘉林寺庙的繁华壁画付出了艰辛忘我的劳动，绘制了不少精品。

当时，四方庙堂、美宅人家也竞相聘请他绘画，以请到郎卡杰画师为最高荣耀。

他拒绝寺庙把他作为专用画师，舍弃寺内的尊荣和待遇，毅然离开了章谷寺，周游四方以绘画谋生。他走遍了宗若柯、绰斯甲、嘉绒、果洛、色达、甘孜、东谷、雅如、木雅等地，绘制了无数幅脍炙人口的唐卡、壁画。

他的画品流传于西藏、青海和四川。散藏于民间的一些唐卡画品，有炉霍寿宁寺收藏的《二胜六庄严》、炉霍宗达寺珍藏的《十六尊者图》、甘孜县东谷喇嘛寺珍藏的《佛本生传》《格萨尔赛马登位》《极乐世界》等。

承传和创新的关键点终于浮出水面，基于此，付老师觉得应该可以用力了。

炉霍一位著名的本土专家冉长生先生写过一部名为《鲜水河畔霍尔之谜》的书，他走访了炉霍民间的扎西老人、翁修老人、班根活佛、格西鲁洛和郎卡杰画师嫡系的亲近后代择绒达吉，他们都认为郎卡杰大师的唐卡艺术独到，是康藏地区当时的古典主义工笔画第一次向浪漫主义工笔画飞跃的转换点。画风画品，恰恰是他的个性、天分和胆识的汇集，打破了古典画风那种柔弱平板的格局，以立体动感、线条清晰、远近分明、色彩鲜艳、明暗适度的生活气息，实现了他的唐卡艺术独创，率先跨过了唐卡画的浪漫主义艺术门槛。这也许就是当代不少藏学专家苦苦追寻的“浪漫主义唐卡画先驱”空白点的谜底。

在冉长生先生的基础上，付老师认真研究了郎卡杰画师对唐卡的创新，他坚持认为，把红军在炉霍的故事搬上唐卡画布，本身就是一种大胆创新，如果把当代国家级非遗传承人拉孟老师请来作为艺术指导，三者的汇聚就会形成强大的合力。他越想越兴奋。

拉孟曾绘制大型唐卡《格萨尔王与三十员大将聚会议事》《格萨尔千幅唐卡》《莲花生千幅唐卡》等四百余幅唐卡作品，还为中国藏学研究中心藏文《大藏经》绘制了彩色佛像图五十幅、山水画插图四百余幅，完成了大量高水平唐卡作品。在青海、四川、甘肃、西藏等地，拉孟的作品广为流传。

夜已经很深了，妻子在他身后给他披上了厚厚的绒毯：“老付，辛苦你了，给你热了烫烫的酥油茶，喝了吧。”

付老师越想思路越清晰，他认为自己在接近一个可能实现的目标。3月，他们带着初绘的作品，就在成都开了一个专家评审会。

会上终于见到了被邀请的著名唐卡画师拉孟。拉孟的创新，付老师早就洞察于心，他用大型唐卡描绘“红船精神”的画作，在全国尚属首次，这幅唐卡宽一点七米，高一点二米，展示中国共产党成立一百年来带领全国人民不断奋斗，国富民强、民族和谐的幸福生活。

拉孟出生在色达县年龙乡热萨马村，受父亲影响，年幼的拉孟爱上了画画。但由于经济条件有限，他只能就地取材，以草地为画布，以树枝和石子为画笔。

春去秋来，他有了众多慕名而来的学艺者。在拉孟看来，有人学画唐卡是好事，自己不该破坏这份美好，从1998年起，便开始免费收徒授艺。

终日忙着画唐卡和教画唐卡，加上色达海拔较高，拉孟常常腰酸背痛。一次，为出版格萨尔唐卡画，拉孟到成都寻找适合的出版社。他被成都温暖的气候以及成都人的见多识广吸引，一时间，“到成都生活”的念头出现在他脑海里。

2003年，拉孟在成都吉福社区租下一间屋子作为画室。除了画唐卡，拉孟继续免费招收学生。这些学生中，有的来自五省的藏族聚居区，有的来自东北三省。拉孟表示，学生们有藏族、蒙古族、羌族、彝族等，只要他们想学，自己都会倾囊相授，不分民族，不分性别。

在免费教画唐卡的同时，拉孟还给学生们提供吃住、路费、衣物以及每人每周五十元的生活费。此外，他还通过回购唐卡帮助贫困学生。拉孟告诉记者：“我是穷苦人出身，我的学生基本也是。希望画唐卡能成为他们的谋生手段，每当他们画出好作品，我都会按照市面价进行回购，价格在几千到上万元不等。”

如今，拉孟的千余名学生已顺利毕业，并过上了较好的生活。

十几年里，拉孟的付出，学生们看在眼里，更记在心里。“老师是大善人，带给我们爱与希望，他的恩情终生难忘。希望自己早日学成本事，好帮助老师行善助人。”当记者对拉孟的学生进行随机采访时，他们给出了几乎相同的答案。从这份默契不难看出拉孟对孩子们的影响，正如拉孟所说：“在朝夕相处中，我深刻感受到孩子们的心离我越来越近，这是我最大的欣慰。”

每当看到学生们的进步，拉孟在高兴的同时，还会为他们做长远考虑。拉孟认为，想要过好生活，除画唐卡外，学生们需要接触外界社会。

几经思考后，拉孟决定按就近原则行事——融入吉福社区。平日里，拉孟主动和邻居们打成一片，学生们见状，也会效仿。不过，拉孟觉得这还不够。

就在他苦恼时，社区居委会工作人员找到了他。那天，社区准备组织一次工地慰问，可因为缺少演职人员，被迫暂停了活动，社区希望拉孟给予帮助。得知原委后，拉孟当即答应了下来，并迅速让学生们进行相关准备。

工地慰问活动开展当天，在拉孟和观众的注视中，学生们精神抖擞，表演了热情奔放的藏舞。现场，与欢呼声、掌声一并响彻的，还有拉孟和学生们的名字。

自此以后，只要社区开展普法宣传、爱心捐款、慰问演出等活动，都能看到拉孟和学生们的身影。为更好帮助社区，拉孟还带领学生们成立了民族团结歌舞队、民族团结志愿者队伍、少数民族联络服务站。

新冠疫情期间，为做好法治宣传引导、矛盾纠纷化解等工作，筑牢吉福社区安全稳定防线，拉孟又当起了“排头兵”。他带领社区少数民族法治宣传队，深入小区院落发放双语法治宣传资料，积极引导群众遵守疫情防控期间相关法律法规，更好保障自身安全。

一路走来，成都市第四届道德模范、成都市武侯区优秀人民调解员、“中国好人”等，这一份份荣誉诉说着拉孟多年的付出和坚持。

武侯区委常委统战部民宗科科长林晓云则谈到，拉孟的唐卡绘画，让大家认识了甘孜文化的魅力；拉孟的无私奉献，让大家领略了甘孜精神的独特性。

4

有了德艺双馨者拉孟的鼎力支持，付老师有了底气，最终方案很快在键盘上敲定。

华彩公司的画室选址在炉霍县城七公里外的泥巴乡四季村，地处川藏公路边上。在确杰巴画师的带领下，近三年的时间，一百四十六幅“红色非遗”唐卡在这里完成。

占地面积不大的画室坐落在四季村的东头，通往色达的省道从这里经过，河流冲出的平地虽面积不大，但充满秀丽和灵气，公路两边是森林茂密的山峦，此处是绝好的写生的地方。集中在这里的画师和画工在最高峰时有八十人。三年来，所有的绘画材料、人员工资全部由华彩公司支付，几乎耗尽公司所有财力。

付老师和李长友经常到画室跟进制作进度，细心的李长友把首期创作的安排记在随身带的小本上，不时地戴上老花眼镜看看用红笔打钩的进度。创作分为五个部分：

“红军长征在炉霍”的系列唐卡，撷取了具有典型性、代表性的红军长征在炉霍的历史素材，分“追寻红军足迹”“民族政策的光辉实践”“藏乡军民情谊”“炉霍人民群众对红军支援”“赓续红色血脉”五个板块进行创绘。

“涅槃重生”，炉霍抗震救灾纪实系列唐卡，描绘1973年炉霍大地震以来，炉霍儿女在党的坚强领导下，继承红军长征精神，在地震废墟上感恩奋进、重建家园、共奔小康的生动场景。

“炉霍山歌词画”系列唐卡，从中央文献出版社出版的霍尔民间歌谣《亘古妙音》中撷取富有现代教育意义的民歌，融入地域民俗文化创作，表现炉霍人民对红军精神的赓续传承，以及在党的领导下对新时代美好生活的强烈渴盼。

“炉霍风物志”系列唐卡，融入省内“重走长征路”红色旅游精品线路，采用国家级非遗项目郎卡杰唐卡形式，百科全书式展现炉霍风土人情、自然景观、人文地理等，再现“红炉之地”的秀美风光和人文情怀。

“天空装扮者的红色追梦”（郎卡杰传承故事）系列唐卡，以唐卡发展史为序，以郎卡杰唐卡艺术传承为表现重点，反映郎卡杰唐卡的源起、传承与创新，普及与推介郎卡杰唐卡艺术。

2023年7月13日，炉霍的天空阴雨绵绵，“红军光辉照耀的炉霍——炉霍县‘红色非遗’郎卡杰唐卡艺术展”隆重开展，一百四十六幅“红色非遗”唐卡首次集中亮相。

来自北京、省、州的领导、专家、学者、宗教界的高僧、媒体等三百多人来到炉霍新建的文博馆，共同见证了这一美好的时刻。县委宣传部部长雍西宣布开馆。

龚兰英身穿一套康北女性在重要节假日才穿的藏式夏装，不停地给参观者介绍，系列唐卡于2020年开始策划实施，整个创绘以“镌刻在唐卡中的红色记忆”为主线，运用“红色资源+非遗技艺”相融合的创作模式，并邀请了众多年轻唐卡画师参与。

来自各地的受邀者在县委书记、县长的陪同下，听着讲解员讲解一幅幅唐卡中的红色故事。

来到一幅长六点四五米、宽一点六五米的巨幅唐卡《红星照耀雪域》前，郎卡杰画派唐卡艺术第九代传承人雍珠洛吾满含深情地介绍说：“这幅画作由炉霍县郎卡杰画派二十余名画师历时一年零七个月才完成。”

《红星照耀雪域》栩栩如生地绘画出八十多年前发生在甘孜高原的红军长征史诗图景，包含十六个组图场景、三十二个故事片段、一千四百一十五个人物形象，展现了“飞夺泸定桥”“朱德总司令与格达活佛的深厚情谊”“甘孜胜利会师”“红军长征在甘孜”等历史事件。

下篇　振兴之路

【题记】作为共建“一带一路”的提出者，如何让国际社会借鉴中国方案？川藏公路上多民族的命运共济，正是讲给世界的中国故事，也是展示中国构建人类命运共同体的窗口。

回溯到新中国成立初期，川藏公路的修建是当时以战略换增长的重要措施。如今，中国已经成为世界第二大经济体，我们有足够的底气带给世界更多的参照。“双碳”减排的提出，正显示出一个负责任大国的生态观。而青藏高原是重要的国家安全屏障和生态安全屏障，保护好青藏高原生态是对中华民族乃至全世界的重大贡献。

川藏、青藏公路，以及青藏铁路和正在建设中的川藏铁路，犹如人体的血管，源源不断地将发展的活力输送到世界屋脊，以活态的“博物馆”形貌，烛照着人类命运共同体的中国样板，展示给世界一个全新的人与人、人与自然和谐共生的赋能空间。

一、公路沿线脱贫的世界橱窗

1

2021年7月1日，中国共产党建党一百周年纪念日，降初赴京参加这一盛典。

盛夏的成都，人像在蒸笼里一样。他拖着行李箱穿过机场大厅，里面装有一套盛大节日才穿的藏装，还有一本自己编著的书。

这位四川省脱贫攻坚的参与者，带着一本七十万字、五百五十多页的《向世界述说中国美丽故事：四川脱贫攻坚战108幅冲锋画卷》的大书，全景式地将全川脱贫地区人民的成果向建党节献礼。

他曾说："于我而言，一个脱胎于大山深处的农家子弟，20世纪80年代初考上西南民族大学，第一次从家乡沿着川藏公路抵达成都，公路成为我的传送带。此刻，能带着一点自己的成绩，融入百年盛典，莫大荣光，此生无憾。"

他低调地评价自己，作为脱贫攻坚的参与者，也是见证群众脱贫的记录者，自己编著的书中，从四川省脱贫攻坚领导小组办公室主任的视角，经过好中选好，向读者展现全省脱贫攻坚战中值得铭记的108幅冲锋画卷。

108幅冲锋画卷，以时间为序、以事件为轴徐徐展开，没有过多的语言修饰，纯粹简笔白描，所有的时间、地点、人物、事件，全部来自公开报道，随时随地可以通过互联网查证原始记录；108幅冲锋画卷，只能勾勒整个战役的轮廓，确实不能详细立体地反映攻坚战中成千上万个战斗场面；108幅冲锋画卷，不仅仅是难以忘怀的冲锋场面，也不仅仅是激动人心的胜利画面，更是应该长期坚持的战略战术。脱贫攻坚战胜利结束了，在第二个百年奋斗新征程上，在人类走向美好未来的进程中，攻坚战必然会一个接着一个。

2

走入108幅脱贫画卷的，有川藏公路沿线的道孚。降初最为深刻的印象之一，还是道孚的农民夜校，有田间经验的农技老师，手把手地教你怎么靠知识致富。

一位叫拥泽的村民进夜校前，对上夜校抱持可上可不上的态度，他轻描淡写地说："沟尔普村在这片土地上耕作了上千年，要种好远近闻名的道孚葱，我认为，无非就是松松土，埋点泥巴就可以了。上夜校是在浪费时间。"

不过他的真情流露，却道出了这一区域种植技术滞后的真相。

直到夜校开班，许多人也像拥泽一样，抱着去听听、消磨消磨时间的态度。不过，技术指导蒲建军倒是非常有耐心。通过他的示范讲解，村民们开始觉得有了兴趣，蒲建军笑笑说："大家别急，先理论后实践，做到学用结合、学以致用。"随后一个个手把手地过实践关，村民在先讲解后实践的过程中逐渐掌握了种植要领，随着长期的田间规范劳作，村民们有了一项属于自己的技术。

贫困户充翁说："我以前也和拥泽一样，认为就是松松土，埋点泥巴就可以了，种葱子太简单了，现在地租出去了有收入，通过上夜校，不仅学技术还挣钱。学习了才晓得种葱子还是要技术的，这样种出来的葱子真的不一样，一车一车地拉出去，在沿途各地卖得那么好，我一定好好参加培训，平时在自己院坝里面多练习，用最短的时间掌握技术。”

拥泽听到这番话，深有体会地对充翁竖起了拇指。

自农民夜校开班以来，沟尔普村的村民们格外忙碌，他们将家里的土地流转给了大葱基地，平时每天早上八点准时在大葱基地进行种植、施肥、除草、装车等田间工作，再也不是像拥泽说的“就是松松土，埋点泥巴就可以了”。

降初和省扶贫办的同事在沿途各县指导调研时，印象很深的还有麻孜乡沟尔普村的便巴翁姆，她在县城河对岸整齐划一的蔬菜大棚里工作。

来到其间，只见菜地间立柱上写着“极地农业道孚基地”，一条笔直的水泥路尽头是基地的鸟瞰图，路两边波斯菊在阳光下娇艳盛开。

走进一个大棚，门口悬挂着采摘人员的工作证，一面是姓名，一面是照片，棚内工人有的在浇水，有的在除草，有的在采摘，一片繁忙景象。墙上挂着的温度与湿度计显示着适宜农作物生长的刻度，一个个成熟的红色、黄色小番茄挂在枝丫上，与常见的搭架番茄不同，这里的番茄在绳子的牵引下吊着生长，枝丫差不多有两米高。

在夜校学到不少技能的便巴翁姆正在采摘小番茄，每天有一百元的务工收入，她的两个孩子在县城读小学。年初基地招募工作人员时她成功应聘，是基地建设的亲历者，更是见证者。

告别便巴翁姆来到各卡乡冻坡甲村，这里的夜校还用特色服务帮助村民脱贫致富。随着“全域旅游”成为热门词，冻坡甲村紧扣“旅游经济”发展路子，开办特色专题培训班，打造旅游从业人才队伍。该村立足地处公路沿线的优势，紧抓成都师范学院帮扶机遇，在深入调研冻坡甲实际情况后，依托农牧民夜校，层层选拔有意愿的村民开展旅游礼貌用语、仪容仪表及礼仪规范等方面的培训，村上成立了舞蹈队、合唱队，举办了第一届达玛花节，建成了村上的精品乡村民宿，由村民所郎尼玛收徒教授民居内部装饰技能，开辟了青年转移就业的新途径，每人月均可收入达一千余元。

道孚的夜校确实办出了特色，让农牧民尝到了实惠，明白教育扶贫是最应该实施的重点。

20世纪60年代中期，降初出生在四川贫困的丹巴县格什扎。身为农家子弟，回想在参加高考进入西南民大前，格什扎河与四周的大山，地理环境造就的闭塞，带给他的认知是：从新中国成立之日就是伟大扶贫史的开篇，而习近平总书记引领的精准扶贫是扶贫史上的高潮，空前绝后。

恢复高考的第三年，从未走出过大山的降初，考取了西南民族大学的畜牧兽医系畜牧专业，那年他十六岁，乘车沿着川藏公路一路经丹巴、康定、泸定、天全、雅安、名山、百丈、新津、双流来到省会成都，升级的是见识，不变的是对故乡的情怀，抱定把所学的知识和观念带回故乡，去影响和改变家乡贫穷落后面貌的决心。四年的苦读最终以“优秀大学生”的身份到家乡丹巴县科委工作。

他清楚地记得报到时，无意中听见旁边有人说：“西南民大毕业的工农兵大学生，很多连借条都不会写。”这话深深地刺激了他。他暗下决心为自己的母校争口气。

80年代初是科技起步发展的年代，这种风气让他一头扎进工作、读书和调研中，再经过四年的努力，编写出《丹巴农牧科技手册》，创造性地提出发展“非传统畜牧业”的独到见解，引起了学界的极大关注，该论文很快在学术期刊《野生动物》上发表。那辆伴随他骑行在大渡河畔公路上的自行车，见证了他走村串寨调研的足迹。1991年，他当选中国科学技术协会第四次全国代表大会代表，引起了整个县城的小轰动，第二年又当选四川省“第二届十大杰出青年”，“从此，我就成了县上有名的知识分子，”他自嘲的语气也暗含对四年努力的肯定，“民大毕业的不光会写借条，更会写论文。”

之后，他一发不可收拾地点燃了探索、求知、造福家乡的愿望，他的调研行踪遍及甘孜州十五万平方公里的山山水水。

3

冯睿杰接到西南交通大学录取通知书的那一刻，脑海里浮现出的第一个念头是：要和父亲分享自己人生中最重要的时刻。

2021年8月24日上午，冯睿杰就来到凉山州脱贫攻坚展览的展厅，展览以“索玛花开幸福来”为主题，设两层展厅，布展面积二千八百平方米。

一张张图片、一件件实物、一个个场景，真实还原了凉山州的脱贫攻坚之路。

二楼展厅，冯睿杰在一面亮着烛光的橱窗前驻足，橱窗里陈列有他的父亲冯辉的照片和他留下的八十六本工作笔记，这些工作笔记在记录走村串寨、访贫问苦、为群众解决问题的同时，也记录了一位优秀干部的工作作风。

冯睿杰的父亲冯辉，原是布拖县分管脱贫攻坚工作的副县长，2019年9月28日，因劳累过度突发心肌梗死，去世时年仅四十五岁。

站在橱窗前，冯睿杰心里默默地告诉父亲：“爸爸，我没有辜负你和妈妈的希望，我拿到西南交大的录取通知书了。”此时冯睿杰的眼里噙满泪花。他说：“在展览中我看到电子屏中播放的每一个人背后都有一个家庭，这种为人民服务的精神，就是已融入我们每一个中国人血液中的家国情怀吧。”

2017年11月，为了掌握边远乡村贫困的真实状况，冯辉带领相关人员，沿着陡峭的悬崖步行到阿布洛哈村，深入麻风病人家中实地察看、嘘寒问暖，摸清贫困家庭现状。得知江边还有一个村民小组后，他不顾身体不适，坚持走访。

通向江边的羊肠小道，平时几乎无人行走，沿途不少路段坡度达到五十度以上，路面狭窄且布满易滑的碎石，稍有不慎，就会跌入江中。

沿着陡峭的山路，一步一步挪行一个半小时后，冯辉高血压发作，视线开始模糊、手脚发抖。但他坚持着，手脚并用，攀爬两个多小时到达村民小组。此时，他的脚磨起五个血泡，牛仔裤也磨出了洞，但他仍忍着病痛逐户调研。

第二年夏季，牛角湾乡牛白公路出现大面积坍塌，接到县扶贫开发局汇报，冯辉紧急召集相关人员赴牛角湾乡开展事故调查。行至塌方区前一百余米时，他第一个跳下车奔往塌方区，见其余人员不敢走进塌方区便大声说道：“没事，不用担心，跟我走！”说罢带头快步走进塌方区，现场摸清事故基本情况。事后，有人提醒他说这样太危险。但他说，不进入塌方区进行详细分析论证，远远站在一边，是得不出真实结论的，问题也是得不到有效解决的，会影响牛角湾及附近乡镇老百姓日常生产生活和交通出行。

在二楼展厅，专门有一处珍藏着牺牲的帮扶干部的遗物，讲述着英雄们的故事。在凉山脱贫攻坚这场硬仗中，有三十八名帮扶干部英勇牺牲。

同冯睿杰一样，蒋茹倩的哥哥离开她五年了。

英雄蒋富安的妹妹蒋茹倩每每想到都心痛不已，“当我在展览中看到

‘悬崖村’那经过风吹日晒已经接近断裂的藤条时，我明白了哥哥内心所追求的和想要村民脱贫奔小康的那种迫切。‘悬崖村’是凉山脱贫攻坚战场的缩影，我的哥哥是其中的一名战士。”蒋富安生前是美姑县四峨吉村驻村第一书记，2016年，因过度劳累猝死在工作岗位上，年仅二十六岁。蒋茹倩深受哥哥影响，在2019年光荣加入了中国共产党，她希望能和哥哥一样努力工作，他未走完的路，她来接着走。

在108幅脱贫画卷里，记录着藏族老乡“截考”的故事，这个大胆而自信的故事发生在甘孜州巴塘县。

2020年元旦下午，国家脱贫攻坚成效省际交叉考核江西工作组一行四人，在完成巴塘县地巫乡易地搬迁安置点考核后，驱车返程途中，被甲英乡的十多名干部群众拦下，他们手捧哈达。

“停车，停车，”工作组组长说，“下车探个究竟。”

干部群众一拥而上为工作组成员敬献哈达，正当工作组成员一脸错愕时，领队的干部向工作组讲述了“截考”的原因。

原来，工作组在地巫乡搬迁点开展考核时，甲英乡党委书记陈幺妹就向巴塘县委书记汪玉琼打电话请示：“甲英乡群众非常期盼工作组到甲英乡检查工作，工作组去了地巫乡搬迁点，却不来甲英乡搬迁点，大家感到非常难过，非常想邀请工作组到搬迁点，看一看他们的幸福生活，更想请工作组的领导转达甲英乡易地扶贫搬迁群众对党中央、对习近平总书记的感恩之情。”

汪玉琼告诉陈幺妹：“工作组时间很紧，甲英乡易地搬迁点没有被抽到，你要向群众做好解释工作，不要打乱工作组的正常工作。”陈幺妹的请示未得到同意，便出现“截考”的一幕。

工作组成员在甲英乡干部群众的簇拥下，来到了甲英乡易地搬迁安置点。

当地干部群众一一介绍道："这是休闲小广场，节日时大家一起搞活动，安逸得很。""这是活动室，平时开会、办事都在这里，很方便。""这是住房，干净又敞亮。"

工作组来到搬迁户曲珍拉姆家中，女主人早已在藏桌上摆放着美食，工作组与大家围坐在一起，拉家常、话心声。

"做梦都没有想到我会搬出大山,住上这么好的房子，现在娃娃上学没有问题了。""以前在山上时，妻子生病无法就医，搬下来后，家中有人生病，都能在几分钟内到医院看病。"

大家争先恐后诉说生活的变化，反复恳请工作组向党中央转述甲英群众的生活变化，话语间陈幺妹和群众更是几度落泪，言语中饱含着对祖国的热爱、对党中央的拥护，以及脱贫奔小康的决心。

工作组被眼前的盛情所感动，检查完易地搬迁安置点的基础设施、房屋面积、饮水、网络等各项建设，入户查看政策落实情况后，工作组表示："甲英乡干部群众之所以敢'截考'，是因为他们在脱贫攻坚中有了获得感、幸福感，干部群众记着党中央、总书记的恩情，我们一定将这里的脱贫攻坚成效和群众的心意写进报告，上交国务院扶贫办。"甲英乡上百名群众夹道欢送，双手合十点头感念，寒冬凛冽的空气中，丝丝暖意在流淌。

考核组组长邓丰昌得到的启示是："截考"体现的是精准脱贫的底气，呈现的是脱贫攻坚的成效，彰显的是脱贫群众的认可。

二、高原的太阳点亮新能源的灯

1

“川藏公路的风光太美了！”这是康子军第一次去雅江踩点时在车上发出的赞叹。接手柯拉一期光伏电站和雅砻江两河口水电站水光互补一期项目，对康子军来说有两大挑战。

一是柯拉一期光伏电站，它是全球最大、海拔最高水光互补的电站，为全世界水风光一体化开发探索出一条新路，对构建新型能源体系，实现“双碳”目标具有示范和引领作用；二是首次在海拔四千六百米的环境下作业，挑战员工的生命极限，用他的话就是“不设奖牌的生命奥运”。

从2022年3月进场、7月开始施工，到2023年的6月发电，他没有休过一天假，最严重的一次嗓子说不出话来，实在没办法，被同事劝说，只好从四千米的营地撤回雅江县城休息了三天，输了液，吃了药，扯起嗓子又能说话时，就驾车回到岗位。

这位属虎的湖北宜昌汉子，个头不高，虽有些微胖，但很结实，走起路来带风，学的电力专业，干过水利工程，干过大型电站的工程。柯拉的强烈紫外线，将他的皮肤晒得黢黑。

手里的计划书和工作进度表要求他不得延误和怠慢。

场址最高海拔在四千六百米处，总体投资五十三亿，装机一百万千瓦，黑压压占据二点五万亩的光伏板，将在他们的建设中覆盖这片区域；

建成后，光伏板接受太阳光产生的能量通过输电线路接入五十公里外、装机三百万千瓦的两河口水电站，并网光伏发电和水电“打捆”送出。

如此洁净的能源，年平均发电量二十亿度，每年可节约标准煤超六十万吨，减少二氧化碳排放超一百六十万吨。

这一串振奋人心的数字意味着一份责任，这份责任让康子军在海拔四千米的寝室里，除了生理上的高海拔失眠，还有就是心理上的失眠。

柯拉一期光伏电站接入四川主网，在迎峰度夏之际投产发电，为川渝电力保供再添“生力军”，也“一体化开发”破解新能源消纳难题，打造可再生能源大规模集中开发的新样板。以风电、光伏为代表的新能源发电成为当前全球新增发电产能的“主角”，但“靠天吃饭”的风光新能源发电具有间歇性、波动性的先天不足。

回到现场，平日里自感精力旺盛的他，显得气喘吁吁，在海拔四千六百米的施工现场，他十步一喘，站在制高点。短短不到一年的时间，他带领着十八位管理人员，完成了公司交给他们的光荣任务。

何为光荣？雅砻江电力公司将为2023年8月成都世界大运会提供可靠电力保障，用高原的阳光点亮大运的灯，柯拉一期光伏电站成为四川新能源开发的一张亮丽名片。

2023年6月25日，柯拉一期光伏电站同两河口电站并网发电，标志着全球首个百万千瓦级水光互补电站正式投产。

在发电日的当天，康子军带领团队艰难完成工程的故事，覆盖了二点五万亩的草甸。美妙的是光伏板上发电，光伏板下放牧，国家利益、牧民利益在新能源的引导下双双实现。

他给牧民算过一笔账，占用一亩草地企业补偿三百元，二点五万亩就是七百五十万，加上这里的松茸和虫草副业，还有务工补贴，这里的群众多了生财的渠道，日子很好过。

发电日的背后，康子军的记忆里装满了从进场到发电的故事。

2

二十八岁的根秋吉称，家在稻城，性格乐观，善于处理人与人之间的关系，工作之余既能喝酒也能扛事，给人的印象是风趣幽默。针对这一特点，康子军总经理专门让他负责处理与当地村民的沟通事宜，同时负责工地上所有场内道路建设。

即便是稻城长大的藏族人，在柯拉这里，他还是被太阳晒得黑黢黢的，也被风吹伤了脸。

他喝了酒也直言，在这里工作人很容易累，毕竟海拔四千六百米，空气当中含氧量低。身为管理人员，他对工作尽职尽责。他的老家稻城距柯拉很近，但还是难以适应这里的高海拔低气温。很多工人承受不住这里的艰苦条件，有的干上半天就直接撂挑子走人，即便最高能拿到每天八百元的工资，但身体吃不消，工程进度还是难以推进。

在根秋吉称的记忆中，当时有两个升压站进入了浇筑的阶段，但气温低，很容易让混凝土冻结；厉害的是山上风大，一号升压站进入了第二层和第三层的施工时，工人们在上面很难站稳。康总马上决定，用开水拌和水泥，给新浇筑的板块盖被子，一时间整个施工区域盖满了被子，比人盖的被子还厚。

那段时间，场内道路还没来得及铺设沥青，都是处于水稳层的状态，大货车经过就会扬起很大的尘土，这就需要在路上洒水降尘，但早晚温度过低，洒水就会在路上立刻形成暗冰，这样道路安全隐患又成了一大难题。总之在高海拔地区施工，困难多多。

他还经常要和当地村民进行沟通，有的时候晚上深更半夜都还在村民家中进行协调草场补偿事宜。当地很闭塞，牧民对国家政策不了解，根秋吉称很多时候拿着齐全的手续和他们解释，但是都很难说服他们。

有一次，施工场地内的十五号路有一公里的长度涉及一户人家的私人草场，牧民最开始很抵触他们的到访，家里的男主人认为伤害了他的草场，明年他们的牦牛会少很多草吃。那段时间根秋吉称基本每天都会去这户人家沟通，就是说，光伏板下可以放牧，而且下雪时，光伏板还遮挡了雪，反而让草地得到了保护。经过一个多星期的耐心解释，这户人家终于同意他们在他家的草场上动工。

3

刘强国，三十七岁，工地上大家都“强哥”“强哥”地叫他，他是项目施工班组第一人，送出工程组组员，山西人，平日里喜欢吃面食，是从承建单位的管理人员借调到项目部的。

强哥为人踏实，9月到汇集站后撑起了汇集站的管理任务，常常深入到施工单位的班组当中，解决具体问题。

在高海拔区域施工，会存在高反、心悸、胸闷等情况。很多人无法承受这里的艰苦条件，所以会出现施工人员流失的情况，这样就很难保证施工进度。

刘国强遇到的第一件事，是有一位新来的同事，来到这里的第一天说自己状态还可以，第二天爬了一次山，随后拎着行李走了，走时撂下一句话：吃不消。

上一年入冬以来，大风、暴雪、冰冻等极端天气频发，项目现场的昼夜温差达到三十摄氏度，站在板结的草地上，感受“冻豆腐”一样的坚硬，而工程要求他们必须在半米深的“冻豆腐”上打下近五十三万根基础桩。如此难度的挑战，对土建工程的影响会很大，汇集站需要用混凝土进行浇筑，温度过低就会把水泥冻凝固，除此之外机械也会降效百分之三十以上。

刘国强常常蹲在“冻豆腐”上，用手指关节敲敲铁板一样的草地，感叹：怎么会遇上这一难题。

为了保证施工进度，项目部成立党员联合攻坚队，因地制宜创新开展先引孔、再静压、后回填的工法，将原本疏松的“冻豆腐”夯实稳固。虽然困难重重，但项目团队连续奋战在工程一线，挂图作战，将任务细化到每一周、每一天，并分解落实到每个班组、每个岗位，创造了大型光伏工程在高寒高海拔地区没有发生质量安全事故的奇迹。光伏场址面积相当于二千五百个标准足球场拼接在一起，光伏支架用钢量近五万吨，相当于在世界屋脊再造了一座“鸟巢”，这是冬季大规模连续施工的奇迹。

工作中遇到困难，对于刘国强是常态，送出工程需要对塔基进行浇筑，但是有的塔基在很陡峭的山上，施工人员就会一次性带上半个月的生活所需，在山上搭帐篷住，直到食物和水耗尽了再下山。

在送出线路的搭建过程中，很多的塔基都在原始山林里面，不仅山地陡峭，为了保护原始地貌，只能选择不采用大型机械进行施工，而是采用人工的方式挖掘一个个十五米的深坑。为了保证浇筑的塔基不被冻住，现场的工人会把塔基盖上棉被以达到保温的效果。

望着脚下盖得比自己还厚实的塔基，强哥有些自豪，在他眼里，办法总比困难多。

4

廖尹昊琰，柯拉项目部最具代表性的新员工，设备管理组组员，二十二岁，毕业于成都大学自动化专业，通过校招来到雅江公司，后又成了柯拉项目部的借调人员。

这个初出茅庐的年轻人，给大家的印象是，为人善良正直，做事踏实。

或许是年轻、身体素质好，他的高反不算特别严重，只是出门时头晕，有时思考问题会感觉力不从心，运动过快也会比较喘。

倒是书本中学到的跟现实中遇到的反差比较大。有一次在一标检查设备质量，一位工人师傅背了一个斜挎包，看到他的包里不仅仅有安全图纸，还放了头痛粉，他幽默地问："图纸也脑壳痛？"工人师傅告诉他，用来抑制高反和大风吹得头疼时，它比肌苷口服液和红景天都管用。

在海拔四千五百米的高原作业，廖尹昊琰的最大体会是，严酷的低温对工程进展影响很大，这位爱琢磨的年轻人总结了气温低带来五个方面的负面问题：

气温过低，现场的钢材会产生断裂；气温过低，不便于现场工人安装光伏组件，光伏板的成品较薄，如果在安装时佩戴手套就会影响手的灵敏度，降低安装效果；气温过低就会产生冻土，必须引孔后再打桩基；气温过低，施工人员很难坚持下去，不断造成人员流失，然而每一次更换新人就意味着需要重新进行技术培训，这样不仅会影响工程进度，有时候不熟练的工人会按照自己的想法进行施工操作，影响施工质量；气温过低，一些大货车的油箱、水箱清晨会被冻住，甚至很多车解冻后开到一半会动力不足停在路中间，只能用铲车助推，影响交通和送货进程。

这位年轻的工程人员将这些经验总结视为一笔财富。

工作中遇到困难，他和同事并不气馁，而是积极开动脑筋，去解决问题，他在开总结会时说：以三标的具体施工为例，由于施工的地形复杂，有许多的山头斜坡，工人在施工时经常遇到桩基难以打入的问题，大家开动脑筋，采取了先打孔，后回填，再静压的方式将难题化解。

在安装光伏组件的过程中，由于光伏板的位置最低也要高于一点八米，施工之前他们预想用人字梯就可以解决，但是后来改为脚手架才能应对山地加上大风造成的不平稳，并达到多人协同作业的效果。

休假回到项目部后，他看到许多山坡上一根根桩基整齐划一与山连成一片的场景，十分震撼，想想其实才用了不到两个月的时间，就可以达到这样的成效，他感到很自豪，那些吃过的苦瞬间烟消云散。

从个人的角度来说，从步入项目部开始，在前辈们的带领下学习了很多光伏建设的相关知识，他从一个毫无经验的小白，到现在自己头脑中能有一定的框架，而且每次有任务做的时候就感觉自己前行是有方向的。

5

吴瑞，行走在柯拉项目建设安全管理最前线的人，安全环保组组员，主要负责项目人员安全问题。二十七岁，雅江人，在成都长大。以前做过警察，有处理危险工作的经验。工作极度有责任心，思考问题缜密细致，会用警察的思维方式判断问题。

“这里的气温低，对于本组的工作有新的挑战。”这是吴瑞较深的感受，“原因是工地扬尘要考虑环保，需要对其进行洒水，但是温度低会导致生成暗冰，因此作业组必须要在早上九点半至下午四点半之间进行这项工作；气温过低会导致机械事故，比如挖掘机的挖杆会断裂；也会让柴油上冻，机械无法正常使用，有时一些大型货车就算启动了，也有可能在半路因伤冻损坏而不得已停在道路中央，引起交通堵塞。”

“前段时间我们重点处理了工地抽烟的现象，由于从2018年开始我们柯拉这里就是全省十三个森林防火重点之一，而柯拉又是雅江县的防火重点，因此我们项目部就成了县上的监管重点。”

柯拉海拔四千米以上而且多灌木丛，冬季干燥，一旦出现明火就很危险，消防队很难及时到达现场进行救援，很容易失控。对于当地的村民而言，这里的草是牦牛的主要食物，如果发生火灾，牦牛就没有能吃的食物，群众就要想办法从其他渠道获取草料，甚至许多无法获取草料的牧民只能看着自己的牦牛饿死，导致重大的经济损失。

正因为柯拉森林防火的重要性，他们才会这么严格地控火源，严厉处罚在工地上抽烟的行为。对于在施工过程中可能出现的明火，他们会安排专人紧盯用火情况，以保证项目不发生安全事故，保护大家的生命安全。

他们设置了多个微型消防站，放置有水囊，这种水囊在低温情况下也只会在表层结冰，可以保证及时灭火。

在高海拔地区，现场工人存在较大的健康风险，这要求每个施工点都要配有氧气瓶和速效救心丸，以及人手一件防寒大衣，后来还设立了微型救护站，配备有救护车、十台除颤仪、一台移动式氧疗仓和专业的医生护士。

6

詹兴强，综合组组长，是综合组的大家长和主心骨，被誉为最了解柯拉营地人与事的人，三十二岁，有一个三岁的可爱的孩子。他幽默风趣，成熟稳重，既懂工程又能将大家凝聚在一起，负责营地的大小事务，特别是后勤保障，时刻关心大家的情绪动态、身体健康状况。

在环境如此恶劣的条件下，需要更加及时地了解员工的生活需求和心理变化。

他在项目部上山之前就为每一位员工准备好了御寒的劳保用品，羽绒服、棉衣、厚手套、防寒面罩，在营地筹划了员工活动室、图书角等共享空间，让大家在工作之余放松身心。

他家小孩今年三岁，应该是最好玩的时候，也是性格养成最重要的阶段。但因他长期疏于对家庭的照顾，心中那份难以割舍的情感只能在电话里表达，而且说到这些又难以开口，每每同家人通过电话后，他就不时地翻看保存在手机里的爱人和孩子的照片。

他注意过一个问题，柯拉山上的一株小草，被寒风吹得体无完肤，而且在这里地下的泥土层不厚，大都是岩石，气温低、生长缓慢，可仔细观察，它依旧在疾风中随风摇摆，没有丝毫的畏惧。他由此想到人生就两种状态，一种是一直在询问自己为什么要这样做，还有一种是既然已经埋下头在做，便不再问为什么。

詹兴强默默地选择了后一种，在他眼里，说大点，柯拉基地建设不仅为四川、为中国，也为全人类绿色低碳发展贡献智慧和解决方案，即便工作地点处在高原深处，但所做的贡献，于国家和个人都是值得的。

雅砻江流域水电开发局多次对外界宣布：作为四川省内最大的发电企业，随着柯拉电站投产，雅砻江公司清洁能源装机将超过三千万千瓦时，占全省清洁能源总装机的五分之一，每年贡献清洁电力超九百亿千瓦时。雅砻江流域清洁能源开发已完成固定资产投资超二千一百亿元，雅砻江全流域水风光蓄资源开发还将新增投资约五千亿元，带动万亿级的产业发展，是国家及四川省现在和未来持续可靠的重要经济增长点，真正变“绿水青山”为“金山银山”。

2023年6月26日，参加甘孜州清洁能源发展大会的人员分为两组，先后深入两河口水电站、川渝特高压交流工程甘孜一千千伏变电站新建工程、大渡河硬梁包电站、大渡河泸定水电站、大渡河长河坝电站等点位，对各点位情况进行全面深入了解，共溯清洁能源之源，共论清洁能源之道，共话清洁能源之长，共叙清洁能源之谊。

考察现场还视频连线了乡城县正斗光伏项目、巴塘县拉哇水电站、雅江县红星“1+N”项目、柯拉光伏项目，展示了川藏公路沿线地区清洁能源产业的蓬勃发展之势，更展示了川藏公路七十年来发生的巨大变化。

三、雪域丛林中的最美护林员

1

“捡到雪豹？在哪里？”石渠县委书记惊喜中带着疑问。

“金沙江上游的真达乡，”县委办公室主任回答，“乡上打来电话，说是两只雪豹争抢食物，伤了一只。”同时打开手机，展示了一段护林员救治雪豹的视频。

“没伤到人？”

“没有。”

“太好了，雪豹的出现，给我们打造最美湿地提供了强有力的佐证，这几年抓环境保护，雪豹的出现，给工作加分了。”袁书记望望窗外，“我在深圳一次生态会上介绍雪豹，说它行动敏捷，跃动在青藏高原的雪山深处，是神秘的高山之王。遗憾的是没有画面，现在可有真凭实据了。”

“我已通知林业局，要求野生动物保护科派人去真达乡，开展救治，恢复过后，放豹归山。同时已向州林业局报告了这一情况。”

“好，尽快责成林业部门写一份翔实的材料，上报相关主管部门。配上视频。”

很快，《甘孜日报》报道了一则题为《雪豹，高海拔生态系统健康与否的气压计》的消息，引起了中国新闻网等媒体的密集转发，轰动不小。

这次轰动得从2017年11月26日说起。

石渠县真达乡，地处川青藏交界处，山川之间今年已是第二次铺满积雪，空气清新而寒冷。护林员甲它喝下碗里最后一滴奶茶，满意地打了个响舌，习惯性地自言自语说：“哒哒热（舒服），巡山去。”边说边戴上袖章，开始了日常巡山护林的一天。

他打开房门，干燥而凛冽的风迎面而来，冰凉、刺痛，这种感觉提醒他，正值冬季护林防火的关键时期，一有火源，很容易引发大面积山火。

甲它带着四名护林队员朝普马村方向走去。走了两个小时的山路，身体已出汗。他用手掌抹了一把额头上的汗粒，说：“快了，都能看见普马村的房屋了。”

冷风一阵阵刮来，隐约夹杂的嘶叫声，从远处普马村传来。“听见没？”甲它侧耳静听并提醒大家，同时举起望远镜循着声音瞭望。

他在望远镜里搜寻，身旁的护林员都专注地看他的表情，希望通过他获知远处发生的情况。“啊波波（惊叹词），两只雪豹在抢一只岩羊，怎么雪豹又打起来了。”

甲它像在直播：“不行，那只小的不是对手，走路的姿势一瘸一拐的，”甲它专注地观察着，“糟糕，它受伤了。”

激烈争斗的雪豹发出高低不一的咆哮声，突然嗅到人的气味，敏感地扭头朝他们张望，发现有人便停止打斗匆匆离去，受伤的那只步伐沉重地消失在人们的视线中。

“赶紧向乡政府报告。”甲它掏出手机，通完话后，却放心不下受伤的雪豹。

与此同时，在另一个位置，真达乡傲益村村民泽翁正在俄绒陇沟藏玖放牛，发现一头躺着的岩羊，准备过去查看时，听到雪豹的吼叫声，于是跑到对面山上观察，但没有发现雪豹的踪迹。尔后，泽翁叫上同村的根呷、正呷一起到死岩羊的地方再次查看，在一个小洞里发现了三只雪豹幼崽，母豹则不见踪影。他们马上给护林队长甲它报告。

甲它火速来到洞中进行了拍摄，向围观的护林队员说：“县上要求我们护林员进行远距离监测，观察母豹是否出现意外，及时采取措施救助，如果母豹正常，立即撤离。”

护林队员一直待到母豹带走幼崽后才撤离现场。

第二天，甲它一行再次来到现场，发现受伤的雪豹正趴在岩羊旁，见人前来却没有力气动弹。兽医老吴蹲下来为雪豹查验伤势，确认雪豹左前肢和左后肢均被咬伤，左前肢受贯穿性咬伤，致使其无法行走，他说：“必须尽快把雪豹带回救治。”

被抬回的雪豹就放置在甲它家的院子里，很快整个院子成了全村人的“动物园”，他们无不好奇地在向铁笼子里面观察，有的还掏出手机，与雪豹来了一个同框的珍贵留影。

一段时间后，受伤的雪豹在甲它和家人的精心照顾下，伤势得到控制并逐渐好转，县林草局拨付五千元，用于雪豹医疗和喂养，并给予护林员两千元奖励。

2

雪豹出现在真达乡的新闻分分钟传遍全网。当时西南民族大学青藏高原研究院的杨楠博士正在石渠进行田野调查，听闻雪豹被救治的消息，他以惊喜的语气对身边的伙伴说：“雪豹的出现，证明石渠的生态环境在多年的治理和保护下，有了明显的改善。豹子终于回家了。”

他同分管生态环境的副县长见面后，介绍说：“雪豹主要分布在亚洲中部的高原山区，习惯生活在人迹罕至的高海拔地区，被称为‘雪山之王’，处于生态食物链的顶端。由于非法捕猎、生态失衡等原因，雪豹的数量正在急剧减少，已成为濒危物种。从全球的分布情况来看，中国雪豹数量最多，约占全球雪豹的百分之四十，可也只有两千多只。”

这话听得副县长心里发紧：“那也相当罕见了。”

“是的。目前我们正在开展生物多样性监测工作。”杨博士正着手重新规划考察的行程，准备挤出时间去一次真达乡，同总护林员甲它一道巡山，实地调查、感受，找出真达乡生态环境发生变化的前因后果。

他不知道的是，著名藏族电影导演多吉彭措已经捷足先登。不过，杨楠和多吉的着力点不一样，多吉是想借救助雪豹的故事，拍一部以甲它为主角的电影，用生动、直观的电影语言润物无声地讲述青藏高原的生态环境保护。

早在二十年前，多吉就已经非常关注生态环境。2000年春，甘孜州委托他拍摄一本名为“康巴神韵”的画册，他历时一年，沿着川藏公路走遍了甘孜十五万多平方公里的山山水水。

来到石渠县，县委宣传部李干事了解到他对野生动物很感兴趣，就建议他去石渠真达乡，说那里成立了野生动物保护区，频频出现的野生动物一定会带给他许多惊喜。听李干事这么一说，多吉来劲了，做了一些必要的准备后，便驱车赶往真达乡。当时石渠县还没有直达真达乡的公路，要绕道一百多公里，经青海省的国道才能到达。

一到真达乡，多吉便马不停蹄地四处走访，他了解到自中央下达停止采伐天然林的禁令后，这里便开展了“退耕还林、退牧还林”的工作。真达乡有六个自然村，护林队成立之初，县上安排每个村派一位身体健壮、有责任心的村民担任护林员，由更思村党支部书记甲它担任护林队长。

见到多吉，乡长说：“仅仅两年时间，护林工作成效显著，野生动物逐渐多起来。如果条件允许的话，请多多用镜头宣传我们这里。”

多吉调侃着回应他：“如果这里的成绩能给我烙上印记，我会像找了对象那样，常来真达乡缠住你们。”大家听后都笑了。同乡长告别时，乡长一再吩咐甲它要照顾好多吉的生活，尽可能带他到能拍到动物的地方，拍高兴，拍个够。

多吉自打一见到甲它，就满心喜欢。甲它一米七五左右，跟多吉身材相当，五官线条硬朗，给人一种豁达、坚韧的神情。

刚住进甲它家，甲它就迫不及待地问，“多导，你看我们什么时候出发？”

多吉回答，“这次是为拍摄一本画册而来的，需把甘孜州十八个县跑个遍，每个县平均耽搁十天时间，需一百八十天才能完成任务，这还不包括遇到塌方路阻带来的延误，目前到过北路七个县，在石渠拍摄几天后将去南路六个县，最后到康东四县，在泸定结束拍摄。”

听了多吉的计划，甲它很快制订了一份线路图，决定陪多吉在山上转五天。

第二天上山，他们刚到半山腰，就看见了成群的白唇鹿、盘羊和岩羊在距山顶不远的地方觅食、玩耍。

多吉被这壮观的场面所震惊，但因镜头焦距所限，他一点点向动物们靠近，动物们似乎发现了他们，但并没受到太大的惊吓，而是观望一阵后，继续觅食、嬉戏。

多吉的相机不停发出按动快门的声音，一阵忙碌后兴奋地说：“今天拍到干货了。”

“只要你满意就行。”甲它对多吉笑笑，便开始吩咐大家搭迷彩帐篷。搭帐篷期间，多吉耳边不时传来“砰——砰——砰——”的碰撞声。甲它把望远镜递给他说：“这段时间正值白唇鹿的发情期，这是公鹿们为争夺配偶的交配权，用头相互碰撞发出的声音。”

多吉在望远镜里看着，感叹真达乡的“野保”工作成绩突出：“看来我会在不同季节来这里，绿水青山鸟语花香，人与动物和谐相处，名副其实的世外桃源。”

甲它说：“表面上看风平浪静，但或许盗猎者正躲在某处偷窥我们呢。”

“有那么严重吗？”多吉问。

“这里地处川、青、藏三省区交界，动植物资源丰富，而真达乡森林和草场面积宽，人手少，经费紧张——这是暂时没办法解决的。盗猎者了解我们的情况，他们钻的就是这个空子。”

一番交谈，多吉发现甲它足智多谋，熟悉政策，熟悉山川地貌，熟悉野生动物的习性，甚至熟悉盗猎者会在什么地方安放什么工具等等，似乎对这里的一切，他都会做出准确的判断。

甲它时刻把“安全”二字挂在嘴边，特别是巡山到达动物经常出没的通道、隘口、山谷里一些盐碱滩边时，总是先去探路，把盗猎者安放的索套、钢夹、弓弩，或对付食肉动物的毒饵、爆炸装置一个个收起，排除危险后才让身后的人通过。

夜幕降临时，甲它环顾四周，指着一块地方说：“那里易守难攻，宿营比较安全。”说着开始教大家做好防偷袭准备，布置假象迷惑不速之客的方法，“这是老一辈传下来的办法，要好好利用才是。”把危险留给自己，把安全与方便让给他人，成了甲它的习惯。

见多识广的多吉，不动声色地观察着这位优秀护林员的一举一动，觉得他很像河北塞罕坝那位优秀的种树人。

有了这样一段过往，当听说雪豹出现在真达乡的时候，多吉便立即动身去找甲它。在多吉眼里，人与自然是一种共生关系，保护野生动物的意义不仅在于维护生物的多样性，更关乎人类的可持续发展。

3

真达秋天的傍晚，晴朗的天空挂着一弯明月。

多吉记不清楚是第几次坐在甲它的院子里，喝着砖茶，天南海北地聊着。随着了解的深入，多吉对甲它生态环境保护的工作有了更深入、全面的了解，不知不觉中，甲它早已成为多吉脑海中形象丰满的电影主角。

自从1998年8月，石渠县根据国家下达的禁伐令停止了采伐，人们对禁采禁伐一时难于接受，首先建房的木材需要统一审批，就连过去随意砍用的柴火都需计划安排。有些人的思想观念跟不上形势需要，更有躲在暗处的偷猎者磨刀霍霍，随时铤而走险挑战法律，因为真达乡境内有十六种国家一级保护动物、三十四种国家二级保护动物，诱惑着他们贪婪的目光。

真达乡地处四川、西藏、青海三省区交界处，在国家实施“天保”工程前，这里一度成了盗猎和盗挖名贵药材等犯罪分子的聚集地，使得许多野生动物惨遭杀戮，有些稀有物种几近灭绝；大量的名贵药材也遭到毁灭性的滥采盗挖，观念转变和打击偷猎盗猎的双重挑战，给护林队的工作增加了难以想象的困难。

甲它的心里有本账，真达乡地处石渠县境内金沙江流域高山生态区，平均海拔四千二百米，全乡人口三千多人，七百多平方公里山林与高山草甸，历来就有“野生动物的天堂”之称。如此广阔的森林与草场面积，护林队员巡查一次往往需要五至六天时间，如果遇到下雨或下雪，没十天半月则回不了家。

自肩负起护林队队长职务，甲它明白开弓没有回头箭，全心全意地投入到工作中。身为村支书、村主任兼护林队队长的他，除了护林巡山，村上的大小事情都离不开他，因为他秉公办事，老百姓非常信赖他。

2012年的春天，一次巡山中，甲它带领洛吉、多加、土登、根青、米玛、恩珠等队员巡山，他们被一场几十年未遇的降雪困在山上。深过胸部的积雪让他们迈不开腿，只能待在帐篷里，围在火堆边喝雪水熬的清茶，吃糌粑。夜晚气温骤降，睡到半夜时就被冷醒，需起来蹦跳发热才能熬过寒夜。被困五天后，他们借助阳光融化的积雪，一路铲雪除障，打出通道，历尽千辛万苦终于回到了家里，但多加、土登、根青、米玛的眼睛被雪灼伤患上雪盲症，眼睛四周的青晕像熊猫，不停地流泪，加上吃不好睡不暖，个个都像得了一场大病。回家后甲它及时安排队员休息，自己却投入村长的工作中……

更思村包村干部何贵平是甲它的搭档，他说：“每次接到任务，无论刮风下雪还是深夜凌晨，甲它阿哥第一句话就是‘马上到’，他雷厉风行的作风和负责的工作态度教会我很多。”何贵平只要谈及甲它就有说不完的话题，“2013年，刚参加工作的我就如同一只无头苍蝇，面对各种交办任务不知从何下手不说，最大的问题是语言不通。正在我一筹莫展的时候，甲它阿哥仿佛早就看出了我的心事，他和蔼地拍着我的肩膀说：‘不要担心，工作我们一起做，你要不了多久就熟悉了。’于是他一边教我如何处理各种村上的事务，一边潜移默化地教我学习藏语，一晃就是七年，现在乡上的各种事务难不倒我，我还能用藏语和群众交流了。阿哥对我而言，更像是父亲。”

何贵平清楚地记得，2014年8月13日上午，护林队在一次打击盗猎和防范森林火险巡山时，突然发现灌木丛中藏匿着一辆可疑的外地牌照车辆，不一会儿还听到从远处传来的枪声，甲它立刻安排了[illegible]名队员前往乡派出所报警，自己带着几名队员朝着枪声方向奔去，但整整搜寻了十来个小时，依然没看见盗猎者的身影。随着夜幕降临，队员们只好偎依在岩洞里睡了一夜。

夜里，甲它难以入眠，难道是自己定的追捕路线错了？

次日，天还没亮，甲它就带领队员们出发，走到路上发现了一头白唇鹿的尸体，显然是中弹后逃脱的成年白唇鹿。甲它观望了四周，他像嗅到了什么，说道：“偷猎者不会离我们太远。继续搜寻。”不到一刻钟，他们终于发现了偷猎者的帐篷。

当靠近时，帐篷帘突然被掀开，一个人大声叫嚷着冲了出来，几名队员立马冲上去将他死死按压在地上。这一瞬间，帐篷里又冲出来一个人，他举着枪对准刚到场的派出所所长，拉动枪栓，恶狠狠地叫嚣着让大家放开他的同伴。在这紧要关头，甲它奋不顾身地冲上前抬起枪管，盗猎者扣动了扳机，子弹从他耳旁飞过，队员们一拥而上控制了盗猎分子。等众人制服盗猎者后，才回过神来不约而同地关心甲它的情况，只见他坐靠在一棵大树旁，看着被制服的盗猎者，露出欣慰的笑容。

真达乡是石渠县最大的采挖虫草的开放区，每年的四、五月，都会有大量的怀揣各种目的的人拥入这里采挖虫草，其特点就是人多且流动性大，给巡山工作带来了诸多不便，同时也提出了较高的巡山要求。每逢此时，甲它总会带领队员们早出晚归，在卡点上进行二十四小时不间断值守，并舍去自己采挖虫草的机会，每天坚持徒步巡山，逐山逐点地在人们采挖虫草的聚集区宣讲。累了躺在地上休息一会儿，渴了喝点凉水，饿了吃点糌粑或干粮充饥。他总是以共产党员的标准严格要求自己，冲锋在前，把危险留给自己，把享受留给身边的人，把方便留给人民群众，把党的政策送进每一户人家……

2016年春，甲它带着护林队员扎西巴绒、根呷、曲加、昂尺来、夏米、伍呷巡山，突然远处有一股青烟进入他们的视线。火情就是命令，他们飞快地朝着着火处跑去。到达现场后发现火势已向周围蔓延，眼看一场大的火灾即将引发，队员们不顾一切向火源扑去。四周没有水源怎么办？甲它急中生智，带头脱下衣服拼命扑打，经过半个多小时的扑救终于将火扑灭。此时，队员们都瘫倒在地上，有的人手被灼伤，有的人脸上挂了彩，有的人头发被烧焦……都不同程度地受了伤。

真达乡护林队不仅守护了全乡的山林与高山草甸，在救助野生动物的工作中，也做出了十分出色的成绩。对护林员来说，救护野兔、鸟雀、岩羊这些相对温顺的精灵不算什么，但如果解救的是狼、熊、雪豹之类的凶猛动物就得冒着极大的生命危险，稍不留神可能反被动物伤害……

2017年，甲它和队员们在巡山时救助了一只受伤的年迈雪豹。因乡里没有救助站，就暂时寄养在甲它家中，在众人的呵护下，受伤的雪豹得到了精心照顾，伤愈后放归山野时，人们发现它似乎丧失了野外生存的能力。耐心的护林队员们跟随雪豹走了整整六天，确认它适应了环境，安全回归家园后才离它而去，这是护林队救助的第二只雪豹。之前，他们还救助过一只刚成年的雪豹，放归后就再没回来过。

2018年3月13日，甲它带领的护林队在巡山时发现一只幼小的白唇鹿蜷缩在崖石边，它不停地颤抖，身躯瘦小，几乎站不稳，浑浊无光的眼睛里充满了无助与哀求的神色。不远处，一头被撕咬过的母鹿尸骨留在那儿。此时，女护林队员曲加将衣服脱下，小心翼翼地裹着幼鹿抱在怀里，大家轮流抱着它下了山。因情况特殊，经请示县林草局同意，甲它一家承担起了救助小白唇鹿的任务。

小鹿一来到家里，甲它的爱人巴姆就喜欢上这个小精灵，她说："有一种一见如故、久别重逢的感觉，这样的相遇就是上苍的安排。"从此，小鹿便成了他们家的一个成员。

巴姆每天像照顾自己的孩子一样精心呵护它，早上起床后还会用毛巾给小鹿洗脸，晚上则担心它冷着，将毛毯捆在它的背上，饿了用婴儿奶瓶灌上牛奶喂它。久而久之，小鹿开始依赖巴姆以至于形影不离，她走到哪里它就跟到哪里，连晚上睡觉都趴在她身边。只要它醒着，就习惯性地用嘴巴触碰她的腹部，做出吃奶的姿势，用嘴唇和舌头舔巴姆的手掌。

幼鹿一天天长大，几个月后，它一天要吃六七斤牛奶，对于经济状况并不殷实的农村家庭来说，着实是一笔不小的开支，好在其他队员也纷纷将自家的牛奶送来供小鹿吃。自小鹿到来后，经常有人来看它，面对客人好奇的眼神与温柔的触摸，它总是显得十分安静，自然而乖巧地在温暖的小屋里走来走去，竖起直直的耳朵，显得精气十足，朝气蓬勃，或是安逸地躺卧在火塘边，流露出好似主人一般的自在。

在巴姆的精心照顾下，这个小家伙不到半年时间长得高大而健壮，成为深通人性的精灵。虽然它与主人家形影不离，但它的生活场地毕竟在那连绵的高山上，大自然才是它真正的家园。2018年秋，在众人依依不舍的目送下，这只白唇鹿昂起带有叉角的头颅，迈着矫健的步子跑进了森林中，它奔跑一阵又停下来朝着送行的人张望，巴姆悄悄地抹着眼泪……

寒来暑往，真达乡护林队走过了二十三年既平凡枯燥而又不平凡的历程。

甲它带领队员们在真达乡行走过十多万公里，足迹遍布山峰、丛林、草甸的每个角落，队员们给他取了个绰号叫“山大土”。

甲它长期在山林和草甸间奔走，不能按时吃饭，经常一饱一饿，十年前就患上了胃病，不少医生提醒过他不适合长期在野外工作，他十分执拗与倔强，说宁愿随身带着药也舍不得放弃这项工作。

自1999年春正式成立了护林队，这支由最初五个人已发展为五十九人的队伍，走过了二十三年的光阴。这支护林队是国家实施“天然林保护工程”后成长起来的队伍，他们用厚实的双脚丈量了“三江源”区域内绵延上千平方公里的森林及高山草甸，用顽强的生命与坚定的执着呵护与守卫着那里，更是用雪山般的豪迈为新时代奏响了一曲可歌可泣的奉献之歌……

甲它，“四川省十佳最美护林员”的光荣称号也由此而来。

4

甲它这些感人的故事都记录在多吉的采访本上。多吉暗下决心，一定要把甲它守护绿水青山，用生命保护野生动物的故事，讲给世界听。但是，如何驾驭这些优质的素材，反映青藏高原的生态变迁？如何优中选优，用一部电影浓缩甲它的精彩人生？考验多吉的时刻到了。

草拟提纲的当晚，很少喝酒的多吉，破例给自己灌下一瓶啤酒，顿时满脸通红，借助微微醉酒的兴致，多吉在键盘上敲下了拍摄提纲。

2018年5月，多吉团队在成都与真达乡党委书记白马扎西见面，商定电影剧本的立意与细节。白玛扎西认为，真达乡是以白唇鹿为主的保护区，最佳护林员的称号应围绕着“护林防火”“保护野生动物”“与不法犯罪分子做斗争”这三个方面来展开。多吉完全赞成白玛扎西的定调。

结束商谈后，多吉团队在工作室开会，仔细分析比对，研究素材后决定对原剧本做一些改造和重新定位：以“四川省十佳最美护林员”甲它为原型，集中三天两夜展现一位护林员巡山时，遭遇盗猎分子并与之展开殊死搏斗的故事；同时要对林中的野生动物做许多展现。

六天后，多吉团队再次来到真达乡。多吉想，如今在公路边就可能看到几十只或上百只的白唇鹿、岩羊、盘羊等，如果专为拍摄野生动物而进山，只要季节合适，就能拍到如雪豹、花豹、黑熊、棕熊、豺狼、灰狼、豺狗、狐狸一类的食肉动物。毫无疑问，这得益于环境保护的相关政策落实到位。

2018年7月初，多吉请甲它做现场制片，部分护林员参与其中，协助美术组置景，制作捕杀小中型动物的钢丝套索，挖掘陷阱，去县林草局借用捕猎大中型动物的铁夹、网套以及动物标本，协助导演组培训演员。

那段时间，在多吉的眼里，甲它简直就像个快乐的孩子，觉得拍电影既新鲜又神秘。他交办的任务，甲它都认真地去完成。而在演员们的心里，甲它就是这片土地上的精灵，地上长的、空中飞的、水里游的，他无所不知。更让大家吃惊的是，甲它对摄影也颇为在行。

最终，在真达乡护林队的大力帮助下，摄制组用时二十八天完成了故事的拍摄，又在三十三天内完成了白唇鹿及其他野生动物的拍摄，圆满完成了所有拍摄任务。

多吉清楚，拍摄如此大量展现野生动物的故事片，如果没有经验的积累，没有甲它这样的人帮助，就不会出现创造中国电影史上参演人数最少、台词最少、成本最低、野生动物最多这“四个之最”的故事片——《生死搏斗》。

遗憾的是，影片在后期制作以及筹备宣发的过程中，甲它因积劳成疾猝然与世长辞。

他没有给家人留下多少财富，而是留下了满墙挂着的奖状与证书，以及铺展在真达乡七百多平方公里土地上的足迹。

化悲痛为力量是对亲人最好的祭奠，如今甲它的儿子根秋泽仁继承父亲的遗志，当上护林队长，他第一次巡山回来的感受是："小时候总觉得父亲是个怪人，也埋怨过他对动物比对家人还好，一年到头都在巡山，经常见不到他。如今慢慢理解了，父亲为了守护大山付出得太多了，现在可以好好休息一下了。我会继续像父亲一样，守护好真达乡这来之不易的自然生态。"

冬去春来，又是一年春天。

真达乡的农牧民再一次看到，一群群野生动物沿着蜿蜒的山路，悠闲自得地来到村边，或蹚过小河，或在灌木丛觅食，乡亲们仿佛又看见了那个熟悉的身影在眼前走过。

冬春交际是一年中青黄不接的时节，也是雪灾频发和野生动物最难熬的时候。

可喜的是，在真达乡可以看到不做任何动员，十里八乡的人们都会按照甲它教给他们的方式，分批次来到野生动物保护区，把草料、食盐等撒在草甸上、灌木丛边，让生灵们度过一年中最艰难的时刻。

作为一位致力于推广环保理念的导演，多吉彭措发愿，要用自己的电影，讲述关于生态保护的中国故事，让全社会知道真达乡护林队的拼搏奋斗。

四、有了公路，生态长城不是梦

1

八月的康定，是消暑纳凉的好去处，更是男女相会唱情歌的理想之城。

晚饭后王志伟和几位朋友在折多河畔散步。人流潮涌的傍晚，康定上空那朵溜溜的云向溜溜的弯月投送着秋波。突然，惬意的散步被哭声打断，一名游客打扮的貌美女子正扶着河边栏杆大哭。

“不妙，要寻短见？”王志伟同伙伴围拢过去，但又保持着距离，担心给女子带来更多刺激，小心询问：“美女，怎么啦？折多河水这么急，下去就没了。你冷静点，有什么需要帮助的吗？”

美女哽咽着，快速擦掉眼泪，说：“我看见康定的河水，就这样白花花地流淌着，太可惜啦，白白流走很心痛。我们甘肃武威缺水，一盆水饮用、洗菜、漱口、洗脸、洗脚、喂牲畜，最后剩下的还得浇到菜地里。”

“吓死宝宝了……”众人听完，松了口气，觉得太搞笑，一场虚惊。这事发生在2007年。

身处横断山皱褶里的川西人，大渡河、雅砻江、金沙江、澜沧江等六条大江大河由北向南并排流动，他们哪里知道甘肃、陕北的水荒。

康定至东俄洛公路

王志伟的印象里，有一部陈凯歌导演的电影叫《黄土地》，影片中上万人跪在黄土地上叩拜求雨的场面，让他知道那里的极度缺水。

哥儿几个彼此交换了眼神，同伴略带调侃地安慰她，说："这河水，没有我们康定水井子的山泉好喝。你去水井子逛逛。"

游客噘起嘴，有些委屈，自感给这帮好心人的表述，有些"对牛弹琴"，平复情绪后，沉默着离开。毕竟南方人对北方缺水，只是书本概念和听闻而已，缺乏真正的了解。

王志伟毕业后到环保局工作，回想当年这略带黑色幽默的桥段，认为是不缺水的人和缺水人的一次不期而遇。他曾自嘲：当年笑别人，却不知自己是井底之蛙。

四年后的仲夏，王志伟随国家环境保护总局组织的技术团队，前往甘肃武威考察学习。

那是他第一次踏上大西北的土地，对"大漠孤烟直，长河落日圆"

的描述，有了身临其境的直观感受。报到后在寝室粗略翻了翻会议交流材料，才知道武威是全国最缺水的地方。

一天傍晚，他在酒店旁边一家小面馆，品尝当地有名的兰州拉面。那切得极薄的牛肉片盖在拉面上，浓浓的肉汤和牛肉、香菜混在一起溢出的香味，堪称兰州独有。

边吃边和面馆老板聊天，带着深筒白帽的中年老板说，他们这里一生只洗三次澡绝对不是传说，很多没有走出过武威的人，一生只会在出生、结婚、去世的时候洗上澡。这里的居民日常的用水，更是多次沉淀重复使用。听到老板的一席话，他方才深刻地体会到，水在大西北珍贵如油。

与老板的交谈，让他再次想起四年前在河边哭泣的女游客，他觉得他的无知把脸丢大了。现在亲临女游客的家乡他才真正明白，女游客的泪水，是发自心底对水的一种渴望和呼唤，是西北人千年的心结。

学习期间，每天早上学员们会领取到五升水，领队告诉大家，这五升水是各位从早到晚一天的用水，包含早晚的洗漱和饮用。

面对肉眼都能看见的悬浮在水里的颗粒状杂质，面对味道根本无法和家乡的水相比的水，他才真正理解了那位女游客为什么看着河水哭泣。

他回到家乡，每每看见清澈的高山融雪化成的水，时常萌生出当年武威女游客的真切痛惜，心想，要是这些水能调度到大西北该多好。

快到下班时间，他在电脑上看完相关“红旗河”西部调水工程的介绍，思绪久久停留在这宏大的构想中。他佩服这些有大胆想象力的人，他们之所以有改变山川的勇气，就是想造福人类。因为搞环保工作，他走遍了青藏高原东部十五点三万平方公里的山山水水，在长江上游的三大支流大渡河、雅砻江、金沙江都留下过工作时的身影。

古今中外，生态环境和地理条件始终是经济社会发展和演变的制约因素。今天，西北地区发展潜力巨大，只要打破严重缺水的僵局，就能迸发巨大的几何效应。

这个问题让王志伟从环境保护的维度，萌生了生态长城佑中国的构想。自己搞了近二十年的环保工作，认知也在一点点提升：从最开始只关心身边环境怎么样，到现在关心国家生态安全怎么样；从过去只关心地上环境怎么样，到现在关心空天地三位一体的生态环境怎么样。

时代的发展需要认知的升级，在王志伟的建模图上，四川的甘孜，西藏的昌都，青海的玉树、果洛，云南迪庆等地地处青藏高原东缘，位于第一级台阶的台沿，属于“中华水塔”三江源的辐射范围，也是我国多条大江大河的发源地。

这里地势复杂，沟壑、峡谷众多，水资源、清洁能源、森林、草原、湖泊、冰川资源丰富，不仅是长江、黄河的源头，也是怒江、澜沧江、金沙江、雅砻江、大渡河等许多河流的滥觞之处。这笔资源是不可估量的。

世代生活在横巴山脉（横断山脉和巴颜喀拉山脉）区域内的人们，在经济发展上不能和内地城市相提并论，但他们身上担负着保卫十几亿人口生态安全的重任。

每每看到在横巴山脉褶皱里种树、种草、护路防火、执法监测的“环保卫士”，王志伟的心里有一种难以言状的心酸，他们献了青春献终身，献了终身献子孙，就为了让这片土地不再成为第二个黄土高坡。

他在很多公开场合上呼吁四省区构建生态屏障，他用绿色、褐色、浅黄、紫色涂抹了这一区域，更准确地称之为共建“横巴生态长城”，他认为，生态长城是在四川省构筑长江、黄河上游生态屏障后又一长远构想。

2017年全省生态环境信息系统工作会上，王志伟作交流发言时首次提出共建“横巴生态长城”的构想，从国际政治地位、地理位置、气候特征、生物多样性等角度，阐述了关于“横巴生态长城”构建的重要性，并建议四川省牵头并联合西藏、青海、云南三省区共建“横巴生态长城”，共同保护十亿多人口赖以生存的家园。

他给与会代表们展示了他的建模，不疾不徐地说道：“生态长城主要区域为西藏昌都市、江达县，青海玉树州，四川阿坝州、甘孜州、凉山州、攀枝花市，云南迪庆州，这四省区八市州可以组成生态长城。这个区域被誉为‘亚洲水塔’，拥有供养着十亿多人口的饮用水源，包括缅甸、老挝、越南等国家，在国际上也有着很重要的地位。”

这位身材瘦小、眼镜耷拉在鼻梁上的环保工作者，却有一颗想构建长江黄河上游“横巴生态长城”的雄心。

2

王志伟认为这一构想也只是构想，要使构想更加具有说服力，必须脚踏实地地从大数据开始分析。

2022年2月14日，正月十四，大数据中心迎来了重要的客人，州委书记沈阳带队慰问春节期间工作在一线的干部职工。

来到大数据中心，王志伟正在值班，书记一行听取了局领导的汇报后，轮到大数据中心负责人王志伟汇报。

他早有准备，手拿遥控板，按动按键，将大屏幕的画面切换到贡嘎山的群峰。

“各位领导，我们现在看到的是贡嘎山群峰的图像。”这是王志伟精准的开场白，“这套系统，我们称它为生物多样性观测站，目前建设了四个，分别是：康定市子梅垭口贡嘎山西坡观测站、石渠县真达乡野生动物观测站、稻城亚丁冰川湖泊观测站、炉霍县卡萨湖观测站。康定市子梅垭口贡嘎山西坡观测站，主要观测贡嘎西坡冰川与雪线变化情况，横断山地区有龙门山、安宁河、鲜水河三大地震断裂带，地震活动频繁，不同的震级烈度对贡嘎主峰及其卫峰的冰川断裂、崩塌、隆升影响非常明显，破坏力相当大；石渠县真达乡野生动物观测站，主要用于观测野生动物活动迹象，真达乡被誉为四川省的野生动物园，通过观测，我们在这个点位观测到国家一级保护动物雪豹、白唇鹿、胡兀鹫、金雕，国家二级保护动物狼、藏马熊、岩羊、麝、土拨鼠等动物；稻城亚丁冰川湖泊观测站主要用于观测高山湖泊与冰川的变化情况；炉霍县卡萨湖观测站主要用于观测高山湖泊变化情况，炉霍卡萨湖被列为我国十大五十年内即将消失的湖泊之一。”

“这些画面是录像还是实时监控画面？”书记插话问。

“是实时监控画面，画面右下角的数字时间就是现在的时间，眼前你所见的画面就是摄像机现在拍摄到的。”王志伟用手指指数字时间表说。

书记一听高兴了：“意思就是，现在足不出户就能实时看到监测的对象？”

“是的。”

“能不能看得更清晰一些？”书记在提问时，兴致勃勃地掏出手机。

“能。”王志伟立马操作系统将贡嘎山的三个主峰群，推到特写的位置。顿时，蓝天中洁白的贡嘎山主峰呈现在书记眼前。

“非常壮观。”书记举起手机，拍下一组贡嘎主峰的画面，“科技监测的进步。”书记稍作停顿，接着说，“看了雪峰，能否转到真达，碰碰运气，看看野生动物区此刻有没有野生动物在镜头中。”

“好的。”王志伟将画面切换至石渠的真达野生动物观察点。

在监控大厅里面，一双双眼睛紧盯着屏幕上的画面，王志伟熟练地操控着遥控器，随着画面的移动，一群高原岩羊出现在了画面里，他喜出望外地提高嗓门说："看，岩羊，这一群还不少呢。通过这几十年的努力，现在生态环境改善了，农牧民的环保意识也增强了，野生动物也逐渐回归到大家的视野里了。"

原本五分钟的汇报变成了三十分钟。

临走时，州委书记握住王志伟的手，说："辛苦了，干得不错。工作多少年了？"

州委副书记邓立军介绍道："我曾经在州环保局工作过，小王的情况我比较熟悉，别看他才四十出头，可算是这个行业的老员工了，我认识小王已经十八年。2005年，甘孜州正式成立环保局，局里准备拍一个反映环保的宣传片，小王就跟随电视台记录了甘孜州生态环境保护的点滴，他是一个苦钻业务的青年，如今已成为监测中心的负责人，见证了甘孜环保事业多年来的成长，见证了甘孜州生态之路从无到有的历史路程。"

书记听着不时地点点头，随后看着王志伟竖起拇指点赞。

得到了肯定，整个春节期间，王志伟的心情特别舒坦，认为自己十四年的辛苦没有白费，下一步更要再接再励。

"千里横巴风沙雪，沟壑纵横风雨狂。战天斗地七十载，誓与恶境争天高。"

这是王志伟常挂嘴边的一首自己写的打油诗，也是生活在横断山褶皱里的人的期许。

期许什么呢？在一次全省经验交流会上，有人问他："那你们过去是怎么搞监测或者观测的？为什么要选择这几个点呢？"

他胸有成竹地回答说："过去？过去根本不敢想，很多地方道路不通，去不了，如果有任务要去，那也得走上好几天，从汽车换到摩托，再换到骡马，最后是双脚，成本高，效率低。现在从国道到省道，再到乡道、村道都是柏油马路，近些年还通了高速公路，到哪里都很方便。不过对于我们环保人来说，这还远远不够，甘孜州土地面积十五万余平方公里，截至2023年，我们整个生态环境系统还不足三百人，这里面包含了行政人员、执法人员、监测人员、工勤人员，如果真要把全州都覆盖起来，算算每个人要管理多大面积，这很不现实，因此，我想在全州生态环境系统建立一条数字高速路，用空天地三位一体的现代化技术，对甘孜大地的生态进行全覆盖式的保护。”

这一回答获得了广泛的赞誉，赞誉的关键点就在于，“在全州生态环境系统建立一条数字高速路，用空天地三位一体的现代化技术，对甘孜大地的生态进行全覆盖式的保护”。但要完成这个受赞的关键点，他和同事们在观测点位的选择上考虑了很多，无论从环境因素上，还是实施条件以及参考价值等诸多因素上，都需要科学和精准，王志伟亲自一个点一个点地去现场踏勘。

除实地踏勘，把收集的资料加以整理和归类外，他的办公室常常在晚上十点钟都亮着灯。环保局的门卫最清楚，王志伟常常是最后一个离开办公室的。

他一直在深度思考这个关键点，在他看来，甘孜州地域面积广阔，海拔落差大，从几百米的河谷到七千五百五十六米的贡嘎之巅，地形地貌多样，生态复杂多变，而建设项目是实验性质，经费只有那么多，所以在选址上必须非常慎重，既要有代表性，又要能够出成果。每到一个点位，他都找当地群众向他们请教，包括当地的地质构造、环境、气候变化，以及从过去到现在的变化等情况；仅野生动物观测站这个点的选址就跑了很长时间，色达、德格、白玉、石渠、理塘、新龙……几乎跑遍了川藏公路南线的所有县。

最后定在石渠的真达乡傲日一村，因为这里被誉为四川省野生动物园。现在看来这个选择也是正确的，一年四季三百六十五天都能看到不同种类的野生动物，包括国家一级保护动物雪豹、胡兀鹫、金雕、白唇鹿，国家二级保护动物藏马熊、藏狐、狼、兀鹫等，其他几个点只能在季节更替的时候观测得到野生动物的迁移。

俗话说“功夫不负有心人”，这些成绩是一步步磨砺出来的。不少人，甚至是有些专家，觉得他的三位一体现代化技术听起来很高大上，却不知实际效果怎么样。

面对质疑，他信心满满，因为有调研，有推论，有方案。

所谓空天地三位一体，是他2017年在全省环保信息工作座谈会上提出来的。他向与会者解释说：“‘空’就是外太空，空间，利用我国先进的卫星遥感技术，对十五万余平方公里的土地进行拍照，通过遥感影像分析数据，找出问题所在；‘天’就是指通过载人航空器或者无人机，对卫星遥感影像分析后找到的问题所在地进行低空域的航测，把问题范围再次缩小并具体化；‘地’主要指问题目标所在范围安装在地面的自动监测设备，包括监控摄像机、大气或水体监测分析仪等自动化设备，还有执法人员与监测人员到达现场后，进行的现场监测采样与取证数据；通过这样一个空天地三位一体的生态环境大数据，便能够精准地找到问题所在，同时也节约了相应的成本，降低了人员外出的风险。”

王志伟草拟的实施方案，得到了局领导的大力支持，全州环境监管“一张网”的新局面很快形成，在现有重点污染源在线监控基础上，新增卫星遥感监测、无人机遥感监测与侦查和生态视频监控，形成空天地三位一体的多元化的环境在线监测网络体系，加强对排污口、饮用水源地、山区环境、自然保护区、水流域监测和大气环境质量的人工智能监测，从而有效提升全州环境监管与服务水平。

现在在全州已经建成地面站十九个，其中国控空气环境自动监测站两个，省控空气环境自动监测站十七个；建成国、省考断面水质自动监测站二十个；建成国控辐射环境自动监测站一个；生物多样性观测站四个；机动车遥感监测站一个；无人机保有量为一百余架，无人机操控人员四十余人……基本告别了靠双腿丈量甘孜大地的监测方式。

令王志伟欣喜的是，2023年8月15日，从宜宾举行的首个全国生态日四川主场活动传来消息，无论从“减污降碳”，还是“生态环境质量改善”来看，四川省都获得了喜人的成绩。从加快建设国家清洁能源示范省角度看，四川水电装机领跑全国，位居第一，风电装机、光伏发电装机、非化石能源消费占比高于全国平均水平二十个百分点以上。由于扎实推进节能降碳增效，坚决遏制高耗能、高排放、低水平项目盲目发展，巩固提升生态系统碳汇能力等举措的实施，全省森林蓄积量、森林覆盖率高于全国十七个百分点；空气质量发生历史性变化，甘孜州位居前列；水环境质量实现根本性变化；长江、黄河干流稳定达到Ⅱ类。

全国生态日当天，四川发布了九个典型工作案例，其中二郎山超特长隧道被誉为“川藏第一隧”。隧道日常运营照明通风能耗巨大，隧道内利用取水点与地下风机房的高差，设置自发电设备，产生的电作为隧道日常照明用电的重要补充电源，有效降低隧道运营期二氧化碳排放量，累计发电三百零一万千瓦时，年减碳量约九百八十二吨。

这些数据不是摆设，而是真正产生了实际效果。

最有说服力的一次是在2023年10月8日，甘孜州环保局接到四川省环保局电话，得知生态环保部卫星遥感中心通过卫星遥感拍摄的影像发现了有待核查的分部问题，其中就有甘孜州几个点位。

第二天，四川省生态环境厅综合执法总队陈力总队长，带队赶赴甘孜州进行核查，陈力总队长点名要王志伟跟随一同前往。总队长知道，带着他会在业务上得到更多的帮助，因为王志伟作为老员工，不仅专业技术一流，而且非常熟悉甘孜州各县的情况。

车沿着川藏公路行驶，工作组分别检查了色达、德格、白玉、巴塘四县的情况。这次任务和以前有了很大的变化：随着技术条件的升级，他们每到一个核查点位，已经不用爬坡登山，也不用给有问题的企业打招呼。王志伟熟练操作无人机，悄无声息地就把核查点位的摄影图像拍摄完毕，大大节省了时间成本，提高了工作效率。

过去，核查几个点位常常需要十天半月，效率无法与现在相比。现在核查一个点位只需一个多小时，可以快速掌握实际状况。回到县城，再用电脑把航拍核查的数据制作成三维模型，所有问题一目了然。

3

2023年是收获的一年，每当站在大数据中心的显示屏前，面对一系列的收获成果，王志伟总会回望过去。

记得毕业后第一天到环保局报到的时候，包括他自己在内的很多人对环保工作的理解很狭隘，同学们开玩笑说：“你干什么不行，非得去扫大街？”

面对着跑马山顶的蓝天白云，王志伟也似是而非地问自己：“这么好的空气，这么清澈的水还需要保护啥？我们州穷，还需要大力发展工业才行。”

随着我国经济的大幅度提升，国家对环保工作日益重视，甚至提高到了战略高度。他现在明白当时整个社会的认知程度还是太低。

他被安排到法规科。一个初出茅庐的小青年，整天面对枯燥的法律法规文件，他觉得跟走进大自然开展环境保护的调查，拿到第一手数据，再制定保护方案相距甚远。他便主动申请干环保宣传工作，恰好那时，局里要拍三集反映环保工作的专题片，于是2005年，他跟随州电视台的摄制组一起走向了大自然。怀揣着对甘孜生态环境保护的美好憧憬，王志伟踏上了一生致力的生态之路。逃离办公室，嗅着大自然的气息，他觉得神清气爽。

摄制工作在推进，作为生态环境保护的对外窗口，跟随镜头一直在决策层、执行层和被摄对象间奔波，他们挨过骂，受过气，看过白眼，吃过闭门羹，但最终通过现场宣讲、课堂上课、现身说法、政企互动等方式，逐步换来了领导层和老百姓对环境保护的理解和支持。也是从那时开始，中央逐步对经济结构进行调整，大力扶持生态环境保护事业的发展。

2009年，全国生态环境系统开始全面启动环境信息化能力建设工作。

一天，分管副局长把王志伟叫到办公室，说："小王，你不是说年纪轻轻待在办公室挺无聊吗？现在有一个适合你四处游走的岗位——你去信息中心报到。"

信息化、网络化什么的，不是他的专业，他完全不懂，能使用表格、文档办公就已经很不错了，他就这样抱着一纸箱办公用品，去了信息中心。

"那个时候不仅我是一张白纸，就连甘孜州环保系统也是一张白纸。但从那时起，戒掉了耍心，戒掉了网游，我一心钻进了信息化、物联网、云计算的知识海洋中。"

为了绘制甘孜州生态环境大数据的蓝图，他们跑了很多发达地区，一路取经、一路学习，请教了很多相关的专家和技术人员，带着先进的理念回来搞建设，结果发现，内地的信息化与高原上那种理想的信息化存在很大差异，然后他们又带着问题下县下乡下企业去调研，去找问题，找需求。

通过十四年的不懈努力，现在这张生态环境大数据的蓝图初见雏形。在建设过程中，由于信息化投入大，加之传统思想的束缚，很多人对这个新鲜事物不是很抱希望，甚至不理解，但回过头来看，才发现决策者的高瞻远瞩。过去搞个大气、水质监测，要带很多笨重的设备，行程几百公里，人背马驮才能完成一组数据；执法检查一个矿山，爬山就要耗时一天多，一些隐蔽的还不一定看得到查得到；还得时刻小心突发的地质灾害……现在不一样了，随着自动站的建成，无需人工值守了，二十四小时数据传输，频次高了，监测数据的精准度也高了；卫星遥感技术加上无人机辅助，也不需要去跋山涉水了，一个矿山一个企业半个小时就检查完了，也不需要惊动企业了。

2015年，一本名为《百年追寻——见证中国西部环境变迁》的书走进王志伟的视野，并让他爱不释手。

本书的第一作者叫印开蒲，已年届八十，中国科学院成都生物研究所研究员、生态学家。六十余年来，他一直从事生物多样性保护和生物资源考察。他从绘制植被地图做起，参加了四川植被、四川薯蓣资源、横断山植被等多项科学考察，跑遍了四川的山山水水。他为九寨沟和亚丁自然保护区的建设、大熊猫保护、西部地区环境保护等都做出了积极贡献。

王志伟在这本书里看见了生态保护的巨大价值。书中展示了一百多年前，一位外国的植物学家在中国西部采集植物时拍摄的上千张照片。

最生动、最直观、最有说服力的是，1997年印开蒲就开始谋划：在这位外国植物学家曾经拍过照片的地方，一百多年后他再次按下快门，固定的机位，固定的被摄对象，两相比较，这一百多年，植物、树木是增多了还是减少了，一目了然。事实胜于雄辩，外界关于“中国严重破坏环境”的谎言不攻自破。

印开蒲老师花费四年时间研究这位植物学家走过的路线、搜集照片，又用整整六年，跑遍了四川、重庆、湖北等许多地方，走完了全程。

这对年逾花甲的印开蒲老人来说，十分不易。2010年，集纳二百五十组对比照片的《百年追寻——见证中国西部环境变迁》一书，终于面世。

有专家和媒体问及印开蒲老师用什么方法寻找曾经的拍摄地?

“没有什么捷径，就是一个县一个县地走，找当地的老乡和县档案馆问。在找拍摄地的过程中，我也交到了越来越多的朋友。”平淡的回答背后，隐藏了太多吃苦耐劳的艰辛和付出。在他的日记本里，记录着2008年在高寒缺氧的情况下翻越大炮山的经历：“今天尤其辛苦，早上起床时，屋子外面全是白霜。昨晚睡在海拔三千九百二十米的一户牧民家里……”

跟着印开蒲一起工作的成都生物研究所研究员朱单，非常佩服印开蒲的人缘。“每次和印老师出去，当地人都非常热情。”朱单说，有一年到北川寻访，老乡提前得知印开蒲要来，一直等他们到下午两点多才一起吃饭，“靠的是日积月累的感情。”

莫非我们数据中心安装的四个点位的摄像监控，就是冥冥中借鉴了印开蒲先生的方法?王志伟面对数据屏幕，一一比对着贡嘎山雪线沉降，比对着石渠真达乡的动物种群出现的时间频率和数量的增减，比对着亚丁牛奶海、炉霍卡萨湖水域面积的逐年变化。

实时监控提供全天候的数据变化，为决策者提供了有力的数据支撑。

这二十年，民众从只知道环境卫生到“绿水青山就是金山银山”，从重发展轻保护到发展与保护要可持续，从局部认知到宏观保护，已使川西高原生态环境发生了巨大的变化。在建设长江黄河上游生态屏障的基础上，王志伟想构筑亚洲的生态长城。他把印开蒲的一句话“生态保护是我一辈子钟情的事业”当成最好的鼓励。

王志伟明白，康巴高原除了水资源、矿产资源、林产品资源丰富，无比纯净的空气也是非常珍贵的资源。

他有卖过优质空气的经历。事情发生在2008年北京举办奥运会前夕。

7月的一天，一位北京的朋友到康定旅游，王志伟带着他在康定周边欣赏着美景，呼吸着清新纯净的空气，喝着不用加工处理的天然矿泉水。

临别时，他开玩笑似的对王志伟说：“我回了北京，我们俩做一个生意。”

“生意？我们两个能做什么生意？北京还缺我们这里什么？”

他说：“空气，把你们这里的空气卖到北京去。”

“哈哈，可以可以。”

转眼来到8月，全国上下都沉浸在奥运盛会的激情中，王志伟没有忘记和北京朋友的约定，他在网上买了三个密封罐。晚上他将其中两个密封罐倒挂在楼顶月季花和玫瑰花上面，一个挂在没花的地方，凌晨五点半康定的天刚刚翻鱼肚白，他就兴奋地上楼拿这份特殊的“商品”，将带着露珠的密封罐取下并密封好，在罐壁上分别写好月季味、玫瑰味、原味，快递给在北京的朋友。

没隔多久，北京朋友收到了来自高原的纯净空气罐，并象征性地付给他九十元人民币。

2023年11月23日，《成都晚报》一则重大消息再次证明他的判断是正确的——《全国首单！宁夏购得四川阿坝州1500万立方米黄河用水权》。

宁夏回族自治区宁东能源化工基地管理委员会，以一千八百万元的价格，购得四川阿坝州出让的2024—2026年共计一千五百万立方米黄河用水权，在中国水权交易所交易成功，成为全国首单跨省区域水权交易。

王志伟在朋友圈转发了这一新闻，并说："万万没想到，青藏高原的空气和水居然这么值钱，归根到底还是缘于生态环境的保护。回想到2008年，我卖了三罐空气给北京的同行，象征性地挣了九十元，相信不久的将来，甘孜州的空气会上市。"

王志伟望着窗外蓝天背景中的雪山，发出由衷的感叹："到现在我终于明白，国家提出碳中和、碳达峰的深远意义。"

后记：我为什么写川藏公路

1950年3月，十八军誓言“坚决把五星红旗插上喜马拉雅山，让幸福的花朵开遍全西藏”。此时的新中国，百业待兴，领导人高瞻远瞩在大西南以路塑魂。

如此一来，新中国以立魂为主题的宏大叙事徐徐展开，再度重塑以丝绸之路闻名的大国风范，“一带一路”将以“路文明”的历史延伸走向世界。

“蜀道之难，难于上青天……地崩山摧壮士死，然后天梯石栈相钩连。”大诗人李白几近哀叹的诗句，道出人类用双腿走出文明的艰辛与悲壮。回顾历史，唐朝出蜀的茶马古道与今天的川藏公路相比，根本无法同日而语。新中国在世界屋脊不但创造了人类公路史上的奇迹，也刷新了公路文明的高度，更延续了中华文明基因里“女娲补天”“精卫填海”“愚公移山”的精神魂魄。

动笔之前，苦思这部报告文学如何下笔，原因在于川藏公路已有七十年的历史。

写此书的目的是在此前作家们的基础上，从更加宏阔的维度看待川藏公路：一是新中国刚成立不久，即开启修筑川藏线的伟大征程；二是从川藏公路的修筑、维护到升级改造等不断变化来展现这条路的持久生命力；三是从茶马古道、孙中山川藏大铁路计划、刘文辉等修筑的成康公路，洞见只有中国共产党领导的军队和人民才能完成这一伟大工程。

据此，以历史和文学的手段描摹川藏公路的时代画卷、文明画卷、精神画卷，展示“一带一路”中国段的世界范式。

写作期间大量阅读关于“两路”精神的作品，我除了被几代作者用心血著述的文字所感动而心生敬畏外，还意识到必须脱离“言者谆谆，听者藐藐”的壁垒，写好“百年未有之大变局”下的人类命运共同体的中国故事，共享中国人创造进步的荣耀。

我一直提醒自己动笔前务必站在“人类命运共同体”和共建“一带一路”的坐标点和出发点，规避应景式的泛泛而谈，唯其如此，才能全景式地书写七十年来因“交通兴则百业兴”这一“纲举目张”所铺展的丰硕成果。

四十多年前，时任国务院副总理谷牧率团考察西欧，曾惊叹于西欧的高速公路网，那时中国没有一公里的高速公路。

而今，“人类发展史上最激动人心的例子超越想象”，改革开放正收获来自国际社会的普遍赞誉，中国公路总里程、高速公路里程、高铁里程世界第一。

短短的四十年，中国交通状况发生了奇迹般的巨变，到底由什么精神动力推动出如此巨大的能量?

答案在努力挖掘中逐渐明晰：伴随川藏、青藏公路而生的“一不怕苦、二不怕死，顽强拼搏、甘当路石，军民一家、民族团结”的“两路”精神，在世界屋脊向世界展示了人类文明进步，而且成功进入中国共产党人的精神谱系，成为中国人的精神丰碑。

川藏公路建成八年后的初冬，我降生在川藏公路上的重镇康定，从小目睹川藏线的车轮滚滚，之后三四十年在川藏公路沿线的记者经历，更让我深度体验了川藏公路的巨变。我常常把川藏公路、河西走廊分别看作西藏和新疆与内地交流的纽带，因为它们是集长城、古城、边关等历史文化遗产于一身的文明走廊，两者的开放尺度与历史的兴衰密切相关。

因此，川藏公路对于我有双重含义：它是具象的路，像一条穿越时空的哈达，铺展在广袤的青藏高原。从此，青藏高原以车、路、人之间的密切联系，“万花筒”般地呈现了其迈向中国式现代化的实景实绩。它更是一条精神的路，犹如投影在大地上的巨幅唐卡，细密地描绘出张国华将军、谭冠三政委、张福林烈士、雀儿山五道班陈德华、时代楷模其美多吉等一座座精神的丰碑。许多英雄虽已远去，但英雄们的精神、经验、人品、人格所构成的大写的“人”字与日月同辉，值得去书写与讲述。

如何打破“言者谆谆，听者藐藐”的危局，给世界讲好中国故事?

改革开放的巨变提升了我的认知，写作不能一味地沉浸在自己的文化叙事中自娱自乐，而是要大胆地突破信息茧房和自感舒适的恒温层，让不同文化区的人知晓、理解、接受、分享与共享。

2023年春节，全世界华人庆祝新春佳节之际，意大利、法国、美国、加拿大、英国等地的外国人大量拥入华人社区，他们舞狮子，跳秧歌，敲锣鼓，挥扇起舞……充满中国民俗的文化场面，让我茅塞顿开：人是群居物种，天性就是爱聚集、爱热闹，中国的春节能做到普天同庆。

孙中山先生曾说：“道路者，文明之母也，财富之脉也。”

“交通兴则百业兴”的道理就在于共享共情同心。交通犹如一棵大树的主干，它生发出密如蛛网的枝干，串缀了广大农牧区，脱贫攻坚的伟大成果就在这个密如蛛网的体系内，惠及每一个末梢，像春节分享给世界的舞狮舞龙，让世界看到不一样的东方文明。

这温暖的光芒，何不用饱含理性而温情的笔触，像庖丁解牛一样，把根植于“人民至上”的“两路”精神结出的硕果分享给世界，照见这个蓝色星球上的中国勇气和智慧。

顺着这个思路分析新中国交通史便不难发现川藏、青藏公路能冠以“精神”之名写进中国共产党人精神谱系的原因。我们不禁要问，是什么力量在支撑这一伟大壮举?

创作长篇小说康巴三部曲（《康巴》《命定》《家园》）期间，我遍游滇藏，踏访过川藏、滇缅公路。奇妙的是，两条公路都诞生于世界最年轻的山系之一，中国最长、最宽，兼有太平洋和印度洋水系的万仞千壑的横断山区。

如今，滇缅公路以旅游和文化价值为主，部分路段升级为现代公路。而川藏、青藏公路，七十年来从泥巴路、柏油路到高速路，其间建设和养护从未间断，凭借国力不断升级，成长为多声部合唱的政治路、国防路、经济路、文化路、旅游路，一路上照见人民的奋斗之志、创造之力和实践之果，成为鲜活的爱国主义、民族团结、“两路”精神的教育基地、示范长廊，成为党的十八大以来举世瞩目的脱贫攻坚、乡村振兴的幸福路。

时光荏苒，2024年川藏、青藏公路建成七十年，而“两路”精神的背景板上，中国已经是世界第二大经济体、世界第二大消费市场、世界第二大外资流入国，世界第一制造业大国、世界第一贸易大国、世界第一外汇储备国。

回眸川藏、青藏公路时光长廊，如何在七十年后的今天，拿出一部展现“两路”精神的作品来缅怀英雄、激励后人；如何用精神的火炬照见中国式现代化国家的奋斗途程；如何站在更高的维度，以东方文明的大国格局通过“一带一路”走出传统宣传的局限，站在人类命运共同体的高度，去透视“两路”精神的历史意义、当下意义和未来意义？这对写作者是巨大的考验。

面对七十年的沉淀，我尝试站在更高的视角，更宏观又更细腻地探寻“两路”精神的肌理和脉络。

一千三百多年前，当文成公主和松赞干布喜结良缘，便有了大昭寺门前汉藏一家的唐蕃会盟碑；当汉地的茶和藏地的马在古道相牵，便有了联合国教科文组织定名的人类大爱之歌——《康定情歌》；民国初年孙中山提出“川藏铁路事关中国国家安危存亡”的战略设想；1948年刘文辉组织修建成康公路，仅初通月余，最终搁浅。

于是从历史的演进得出举世不争的事实：能带领中国军民在世界屋脊完成这一人类壮举的，非中国共产党莫属。

作为一个生于斯长于斯的高原人，我惊叹的不仅是川藏公路的建成，更多是沿途的沧海桑田，是在此基础上的全面升华，是公路沿线人的变化——人的素质的变化、人的观念的变化、人的幸福指数的变化、各族人民同心跟党走的变化，特别是脱贫攻坚、乡村振兴、“绿水青山就是金山银山”的时代画卷更加令人惊叹。

文明的最终落脚点是人的进步，人的生命的价值体现在被重视、被认同、被肯定。社会的发展最终体现在人的发展，川藏线就是一座鲜活的博物馆，人类共享。

基于此，我分三个部分来书写“路魂”的内涵，一同构建精神的文化长城。塑魂之路——以中国军民在建设和养护川藏公路过程中付出的艰辛努力，彰显出“两路”精神的精魂；巨变之路——以七十年来川藏公路带给雪域高原天翻地覆的变化，书写中国特色社会主义的发展之路和文明理念；振兴之路——以脱贫后的经济振兴与青藏高原的生态环境保护，书写

“人类命运共同体”这一人类未来发展的必由之路。

没有伟大的文明就没有伟大的国家，大同世界、天下为公、人类命运共同体，都是一脉相承的，继承这样的文化遗产，才是真正的东方巨人。

图书在版编目（CIP）数据

路魂 / 达真著. -- 成都：天地出版社，2024.11（2025.4重印）
ISBN 978-7-5455-8374-8

Ⅰ.①路… Ⅱ.①达… Ⅲ.①报告文学－中国－当代
Ⅳ.①I25

中国国家版本馆CIP数据核字（2024）第105966号

LUHUN
路魂

出品人	杨　政
作　者	达　真
策　划	罗　勇　杨　政
内文供图	川藏公路博物馆　胡廷辉
责任编辑	孙学良　袁静梅
责任校对	张思秋
封面设计	今亮後聲 HOPESOUND 2580590616@qq.com · 王非凡
内文排版	四川最近文化传播有限公司
责任印制	白　雪

出版发行	天地出版社 （成都市锦江区三色路238号　邮政编码：610023） （北京市方庄芳群园3区3号　邮政编码：100078）
网　址	http://www.tiandiph.com
电子邮箱	tianditg@163.com
经　销	新华文轩出版传媒股份有限公司

印　刷	北京文昌阁彩色印刷有限责任公司
版　次	2024年11月第1版
印　次	2025年4月第2次印刷
开　本	710mm × 1000mm　1/16
印　张	26.75
字　数	343千字
定　价	78.00元
书　号	ISBN 978-7-5455-8374-8

咨询电话：（028）86361282（总编室）
购书热线：（010）67693207（营销中心）